BIKER DAY

Hans-Joachim Wildner

BIKER DAY

Harzkrimi

Bibliografische Information der Deutschen Nationalbibliothek

Die Deutsche Nationalbibliothek verzeichnet diese Publikation in der Deutschen Nationalbibliografie; detaillierte bibliografische Daten sind im Internet über **http://dnb.d-nb.de** abrufbar.

Biker Day

ISBN 978-3-947167-82-1

1. Aufl. 03/2020

Dieser Titel ist auch als eBook erhältlich
in den Formaten ePub und MobiPocket (Kindle).

Abbildungsnachweise:
Umschlag © mikdam #4230266 | depositphotos.com
Innentitel © grynold #40199641 | depositphotos.com
Autorenporträt © Ania Schulz | as-fotografie.com

Lektorat:
Sascha Exner

Druck:
WIRmachenDRUCK GmbH, Backnang

Verlag:
EPV Elektronik-Praktiker-Verlagsgesellschaft mbH
Obertorstr. 33 · 37115 Duderstadt · Deutschland
Fon: +49 (0)5527/8405-0 · Fax: +49 (0)5527/8405-21
Web: harzkrimis.de · E-Mail: mail@harzkrimis.de

Vorwort

Motorradfahren ist mehr als reine Fortbewegung, es ist ein Gefühl – das Gefühl von Freiheit und Dynamik, von Geschwindigkeit und Beschleunigung. Der Fahrtwind, die spürbare Kraft und der Klang machen es zu einem Erlebnis der Sinne. Wenn man in der Schräglage eine andere Sicht auf die Welt erfährt, wenn Mensch und Maschine zu einer Einheit verschmelzen, erlebt man den Flow, der die Schranken der Vorsicht öffnet und Risiken ausblendet.

Die Illusion der eigenen Unverletzlichkeit schützt uns einerseits vor einem Lebensgefühl in ständiger Angst, andererseits verleitet sie manchen zur Leichtsinnigkeit. Gefahren werden unterschätzt oder gar verdrängt. Nichts kann passieren, es ist alles unter Kontrolle. Mit diesem Hochgefühl fährt man dem Alltag rasch davon – und manchmal auch seinem eigenen Schutzengel, obwohl die Statistik mahnt: das Risiko, mit dem Motorrad tödlich zu verunglücken sei sechsmal höher als mit dem Auto.

Der Gewinn an Freiheit geht leider mit wenig schützender Technik einher. Zweiräder haben keine Knautschzone, keinen Gurt und keinen Airbag. Eine Lücke, die nur der Fahrer durch Besonnenheit und Umsicht ausgleichen kann. Es macht mich betroffen, wenn ich in der Bikersaison häufig Zeitungsberichte über Motorradunfälle lese.

Trotzdem hat es mich während der Recherche zu diesem Buch gepackt. Ich habe mich kurzerhand bei einer Fahrschule angemeldet und im Mai 2019 die A2 Prüfung bestanden. Für das Manuskript zu diesem Roman war das die innigste Erfahrung.

Ich bin stolz, nun selbst Biker zu sein, und freue mich, wenn ich auf Tour bin und von anderen mit Handzeichen freundlich gegrüßt werde. Das gibt mir das unbeschreibliche Gefühl: Du gehörst dazu.

Ich wünsche allen Bikern allzeit gute und sichere Fahrt sowie spannende Unterhaltung mit »Biker Day«.

Euer Hans-Joachim Wildner

Prolog

Jörg Reimers stoppte seinen Porsche an der Kreuzung, stieß einen Fluch aus und trommelte ungeduldig auf dem Lenkrad herum. Er hatte es eilig. Und nun das. Ein Motorradfahrer in gelber Weste mit dem Aufdruck »HBD – Team, Ordner« versperrte ihm mit seiner Maschine den Weg von der Heikenbergstraße in die Scharzfelder Straße. Rings um die Kreuzung herum standen Leute mit ihren Handys in Fotohaltung. *Was geht denn hier ab?*, wunderte er sich.

Dann vernahm er ein gedämpftes Brummen, das rasch anschwoll und bald darauf den Asphalt zum Beben brachte. Hinter einem Polizeimotorrad mit Blaulicht folgten Hunderte Maschinen, chromblitzend, mit schnittigen Rennverkleidungen oder in kraftstrotzendem Schwarz. Eine gewaltige Armada, die kein Ende zu nehmen schien, donnerte vorüber und die Luft vibrierte im Gedröhn der Motoren.

Er schaute auf die Cockpitanzeige seines Wagens: 28-05-2017. Es war Sonntag, der letzte im Mai. Und dann fiel ihm ein, was er in der Zeitung gelesen hatte. *Heute ist Human Biker Day. Die große Ausfahrt der Motorradfahrer für einen guten Zweck*, erinnerte er sich. »Für einen guten Zweck«, sagte er laut vor sich hin, und dabei krallten sich seine Hände ins Leder des Lenkrades. *Sie wissen nicht, was passiert ist*, dachte er, und in seinen Ohren wummerte der rhythmische Sound vorüberfahrender Maschinen.

Plötzlich schreckte ihn eine schrille Autohupe aus seinen Gedanken. Im Rückspiegel sah er einen gestikulierenden Autofahrer. Reimers schaute nach vorn und stellte überrascht fest, dass der Verkehr wieder lief. Er legte den Gang ein und setzte seinen Weg fort.

Surrend gab die automatische Glastür den Weg in ihr neues Leben frei und schloss sich hinter ihr. Stella wandte kurz den Blick zurück und hatte das Gefühl, als schnitt die Tür den rückwärtigen Weg ab – unbarmherzig und endgültig. Sie schaute nach vorn. Die Luft, die Sonne, das Leben und der Lärm der Stadt – das alles hatte sie in den Wochen, in denen sie im Klinikum lag vermisst. Nun nahm sie die Welt mit allen Sinnen gierig in sich auf. Es fühlte sich wie früher an und doch würde nichts mehr so sein, wie es einmal war. Der Unfall hatte ihr Leben verändert – von einer Sekunde zur nächsten. Stella konnte sich an Einzelheiten kaum erinnern, aber der Moment, als sie ihre Diagnose erfuhr, fraß sich schmerzlich in ihr Gedächtnis. Es war so unbegreiflich gewesen.

Sie setzte die Sonnenbrille auf. »Wie geht es jetzt weiter?« Die Frage war eher an das Leben gerichtet als an irgendjemand sonst.

»Wie schon?«, sagte ihr Vater, als hielte er die Frage für überflüssig. »Es läuft alles genau so weiter. Im August wirst du mit dem Studium beginnen. Nach spätestens drei Jahren hast du deinen Bachelor in Geologie. Vielleicht machst du anschließend den Master und gehst für ein Jahr nach Amerika und ...«

»Papa!«, unterbrach sie ihren Vater, aus dessen Stimme sie pure Verzweiflung heraushörte, »ich möchte nur vorher noch einmal nach Hause.« Sie lächelte.

Hinter ihr hörte sie das leise Schluchzen ihrer Mutter. Dann spürte sie deren Wange an der ihren.

»Es wird alles gut, Schatz. Papa fällt es schwer, das zu akzeptieren, genau wie mir, aber es wird alles gut«, flüsterte sie ihr ins Ohr und küsste ihre Wange.

»Sicher«, antwortete Stella, »aber nun lasst uns nach Hause fahren.« Ihre Mutter schob den Rollstuhl die Zufahrt entlang zum Behindertenparkplatz.

»Ihr habt ein neues Auto«, staunte Stella, als ihr Vater die Schlüsselfernbedienung gedrückt und im selben Moment die Blinklichter eines roten VW Sharan aufgeblitzt hatten.

»Der hat hinten Schiebetüren und genügend Platz für den Rollstuhl«, sagte er. »Hab ich gebraucht gekauft. Für unseren Golf hat mir der Verkäufer ein gutes Angebot gemacht.«

»Aber den Porsche hast du hoffentlich behalten«, meinte Stella.

»Klar doch, den würde ich niemals hergeben«, blinzelte er ihr zu.

Stellas Mutter rangierte unbeholfen den Rolli seitlich an den Wagen heran. »Ich muss das noch üben«, entschuldigte sie sich. Stellas Vater öffnete die Schiebetür, beugte sich von vorn zu seiner Tochter herunter, die ihre Arme um seinen Hals schlang. Dann richtete er sich auf und zog sie vom Sitz hoch. Stella stützte sich am Dachholm des Autos ab, ließ sich auf die Rückbank fallen und hievte ihre Beine in den Fußraum. Sie hatte diese Prozedur mit ihrer Therapeutin schon mehrmals geübt. Unterdessen verstaute ihr Vater den Rollstuhl durch die Heckklappe im Auto. Die linke Sitzhälfte der Rückbank hatte er extra dazu ausgebaut, um Stellplatz zu schaffen.

Stella legte den Gurt an, schaute durch die Scheibe und beobachtete die Menschen, die wie Ameisen durch den Haupteingang des Klinikums eilten. Sie war endlich hier raus und wollte nie wieder rein. Sechs Wochen hatte sie dort verbracht. Wochen mit Tränen und Hoffnung, Resignation und Optimismus, mit Fortschritten und Rückschlägen. Ohne ihre Familie und ihren Freund Sven, hätte sie den Mut verloren, die neue Situation anzunehmen. Ihre Eltern hatten Unmenschliches geleistet, obwohl sie selber Trost und Beistand brauchten. Aber sie ließen sich ihren Schmerz nie anmerken und gaben ihr damit ein Vorbild an Haltung. Sie sah im Rückspiegel in die Augen ihres Vaters. Er erwiderte ihren Blick und lächelte. *Wie wunderbar ist es, eine Familie zu haben,* ging ihr dabei durch den Kopf.

Für Sven war es ein Schock gewesen. Sie kannten sich von ihrer Schulzeit auf der KGS, verstanden sich von Anfang an gut und hatten zusammen die Pausen mit Quatschen und Blödeleien verbracht. Vor knapp einem Jahr passierte es dann. Sie wusste nicht, wie ihr geschah. Aus heiterem Himmel hatte sie sich in ihn verliebt. Richtig verliebt, nicht einfach verknallt.

Sven war keiner von denen, die nur das Eine wollten. Er kletterte sogar mit ihr überall im Harz auf Geröllhalden und Felsen herum und half ihr bei der Suche nach Mineralien für ihre Sammlung. Eines Tages überraschte er sie mit einer selbst gebauten Vitrine, worin sie ihre besten Stücke aufbewahren konnte. Sie wollte Geologin werden, aber ohne gebrauchsfähige Beine? Beide hatten Zukunftspläne geschmiedet und entdeckten durch Zufall Spaß am Tanzen. Seit einem halben Jahr besuchten sie die Tanzschule in Osterode. Stella schluckte bei dem Gedanken. Sven hatte das Thema kein einziges Mal an ihrem Krankenbett angesprochen, aber sie spürte, wie er das vermissen würde. Sie hatte Angst vor der Zukunft.

Sie verließen das Klinikumgelände und bogen in die Robert-Koch-Straße ein. Wie mit den Augen eines Kindes, das ständig Neues in der Welt entdeckt, schaute Stella aus dem fahrenden Auto. Ja, die Welt, es gab sie noch. Wochenlang hatte sie nur Krankenzimmer, Flure, Behandlungsräume und Menschen in grüner Einheitskleidung gesehen, mit Ausnahme ihrer Besucher. Sie bemerkte einige kleine Veränderungen im Straßenbild. Dort ein Baugerüst, an das sie sich nicht erinnern konnte, und ein Stück weiter eine Baugrube, wo vor Wochen ein älteres Wohnhaus gestanden hatte. *Die Welt dreht sich noch,* dachte sie und freute sich, endlich wieder ins richtige Leben zurückzukehren. Sie wollte nur rasch nach Hause und sehnte sich nach Sven. *Würden seine Gefühle stark genug sein, es mit einem Krüp ...*, sie erschrak bei diesem Gedanken. *Mit einer Behinderten befreundet zu sein?*, korrigierte sie sich.

Den Rohringer Berg hinauf hörte man dem Sharan die Anstrengung an. Auf einmal mischte sich von hinten ein weiteres Geräusch in den Motorensound. Es klang wie ein Wespenschwarm, der rasch näher kam. Stella erkannte dieses schrille Summen wieder. Sie erschrak und drückte die Augen fest zu, als das Motorrad ohrenbetäubend an ihnen vorbeischoss. Der Heulton fiel mit größer werdendem Abstand wie eine auslaufende Sirene in sich zusammen und wurde rasch leiser. Sie sah ihm nach. Den Oberkörper dicht auf den Tank gedrückt, lag der Motorradfahrer förmlich auf der Rennmaschine und war kaum zu erkennen.

»Idiot«, rief Stellas Vater hinter dem Raser her, »pass auf, dass sie dich nicht demnächst als Organspender unter der Leitplanke hervorziehen!«

Stella sah den Biker hinter der Kuppe des Rohringer Berges verschwinden. Sie hielt die Augen wieder geschlossen. Das Motorengeheul brachte schreckliche Bilder hervor. In ihrem Kopf dröhnte das helle Summen, das urplötzlich verstummte, dann ein Schlag – Stille – Kreischen – Schreie – Stille. Sie sah das fremde Gesicht, das danach über ihr aufgetaucht war.

»Hallo? Können Sie mich hören?«, hatte der Mann gefragt. Sie konnte ihn hören.

»Ja«

»Wie heißen Sie?«

»Stella Reimers.«

»Welcher Tag ist heute?«

Warum fragt er mich nach dem Tag?, dachte sie damals. »Schauen Sie auf ihr Handy«, hatte sie patzig geantwortet. Ihr Kopf schmerzte.

»Spüren Sie das?«, fragte er weiter.

»Ja«

»Und das?«

11

»Ja«

»Das auch?«

»Nein«

»Und hier?«

»Nein«

Warum fragte er das? Und warum standen so viele Leute um sie herum? Plötzlich war ihr bewusst geworden, dass etwas mit ihr passiert sein musste.

»Was ist passiert?«, hatte sie gefragt.

»Sie hatten einen Unfall«, antwortete der Mann. »Ich bin der Notarzt.«

»Was für einen Unfall?«

Was dann folgte, war ein Albtraum. Sie spürte ihre Beine nicht mehr. »Es tut mir leid«, hatte der Oberarzt gesagt, »ihr Lendenwirbel L2 ist gebrochen und hat das Rückenmark durchtrennt.«

Es war ihr, als fühlte sie plötzlich gar nichts mehr.

»Werde ich wieder laufen können?«

Der Arzt hatte stumm den Kopf geschüttelt. »Paraplegie, das bedeutet Einschränkung an zwei Extremitäten – die Beine, verstehen Sie? Wir müssen abwarten. Es ist möglich, dass sich die Motorik wieder einstellt. Haben Sie Geduld, verstehen Sie?«

Ja, sie hatte verstanden. Nein, sie würde es nie verstehen. Nichts hatte sich eingestellt. Ihre Beine blieben gefühllos.

Würde Sven das aushalten? Und würde sie es selbst aushalten? Sie hatte Angst vor der Zukunft.

»Das glaub ich jetzt nicht, wenn das nicht Sven Kaiser ist?«
Sven drehte sich um und starrte auf den Mann, der lächelnd
auf ihn zuging.

»Pascal, du? Was machst du in Bad Lauterberg?«, fragte
Sven, stellte sein Weinglas auf den Stehtisch und kam ihm
einen Schritt entgegen. *The winner takes it all* tönte von der
Musikband über den Kirchplatz.

»Wein trinken natürlich«, antwortete Pascal und umarmte
Sven freundschaftlich. »Euer Weinfest strahlt über den Harz
hinweg bis nach Bad Harzburg. Ich dachte, ich schau mal
vorbei. Wie geht es dir?«

»Gut«, sagte Sven, »komm stell dich zu uns.« Sven gab dem
Weinhändler, der hinter dem Tresen des Verkaufspavillons
stand, ein Handzeichen. »Noch ein Glas Riesling, bitte«, rief er
ihm zu. Er wandte sich zurück und wies auf die anderen
Männer am Tisch. »Das sind Arbeitskollegen von mir bei Exide.«

»Hi«, grüßte Pascal in die Runde. »Hi«, kam es mehrfach
zurück.

»Wann wirst du endlich Bundeskanzler?«, fragte Sven und
griente dabei. »Pascal ist nämlich bald Landtagsabgeordneter
in Hannover«, erklärte er seinen Kollegen. Der Weinhändler
stellte Pascal ein Glas auf den Tisch. Sven prostete ihm zu.
»Zum Wohl.«

Nachdem sie getrunken hatten, fragte Pascal: »Aus dir
hätte ein guter Politiker werden können. Warum hast du
damals alles geschmissen?«

»Ach weißt du, Politik ist nichts für mich. Plakate kleben,
Flyer verteilen und immer nur lächeln, da habe ich echt
keinen Bock drauf. Ich bin zweiundzwanzig und möchte mich
keinen Parteizwängen unterwerfen oder mir meine Meinung

von irgendwelchen Politbonzen vorschreiben lassen. Nein Danke, ich bin kein Arschkriecher.«

Pascal zog die Stirn kraus. »Hältst du mich für einen Arschkriecher?«

»Die Frage musst du dir selbst beantworten«, sagte Sven und nippte an seinem Wein.

»Danke. Geschickt rausgeredet.« Pascal war etwas verschnupft von Svens unterschwelligem Vorwurf, und eine passende Antwort lag ihm auf der Zunge, aber er wollte die ausgelassene Stimmung auf diesem Fest nicht mit einem Streit belasten. »Mal was anderes«, lenkte er vom Thema ab, »bist du noch mit dem netten Mädchen zusammen. Wie heißt sie gleich – Stella, richtig?«

Eine bedrückende Stille erfasste auf einmal die Tischrunde. Verstohlene Blicke von den Kollegen streiften Sven, dessen Mimik zu erstarren schien, und nicht nur das, er stand da, wie in Stein gemeißelt.

Pascal irritierte dieser unverhoffte Stimmungsumschwung. »Entschuldige, habe ich da aus Versehen Öl in irgendein Feuer gegossen?«, fragte er verunsichert.

Sven kaute auf der Unterlippe, unfähig zu antworten.

»Sie hatte einen Unfall«, antwortete einer seiner Kollegen leise.

»Oh, nein, das wusste ich nicht. Was ist denn passiert?«, wollte Pascal wissen, sah Sven betroffen an und erschrak. Sven sah plötzlich seltsam verändert aus. Harte Gesichtszüge, eisige Augen und sein Mund unförmig verkrampft. Es hatte den Anschein, als würde er sich gleich in einen Werwolf verwandeln. Er starrte seinen ehemaligen Parteikameraden an, als hätte dieser ihn zutiefst beleidigt. Nach einer Weile öffneten sich langsam seine Lippen.

»Was passiert ist, willst du wissen? Ich wünsche niemandem, nicht mal meinen ärgsten Feinden, was ihr passiert ist. Sie sitzt im Rollstuhl, das ist passiert«, grollte es aus den

Tiefen seiner Seele, und in der Stimme lagen Wut und Verzweiflung.

»Das tut mir wirklich leid, Sven. Wenn ich irgendwas für dich tun kann ...«

»Ach ja? Ihr Politiker hättet längst etwas tun können. Ihr könntet verhindern, dass diese Raser auf ihren Feuerstühlen jedes Frühjahr wie Heuschrecken über den Harz herfallen und alles ummangeln, was ihnen in die Quere kommt«, fauchte Sven ihn an.

Pascal schloss aus Svens Reaktion, dass Stella durch Motorradfahrer zu Schaden gekommen war. Er verstand seine Verbitterung, aber er fühlte sich zu Unrecht angegriffen.

»Meinst du nicht, dass du jetzt etwas übertreibst, Sven?«, versuchte er ihn zu beruhigen.

Svens Kollegen guckten verstört, zogen sich unauffällig zurück und tauchten in die Menschenmenge des Platzes ein. Hatten sie eine Vorahnung?

Dann geschah etwas, was Pascal schockierte. Ein Mann und eine Frau in Motorradkombi schlenderten von der Hauptstraße kommend auf den Festtrubel zu. Sven hatte eben sein Weinglas aufgenommen, als er die beiden erblickte. Er stierte wie paralysiert zu dem Paar hinüber.

»Sieh sie dir an«, zischte er, »wie Aliens kommen sie daher. Sie glauben, alles sei zu ihrem Spaß angerichtet.«

Plötzlich zerplatzte das Glas in seiner Hand und Blut quoll zwischen den Fingern hindurch. Er verzog keine Miene, als spürte er den Schmerz nicht. Dann stapfte er davon, ohne sich zu verabschieden. Pascal schaute verwirrt hinterher und beobachtete, wie Sven vor den beiden Motorradfahrern stehen blieb und drohend mit dem Finger auf sie zeigte. Das Paar machten kopfschüttelnd einen Bogen um ihn herum und tippten sich an die Stirn.

Country Roads erklang von der Bühne und übertönte Svens Flüche. Die Party nahm ihren Lauf, die Feiernden wippten im Takt und sangen mit. Für Sven war das Fest zu Ende.

»Darfst du da einfach so hineinfahren?«, fragte Stella, als ihr Vater an dem Hinweisschild zum Parkplatz vor dem Herzberger Schloss vorbeifuhr und geradewegs durch die Tordurchfahrt lenkte.

»Einfach so nicht, aber für dich mach ich das«, sagte er und fuhr auf den Innenhof des Schlosses. »Sei unbesorgt, für Behinderte ist das erlaubt«, erklärte er ihr, als er vor dem Eingang zum Amtsgericht anhielt. Sven sprang sofort aus dem Auto. »Warte einen Moment«, hielt Stellas Vater ihn zurück. »Ich seh erst einmal nach, in welchem Raum die Verhandlung stattfindet.« Er stieg ebenfalls aus, ging die Eingangsstufen hinauf und verschwand in dem Gebäudetrakt. Nach wenigen Minuten kehrte er zurück. »Ich habs mir schon gedacht. Wir müssen in den ersten Stock«, sagte er und öffnete die Kofferraumklappe. Sven beugte sich zu Stella ins Auto. Sie legte Ihre Arme um seinen Hals und gab ihm einen Kuss auf die Wange, bevor er sie aus dem Sitz hob.

»Ich bin unheimlich aufgeregt«, flüsterte sie ihm ins Ohr.

»Ich auch«, gestand Sven. »Ich habe eine Stinkwut auf die und weiß nicht was ich tue, wenn die mir von Angesicht zu Angesicht gegenüberstehen. Ich werde mich überwinden müssen, denen nicht vor die Füße zu spucken.«

»So kenn ich dich ja gar nicht«, sagte Stella. »Versprich mir, locker zu bleiben.«

Er drückte sie fest an sich und vergrub sein Gesicht in ihrer Schulter. »Ich werde denen niemals vergessen, was sie dir angetan haben«, sagte er. »UNS angetan haben«, ergänzte er.

»Vertrau dem Staatsanwalt, das soll ein scharfer Hund sein. Er wird denen schon zeigen, wo der Hammer hängt.«

»Du hast recht. Außerdem liegt für mich der Fall klar auf der Hand, so wie du jetzt. Und dein Papa ist selbst Rechtsanwalt und vertritt dich mit der Schadensersatzklage. Er wird eine ordentliche Entschädigung herausholen. Was soll da schief gehen?« Er lächelte sie an.

Stellas Mutter ging voraus und hielt die Türen für Sven mit Stella und ihren Mann auf, der den zusammengeklappten Rollstuhl vor sich her trug.

Auf dem oberen Flur setzte Sven seine Freundin in den Rollstuhl zurück und schob ihn in den Gerichtssaal. Sven ging einige Schritte auf den knarzenden Dielen hinein, blieb stehen und sah sich um. Sein Herz schlug schneller, als er den bärtigen Mann in Motorradkluft auf der Anklagebank erblickte. Er tuschelte mit seinem Verteidiger, hielt inne und schielte kurz herüber. Sven erkannte in seinem Gesicht keinerlei Anzeichen von Betroffenheit beim Anblick der jungen Frau im Rollstuhl, deren Schicksal er zu verantworten hatte. Der Mann wandte sich erneut zu seinem Anwalt und setzte das Gespräch mit ihm fort. Auf dem Rückenteil seines T-Shirts protzte ein rundes Emblem mit dem Schriftzug »Vulcan Recken«. Ein solches Abzeichen hatte Sven noch nirgends gesehen. In der ersten Reihe der Besucherstühle hatten vier weitere Männer in Motorradkutte Platz genommen. Sven fand es provozierend, zu diesem Prozess in derartiger Aufmachung zu erscheinen. Ihr Anblick erinnerte ihn an wilde Rockerbanden, die in Film und Fernsehen ihr Unwesen trieben. Diese Banden nahmen sich viele Motorradfans sicher zum Vorbild. Er warf ihnen einen vorwurfsvollen Blick zu und schob Stella absichtlich dicht an ihnen vorüber. Sie schienen den Blickkontakt zu meiden und schauten zur Seite. Stellas Mutter begab sich in die zweite Besucherreihe, wo bereits zwei Frauen saßen.

Sven parkte den Rollstuhl an der Stirnseite des Tisches, hinter dem ein Mann in schwarzer Robe saß und in seinen Akten blätterte.

Er löste sich von dem Papier, erhob sich und kam nach vorne. »Ich bin Staatsanwalt Dr. Henrik«, stellte er sich Stella vor. »Wie geht es Ihnen?«

»Danke, ich bin etwas aufgeregt«, antwortete Stella.

»Dazu besteht kein Grund, Sie sind schließlich nicht angeklagt«, sagte er und begrüßte Stellas Vater, der seinerseits die Anwaltsrobe überstreifte.

»Lassen Sie uns setzen, ich muss Ihnen etwas mitteilen«, sagte er, und Sven glaubte, einen besorgten Zwischenton herauszuhören. Er bugsierte den Rollstuhl näher an den Tisch und die beiden Ankläger rückten die Stühle zusammen.

»Es hat sich ein neuer Aspekt in der Sache ergeben.« Er blätterte in seinen Unterlagen herum, bis er auf Fotos von Motorrädern stieß. »Die Verteidigung beruft sich auf die Ermittlungsakte der Polizei und das Ergebnis der KTU, bei der die beteiligten Motorräder untersucht wurden. Sie behaupten, dass dem Angeklagten keine eindeutige Schuld nachzuweisen sei, da weder an seinem noch an den Motorrädern der anderen Kollisionsspuren zu erkennen seien. Deswegen ist keinem der fünf Fahrer, die an dem Unfall beteiligt waren, eine Schuld nachzuweisen. Hier sehen Sie.« Er zeigte ihnen die Bilder.

»Das ist doch wohl ein Witz«, echauffierte sich Sven. »Heißt das, die kommen ungeschoren davon?«

»Nicht so laut«, ermahnte ihn Stellas Vater. »Kollektivstrafen gibt es in unserem Rechtssystem nicht. Wir müssen deshalb anhand von Zeugenaussagen und eventuellen Gutachten nachweisen, dass einer der Fahrer der Unfallverursacher war.«

»Richtig«, bestätigte der Staatsanwalt. »Ich will Ihnen nichts vormachen, aber das wird schwierig werden, zumal außer den Beteiligten nur zwei Zeugen den Unfallhergang beobachtet haben. Es wird von ihren Aussagen abhängen, ob die Schuld zweifelsfrei bewiesen werden kann.«

»Ich hör wohl nicht recht. Die rasen ein Mädchen auf ihrem Fahrrad über den Haufen und gehen nachher unbescholten nach Hause?«, beschwerte sich Sven im Flüsterton. »Das ist schwer zu ertragen.«

»Nun warten Sie es erst einmal die Verhandlung ab. Noch ist nichts verloren«, erwiderte der Staatsanwalt.

In der linken Wand des Raumes öffnete sich eine Tür. Die Richterin und zwei Beisitzer, eine Frau und ein Mann, betraten den Saal. Alle Anwesenden, mit Ausnahme von Stella, erhoben sich. Die Vorsitzende und ihre Begleiter stellten sich hinter dem Richtertisch auf. *Eine Frau*, registrierte Sven beifällig. *Das könnte von Vorteil sein. Frauen sind normalerweise empathischer als Männer*, glaubte er.

»Nehmen Sie bitte Platz«, sagte die Richterin. Mit dem Geräusch rückender Stühle kamen alle der Aufforderung nach. Dann wurde es still im Saal. Sven beobachtete die Vorsitzende einen Augenblick. *Was für ein Mensch mag sie sein*, überlegte er. Ohne ihre Robe würde sie im Alltag unauffällig bleiben. Er taxierte sie auf Mitte vierzig. Sie trug eine randlose Brille und sah mittelmäßig aus. *Ein Muttertyp*, schätzte er. *Sie ist auf Stellas Seite, was soll da schief gehen?*

»Die Hauptverhandlung in der Strafsache Aktenzeichen St 32/4. 3 ist hiermit eröffnet. Ich rufe zunächst die Zeugen auf und bitte Sie nach vorne zu kommen.«

Sie las Stellas sowie sechs weitere Namen von einem Blatt ab. Am Ende standen die vier Männer in der Motoradkleidung, die beiden Frauen und Stella vor dem Richtertisch.

»Ich weise Sie darauf hin, dass Sie vor Gericht die Wahrheit sagen müssen. Uneidliche Falschaussage wird mit einer Freiheitsstrafe von drei Monaten bis zu fünf Jahren belegt. Meineid mit einer Strafe nicht unter einem Jahr. Bitte nehmen Sie draußen im Flur Platz. Sie werden dann einzeln aufgerufen.« Die Zeugen begaben sich zum Saalausgang.

»Frau Reimers, Sie bleiben bitte gleich hier«, forderte die Richterin sie auf, dann sah sie abwechselnd zur Seite der Anklage und Verteidigung. »Legen Sie Wert auf eine Vereidigung der Zeugin?«, fragte sie.

Kopfschütteln von beiden Parteien.

»Frau Reimers, wann genau passierte der Unfall«, fuhr sie fort.

Bevor Stella antwortete, schaute sie flüchtig zu ihrem Vater und Sven. Beide nickten ihr zu, als wenn sie sagen wollten: »Wir halten zu dir.«

»Es war Mittwoch, der 17. Mai«, begann Stella, »am frühen Nachmittag. Die Uhrzeit weiß ich nicht. Ich war mit dem Fahrrad unterwegs und wollte zu meiner Schulfreundin.« Sie schaute erneut zu Sven hinüber. Er lächelte.

»Ja, und weiter«, drängte die Richterin, der der ablenkende Blick zu Sven offenbar zu lange dauerte.

»Ich hatte bei Lidl noch rasch eine Tüte Chips geholt und fuhr weiter. An der Schanzenkreuzung muss es dann passiert sein. Auf dem Zebrastreifen. An mehr kann ich mich nicht erinnern.«

»Können Sie uns den Weg, den Sie genommen haben, auf der Skizze zeigen?«, fragte die Richterin und zeigte auf einen Flipchart-Ständer.

Stellas Vater stand auf und schob sie vor den übergroßen Papierblock, auf dem der Grundriss der Schanzenkreuzung skizziert war. Mit einem Zeigestock fuhr Stella den Weg auf dem Papier nach.

»Hier am Zebrastreifen ist es dann passiert. Ich hörte ein lautes Brummen, dann spürte ich einen Schlag, hörte Schreie und dann nichts mehr.« Stellas Blick schwenkte abwartend über die drei Gerichtspersonen.

»Einen Schlag haben Sie gespürt«, wiederholte die Richterin. »An welcher Stelle?«

»Ich weiß es nicht. Es ging so schnell«, antwortete Stella.

»Dieses Brummen, von dem Sie sprachen, woher kam das?«, fragte die Richterin weiter.

»Es war kein richtiges Brummen, mehr ein Heulen, und war dicht hinter mir. Furchtbar.«

»Danke Frau Reimers!« Sie schaute abermals zu den sich gegenübersitzenden Parteien. »Haben Sie Fragen an die Zeugin?«

Der Verteidiger erhob sich. »Frau Reimers, sind Sie vom Fahrrad abgestiegen, bevor Sie den Zebrastreifen auf der Abbiegespur überquert haben?«

»Nein, die Ampel dahinter war grün und ich wollte noch rüber«, antwortete Stella.

»Danke«, sagte der Rechtsanwalt. »Ich habe weiter keine Fragen.«

Die vier Motorradfahrer wurden nacheinander hereingerufen. Ihre Antworten ähnelten sich.

»Plötzlich war da dieser Fahrradfahrer, ich konnte nicht mehr bremsen und musste über den Gehweg ausweichen.« –

»Kutte, ich meine Michael Büker, führte uns an. Von einer Kollision habe ich nichts mitgekriegt.« –

»Ich fuhr am Schluss und konnte nicht viel erkennen. Ich sah dann nur die Frau auf der Straße liegen.« –

»Zu schnell? Nee, vielleicht etwas über fünfzig, laut Tacho.«

Die beiden Zeuginnen äußerten sich widersprüchlich.

»Ich sah, wie die Frau über den Zebrastreifen fuhr, als eine Gruppe Motorräder um die Ecke kam. Der Erste hat sie voll erwischt.« –

»Die Motoren heulten auf, dass ich mich erschreckte. Wer von denen sie zu Fall brachte, kann ich nicht sagen. Plötzlich fuhren alle wild durcheinander und ich sah die Frau auf der Fahrbahn liegen. Ich habe sofort den Notarzt gerufen.«

Den Bericht des Sachverständigen verstand Sven kaum. Für ihn war nicht erkennbar, welcher Seite er nützte.

Der Verteidiger hackte immer wieder auf Stellas Fehlverhalten herum. Sie hätte absteigen müssen, als Radfahrerin hatte sie auf dem Zebrastreifen keinen Vorrang. Der Staatsanwalt wies die Hauptschuld dem anführenden Fahrer zu. Er hätte die Geschwindigkeit vor dem Fußgängerüberweg drosseln und seine Kameraden mit Handzeichen warnen müssen.

Motorradfahrer in der Gruppe hätten erhöhte Rücksicht zu nehmen. Das sei hier nicht zu erkennen gewesen.

Die Beweisaufnahme dauerte über eine Stunde. Bevor sich das Gericht zur Urteilsfindung zurückzog, fragte die Vorsitzende den Angeklagten: »Möchten Sie noch etwas sagen? Sie haben das letzte Wort.«

Der Mann, mit dem Clubabzeichen auf dem Rücken stand auf. »Es tut mir leid, dass es zu diesem Unfall gekommen ist. Meine Kameraden und ich wünschten, wir hätten es verhindern können.« Er setzte sich.

Sven platzte der Kragen. »Sie scheinheiliger Pharisäer«, polterte es aus ihm heraus. Die Richterin unterbrach ihn, indem sie mit einem Holzhammer auf den Tisch schlug.

»Noch ein Wort und ich belege Sie mit einem Ordnungsgeld!«

»Entschuldigung«, sagte Sven umgehend. Der Staatsanwalt schaute ihn einen Augenblick an und schüttelte angedeutet den Kopf.

Das war ungeschickt, warf sich Sven selbst vor, aber trotzdem sah er durch die Zeugenbefragung klare Vorteile für Stella. Die Haftpflichtversicherung würde eine hohe Entschädigung und Schmerzensgeld zahlen müssen. Das Geld brauchten ihre Eltern, um das Haus barrierefrei zu machen und um Stellas Ausbildung zu finanzieren.

Sven schielte zu dem Mann in der schwarzen Lederkluft hinüber, der sich mit seinem Verteidiger unterhielt, als sei das hier ein Kaffeetrinken. Sie lachten sogar.

Warts nur ab, euch wird das Lachen gleich vergehen, rief Sven ihm in Gedanken zu.

Das Gericht kehrte zurück. Die Anwesenden erhoben sich von ihren Plätzen. Sven drückte Stellas Hand, als die Richterin stehend das Urteil verkündete.

»Im Namen des Volkes ergeht folgendes Urteil. Die Klage der Staatsanwaltschaft wird abgewiesen. Der Angeklagte wird freigesprochen.« Die Richterin und ihre beiden Beisitzer setzten sich. »Bitte nehmen Sie Platz«, sagte sie.

Sven hatte das Gefühl, von einem Dampfhammer getroffen worden zu sein. *Hatte er das richtig verstanden?* Er sah Stella an, die stumm neben ihm in ihrem Rollstuhl saß. Ihr Vater schaute zu ihrer Mutter herüber. Sie hatte die Hände vors Gesicht gelegt.

Die Richterin verlas die Urteilsbegründung, aber Sven hörte nur mit halbem Ohr zu. Er war wütend auf diese Person in der schwarzen Robe. *Hatte sie keine Augen im Kopf? Sie sah doch das Ergebnis dieser rücksichtslosen Verkehrsrowdys leibhaftig vor sich. Ein junges Leben, dessen Zukunft ruiniert wurde. Diesen Typen geht es nur um ihren Spaß, um den Adrenalinkick, ohne Rücksicht auf andere. Für sie sind die Straßen eine reine Rennpiste, auf der sie ihre Grenzen austesten und ihren Geschwindigkeitsrausch ausleben können.*

Sven atmete tief durch. Wie konnte er sich in dieser Frau dermaßen irren? *Sie ist kein Muttertyp, sie ist eine eiskalte Paragrafentussi mit Unschuldsgesicht. Wahrscheinlich hatte sie eine traumatische Kindheit erlebt und ist unfähig, eigene Kinder großzuziehen. Oder sie hat ihren Mann mit einer Anderen im Bett erwischt und nutzt ihre Stellung aus, sich an Frauen zu rächen. Sie ist ein gefühlloses Monster. Sie ist ...*

Stella zupfte an seinem Hemdsärmel. »Sven? Ist alles in Ordnung?«

»Klar, was soll sein?«, antwortete er. Sie verließen den Saal und gingen nach draußen. Im Schatten der Linde inmitten des Schlosshofes standen die fünf Biker zusammen, redeten und rauchten. Sie verstummten und wirkten verunsichert, als sie mitbekamen, wie Stella herausgetragen und ins Auto gesetzt wurde.

Sven drückte die Autotür zu, drehte sich der Gruppe zu und zeigte drohend mit dem Finger auf sie.

»Es gibt eine andere Gerechtigkeit, der sich niemand entziehen kann. Auch ihr nicht«, rief er und stieg ins Auto.

Der Wagen polterte über das Feldsteinpflaster des Hofes. Stella nahm Svens Hand und schaute ihn eine Zeit lang eindringlich an.

»Warum siehst du mich so an?«, fragte er.

»Da ist etwas in deinen Augen, was mir Angst macht«, gab sie zu verstehen. »Was hat das zu bedeuten?«

»Nichts, Liebes, gar nichts«, antwortete er tonlos und drückte ihre Hand.

»Aua!«, rief sie auf einmal und wollte ihre Hand aus der Umklammerung befreien. Er lockerte sofort den Griff.

»Oh, entschuldige. Ich war in Gedanken«, sagte er und streichelte ihren Handrücken.

»Doch, da ist etwas«, flüsterte sie.

Sven antwortete nicht.

Freitag, 29. September 2017
Osterode

Der Bundesaußenminister hatte es sich nicht nehmen lassen, persönlich nach Osterode zu kommen, um das Denkmal!Kunst-Festival zu eröffnen. Die Bürgermeister der Städte, die das Fachwerkfünfeck bildeten, umringten ihn wie Bienen ihre Königin. Im Pulk anhänglicher Parteigenossen und Bodyguards betrat er die Stadthalle von Osterode, in deren Foyer sich augenblicklich ein Blitzlichtgewitter entlud.

Polizeikommissar Eike Wolf konnte den Minister und den Trubel um ihn herum nur von Weitem verfolgen, da er mit mehreren Kollegen das Gebäude von außen absichern musste. Eine Aufgabe, für die er sich keineswegs vorgedrängelt hätte, aber sein Chef in Goslar hatte ihn zur Unterstützung der Osteroder Kollegen abkommandiert. Auch wenn er ihn diesen Dienst an einem hochrangigen Politiker als kleine Anerkennung verkaufen wollte, wusste Eike, dass er das Gegenteil damit beabsichtigte. Eike vermied es, das gespannte Verhältnis zu seinem Chef zusätzlich zu belasten und folgte diesmal den Anweisungen ohne Widerworte. *Du kannst mich mal*, hatte Eike gedacht und sich seinen Frust nicht anmerken lassen. Interessant war es allemal, denn wann sah man den Außenminister mal außerhalb der Mattscheibe live und persönlich.

Nach etwa eineinhalb Stunden war der Wirbel um den Minister vorbei. Eike meldete sich beim Einsatzleiter ab und schlenderte zu seinem Auto, dass er auf dem Parkplatz am Kornmagazin abgestellt hatte. Als er den Marktplatz inmitten der Altstadt erreichte, blieb er einen Augenblick stehen und genoss die mittelalterlich anmutenden Fachwerkfassaden und den wuchtigen Kirchturm von St. Aegidien am anderen Ende des Platzes.

Der prominente Gast aus Berlin und das angenehme Wetter hatten viele Menschen nach draußen gelockt. In einiger Entfernung beobachtete Eike zwei junge Frauen, die Kopftücher trugen und plaudernd über den Platz spazierten. Aus der entgegengesetzten Richtung kamen zwei Männer, die Eike durch ihren schwergewichtigen Gang und die tätowierten Schädel auffielen. Ihre fremdenfeindliche Gesinnung roch man von Weitem wie eine Kloake in schwüler Sommerhitze. Wie zwei Arenastiere steuerten sie direkt auf die beiden Frauen zu und stellten sich ihnen breitbeinig in den Weg. Eike ahnte, was kommen würde und forcierte seinen Schritt, um notfalls eingreifen zu können. Die Frauen klammerten sich ängstlich an den Händen und versuchten, an den Männern vorbeizugehen. Die machten rasch einen Schritt in dieselbe Richtung und blockierten den Durchgang abermals. Das Spiel ging zwei dreimal hin und her, bis die Frauen sich umdrehten und zurückgehen wollten. Sofort liefen die Typen um sie herum, und die Provokation begann erneut. Eike war noch ein paar Meter entfernt. Niemand der Umstehenden griff ein. Er beeilte sich.

»Haben Sie ein Problem?«, fragte er, als er nah genug dran war.

Die Männer fuhren wie auf Kommando herum und sahen Eike grimmig an. »Ja, Bulle. Wir haben ein Problem mit Kopftüchern«, knurrte einer.

»Wieso?«, fragte Eike, »Ihr tragt doch gar keine. Aber wenn ich euch so ansehe, würden die euren Glatzen sicher gut stehen.«

Den beiden Stieren erschlafften augenblicklich die Gesichtszüge, dann fletschten sie die Zähne, schnauben wie wütende Rottweiler auf Eike zu und bauten sich dicht vor ihm auf. Obwohl Eike kräftig gebaut und durchtrainiert war, waren die Hooligans körperlich im Vorteil. Trotzdem zeigte er keinerlei Respekt. Im Nahkampftrainig hatte er gelernt, dem Gegner stets Überlegenheit zu suggerieren, um ihn zu verunsichern. Die Frauen hatten sich inzwischen aus dem Staub gemacht, stellte Eike erleichtert fest.

»Ich hoffe, ihr Köter sabbert mich nicht voll«, sagte er und wich aus taktischen Gründen einen Schritt zurück, um eine günstigere Verteidigungsstellung zu erlangen.

»Verzieh dich, du Bullenschwein! Glaub ja nicht, dass wir vor deiner Uniform Schiss haben«, kläffte einer von ihnen und wollte Eike mit der rechten Hand gegen die Brust stoßen. Der wich reflexartig aus, packte den Arm des Angreifers, drehte ihn auf den Rücken und trat ihm dann von hinten in die Kniekehle. Wie eine Konservenpyramide, der man die unterste Dose entzogen hatte, sackte er zu Boden und knallte mit dem Kopf auf das Pflaster.

»Scheiß Bulle«, brüllte der Andere und schleuderte Eike die Faust entgegen. Der duckte sich zur Seite und spürte den Luftzug des Schlages dicht über seinen Haarspitzen hinwegsausen. Eike erwiderte den Angriff, indem er blitzartig seinen Ellenbogen hochriss und dem Mann mitten ins Gesicht rammte. Ein Schmerzensschrei schallte über den Marktplatz. Der Mann ging in die Hocke und drückte seine Hand auf die Nase. Blut sickerte darunter hervor.

Einige Schaulustige hatten sich um die Rauferei herum versammelt und gafften sensationsgierig. Eike schaute sich in der Menge um.

»Sie!« Er zeigte auf eine Frau, die in der vordersten Reihe stand. »Rufen Sie einen Notarzt«, sagte er im Befehlston.

Die Frau stierte erschrocken auf den Polizisten, begann aber sogleich in ihrer Handtasche nach dem Handy zu graben und rief an, als sie es endlich gefunden hatte.

Ein Rettungswagen mit Martinshorn traf wenig später auf dem Marktplatz ein. Davon angelockt füllten sich die Reihen der Umstehenden weiter auf.

Als die Sanitäter die beiden Verletzten behandelten, bemerkte Eike eine Frau, die fleißig Fotos von dem Geschehen schoss. Er ging auf sie zu. »Lassen Sie das bitte«, sagte er.

»Ich bin von der Presse«, rechtfertigte sie sich und präsentierte ihren Ausweis.

Das hat mir noch gefehlt, dachte Eike. Er sah schon im Geist zwei mögliche Schlagzeilen: »*Polizist greift couragiert ein, um zwei Ausländerinnen vor Zudringlichkeit zweier Männer zu schützen.*« Oder: »*Polizist schlichtet gewaltsam harmlose Gängelei an Ausländerinnen und schlägt zwei Männer krankenhausreif.*«

Ein Polizeiauto hielt kurz darauf ein paar Meter entfernt vom Geschehen an. Ein Kollege und eine Kollegin stiegen aus und drängten sich durch die Menschenmenge hindurch. »Gehen Sie bitte zur Seite!«, rief der Beamte. Die Neugierigen ließen die Uniformierten scheinbar nur unwillig passieren. Die Reporterin schwänzelte um die Polizisten und Sanitäter herum wobei sie ihren Stift über den Notizblock flitzen ließ.

Eike berichtete seinem Kollegen, was passiert war. Die Polizistin sah nach den beiden Verletzten, während der Osteroder Beamte die Personalien von Eike und einigen Zeugen aufnahm, die sich gemeldet hatten. Eike schaute auf Zehenspitzen stehend nach den beiden Ausländerinnen, konnte sie aber nirgends entdecken. Sie waren wichtige Zeuginnen, aber Eike hatte Verständnis für ihr fluchtartiges Verschwinden.

Der Rettungswagen fuhr ab. Die Beamten verabschiedeten sich voneinander und langsam löste sich die Versammlung auf. Eike ging zu seinem Auto. Dieser Einsatz würde für ihn nicht ohne Konsequenzen bleiben, das war ihm bewusst.

Montag, 2. Oktober 2017
Polizeikommissariat Clausthal-Zellerfeld

Eike ließ sich an diesem Montagmorgen in den Schreibtischstuhl fallen und drückte die Starttaste seines Rechners.

»Wie war das Wochenende?«, fragte seine Kollegin Corinna Steinbrenner, die ihren Schreibtisch gegenüber hatte.

»Na, wie immer. Viel zu kurz«, antwortete Eike. »Und deins?«, erkundigte er sich zurück.

Corinna wollte eben antworten, als Eikes Telefon läutete. »Moment«, unterbrach er seine Kollegin und entnahm das Mobilteil aus der Ladestation. Die angezeigte Nummer verriet den Anrufer – sein Chef Ben Struwe von der Polizeiinspektion Goslar.

»Wolf, guten Morgen Herr ...«

Struwe ließ ihn nicht ausreden.

»Haben Sie schon die Zeitung gelesen?«, dröhnte es in Eikes Ohr.

»Nein, bin noch nicht dazu gekommen.«

»So? Dann lese ich Ihnen die Überschrift vor«, kündigte Struwe in einem bissigen Tonfall an. »Polizist schlichtet ausländerfeindlichen Übergriff auf zwei Frauen.« Er machte eine Pause. Eike ahnte, über welchen Vorfall berichtete wurde. *Aber was ist an der Formulierung so dramatisch?*, fragte er sich.

»Nachdem sich die Frauen entfernt hatten, schlug der Beamte die beiden Männer krankenhausreif«, las Struwe weiter. Eike hörte, wie Struwe Luft holte. »Sind Sie von allen guten Geistern verlassen?«, brüllte er ins Telefon, dass Corinna Steinbrenner es mithören konnte. Sie blickte verstört herüber. »Das wird für Sie Folgen haben, Wolf. Wenn die beiden Männer Sie wegen Körperverletzung verklagen, kann ich nichts mehr für Sie tun. Haben wir uns verstanden?«, fauchte Struwe.

»Ich habe in Notwehr gehandelt«, verteidigte sich Eike. »Dafür gibt es Zeugen.«

»So? Der Ruf der Polizei ist durch Ihr unbeherrschtes Handeln beschädigt worden. Ich habe Ihre Extratouren satt. Beim nächsten Mal werde Sie ohne Vorwarnung auf eine andere Dienststelle versetzen.«

Eike bekam feuchte Hände.

»Warum? Ich bin von diesen Schlägertypen angegriffen worden«, entgegnete Eike. »Wohin wollen Sie mich versetzen?«

»Dorthin, wo sie auf keine dummen Gedanken kommen, und wo selbst James Bond vor Langeweile Suizid verüben würde.«

Struwe legte auf.

Dienstag, 3. Oktober 2017
B 241, an der Ziegelhütte

Er empfand es als reine Schikane seines Chefs, dass er schon wieder an einem Feiertag Dienst schieben musste, sonst hätte er den Montag als Brückentag frei gemacht und mit dem 3. Oktober, dem Tag der Deutschen Einheit, ein langes Wochenende gehabt. Aber Ben Struwe hatte ihn seit dem Vorfall in Osterode erst recht auf dem Kieker. Der blaue Himmel steigerte zusätzlich seinen Frust – Motorradwetter. Wie gerne wäre er heute an der Weser entlang getourt, von Hannoversch Münden bis Bodenwerder.

Dass seine Kollegin Corinna ebenfalls eingeteilt war, empfand er als kleinen Trost. Sie war unkompliziert und vorausschauend. Sie waren ein gutes Team. Eike hoffte auf einen ruhigen Bürotag, wurde jedoch abrupt enttäuscht, als das Telefon alle Erwartungen zunichtemachte.

»Es wäre ja auch zu schön gewesen«, rief Eike seiner Kollegin zu. Corinna Steinbrenner schaute überrascht auf. »Die Rettungsleitstelle«, informierte er sie und griff zum Hörer. »PK Oberharz, Eike Wolf.«

»Ein Verkehrsunfall mit Personenschaden ist gemeldet worden. Auf der B 241, in der Nähe der Alten Ziegelhütte. Ein Mann ist in seinem Auto eingeklemmt. Feuerwehr und Rettungswagen sind verständigt.«

»Verstanden«, sagte Eike, »wir übernehmen.« Er legte auf und schaute auf die Uhr. Es war 15:32 Uhr. Dann sprang er aus seinem Stuhl. »Komm Corinna, Feierabend ade. Unfall an der alten Ziegelhütte.«

Corinna Steinbrenner katapultierte die Nachricht ebenfalls aus ihrem Bürosessel. Beide warfen ihre Jacken über, setzten die Dienstmützen auf und liefen nach draußen zum Wagen. Das Martinshorn heulte auf und Eike lenkte den Dienstpassat in Richtung Osterode. Von unterwegs informierte Corinna über Funk die Kollegen dort und bat um Unterstützung zur Umleitung des Verkehrs und Absperrung der Unfallstelle.

Als sie das Restaurant »Alte Ziegelhütte« passiert hatten, sah Eike unten in der Talsohle bereits einen in Motorradkluft gekleideten Mann aufgeregt winken. Eike stoppte den Wagen am Straßenrand. Er und Corinna sprangen heraus. Aus der anderen Richtung kamen der Rettungswagen und ein Gerätefahrzeug der Feuerwehr. Die Osteroder Kollegen trafen kurz darauf ein und übernahmen mithilfe einiger Feuerwehrleute die Verkehrsregelung.

An dem Baum gegenüber der abzweigenden Nebenstraße »An der Ziegelhütte« stand ein roter Golf mit heftig deformierter Motorhaube, und mitten auf der Straße lag eine Frau, ebenfalls in Motorradkleidung. Sie war kalkweiß. Der andere Motorradfahrer kniete dicht bei ihr und stützte ihren Kopf.

»Sieh du nach der verletzten Frau«, sagte Eike zu Corinna und rannte zu dem verunglückten Golf. Der Motorblock hatte sich durch den Aufprall in den Innenraum verschoben und den Fahrer eingeklemmt.

»Können Sie mich hören«, rief Eike ihm zu.

Der Mann sah Eike flehentlich an und öffnete den Mund, doch er brachte keinen laut zustande, es drang nur schaumiges Blut hervor. Er rang offenbar nach Luft. Eike riss mit aller Kraft an der Tür, aber sie hatte sich hoffnungslos verkeilt und war nicht mehr zu bewegen. Dann rollte der Kopf des jugendlich wirkenden Mannes schlaff zur Seite.

Inzwischen kamen die Rettungssanitäter und der Notarzt herbeigeeilt. Durch die geborstene Türscheibe untersuchte der Arzt den schwer verletzten Mann, der auch auf seine Ansprache nicht reagierte. Er kontrollierte Puls und Atmung und sah Eike besorgt an.

»Der muss schnellstens da raus«, rief er den Feuerwehrleuten zu, die bereits mit einem hydraulischen Rettungssatz angelaufen kamen. Um den Einsatzkräften nicht im Weg zu sein, lief er zurück zu der Frau, um die sich unterdessen ein Sanitäter kümmerte. Man hatte sie an den Straßenrand gelegt und mit einer Rettungsdecke zugedeckt.

»Sie hat einen Schock, sonst keine sichtbaren Verletzungen«, sagte der Rettungssanitäter.

Eike wandte sich dem Motorradfahrer zu, der leicht zu zittern schien. »Sind Sie verletzt?«, fragte er ihn.

»N-Nein«, antwortete er mit bibbernder Stimme.

Eike sah ihn intensiv an. »Sonst alles in Ordnung mit Ihnen?«

»Ja, ja. Alles okay. Nur der Schreck sitzt mir noch in den Knochen«, sagte er.

»Können Sie zu dem Unfallhergang etwas sagen?«, fragte Eike.

Der Mann nickte. »Ja« Er schluckte, bevor er weitersprechen konnte. »Meine Frau und ich fuhren vor dem Wagen her.« Er drehte sich um und zeigte auf die abwärts führende Straße aus Richtung Osterode. »Plötzlich sah ich im Rückspiegel, wie ein anderes Motorrad hinter dem Golf hervorschoss und zum Überholen ansetzte. An dieser Gefällstrecke sind siebzig erlaubt und Überholen verboten. Aus der Gegenrichtung kam der grüne Renault.« Er wies auf das Fahrzeug, dass ein Stück weiter schräg auf dem Seitenstreifen stand. »Da hinten ...«

Eike schaute sich vergeblich nach dem Fahrer um und bat Corinna in dem Fahrzeug nachzusehen.

»Und weiter«, drängte Eike den Mann, seine Schilderung fortzuführen.

»Der Motorradfahrer hatte das entgegenkommende Auto zu spät bemerkt, wechselte kurz vor dem Golf auf die rechte Fahrbahn und brachte meine Frau und mich in Bedrängnis. Wir mussten scharf bremsen, sonst hätte er uns voll erwischt und in den Graben gedrängt. Ich hörte noch die quietschenden Reifen des Golfs hinter uns und kurz darauf das

Krachen von berstendem Blech. Der Motorradfahrer gab Gas und fuhr davon, als wenn ihn das alles nichts anginge.«

»Haben Sie sich das Kennzeichen gemerkt?«, fragte Eike.

»Nicht ganz, es ging alles so schnell. Ich hab mir die Nummer aufgeschrieben.« Er reichte Eike einen Zettel. »Das Ortskürzel habe ich nicht klar erkannt, könnte GS ... GL oder GI gewesen sein« rätselte er, »aber bei der Nummer bin ich mir sicher, Zahlen kann ich mir gut merken.«

»Kein Problem, das kriegen wir auch so raus«, sagte Eike und steckte den Zettel ein. »Was für ein Motorrad war das?«

»Eine von diesen Rennmaschinen, neongrün. Von welchem Hersteller kann ich nicht sagen«, antwortete der Mann. »Der Fahrer trug eine weiß-rote Lederkombi«, ergänzte er.

Corinna Steinbrenner brachte die Fahrerin des Renault zu Eike. »Das ist Frau Müller«, stellte seine Kollegin sie vor.

Eike schätzte die Dame auf Anfang siebzig. Sie hielt beide Hände vor den Mund und schluchzte kläglich. Das Unfallgeschehen hatte sie offenbar ziemlich mitgenommen.

»Ich dachte, das überlebe ich nicht«, jammerte sie. »Das Motorrad kam direkt auf mich zu, ich musste fast in den Graben ausweichen, und dann sah ich im Rückspiegel, wie das andere Auto gegen den Baum krachte. Es war so schrecklich, Herr Wachtmeister.«

Sie heulte laut auf. Corinna umarmte und tröstete sie. Eike gab ihr eine Weile sich zu beruhigen.

»Geht's wieder?«, fragte er.

Sie löste sich aus der Umarmung und sah Eike aus wässrigen Augen an.

»Können Sie mir beschreiben, was genau passiert ist, Frau Müller?«, fragte Eike.

Sie wischte sich die Augen und schnäuzte die Nase.

»Es war plötzlich da und kam auf mich zugerast. Ich dachte, ich muss sterben«, wimmerte sie.

»Wie sah das Motorrad aus? Können Sie sich erinnern, vielleicht sogar an das Kennzeichen?«

»Ich kenne mich mit diesen Dingern nicht aus. Ich glaube, es war gelb ... oder grün«, antwortete sie, »nein, ich glaube, es war grün, mehr weiß ich nicht.«

In dem Augenblick kam der Notarzt auf Eike zu. Sein Blick verriet, dass er schlechte Nachrichten hatte. Er sah Eike stumm an, schüttelte den Kopf und reichte ihm eine Geldbörse. »Wir konnten ihm nicht mehr helfen«, sagte er dann. »Würden Sie bitte einen Bestatter informieren?«

»Ich mach das«, sagte Corinna Steinbrenner, griff zum Handy und telefonierte.

»Wie geht es der Frau?«, erkundigte sich Eike.

»Sie ist wieder okay«, sagte der Arzt.

Eike wollte sich gerade dem Portemonnaie zuwenden, als sich ein Wagen im Schritttempo näherte und in respektvollem Abstand zur Unglücksstelle hielt. Eine Frau stieg aus. Um ihren Hals baumelten eine Kamera und eine Ausweishülle. Sie kam zielstrebig auf ihn zu. Es war dieselbe Pressefrau, die er zuvor in Osterode getroffen hatte und die mit ihrem Artikel, den Zorn seines Chefs auf ihn gelenkt hatte.

»Frau Moor«, grüßte er die Journalistin, die auch für den Harz Kurier schrieb. Melanie Moor war für ihre knackigen Schlagzeilen berüchtigt. »Ihnen entgeht aber auch nichts«, bemerkte er kühl.

»Wäre ich sonst eine Pressefrau geworden?«, antwortete sie.

»Sie müssen sich etwas gedulden, dann habe ich Zeit für Sie«, vertröstete Eike sie und konzentrierte sich wieder auf das Portemonnaie in seiner Hand. Er öffnete es. In den Fächern steckten Kreditkarten, Personalausweis und Führerschein. Er musste in diesem Augenblick an die Angehörigen des Mannes denken, die ahnungslos ihren Beschäftigungen nachgingen und nicht wussten, dass jemand aus ihrer Mitte nie wieder nach Hause kommen würde. Bei diesem Gedanken wuchs ein Kloß in seinem Hals, den er vergeblich versuchte hinunter zu schlucken. Zaudernd zog er Ausweis und Führerschein aus der Geldbörse heraus und warf einen Blick darauf: *Felix Krüger, wohnhaft in Goslar.* Als er das Geburtsdatum las, drückte ihm der Kloß fast die Luft ab. Der Mann war achtzehn Jahre alt und hatte erst seit drei Monaten die Fahrerlaubnis. Eike sah die Straße entlang, in die Richtung, in die sich der Motorradfahrer aus dem Staub gemacht hatte. *Es wird dir nichts nützen, du skrupelloses Arschloch. Ich kriege dich*, schwor sich Eike.

»Jemand muss umgehend die Familie informieren«, sagte Corinna mit feuchten Augen und zittriger Stimme.

»Ja, natürlich. Ich werde die Kollegen in Goslar bitten, das schnellstens zu übernehmen.« Eike lief zum Wagen und griff zum Funkgerät.

Der Leichenwagen traf ein. Die Bestatter legten den Toten in den Sarg, schoben ihn in das Heck des Fahrzeuges und fuhren davon. Eike und Corinna sahen ihnen andächtig hinterher.

»Fahrerflucht ist so hinterhältig und feige«, fluchte Eike, »Gott sei Dank haben wir das Kennzeichen. Der Kerl entkommt mir nicht. Und dann kann er sich warm anziehen.«

Corinna berührte seinen Arm. »Eike, reiß dich zusammen. Dein Zorn ist im Moment wenig zielführend.«

»Aber anspornend«, entgegnete er, wandte sich ab und ging zum Dienstwagen.

Die Polizeibeamten aus Osterode fotografierten den Unfallort und vermaßen ihn. Eike rief über Funk im Präsidium an und bat um eine Datenbankabfrage des Kennzeichens mit verschiedenen Ortskürzeln, die mit G begannen. »Nur die Motorräder darunter interessieren mich«, erklärte er. »Legt mir bitte eine Liste mit den Adressen und möglichst Telefonnummern auf den Platz.«

Die Journalistin schwänzelte geraume Zeit mit Notizblock um Eike herum. Er winkte ihr zu.

»Und nun zu Ihnen«, sagte er und beantwortete ihre Fragen.

Als sie sich verabschiedet hatte, bestellte Eike einen Abschleppdienst für den Golf, der kaum noch als solcher zu erkennen war. Die Feuerwehr hatte mit ihrer hydraulischen Schere ganze Arbeit geleistet. Nachdem die Unfallstelle geräumt war, wurde die Straße wieder freigegeben.

Bald darauf rollten die ersten Fahrzeuge vorüber, so, als sei nichts gewesen. Nur die frisch aufgerissene Rinde des Baumes erinnerte noch an den schrecklichen Unfall. Eike und seine Kollegin machten sich auf den Weg zurück ins Kommissariat. Er war auf die Liste gespannt.

»Liegt auf deinem Schreibtisch«, sagte der Kollege vom Innendienst, als Eike und Corinna das Büro betraten. Eike stürmte auf seinen Platz zu und riss das Blatt Papier an sich. Drei Kennzeichen hatten dieselbe Buchstaben- und Zahlenkombination und begannen mit G. Ein Motorrad war in Gießen, eines in Goslar und das dritte in Gifhorn gemeldet. Er fand rasch heraus, dass nur der Fahrer mit dem Goslarer Kennzeichen infrage kam. Der Halter aus Gießen befand sich auf einer Mittelmeerkreuzfahrt und der aus Gifhorn lag im Krankenhaus.

»Martin Bödecker, wohnhaft in Goslar«, rief er Corinna zu.

Corinna stellte sich neben ihn und sah auf die Liste.

»Bödecker … Bödecker«, wiederholte sie, »den Namen habe ich doch schon einmal gehört. Aber in welchem Zusammenhang?«

Eike tippte den Namen in die Suchzeile bei Google und wartete auf die Ergebnisseite. »Ach du Scheiße!«, rief er, als er die erste Trefferzeile las. Corinna beugte sich herunter und schaute interessiert auf den Bildschirm.

»Der ist das? Ich wusste doch, dass ich den kenne«, sagte sie und richtete sich wieder auf. »Das kann ja heiter werden. Der hat beste Beziehungen«, bemerkte sie zusätzlich.

»Die werden ihm nichts nützen, und wenn er es tatsächlich war, dann reiß ich ihm den Arsch auf«, zischte Eike.

»Martin Bödecker ist Mitglied im Landtag und Fraktions-führer der Opposition, der kann sich hinter seiner Immunität verstecken«, bemerkte Corinna.

»In zwei Wochen ist Wahl. Wenn das vorher ans Licht kommt, ist er geliefert, politisch und als Privatmann. Dann kann er sich seine Immunität sonst wo hinstecken«, sagte Eike.

Corinna legte ihre Hände auf seine Schultern. »Eike, lehn dich nicht zu weit aus dem Fenster, sonst bist du am Ende geliefert.«

»Sieh doch bitte mal in der Datenbank nach, ob gegen ihn schon etwas vorgelegen hat«, bat Eike, »ich suche inzwischen seine Privatadresse raus.«

Corinna eilte zu ihrem Schreibtisch und klapperte auf der Tastatur.

»Unser Fraktionsführer scheint auch das Verkehrssünder-register anzuführen«, rief Corinna ihm kurz darauf zu. »Alko-hol am Steuer, Missachtung der Geschwindigkeitsbegrenzung, und hier: bei Rot über die Kreuzung gebrettert. Dafür musste er drei Monate die Karte abgeben. Mannomann, der verwech-selt Immunität mit Narrenfreiheit.«

Eike erhob sich. »Wir fahren nach Goslar in den Tulpen-weg und besuchen ihn«, entschied er kurzerhand.

* * *

Etwa eine halbe Stunde danach lenkte Eike den Wagen in den Tulpenweg. »Hier muss es sein«, sagte Corinna und zeigte auf ein schmuckes Einfamilienhaus. Eike parkte das Auto am Gehweg. Sie stiegen aus und hielten auf das Haus zu. Vor der angrenzenden Garage stand eine grüne Kawasaki. Eike machte rasch ein Handyfoto, dann sah er sich die Maschine rings-herum an. Es handelte sich um eine Z1000. Das Nummern-schild stimmte mit den Angaben überein.

»Die bringst du im Nullkommanix auf 200«, sagte Eike beiläufig.

»Und genauso schnell ins Grab«, ergänzte Corinna.

Eike betastete vorsichtig den Auspuffkrümmer und fühlte noch Restwärme.

»Oder in den Knast«, gab er zurück und deutete ein schadenfrohes Grinsen an.

»Ist etwas mit meinem Motorrad nicht in Ordnung?«, hörte er plötzlich eine feste Männerstimme. Eike drehte sich um und sah Martin Bödecker auf sie zukommen. Fast hätte er ihn nicht erkannt, auf den Fotos im Internet wirkte er freundlicher und dynamischer. Eike schätzte ihn auf Ende vierzig. Sein Bauchansatz wurde durch das eng anliegende Hemd ungeschickt kaschiert.

»Schöne Maschine, macht locker 250 Spitze«, sagte Eike und stellte sich und Corinna vor. »Sie sind Martin Bödecker, nicht wahr?«

»Was wollen Sie von mir?« Er schob arrogant das Kinn vor.

»Sie sind eben von einer Spritztour zurückgekommen. Richtig?«, fragte Eike.

Bödecker zog die Stirn glatt. »Was geht das Sie an?«, zischte er.

»Der Motor ist noch warm«, erklärte Eike. »Wo sind Sie gewesen?«

Martin Bödecker streckte seinen Hals, um größer zu wirken. »Hören Sie«, fauchte er Eike an, »stehlen Sie mir nicht meine Zeit und verlassen Sie umgehend das Grundstück!« Er drehte sich um und ging davon.

»Sie stehen im Verdacht, einen Unfall mit Todesfolge verursacht und Unfallflucht begangen zu haben«, rief Eike ihm nach.

Bödecker blieb wir erstarrt stehen, wirbelte herum und schaute nach links und rechts. »Kommen Sie mit rein«, forderte er die beiden Polizisten auf.

Die Wohnung war modern und geschmackvoll eingerichtet, fand Eike. Bödecker führte die beiden Beamten ins Wohnzimmer. Im Hintergrund spielte klassische Musik, die eine sakrale Atmosphäre verbreitete. Unzählige Bücher und CDs reihten sich in einem wandfüllenden Regal aneinander und zogen Eikes Blick an.

»Meine Frau liebt Literatur und Musik«, erklärte er kurz dazu.

Im selben Moment erhob sich eine Frau aus einem Sessel, legte eine Illustrierte beiseite und kam mit eleganten Schritten auf sie zu. Sie war attraktiv, groß und schlank und lächelte freundlich, als Bödecker sie als seine Frau vorstellte. Corinna hatte Eike erzählt, dass Bödeckers Frau früher als Model gearbeitet hatte.

»Ist etwas passiert?«, fragte sie zaghaft.

»Nein, nein Schatz, lass dich nicht stören, wir gehen ins Arbeitszimmer«, sagte er und führte ihn und Corinna nach nebenan. Das Zimmer war nicht minder kostspielig eingerichtet. Vor dem Panoramafenster mit Gartenblick stand ein protziger Schreibtisch mit ledernem Chefsessel. Zahlreiche Auto- und Motorradmodelle füllten Glasvitrinen und Regale. Eike trat einen Schritt näher heran und bewunderte die detailreichen Modelle.

»Das ist eine ungeheuerliche Anschuldigung«, echauffierte sich Bödecker, nachdem er die Tür geschlossen hatte. »Was glauben Sie, wen Sie hier vor sich haben?«

Eike wandte seinen Blick von den Automodellen ab, ließ sich aber von Bödeckers dominantem Auftreten nicht beirren.

»Ich möchte wissen, wo Sie heute gegen 15:30 Uhr gewesen sind«, sagte Eike. Bödecker setzte sich auf die Kante seines Schreibtisches und verschränkte selbstgefällig die Arme.

»Wo hat sich der Unfall ereignet, den ich angeblich verursacht habe?«, fragte er.

»Auf der B 241, kurz vor der Gaststätte *Alte Ziegelhütte* bei Clausthal-Zellerfeld«, sagte Eike.

Bödecker stützte jetzt beide Hände auf die Tischplatte.

»Ja, ich habe heute nach dem Essen eine Tour unternommen. Beim Motorradfahren kann ich abschalten und alles hinter mir lassen, verstehen Sie?«

Eike nickte. »Ich fahre selbst Motorrad und kann das gut verstehen«, sagte er beherrscht. Dann verschärfte er den Ton. »Was ich jedoch nicht verstehe, ist, wenn dabei auch das Gehirn abschaltet und die Bundesstraße mit einer Rennstrecke verwechselt wird ohne Rücksicht auf andere Verkehrsteilnehmer.«

Bödecker sprang auf. »Sie vergreifen sich im Ton, Herr Polizeihauptmeister.«

»Kommissar ... Polizeikommissar«, korrigierte Eike seinen Dienstgrad. »Bitte beantworten Sie meine Frage!«

Bödecker schritt jetzt vor seinem Schreibtisch hin und her.

»Ich bin über die L85 bis Blankenburg und weiter zur Rappbodetalsperre gefahren, um mir die neue Hängebrücke anzusehen. Von dort bin ich über Hasselfelde, Braunlage und Torfhaus zurückgefahren und war Viertel vor fünf wieder hier. Genügt Ihnen das?«

»Waren Sie allein unterwegs?«, fragte Corinna.

Bödecker sah sie missfällig an, so, als lehne er sie als Gesprächspartnerin ab, und wandte sich zurück an Eike.

»Beantworten Sie bitte die Frage«, forderte Eike.

Bödecker rümpfte die Nase. »Ja, ich war allein.«

»Gibt es irgendwelche Zeugen, die belegen können, dass Sie zum Unfallzeitpunkt nicht am Unfallort gewesen sein konnten?«, fragte Corinna weiter.

Bödecker starrte ins Leere und schien nachzudenken. »Moment.« Er setzte sich wieder auf die Schreibtischkante. »Warten Sie.« Er holte sein Smartphone aus der Hosentasche und wischte einige Male darauf herum. »Hier«, sagte er und hielt Eike das Display vor Augen. Das Bild zeigte, wie er an einem rustikalen Tisch saß, vor ihm ein Weizenbierglas, im Hintergrund waren Felsstelen mit einer Weltkugel in der Mitte zu erkennen, und in der Ferne das Brockenplateau. Rechts neben der Felsskulptur stand ein Mann und schaute durch ein Fernglas zum Brocken hinüber. »Sie sehen mich dort auf der Terrasse der Bavaria Alm auf Torfhaus. Das Bild hat eine Kellnerin heute Nachmittag aufgenommen«, behauptete er.

»Das beweist doch nichts«, entgegnete Eike, »das kann irgendwann fotografiert worden sein.«

»Augenblick«, sagte Bödecker siegessicher und tippte erneut auf das Handy, »hier, sehen Sie, Datum und Uhrzeit.«

Eike las: »3.10.2017, 15:35 Uhr.«

Bödecker grinste selbstgefällig. »Kleine Nachhilfe in Physik gefällig. Niemand kann zur gleichen Zeit an zwei verschiedenen Orten sein.«

»Danke für die Belehrung«, entgegnete Eike, »aber das beweist noch gar nichts. Datum und Uhrzeit lassen sich im Handy beliebig einstellen.«

Bödecker sprang hoch und schlug mit der Hand auf den Schreibtisch. Sein Gesicht glühte.

»Das glaube ich nicht«, kläffte er, »so viel Ignoranz ist mir im Leben noch nicht begegnet. Was macht es für einen Sinn, wenn Sie eindeutige Beweise infrage stellen. Reden Sie mit der Kellnerin. Die Dicke mit den langen schwarzen Haaren, vielleicht erinnert sie sich.«

»Das werden wir«, sagte Eike. »Würden Sie mir das Bild per E-Mail schicken?« Eike gab ihm seine Visitenkarte.

»Das wird für Sie Konsequenzen haben, Herr Wolf«, zischte er aus hartem Mund hervor und drohte mit dem Zeigefinger. »Ich bin Mitglied des niedersächsischen Landtages und genieße Immunität. Außerdem habe ich beste Kontakte zum Polizeipräsidium.«

»Wir machen nur unsere Arbeit, Herr Bödecker. Wo kämen wir hin, wenn wir Hinweise auf eine Straftat ignorieren würden?«

Bödecker wechselte erneut seine Gesichtsfarbe und wies mit dem Finger zur Tür. »Verlassen Sie sofort mein Haus!«, brüllte er.

* * *

Zwanzig Minuten später stellte Eike den Wagen an der Zufahrtsstraße zum großen Parkplatz auf Torfhaus ab. Ein kühler Wind empfing sie hier oben, als sie ausstiegen. Erstaunlich viele Motorräder standen noch aufgereiht auf dem Abstellplatz vor der Bavaria Alm, obwohl es inzwischen kurz vor sechs Uhr abends war. Eike und Corinna gingen an den Maschinen vorbei und betraten kurz darauf den Vorraum des Restaurants. Links von dem verglasten Kamin befand sich der Tresen, hinter dem ein Kellner Bier zapfte. Eike ging zu ihm.

»Entschuldigung«, sprach er den Mann an, »wir suchen eine Kellnerin mit langen schwarzen Haaren.«

Der Kellner stellte das schaumige Bierglas zur Seite, griff sich ein anderes Glas und begann erneut zu zapfen, so als wäre er taub. Erst als der Schaum überlief, schaute er Eike groß an und unterbrach abrupt seine Arbeit.

»Schwarze Haare, sagten Sie? Hat sie was angestellt?«, fragte er erstaunt.

»Wir möchten sie sprechen«, überging Eike die Neugier des Kellners.

»Sie hat eben Feierabend gemacht, ich weiß nicht, ob sie noch da ist«, sagte er.

»Wären Sie so freundlich, das für uns zu klären?«, drängte Eike ihn zum Handeln.

Der Kellner stellte das Bierglas ab und verschwand durch eine rückwärtige Tür. Wenige Minuten später kam er mit einer rundlichen Frau zurück. »Das ist Katrin Lange«, sagte er und wandte sich erneut dem Bierglas zu.

»Guten Tag, Frau Lange«, begrüßte Eike sie und stellte sich und Corinna vor. »Wir möchten Ihre Freizeit nicht unnötig strapazieren, aber Sie können uns helfen, eine Aussage zu überprüfen.«

Frau Lange sah die beiden Uniformierten mit fragenden Augen an. »Äh – ja«, sagte sie.

»Heute Nachmittag hat Sie ein Gast auf der rückseitigen Außenterrasse gebeten, ihn mit seinem Handy zu fotografieren. Können Sie sich erinnern, wann das war?«, wollte Eike wissen.

Sie schüttelte den Kopf. »Wissen Sie, wie viele Gäste ich jeden Tag fotografieren muss? Tut mir leid, an bestimmte Leute kann ich mich beim besten Willen nicht erinnern, und an die Zeit schon mal gar nicht. Bei uns geht es hektisch zu, besonders an Feiertagen. Für uns sind nur zwei Zeiten von Interesse: Arbeitsbeginn und Feierabend, dazwischen funktionieren wir nur noch wie Roboter.«

Eike sah Corinna an, und sie schien seinen Blick zu verstehen. Dann sah er zurück zur Kellnerin.

»Ja, natürlich, Entschuldigung«, sagte er.

»Tut mir leid, dass ich Ihnen nicht helfen konnte«, bedauerte sie und eilte nach draußen.

»Hätt ich mir eigentlich denken können«, bemerkte Eike kleinlaut.

»Komm, Eike, Feierabend war ein gutes Stichwort«, sagte Corinna und klapste ihn auf den Rücken. »Sei nicht enttäuscht«, schob sie tröstend hinterher.

Eike nickte und ging mit ihr nach draußen. Vor der Tür atmete er die kühle Luft tief ein und presste sie durch den geschlossenen Mund aus. Das tat gut. Er war überzeugt davon, mit Martin Bödecker den richtigen Mann am Haken zu haben. Die Indizien waren erdrückend, aber es würde schwierig werden, an ihn ranzukommen.

»Der will uns verarschen, aber ...« Eike unterbrach seinen Satz, weil er jemanden fluchen hörte.

»Verdammter Schrotthobel, spring endlich an!«

Es klang wie eine Frauenstimme. Eike sah sich um und entdeckte einen Motorradfahrer, der immer und immer wieder versuchte, seine Maschine zu starten. Der Helm verbarg das Gesicht, aber nach der Statur zu urteilen konnte es eine Frau sein.

»Blöde Karre!«, schimpfte sie, nachdem ein weiterer Versuch gescheitert war, und schlug wütend auf den Tank. Energisch stieg sie ab, klappte das Visier hoch und schaute sich um, wobei ihr Blick Eike traf und eine Weile bei ihm verharrte. Beide sahen sich stumm an. Zunächst fand Eike in ihren Augen den Ausdruck, der Hilfe suchte, aber dann entdeckte er noch etwas anderes, etwas, was er lange vermisst hatte, und an das er sich schwerlich erinnern konnte, seitdem seine Frau vor zwei Jahren ... *Nein, jetzt nicht daran denken,* unterdrückte er die schmerzliche Erinnerung.

Die Fahrerin schien sich nur wenig beruhigt zu haben, streifte den Helm ab und fuhr sich mit der Hand durch die kurz geschnittenen, struppig wirkenden Haare. Obwohl sie aufgebracht war, passte ihr grimmiger Blick so gar nicht zu ihrem reizenden Gesicht, und Eike konnte ein Lächeln kaum unterdrücken.

»Anstatt zu lachen, sollten Sie lieber helfen. Sie springt nicht an.«, wetterte sie.

»Merkwürdig«, sagte Eike. »Die Kawasaki Vulcan ist eigentlich eine zuverlässige Maschine. Haben Sie genügend Sprit im Tank?«, fragte er.

Sie legte den Kopf schief und Ihre Augen verloren augenblicklich an Freundlichkeit.

»Ich bin zwar eine Frau, aber nicht blond«, gab sie kühl zurück.

»Sind wir nicht alle ein bisschen blond?«, entgegnete Eike, nahm seine Dienstmütze ab und ließ sie einen Blick auf seine dunkelblonden Haare werfen, die ihrer Haarfarbe ähnelte.

»Sehr witzig«, zischelte sie, aber Eike glaubte, ein unterdrücktes Lächeln auf ihrem Mund zu erkennen. »Also, was ist, können Sie mir helfen, oder nicht?«

Eike warf Corinna einen fragenden Blick zu. Schließlich verfügte er auch über ihre Zeit, wenn er das Motorrad inspizieren würde. »Mach nur. Die Polizei, dein Freund und Helfer«, sagte sie und zwinkerte ihm zu.

Eike ging zu der Frau hinüber und spürte mit jedem Schritt ihre Anziehungskraft wie ein unsichtbares Band, das ihn fesselte. Ihre Motorradkombi roch nach frischem Leder.

»Darf ich mal?« Sie trat etwas zur Seite, um für ihn Platz zu machen. Eike hockte sich neben die Vulcan mit dem roten Tank, prüfte den Sitz der Kerzenstecker und den Kraftstofffilter, der verstopft zu sein schien. Er schraubte das Aufnahmegehäuse ab, nahm den Filter heraus, klopfte und pustete ihn sorgfältig aus. Dann baute er ihn wieder ein.

»Versuchen Sie`s jetzt mal«, sagte er. Die Frau setzte sich auf das Motorrad und drückte den Starter. Der Anlasser drehte einige Male durch. Es passierte nichts.

»Weiter, der Filter muss sich erst entlüften«, sagte Eike. Sie startete erneut, und nach ein paar Umdrehungen brummte der Zweizylinder munter drauf los. Ihre Augen strahlten.

»Danke! Sie verstehen etwas von Motoren«, sagte sie anerkennend.

»Ich fahre eine BMW R 60«, antwortete er und putzte sich die Hände an einem Papiertaschentuch ab. »Vielleicht trifft man sich ja mal wieder.«

»Vielleicht«, sagte sie und setzte den Helm auf. »Danke« Sie fuhr davon und Eike sah ihr nach.

»Na?«, neckte ihn Corinna, »was hat dich mehr fasziniert, die Maschine oder die Frau?« Eike lächelte, ohne zu antworten, und schaute weiter die Straße hinunter, obwohl die Frau längst außer Sicht war. »Brauchst nicht zu antworten, weiß ich auch so«, sagte sie, »war kaum zu übersehen.«

Eike fühlte sich ertappt. »Was du alles siehst«, wich er ihrer Anspielung aus und ging zum Auto voraus. Als Corinna zugestiegen war, drückte sie ihm einen Zettel in die Hand.

»Was ist das?«, fragte er überrascht.

»Ihr Kennzeichen. Du willst doch wissen, wie sie heißt und wo sie wohnt.«

Eike versuchte keine Miene zu verziehen, um seine Gefühle ihr gegenüber zu verbergen, doch sie ließ nicht locker und grinste ihn unentwegt von der Seite an. Schließlich verlor er die Selbstbeherrschung und lachte.

»Du bist doch ein ausgekochtes Schlitzohr«, sagte er und steckte den Zettel ein.

Eike ahnte in diesem Augenblick, dass ihm die Frau nicht mehr aus dem Kopf gehen würde.

Donnerstag, 5. Oktober 2017
Polizeikommissariat Clausthal-Zellerfeld

Er hatte am Abend zuvor vergeblich versucht, die Kawasaki-Frau von Torfhaus aus seinen Gedanken zu verdrängen, um endlich einschlafen zu können. Irgendwann, tief in der Nacht, siegte die Müdigkeit. Doch die Frau weckte ihn, lange bevor sein Wecker an der Reihe war. Bilder von Nadine und dieser fremden Frau trudelten durch seinen Kopf. Eigentlich eine angenehme Vorstellung. Allerdings bereiteten ihm die Gedanken an eine andere Frau auch ein schlechtes Gewissen. Er drehte sich aus dem Bett und schlurfte ins Bad.

Zwei Weißbrotscheiben hüpften aus dem Toaster. Eike warf die Zeitung auf den Tisch, die er soeben hereingeholt hatte und entnahm die gerösteten Scheiben. Um sich nicht daran die Finger zu verbrennen, wendete er sie von einer in die andere Hand, bis er sie auf den Teller fallen ließ. Der Kaffee aus der Padmaschine war bereits durchgelaufen. Eike setzte sich mit der Tasse an den Tisch und schlug die Zeitung auf. Die Headline der ersten Seite sprang ihm förmlich ins Gesicht und katapultierte ihn endgültig in den Alltag hinein:

Führerschein in den Tod
Junger Mann stirbt durch rücksichtslosen Biker

Typisch Melanie Moor, dramatischer ging es wohl kaum, dachte Eike. »Die Bildzeitung würde dich sicher mit Kusshand nehmen«, brummelte er laut vor sich hin. Was würde Ben Struwe, sein Chef, dazu sagen? Er rastete jedes Mal aus, wenn er solche knalligen Überschriften las. »Dieser Sensationsjournalismus fällt auch ein Stück auf uns zurück, schließlich sind wir die Hauptinformanten für die Presse. Seid also vorsichtig mit dem, was ihr den Zeitungsfritzen erzählt«, hatte er seine Leute eingeschworen. Der Dicke, wie Eike seinen schwergewichtigen Chef nannte, würde ihn gewiss zur Rede stellen. Auf ihn, Eike, war er wegen seiner Eigenmächtigkeiten sowieso nicht gut zu sprechen, hatte ihm sogar mit Versetzung gedroht. Und nun das.

Eike bestrich sein Toastbrot mit Konfitüre und las beim Kauen den Artikel. Plötzlich blieb ihm der Bissen fast im Hals stecken. *Laut einer vertrauenswürdigen Quelle geht die Polizei davon aus, dass ein Abgeordneter des niedersächsischen Landtages den Unfall verursachte und anschließend Fahrerflucht beging.*

»Das darf doch nicht wahr sein. Spinnt diese Zeitungstussi? Woher weiß die davon?« Der Dicke wird ihn in der Luft zerreißen. Eike sprang auf, griff zum Telefon und wählte das Büro von Melanie Moor.

»Melanie Moor, was kann ich für Sie tun?«, meldete sie sich mit freundlichem Ton.

»Sie können die Suppe auslöffeln, die Sie mir eingebrockt haben«, blaffte Eike in den Hörer. »Sind Sie noch ganz bei Trost? Was schreiben Sie für Mutmaßungen: Die Polizei geht davon aus, dass ein Abgeordneter des Landtages den Unfall verursacht hat. Geht's noch?«, polterte Eike drauflos.

»Herr Wolf, sind Sie das?«, vergewisserte sie sich.

»Wer sonst? Sie bringen mich mit dieser Behauptung in größte Schwierigkeiten. Wer hat Ihnen das gesteckt?«

»Es stimmt also«, folgerte sie daraus. *Du abgebrühtes Luder, du führst mich nicht aufs Glatteis*, dachte er.

»Frau Moor, Sie sind doch keine Anfängerin in dem Geschäft. Ich hatte Ihnen etwas mehr Fingerspitzengefühl und Professionalität zugetraut. Das war unseriös«, knurrte er.

»Herr Wolf, seit Internet und Facebook kämpfen die Zeitungen um ihre Leserschaft. Etwas Dramaturgie in der Berichterstattung muss erlaubt sein, das belebt die Auflage«, entgegnete sie.

»Ja, aber nur, wenn Sie bei der Wahrheit bleiben«, konterte Eike.

»Herr Wolf, ich kann eins und eins zusammenzählen. Es war leicht, den Motorradfahrer zu ermitteln, und erzählen Sie mir nicht, Sie wären zu einem anderen Ergebnis gekommen.«

»Ich erzähle Ihnen gar nichts mehr. Schönen Tag noch.« Eike warf das Telefon auf den Tisch. Der Appetit war ihm vergangen. Er fuhr ins Kommissariat.

* * *

»Morgen Eike. Struwe will dich sprechen. Du sollst ihn sofort anrufen«, empfing ihn Corinna Steinbrenner.

»Damit hab ich schon gerechnet«, sagte Eike. »Hast du die Zeitung gelesen?«

»Ja, ich bin sprachlos«, antwortete sie.

»Und ich bin stinksauer, aber dafür hab ich der Moor ordentlich die Meinung gegeigt«, sagte Eike und nahm das Mobilteil aus der Station. »Dann werde ich mir meinen Anschiss mal abholen.« Er drückte den Kontakt zur Polizeiinspektion Goslar. Als er hörte, wie auf der anderen Seite der Hörer abgenommen wurde, kniff Eike die Augen zusammen und hielt das Telefon auf Abstand, um Struwes Donnerstimme zu dämpfen.

»Wolf«, sagte Struwe in moderater Tonlage, »das Maß ist voll. Was Sie sich jetzt geleistet haben, kann ich auf keinen Fall durchgehen lassen.«

»So? Was habe ich mir denn geleistet?«, tat Eike unschuldig und überrascht.

»Spielen Sie nicht den Unschuldsengel. Lesen Sie keine Zeitung?« Sein Ton verschärfte sich.

»Ich weiß, worauf Sie anspielen, aber in dem Bericht steht nichts, was ich zu verantworten hätte«, stellte Eike klar.

»Wollen Sie mich für dumm verkaufen?« Struwe steigerte sich in Rage. »Woher sollte die Presse sonst von Ihren Verdächtigungen wissen? Wie kommen Sie überhaupt auf die Idee, es könne sich um einen Abgeordneten handeln?«

»Herr Struwe, bevor Sie mich vorverurteilen, sollten Sie meinen Unfallbericht abwarten. Dann können Sie den Vorgang richtig beurteilen«, antwortete Eike.

»Werden Sie nicht auch noch pampig. Ich werde gar nichts abwarten, sondern einen Versetzungsantrag für Sie nach Braunschweig schicken.«

Eike kochte innerlich und ein flaues Gefühl breitete sich in seiner Magengegend aus. Struwe war zwar ein Choleriker, aber seine Ankündigungen setzte er unnachgiebig in die Tat um. Eine Versetzung käme für Eike einem Supergau gleich, vor allem, wenn er seine Wohnung in Clausthal-Zellerfeld aufgeben müsste. Niemand verstand, warum er an dieser Wohnung wie eine Klette hing. *Nicht die Wohnung,* dachte er, *sie ist alles, was mir von meinem früheren Leben geblieben ist.* Er kämpfte die aufkommenden Erinnerungen nieder.

»Vielleicht denken Sie noch einmal darüber nach, wenn Sie den Bericht gelesen haben«, versuchte Eike, ihn umzustimmen.

»Wolf, wir sind Staatsbeamte und unserem Dienstherrn, also der Landesregierung und dem Parlament, gegenüber zur Loyalität verpflichtet. Und außerdem gehören laufende Ermittlungen nicht in die Medien, das sollten Sie wissen. Ich kann nichts mehr für Sie tun. Räumen Sie schon einmal ihren Schreibtisch auf!« Er drückte das Gespräch weg.

Eike fühlte sich in diesem Moment elend und hilflos. Er stand auf, schob die Hände in die Hosentaschen und stellte sich vor das Fenster. Über den Baumkronen des angrenzenden Waldes kreiste ein Greifvogel ruhig und majestätisch. Eike spürte die Blicke seiner Kollegin.

»Was ist, Eike?«

»Ach, gar nichts«, wies er sie ab. »Hat Bödecker inzwischen das Foto geschickt?«, fragte er übergangslos.

»Ist gerade eingetroffen«, antwortete Corinna. »Soll ich es ausdrucken?«

Eike nickte und suchte den Raubvogel. Er war verschwunden. Eike setzte sich zurück an seinen Schreibtisch und betrachtete das Foto, das Bödecker auf der Bank mit einem Glas Bier vor sich auf dem Tisch zeigte. Sein selbstgefälliges Lächeln und die weiß-rote Kombi leuchteten in der Nachmittagssonne. Ein beschauliches Bild, das einen zufriedenen Motorradfahrer während einer Tourpause präsentierte. Er selbst kannte solche Momente, wenn er mit seiner BMW ein Etappenziel erreicht hatte und bei einem Kaffee oder alkoholfreiem Weizenbier den Tag genoss. Bödecker lächelte in die Kamera, als sei nichts gewesen, aber Eike wusste es besser.

»Dem wird das Lachen hoffentlich bald vergehen«, sagte Eike.

Corinna rollte mit ihrem Bürostuhl an seine Seite. »Solche Idioten bringen leider die ganze Motorradfahrerzunft in Verruf, und geben denen recht, die alle Leute in Lederkluft und Helm für rücksichtslose Verkehrsrowdys halten«, meinte seine Kollegin.

»Lass uns kurz zusammenfassen, was wir haben«, schlug Eike vor. »Erstens: Wir haben Zeugenaussagen, die das Kennzeichen bis auf die Ortsbuchstaben erkannt haben. Bei unserer Recherche haben wir zweifelsfrei Martin Bödecker ermittelt.«

»Zweitens«, machte Corinna weiter, »die Farbe seiner Maschine deckt sich ebenfalls mit den Zeugenaussagen.«

»Nicht nur die seiner Kawasaki, sondern auch seiner Kombi«, ergänzte Eike.

»Drittens: Der Unfallhergang ist eindeutig durch Zeugen belegt«, setzte Corinna die Aufzählung fort.

Eike sprang impulsiv auf und stierte erneut aus dem Fenster. »Und viertens: Das nützt uns alles nichts, denn sein Alibi, zur selben Zeit auf Torfhaus gewesen zu sein, können wir nicht widerlegen«, schmollte er und drehte sich um. »Was haben wir übersehen, Corinna?«

»Haben wir etwas übersehen?«, zweifelte sie seine Befürchtung an.

»Ich bin sicher, dass dem so ist, aber ich weiß nicht, was ... doch ich werde es noch herauskriegen«, sagte er nachdenklich und setzte sich wieder.

»In unserem Job muss man Rückschläge akzeptieren können, sonst verliert man rasch sein Vertrauen in den Rechtsstaat«, gab Corinna zu bedenken. »Außerdem genießt er als Abgeordneter Immunität, und der Staatsanwalt wird den Teufel tun und ihn anklagen. Hak es ab, Eike.«

»Nein!«, gab Eike entschlossen zurück, »ein junger Mann hat sein Leben verloren. Das kann ich nicht einfach abhaken.«

Er vergrub sich hinter den Bildschirm seines Computers und begann mit dem Tippen der Unfallanzeige.

Ben Struwe knallte das Mobilteil seines Dienstapparates zurück in die Station. »Schröter«, schrie er durch den Raum, obwohl diese Lautstärke nicht notwendig war, denn die Verbindungstür der beiden Büros stand offen. Polizeikommissar Ingo Schröter, Struwes Günstling, den er zu seinem Assistenten und Vertrauten protegierte, erschien augenblicklich in der Tür und sah ihn ehrfürchtig an.

»Schröter, haben Sie eine Idee, wohin wir Eike Wolf versetzen könnten?«

Schröter fuhr ein ironisches Grinsen durchs Gesicht. »An welche abgeschiedene Amtsstube haben Sie gedacht?« Schröter lachte gekünstelt.

»Ich sehe, Sie haben mich verstanden«, lächelte Struwe gönnerhaft. »Ich dachte an einen Ort, wo er nicht mehr alles mitbekommt und aus dem Blickfeld der Presse verschwindet.«

»Hm«, überlegte Schröter, »bei der derzeitigen Planstellenlage wird es schwierig werden, einen solchen Ort zu ...« Er unterbrach den Satz. »Augenblick mal«, führte er weiter aus, »Altenau ist doch ein hübscher Ort und in der Polizeistation ist durch die Pensionierung von Harald Bosse ein Stuhl freigeworden.«

»Stimmt«, ergötzte sich Struwe an der Idee, »darauf hätte ich selbst kommen können. Genau, da kann er höchstens mal einen Nachbarschaftsstreit schlichten oder Wildschweine aus den Gärten verjagen und kommt nie mehr auf dumme Gedanken. Bereiten Sie den Versetzungsantrag vor.«

»Mit Vergnügen«, sagte Schröter mit hämischem Unterton und verschwand in seinem Büro.

Struwe hatte seinen Unmut nicht ganz überwunden und schmiss die Zeitung achtlos in die äußerste Ecke seines Schreibtisches. Kurz darauf meldete das Telefon einen Anrufer. Struwe schaute auf das Display. Weder ein Name noch eine Nummer wurden angezeigt. Impulsiv riss er das Telefon ans Ohr. »Polizeiinspektion Goslar, Struwe«, meldete er sich nörglerisch.

»Was ist denn mit dir los? Martin hier«, hörte er die vertraute Stimme von Martin Bödecker aus dem Hörer. »Soll ich später noch mal anrufen?«, gab sich Bödecker verständnisvoll.

»Nein, nein, Martin. Entschuldige, ich hab etwas Stress«, antwortete er.

»Das ist ja nichts Neues bei dir. Es wird Zeit, das endlich zu ändern, meinst du nicht?«, fragte Martin undurchsichtig.

»Du als Politiker hast gut reden. Was hab ich alles versucht«, lachte Struwe gekünstelt, »nur leider bisher keinen Weg gefunden. Aber was verschafft mir die Ehre deines Anrufes?«

»Zwei Dinge. Zuerst hat mich der Zeitungsbericht über den tödlichen Unfall bei Clausthal beunruhigt.« Er machte eine Atempause. »Mensch, Ben, ihr solltet der Presse nicht solche Informationen geben. Das ist politisch hochbrisant. In einigen Tagen ist Wahl. Wenn mit dem Hinweis auf einen Abgeordneten ein Name in Verbindung gebracht wird, und es ist leicht, den herauszukriegen, dann schädigt das den Ruf der ganzen Partei. Du kannst dir sicher denken, was dann los ist?«

»Ich weiß, Martin. Ein kleiner Provinzpolizist wollte sich wohl damit wichtigtun. Aber sei unbesorgt, ich werde ihn kaltstellen«, erklärte Struwe.

»Unbesorgt? Du machst mir Spaß. Du weißt, dass ich selbst Motorradfahrer bin, und dein Provinzbulle hat mich zu Hause aufgesucht und befragt, weil er mich verdächtigt. Wir müssen reden.«

»Du hattest noch einen zweiten Punkt«, sagte Struwe.

»Ich möchte dir einen Weg aufzeigen, wie du stressfreier über die Runden kommst«, sagte Bödecker.

»Du willst mich auf den Arm nehmen«, erwiderte Struwe. »Also, was willst du wirklich?«

»Ben, du solltest mich besser kennen. Ich möchte mit dir über deine Karriere sprechen – ernsthaft«, sagte Martin.

»Du?« Bens Stimme überschlug sich beinah vor Erstaunen. »Welches Interesse hast du an meiner Karriere?«

»Nicht am Telefon, Ben. Ich lade dich zum Mittagessen ein. Wie wärs um zwölf Uhr in der Butterhanne? Beim Steak und einem Glas Barbarossa lässt es sich besser plaudern. Hast du Zeit?«

Ben Struwe war für gutes Essen immer zu haben, und in der Butterhanne war er schon lange nicht mehr gewesen. Aber was hatte Martin Bödecker mit ihm vor? Ben kannte seinen Schulkameraden und Jugendfreund gut genug, um zu wissen, dass er nicht allein seine Gesellschaft suchte. Martin hatte es bis in die bezahlte Politik geschafft, und das hatte ihn nachhaltig geprägt. Er war früher schon ein Schlitzohr gewesen und hatte in keiner Weise etwas ohne eigennützigen Hintergedanken getan. Es steckte also mehr dahinter. Aber was?

»Butterhanne klingt gut«, willigte Ben ein, »also bis nachher.« Er legte auf und lehnte sich zurück. *Was hast du mit mir vor, du Fuchs?*, dachte er.

Ben Struwes Nerven waren zum Zerreißen gespannt. Er hatte keinen blassen Schimmer, was sein alter Kumpel von ihm wollte. Bödecker machte kaum etwas ohne Eigennutz. Eine Hand wäscht die andere, das war sein Leitspruch, den er allerdings meist einseitig auslegte. Früher waren sie oft mit ihren Mopeds unterwegs gewesen, hatten Mädchen aufgerissen und gekifft, aber er war keiner von der Sorte, auf die man sich zu hundert Prozent verlassen konnte. Er verhielt sich nur wie ein Freund, wenn er einen Vorteil für sich ausmachte, andernfalls verlangte er eine Gegenleistung. Ben hatte ihn einmal mit dem Moped von seinem Mädchen abgeholt, weil seine Maschine einen Platten hatte. Auf der Rückfahrt geriet Martins Hose an die schmierige Mopedkette. Zwei Tage danach präsentierte er Ben die Rechnung der Reinigung. Martin war immer für Überraschungen gut.

Das Restaurant war um die Mittagszeit gut besucht. Ben verharrte kurz im Eingangsbereich und sah sich nach seinem Gastgeber um.

»Ben, hier.« Martin stand im hinteren Bereich an der Brüstung einer abgeteilten Sitzgruppe und winkte ihm zu. Struwe legte die Jacke ab und setzte sich. Eine Kellnerin reichte ihnen die Speisekarte und Martin bestellte vorab zwei Gläser Barbarossa aus der Hausbrauerei.

»Ich bin schon Ewigkeiten nicht mehr hier gewesen«, sagte Struwe, während er in der Karte blätterte. »Du hast mich neugierig gemacht. Was meintest du damit, über meine Karriere zu sprechen?«

Bödecker legte seine Speisekarte zur Seite und sah Struwe eindringlich an. »Du solltest längst Polizeirat und Referatsleiter beim LKA in Braunschweig sein, meinst du nicht?«, sagte er geradlinig.

Struwe klappte jetzt ebenfalls seine Karte zusammen.

»Nun ja«, antwortete er ausholend, »dagegen hätte ich nichts einzuwenden, aber das liegt nicht allein in meiner Hand. Dazu müssen mehrere Konstellationen passen. Eine Planstelle zum Beispiel und, was viel wichtiger ist, ein Förderer in der Direktion Hannover.«

»Dafür könnte ich sorgen«, sagte Bödecker.

»So? Und was muss ich dafür tun?«, fragte Struwe überrascht. Bödecker lächelte.

»Wenn die Wahl übernächsten Sonntag für meine Partei und für mich gut ausgeht, und ich erneut Fraktionsführer und Mitglied im Verkehrsausschuss werde, kann ich meine Kontakte in die Waagschale werfen.« Er unterbrach, da die Kellnerin die Getränke brachte und die Bestellungen entgegennahm.

»Das ist eine verlockende Vorstellung, aber das habe ich ebenso wenig in der Hand. Da musst du auch deine anderen Wähler überzeugen«, sagte Struwe, als die Bedienung gegangen war.

»Das geht klar, die Umfragewerte sind ermutigend«, entgegnete er, wobei sich auf seiner Stirn nach und nach Sorgenfalten zeigten. »Bis auf einen wunden Punkt«, gab er schließlich preis, »und darüber wollte ich mit dir reden.«

Bödecker setzte einen Moment aus und schluckte. Dann erhob er sein Bierglas. »Zum Wohl! Auf deine und meine Karriere«, prostete er seinem Gast zu.

Struwe wischte sich den Schaum von der Oberlippe. »Was für einen wunden Punkt?«, fragte er gespannt. Bödecker wirkte unentschlossen, und Struwe sah ihm an, wie es in seinem Kopf rumorte.

»Der Unfall gestern«, sagte er zögerlich.

Struwe sah ihn entgeistert an. »Was hast du damit zu tun?« Bödecker blickte sich um wie ein Ladendieb kurz vor dem Zugriff.

»Ich sag mal so: Ich bin darin verwickelt, obwohl ich ein unumstößliches Alibi habe.«

Die Kellnerin servierte das Essen.

»Aber dann hast du doch nichts zu befürchten«, wandte Struwe ein.

Bödecker wog den Kopf hin und her. »Ben, die Presseleute gieren nach jeder Sensation. Bei denen glühen bereits die Telefone. Ich bin sicher, die haben längst meinen Namen herausgefunden. Die Schlagzeile von Morgen habe ich direkt vor Augen.« Er blickte sich abermals verstohlen um und sprach im Flüsterton weiter: »Tödlicher Unfall bei Clausthal-Zellerfeld. War der Oppositionsführer Martin Bödecker daran beteiligt?« Bödecker stocherte appetitlos auf seinem Teller herum. »Ben, das wäre mein politischer Untergang. Du musst die Presseleute in Schach halten, zumindest bis nach der Wahl, und halte mir deinen Sheriff vom Hals.«

Struwe führte gerade die Gabel zum Mund, hielt kurz inne und legte sie dann ab. »Ich werde den Unfall zum Anlass nehmen und für morgen zu einer dringenden Pressekonferenz einladen.«

»Was willst du denen sagen?«, fragte Bödecker verunsichert.

»Lass mich nur machen, und jetzt lass es dir schmecken.«

»Guten Appetit, Herr Polizeirat in spe«, antwortete Bödecker.

Freitag, 6. Oktober 2017
Polizeiinspektion Goslar

Die Aula, wie der große Besprechungsraum der Polizeiinspektion Goslar genannt wurde, war an diesem Morgen rappelvoll. Ben Struwe hatte gleich nach dem Gespräch mit Martin Bödecker an die Redaktionen der Harzer Zeitungen die Einladung zu einer außerordentlichen Presseinformation versendet. Es kam zwar äußerst kurzfristig, aber er kannte die Presseleute gut genug, um zu wissen, dass die Redakteure schon eine Sensationsbombe krachen hörten, und das wollte sich keiner entgehen lassen. Demzufolge schwappte ihm aufgeregtes Stimmengewirr entgegen, als er in Begleitung von Ingo Schröter den Raum betrat. Beide setzten sich an die Stirnseite des langen Konferenztisches, und augenblicklich wandelte sich das Gemurmel in angespannte Stille. Struwe schaute in die Runde und erkannte viele Gesichter, auch Melanie Moor, die für ihre hintergründigen Fragen berüchtigt war. Sie arbeitete als freie Journalistin für verschiedene Zeitungen der Region. Bei ihr musste man auf der Hut sein, um nicht ungewollt vertrauliche Informationen auszuplaudern.

»Guten Morgen, meine Damen und Herren. Entschuldigen Sie die kurzfristige Einladung zu dieser Pressekonferenz«, begann Ben Struwe seinen Vortrag, »umso mehr freuen wir uns, das Sie es einrichten konnten, trotzdem teilzunehmen. Das zeigt, wie groß Ihr Interesse an dem Thema Verkehrssicherheit ist, was wir sehr begrüßen. Der tragische Unfall am Dienstag, bei dem ein junger Mann ums Leben kam, hat uns zu dieser spontanen Veranstaltung veranlasst.« Er ließ den Anwesenden kurz Zeit, ihre Notizen zu machen. »Das Jahr ist zwar noch nicht zu Ende, aber ich möchte Ihnen trotzdem die vorläufige Unfallstatistik für den Harz und die Kyffhäuserregion vorstellen. Wir hatten bisher 297 Motorradunfälle, davon 197 mit zum Teil schweren Verletzungen und leider sechs Toten.«

Struwe gab erneut Gelegenheit zum Mitschreiben.

»Das ist verglichen mit anderen Regionen überdurchschnittlich hoch. Daran können Sie zum einen erkennen, wie beliebt unsere Harzregion bei den Bikern ist, was den Tourismusverband und die Gastronomie freuen dürfte. Zum anderen zeigen diese Zahlen aber auch, welch tragische Konsequenzen damit verbunden sind.«

Struwe sah die erhobene Hand von Melanie Moor. »Bitte sehr, Frau Moor«, forderte er sie auf, ihre Frage zu stellen. Alle Blicke schwenkten zu ihr.

»Herr Struwe, wollen Sie damit sagen, dass die Kampagne *Sicher durch den Harz* ein Flop war?«

»Nein, Frau Moor, das will ich damit nicht sagen. Ich gebe zu, dass wir nicht alle Biker damit erreichen konnten, und deshalb möchte ich um Ihre Unterstützung werben«, antwortete er.

»Und wie stellen Sie das konkret vor?«, fragte sie weiter.

Struwe räusperte sich. »Nun ja, Sie könnten zu Beginn der neuen Saison, also im April nächsten Jahres, noch einmal auf diese Aktion hinweisen. Vielleicht sogar regelmäßig Tourvorschläge veröffentlichen, die auf Schwierigkeitsgrade, Gefahren und Sehenswürdigkeiten hinweisen. So wären wir in der Lage, die Ströme besser zu lenken und zu überwachen.«

»Das Gegenteil werden Sie damit erreichen«, unterbrach sie ihn. »Die werden Ihnen was husten und auf die Straßen ausweichen, die weniger überwacht sind.«

Struwe nickte. »Ich sehe, Sie haben die Strategie durchschaut, Frau Moor. Das werden hauptsächlich die unverbesserlichen Raser sein, die wir damit von der Masse trennen und erwischen können.«

Eine Reporterin der Mitteldeutschen Zeitung meldete sich. »Würden Sie so weit gehen und den Harz für Motorräder sperren?«

»Dazu sind wir nicht befugt. Das würde außerdem kaum jemand in Erwägung ziehen. Die wirtschaftlichen und politischen Folgen wären dramatisch.«

Melanie Moor zeigte erneut auf. »Apropos Politik. Ich möchte noch einmal auf den tödlichen Unfall zurückkommen«, sagte sie.

Endlich wird's interessant, schoss Ben Struwe durch den Kopf, *ich dachte schon, die fragt nicht mehr.* »Bitte, Frau Moor«, erteilte er ihr das Wort mit einem sarkastischen Zwischenton.

»Ist der Landtagsabgeordnete als Unfallverursacher inzwischen festgenommen worden?«

Grabesstille erfasste für einige Sekunden die Aula und die Frage hing wie eine Gewitterwolke im Raum.

»Wie kommen Sie darauf, Frau Moor?«, parierte er den Angriff.

»Kommen Sie, Herr Struwe, es war selbst für mich kein Problem, anhand der Gespräche am Unfallort den Motorradfahrer zu ermitteln. Soll ich den Namen nennen?« Sie versuchte ihn offenbar aus der Reserve zu locken.

»Davon würde ich Ihnen dringend abraten, wenn Sie eine Verleumdungsklage vermeiden wollen«, entgegnete er. »Der Fahrer, den wir aufgrund der Aussagen ermittelt haben, ist tatsächlich Mitglied des Landtages. Allerdings hielt er sich zum Unfallzeitpunkt nachweislich woanders auf. Er kann es demnach nicht gewesen sein. Solche verwirrenden Angaben kommen immer wieder vor, wenn die Wahrnehmung von Unfallbeteiligten durch die Stresssituation geschwächt ist. Die Fahndung nach dem Motorradfahrer läuft weiter.«

Struwe wartete auf sonstige Wortmeldungen.

»Ich hätte noch eine Frage«, meldete sich Malte Hahne von der Goslarschen Zeitung, den Struwe gut kannte.

»Bitte, Herr Hahne.«

»Was macht Sie so sicher, dass der Motorradfahrer den Unfall verursacht hat? Wäre es nicht denkbar, dass der Verunglückte, als unerfahrener Fahranfänger, beim Überholmanöver des Bikers falsch reagiert hat und von der Fahrbahn abgekommen ist?«

»Ja, Sie haben recht, aber das wird das Gericht klären müssen. Auf jeden Fall brauchen wir den Motorradfahrer als wichtigen Zeugen.« Struwe schaute durch die Reihen. »Gibt es weitere Fragen?«

Niemand meldete sich mehr. Die Ersten klappten ihre Notebooks und Kladden zu.

»Ich danke für Ihre Aufmerksamkeit und Ihr Verständnis und bitte eindringlich, in Ihrer Berichterstattung sachlich zu bleiben. Wir stehen Ihnen zur Beantwortung weiterer Fragen gerne zur Verfügung.« Struwe schloss die Sitzung. Gemurmel wallte auf, Stühle wurden gerückt und die Presseleute verließen die Aula. Bis auf Melanie Moor.

»Frau Moor, ist noch etwas unklar?«, fragte Struwe.

Sie kam näher an ihn heran und fragte flüsternd: »Warum decken Sie Martin Bödecker?«

Struwe sah sie entrüstet an. »Frau Moor, seien Sie vorsichtig mit dem, was Sie sagen«, gab er zurück.

Sie ging und drehte sich in der Tür zu ihm um. »Ich kriege es raus«, sagte sie und verschwand.

Das hätte Eike nie im Leben für möglich gehalten, eines Tages in Altenau Dienst schieben zu müssen. Er hatte nichts gegen diesen beschaulichen Ort, schließlich gab es hier sogar eine Brauerei, aber sich in dieser Idylle als Polizist zu langweilen, da hätte er ja gleich zur Heilsarmee gehen können. Gefrustet parkte er seine BMW R60 im Hinterhof des Gebäudes, in dem neben einer Zahnarztpraxis auch die Polizeistation untergebracht war. Seine Laune lag nicht allein durch diese Erniedrigung auf Ground Zero, sondern auch die Auspuffhalterung seiner Oldtimermaschine hatte sich gelockert, und das Werkzeug lag zuhause in der Garage. Er setzte den Helm ab und schlenderte um die Hauswand herum zur Eingangsseite.

»Ich seh dich hier zum ersten Mal. Bist der neue Wachtmeister, stimmt's?«, hörte er eine kratzige Stimme von oben. Eike schaute an der Häuserzeile hinauf und entdeckte im Obergeschoss des Nachbargebäudes eine ältere Dame mit verschränkten Armen auf der Fensterbank liegen. Ihre langen weißen Haare wehten ihr übers Gesicht. Sie wischte sie beiseite und klemmte sie hinter die Ohren. Ihr hageres Gesicht mit der schlanken Nase erinnerte ihn an eine Harzer Hexe.

»Wie heißt du denn?«, wollte sie wissen.

»Ich bin Eike Wolf, und Sie ... äh ich meine du?«

»Hier nennen mich alle Gußchen«, sagte sie. »Wenn du mal was wissen willst, bist du bei mir richtig«, bot sie sich an.

»Danke, das Angebot möchte ich gleich annehmen. Ich brauche etwas Werkzeug, der Auspuff an meiner Maschine hat sich gelockert. Wo kann ich hier so was herbekommen?«

»Da gehste am besten zu Pia. Hier gleich um die Ecke, hinter dem Kreisel rechts.« Sie zeigte die Straße entlang, die in den Kreisverkehr mündete. »Die hat ne kleine Werkstatt für ihre Knattergäste, und ein Motorrad hat die auch.«

»Was sind denn Knattergäste?«, fragte Eike verwundert.

»Na, das sind diese motorisierten Lederaliens, die jedes Jahr über den Harz knattern«, erklärte sie.

Eike musste laut lachen. »Verstehe«, rief er ihr zu. »Also, man sieht sich«, verabschiedete er sich.

»Wird sich in Altenau kaum vermeiden lassen«, antwortete sie.

Eike betrat das Gebäude, indem er von nun an seinen Dienst verrichten würde. Geradeaus, neben einer Glastür, informierte ein Hinweisschild, dass sich dahinter die Räume der Polizeistation verbargen. Eike klingelte und kurz darauf wurde geöffnet. Sein neuer Kollege, Thomas Eckert, lächelte freundlich. Er sah in seiner Uniform etwas unbeholfen aus. Die Hosenbeine schleiften fast auf dem Boden und die Knopfreihe der Jacke bewahrte seinen Bauch vor unkontrollierter Expansion.

»Eike!«, begrüßte ihn sein neuer Kollege überschwänglich und drückte seine Hand. »Mensch, Eike, willkommen in der Einsamkeit.« Eike und Thomas kannten sich von früheren Einsätzen und Schulungen, die Chemie zwischen ihnen stimmte.

Eike, trat ein und schnallte seinen Rucksack ab. »Thomas, wie hast du es hier so lange ausgehalten?«, fragte er neckisch.

»Ach weißt du, die paar Jahre bis zur Pensionierung halte ich noch durch, außerdem ist es nicht das Schlechteste, dort zu arbeiten, wo andere Urlaub machen. Und die Leute sind sehr nett hier, man kennt sich halt«, antwortete Thomas.

»Ja, ich wurde bereits würdig empfangen«, sagte Eike.

Thomas lachte. »Bestimmt von Gußchen, unserem Urgestein. Ihr richtiger Name ist Auguste Heckedier, aber sie mag ihren Namen nicht hören. Sie kennt jeden und weiß über alles Bescheid.«

Eike schlüpfte aus der Motorradkombi, die er über die Uniform gezogen hatte, und richtete seinen neuen Arbeitsplatz ein. Thomas bediente in der Zeit die Kaffeemaschine und informierte Eike bei einer Tasse über die aktuellen Vorgänge.

Außer einer Anzeige wegen wiederholter nächtlicher Ruhestörung durch eine Motorsäge gab es noch einen handgreiflichen Nachbarschaftsstreit zu schlichten, der um einen Geräteschuppen entbrannt war, dessen Grenzabstand angeblich zu gering sei.

»Ist das alles?«, fragte Eike verwundert.

»Hauptsächlich mach ich Telefondienst«, antwortete Thomas.

»Dann ist das hier so eine Art Freund und Helfer Call Center«, witzelte Eike.

Thomas lachte hell auf. »Ja, nur mit dem Unterschied, dass kaum jemand anruft.«

Eike sackte in seinem Stuhl zusammen und ließ die Arme baumeln. »Das werde ich Struwe nie verzeihen«, fauchte er, griff zur Kaffeetasse und nahm einen tiefen Schluck. »Dann kann ich ja zwischendurch den Auspuff meiner Maschine reparieren, ohne den dienstlichen Ablauf dieser Station zu stören«, sagte er nach einer Weile.

»Klar«, meinte Thomas, »das habe ich mit Harald auch immer locker gehandhabt.«

»Gußchen hat mir die Werkstatt von Pia empfohlen. Wer ist das?«

Als Eike den Namen aussprach, huschte ein Strahlen über Thomas` Gesicht.

»Pia Lohmeier, die Frau ist der Hammer«, schwärmte er, »bildhübsch und geradlinig, wenn ich noch jünger und nicht verheiratet wäre ...« Er ließ den Satz unvollendet und sprach lächelnd weiter: »Ihre kleine Pension heißt *Pias Bikerstopp*, und sie hält als besonderen Service eine gut bestückte Werkstatt für Schrauber-Biker bereit.«

»Genau was ich brauche«, sagte Eike. »Hältst du die Stellung, wenn ich sie gleich mal besuche?«

»Klar, aber pass auf, dass sie dir nicht den Kopf verdreht«, warnte Thomas.

Eike setzte die Dienstmütze auf und schob seine BMW vom Hinterhofparkplatz das kurze Stück bis zu der Pension hinüber. Vor dem Haus stellte er sie neben einer Kawasaki Vulcan ab, die hier geparkt war. Eike betrachtete das gepflegte Motorrad und glaubte, es erst neulich gesehen zu haben. Der auffällig rote Tank – war ihm der nicht letztens auf Torfhaus aufgefallen? *Klar! Das ist die Maschine mit dem verstopften Benzinfilter*, erinnerte er sich, und an die wütende Frau, die ihm seitdem im Kopf herumschwirrte. Dann fiel ihm der Zettel ein, den Corinna ihm zugesteckt hatte, und fischte danach in der Jackentasche herum. *Das ist sie*, schoss ihm augenblicklich in den Sinn, als er das Kennzeichen mit Corinnas Notiz verglich. Sein Herzschlag erhöhte sich merklich, was ihn seltsam irritierte. Herzklopfen wegen einer Frau – das war schon lange her. Er kam sich vor wie ein verknallter Pennäler und versuchte, das Gefühl zu unterdrücken, gab den Versuch aber umgehend auf. Die Frau hatte sich in seinem Kopf festgesetzt. *Und unangenehm war diese Gefühlsregung schließlich keineswegs*, gestand er sich ein.

Er drückte zweimal kurz den Klingelknopf. Schritte näherten sich im Haus, und es erschien der unscharfe Schatten einer Person auf der Türverglasung. Die Tür wurde geöffnet und dann stand sie vor ihm und lächelte. In ihrer Jeans und schwarzen Strickweste zeigte sich ihre perfekte Figur, besser noch als in einer Motorradkluft. Ihre blaugrünen Augen sahen ihn fragend an.

»Wie ich sehe, sind Sie nach meiner Reparaturarbeit an Ihrer Maschine wieder gut nach Hause gekommen«, sagte Eike.

»Bilden Sie sich nur keine Schwachheiten ein«, entgegnete sie. »Wie haben Sie überhaupt herausgefunden, wo ich wohne?«

Eike schmunzelte. »Kleinigkeit, schließlich bin ich bei der Polizei«, antwortete er.

»Und sind der Nachfolger von Harald Bosse«, wusste sie bereits. »Was haben Sie bloß angestellt?«

»Angestellt? Wie kommen Sie denn darauf?«, staunte Eike.

»Nach Altenau versetzt zu werden, ist sicher keine Auszeichnung«, sagte sie frei heraus.

»Polizeidienst ist überall ehrenwert, Frau Lohmeier«, verteidigte sich Eike.

»Entschuldigung, ich wollte Ihnen nicht zu nahe treten«, sagte sie kleinlaut und entschädigte Eike mit einem unvergleichlichen Lächeln. »Willkommen in Altenau.« Sie reichte ihm die Hand.

»Jetzt gefällt es mir hier schon besser«, sagte er und erwiderte den Händedruck.

»Sagen Sie, weshalb sind Sie wirklich zu mir gekommen?«, wollte sie nun wissen.

»Meine R60 braucht einen kleinen Boxenstopp, bevor der Auspuff ganz abfällt, und Thomas sowie euer Gußchen haben mir von Ihrer Werkstatt vorgeschwärmt.«

»Dann kommen Sie mal mit«, forderte sie ihn auf und kam vors Haus. »Nehmen Sie ihr Moped gleich mit, dann hier entlang.« Sie führte ihn um das Haus herum durch ein breites Holztor in den Gartenbereich. In einem Nebengebäude, das früher scheinbar ein Stall gewesen war, befand sich die Werkstatt. Eike staunte über das reichhaltige Sortiment an Werkzeugen, Schrauben und Ersatzteilen. Alles war übersichtlich und ordentlich angeordnet.

»Die Werkstatt wird sauber verlassen und die Werkzeuge kommen zurück an ihren Platz«, sagte sie bestimmend, dann ließ sie Eike allein zurück.

Einen Auspuff festzuschrauben war für einen gelernten Automechaniker wie Eike keine Herausforderung, so wie der Beruf an sich. Das war auch der Grund gewesen, warum er sich für den Polizeidienst beworben hatte. Die Aufnahmeprüfung hatte er mit Bravour gemeistert, besonders im sportlichen Teil hatte er die Prüfer überzeugt. Sie wollten ihn sogar zur Sportschule der Bundespolizei nach Kienbaum schicken. Aber Eike hatte andere Ambitionen, er wollte ın den Kriminaldienst. Allerdings musste er rasch feststellen, dass im Beamtendienst zwischen Wunsch und Wirklichkeit oft ein tiefer Graben liegt. Wie so oft im Berufsleben braucht man drei Dinge, um seine Ziele zu erreichen: eine Planstelle, einen Gönner und etwas Glück. Eike bekam Ben Struwe.

»Was bin ich Ihnen schuldig?«, fragte Eike, nachdem er an der Haustür geklingelt hatte, um Pia Lohmeier Bescheid zu geben.

»Wir sind quitt«, sagte sie.

»Sind wir nicht«, entgegnete Eike betont.

»Ach ja? Und warum nicht?« Ihre Lippen öffneten sich und deuteten ein verheißungsvolles Lächeln an.

»Ich habe Sie schließlich aus einer tieferen Patsche geholt, als Sie mich«, argumentierte er und sah sie mit hochgezogenen Brauen an.

»Wollen Sie damit sagen, ICH wäre Ihnen noch etwas schuldig?«, gab sie schnippisch von sich.

Eike nickte eifrig.

»Vielleicht später«, sagte sie abweisend.

»Vielleicht Sonntag?«, hakte Eike nach. Nun hob sie die Brauen und sah ihn fragend an.

»Ich würde mir gerne die Hängebrücke an der Rappbodetalsperre ansehen. Wir könnten zusammen mit den Motorrädern hinfahren, unterwegs Essen gehen und abends noch ein Bier trinken.« Eike legte den Kopf etwas schräg und blickte sie erwartungsvoll an.

»Vielleicht«, wiederholte sie kühl.

»Dann hol ich dich um zehn Uhr ab ... vielleicht«, sagte er.

»Ich habe gar nicht mitbekommen, dass wir schon beim Du sind«, antwortete sie.

»Biker duzen sich.« Er streckte ihr die Hand entgegen. »Ich bin Eike.«

Sie zögerte einen Augenblick, faste dann mit sanftem Druck zu. »Pia«, sagte sie mit einer Betonung, aus der Eike ein - *Ja, aus uns könnte etwas werden* - heraushörte. Er hätte ihre Hand in diesem Moment am Liebsten nie wieder losgelassen.

»Kann ich meine Hand bitte wiederhaben?« Sie entzog sich seinem Griff. In Eikes Körper breitete sich Jubelstimmung aus, die sich beinah als Freudenschrei entladen hätte.

»Bis Sonntag, ich freu mich«, sagte er nüchtern, packte sein Motorrad und schob es zurück.

Er saß kaum wieder an seinem Schreibtisch, als das Telefon läutete. Eike nahm ab. »Kommissariat Clausthal ..., äh Polizeiinspektion Altenau, Wolf«, korrigierte er sich. An die neue Dienststelle musste er sich noch gewöhnen.

»Hauptkommissar Struwe«, tönte die zornig klingende Stimme seines Chefs aus dem Hörer. »Ihre Unfallanzeige werden Sie korrigieren« forderte er in einem Feldwebelton. »Solange nicht eindeutig nachgewiesen ist, dass Martin Bödecker am Unfall beteiligt war, möchte ich dessen Namen dort nicht lesen. Haben Sie das verstanden?«

»Eigentlich nicht«, entgegnete er, »die Zeugenaussagen sind für mich schlüssig, zumal die infrage kommenden Kennzeichen der anderen Motorräder nach Überprüfung auszuschließen sind. Und das Foto, das ihn auf Torfhaus zeigt, ist für mich kein Beweis, da die Uhrzeit eines Handys leicht zu manipulieren ist. Aber ich werde noch dahinterkommen.«

»Sie werden gar nichts«, donnerte er dazwischen. »Es war ein tragischer Unfall und Sie respektieren das gefälligst. Der Fall ist abgeschlossen.« Er drückte das Gespräch weg.

Unfalleinsätze waren für Eike zwar Routine, aber das Unglück und Leid der Betroffenen konnte er nie ganz ausblenden. Er hatte sich eine Strategie zurechtgelegt, die ihm half, einen klaren Kopf zu bewahren. Aus dem Gedächtnis rief er eine Checkliste ab, die er Punkt für Punkt abarbeitete. So brachte er Ordnung in das Chaos einer Unfallstelle und wusste immer, was zu tun ist. Unfallort absichern, Rettungsdienst und Feuerwehr koordinieren. Fotos machen, Zeugen befragen und ... nein, nicht alles war Automatismus. Es gab eine Situation, an der unter der Uniform außer Notizblock, Stift und kühlem Kopf auch ein Herz schlug, nämlich, wenn der Leichenwagen gerufen werden musste. Und das besonders heftig, wenn Jugendliche oder gar Kinder betroffen waren.

Felix Krüger war gerade achtzehn geworden, als sein Leben neben der Landstraße an einem Baum endete. Zu jung, um als nüchterne Zahl in irgendeiner Unfallstatistik unterzugehen. Schicksale lassen sich nicht in Zahlen zusammenfassen, die kaum jemanden interessieren. Nein, Eike hatte ihn am Lenkrad sterben gesehen, und das konnte er nicht gefühllos als Fall abheften. Er musste seinem Gewissen folgen und hatte sich für den Tag der Beerdigung freigenommen.

Die Friedhofskapelle war bis auf den letzten Stuhl besetzt. Selbst auf dem Platz vor dem Eingang standen zahlreiche Trauernde, meist junge Leute. Freunde, Bekannte und Arbeitskollegen, vermutete Eike. Man sah ihnen an, dass sie mit Bestattungen bisher kaum Berührungen gehabt hatten. Ihre Garderobe war für Trauerereignisse offenbar nicht eingerichtet und wirkte deshalb etwas unbeholfen.

In der hinteren Reihe der Kapelle hatte Eike noch einen Sitzplatz bekommen. Ganz vorne saßen Felix' Eltern, seine Schwester und die Großeltern. Daneben, im Gang zwischen den Sitzreihen, stand ein Rollstuhl, in dem eine Frau mit langen schwarzen Haaren saß. Eike konnte die Gesichter nicht sehen, aber er ahnte, was in ihnen vorging. Felix' Mutter weinte still in ein Taschentuch, das sie sich vor den Mund hielt. Ihre Tochter hatte sich an ihren Arm geklammert. Der Vater saß regungslos, als sei er schockgefroren.

Moderne Rockmusik, die Eike nicht einordnen konnte, untermalte gedämpft die Stille und schien durch die Fotos neben der Urne das kurze Leben von Felix Krüger für diesen Moment eingängig zu machen. Schluchzen und Schniefen übertönte hin und wieder die Musik, dazwischen hustete jemand.

Eine Frau mit Pagenschnittfrisur führte durch die freie Begräbnisfeier und hielt eine einfühlsame Trauerrede, in die sie Verwandte und Freunde mit einbezog. Das leise, aber dennoch mit unbegreiflichem Schmerz erfüllte Wehklagen der Mutter und Schwester zerrten an Eikes Fassung. Mehrmals schluckte er, um die aufwallenden Gefühle zu unterdrücken, und war erleichtert, als endlich die Urne zum Grab getragen wurde. Felix' Vater musste von der Mutter und Schwester gestützt werden. Er zeigte keine Gefühlsregung und seine Augen starrten ins Leere, als sei er in Trance. *Der Mann ist psychisch am Ende und braucht Hilfe, sonst kriegt der einen Knacks, von dem er sich nicht wieder erholt,* dachte Eike.

Dahinter wurde die junge Frau im Rollstuhl geschoben, deren Gesicht Eike im Vorbeifahren sah. Aus ihren dunklen Augen quollen dicke Tränen. Sie musste etwa im gleichen Alter wie Felix sein. Eike und ein älteres Ehepaar bildeten das hintere Ende des Trauerzuges.

An der Grabstätte hielt er sich respektvoll im Hintergrund und musste bewegende Szenen miterleben, die sich vorne abspielten. Nachdem sich die Trauergesellschaft allmählich auflöste, trat er als einer der Letzten an das Urnengrab, streute einige Blütenblätter darauf und hatte dabei das schreckliche Bild des sterbenden Jugendlichen vor Augen. Felix' Eltern und die Schwester verharrten regungslos neben der offenen Grube, als hielten sie Totenwache für ihren Sohn und Bruder. Eike musste an ihnen vorbei. Er blieb vor Felix' Mutter stehen, die ihn aus geröteten und nassen Augen ansah. In ihrem Blick lagen Trauer, Verzweiflung und etwas, was ihn irritierte, ja fast erschreckte. Es war ein Ausdruck, der nicht zu dieser Frau in dieser Situation passte. Was war es? Eike reichte ihr die Hand, die sie zaghaft annahm.

»Ich bin Eike Wolf, Polizeibeamter, und habe den Unfall aufgenommen. Ich möchte Ihnen mein aufrichtiges Beileid aussprechen«, sagte er und gab der Reihe nach dem Vater und der Schwester ebenfalls die Hand.

Frau Krüger atmete stotternd ein. »Vielen Dank. Schön, dass Sie gekommen sind«, sagte sie.

»Wenn Sie mehr über den Unfallhergang wissen möchten und Fragen haben, stehe ich Ihnen jederzeit zur Verfügung«, bot Eike an.

»Ja, das ist sehr freundlich«, sagte sie mit gebrochener Stimme. »Warum kommen Sie nicht anschließend mit zu uns nach Hause? Wir können das alles nicht begreifen und brauchen Antworten.« Sie musste erneut schluchzen.

»Natürlich, sehr gerne«, antwortete Eike.

Sie gab ihm eine Visitenkarte. »In einer Stunde? Ist das okay für Sie?«, schlug sie vor.

Eike nickte. »Kein Problem.«

Erleichtert, diese gefühlsbewegende Zeremonie überstanden zu haben, eilte er vom Friedhofsgelände. Er brauchte jetzt einen Kaffee, um die Anspannung wegzuspülen. Eine Straße weiter gab es ein Hotel, er suchte sich einen Tisch im Restaurant und bestellte einen doppelten Espresso. Während er darauf wartete, betrachtete er die Visitenkarte, die er von Frau Krüger bekommen hatte. Es war eine von ihrem Mann. Marcus hieß er, war Diplom-Forstwirt und arbeitete bei der Nationalparkverwaltung in Wernigerode. *Offenbar ein naturverbundener Mensch*, dachte Eike. *Allerdings mit überspannten Nerven, angesichts der Verfassung, die er bei der Trauerfeier zeigte,* überlegte er weiter, und versuchte sich vorzustellen, was er für ein Mensch Marcus Krüger sein mochte. Der plötzliche Tod seines Sohnes hatte ihn offenbar völlig aus dieser Welt hinauskatapultiert, er schien nur noch eine Hülle zu sein.

Die Zeit verstrich und Eike machte sich auf den Weg in die Danziger Straße, die im Ortsteil Jürgenohl lag. Die Krügers wohnten dort in dem linken Eckhaus einer Häuserreihe mit geschmackvoll angelegten Vorgärten. In der Einfahrt vor der Garage stand ein grüner Toyota Pick-up. *Sicher der Dienstwagen von Marcus Krüger, der beruflich meist auf Forstwegen unterwegs ist,* konstatierte Eike. Er stieg aus und wunderte sich über die heruntergelassenen Rollläden an allen Fenstern. Felix' Schwester öffnete ihm, nachdem er geklingelt hatte. *Eine hübsche junge Frau,* fand Eike und schätzte sie auf Anfang zwanzig.

»Kommen Sie bitte, meine Eltern sind im Wohnzimmer«, sagte sie mit klarer Stimme und ging voraus. Es roch intensiv nach Weihrauch, der bei ihm einen Hustenreiz auslöste. *Seltsam,* dachte Eike, *das wird doch ausschließlich von strenggläubigen Katholiken benutzt. Die Bestattung war aber konfessionsfrei gestaltet.*

Das Wohnzimmer wirkte auf Eike bedrückend düster, es wurde nur von einigen Kerzen beleuchtet, die es in gespenstisches Licht tauchten. Eike kam sich in diesem Augenblick wie ein Eindringling vor, der die Ruhe einer stillen Andacht stört. Eine Szenerie, die ihm Unbehagen bereitete. Auf dem Couchtisch stand eine Glasvase, die mit einem seltsam glitzernden Granulat gefüllt war, in dem schwelende Räucherstäbchen steckten, die offenbar den strengen Weihrauchduft verströmten. Felix' Vater saß in einem Sessel und starrte auf ein Foto. Sicher eines von Felix, vermutete Eike. Auf der Lehne saß Frau Krüger und hatte den Arm auf die Schulter ihres Mannes gelegt. Irgendetwas stimmte hier nicht, Eike hatte ein ungutes Gefühl. *Eine außergewöhnliche Art, Trauer zu verarbeiten,* ging ihm durch den Kopf.

»Nehmen Sie doch Platz«, sagte Frau Krüger, ohne sich umzudrehen. Eike setzte sich auf die Couch. Felix' Schwester verließ das Wohnzimmer gleich wieder. Eike hörte, wie sie nach oben ging, von wo bald darauf Klavierspiel erklang. *Ballade pour Adeline*, hörte Eike heraus, obwohl sich Rhythmus und Melodie nicht recht zusammenfügten. Die gedämpften Saitenklänge steigerten die bedrückende Atmosphäre in diesem Haus. Eike wartete manierlich darauf, dass man ihn ansprach oder zumindest Fragen stellte, aber nichts dergleichen geschah. Felix' Eltern saßen weiterhin still nebeneinander und betrachteten das Bild, als sei Eike gar nicht anwesend. Er räusperte sich vernehmlich.

»Kann ich etwas für Sie tun?«, fragte er schließlich, um ein Gespräch anzuregen. »Vielleicht möchten Sie einen Seelsorger, mit dem Sie ihre Trauer besprechen. Ich könnte Ihnen jemand kommen lassen.«

Frau Krüger drehte sich jetzt zu ihm um. »Wie ist unser Sohn gestorben?«, fragte sie. Das Kerzenlicht flimmerte in ihren feuchten Augen.

»Er hat nicht leiden müssen, Frau Krüger«, log Eike.

»Er war noch so jung. Wie konnte es nur dazu kommen?«, wollte sie wissen.

»Nach unseren bisherigen Ermittlungen versuchte er einem entgegenkommenden Motorrad ausweichen und kam dabei von der Straße ab«, berichtete Eike.

Plötzlich schien Marcus Krüger aus seiner Lethargie zu erwachen. »Wollte oder musste?«, fragte er provozierend, ohne seinen Blick von dem Foto zu lösen. Diese Worte waren das erste, was Eike von dem Mann hörte. Seine Stimme klang fest und entschlossen.

»Er musste wohl ausweichen, um eine Kollision zu verhindern«, sagte Eike.

Krüger erhob sich, und drehte sich zu ihm um. Seine Augen strahlten Kälte aus, die Eike schaudern ließ. »Andernfalls wäre höchstwahrscheinlich der Motorradfahrer gestorben und nicht unser Sohn«, schlussfolgerte er.

»Das kann niemand mit Gewissheit sagen«, wich Eike aus.

»Und dieser Mensch lässt meinen Sohn kaltblütig sterben«, sagte er anklagend. »Das darf nicht ungesühnt bleiben.«

»Ich versichere Ihnen, dass wir alles tun werden, um den Verursacher zu ermitteln«, versprach Eike.

»Das reicht mir nicht«, entgegnete er.

»Marcus, bitte«, wies Frau Krüger ihren Mann zurecht, »die Polizei wird schon das Richtige tun.«

Krüger schwieg einen Moment.

»Fahren Sie Motorrad?«, fragte er dann.

»Ja«, antwortete Eike. Die Klavierklänge verstummten auf einmal, und eine mystische Ruhe lag in der Luft. Marcus Krüger setzte sich zurück auf den Sessel und starrte erneut geistesabwesend auf das Foto seines Sohnes. Eike wartete abermals geduldig in dem dämmerigen Wohnzimmer auf eine Reaktion seiner Gastgeber, aber nichts geschah. Frau Krüger stand jetzt hinter ihrem Mann und hatte die Hände auf seine Schultern gelegt. Obwohl sich die Familie in einer Ausnahmesituation befand, hielt Eike ihr Verhalten für äußerst merkwürdig. Er wollte möglichst rasch weg von hier, auch wegen des Geruchs der Räucherstäbchen, von dem ihm allmählich schlecht wurde.

»Wenn ich sonst nichts für Sie tun kann, würde ich mich gern verabschieden«, sagte Eike, nachdem er eine Weile wie abgestellt rumstand.

Frau Krüger sah ihn an, und da war wieder dieser diabolische Ausdruck in ihrem Blick, den Eike nicht zu deuten wusste.

»Ja, gehen Sie«, antwortete sie kaltherzig. Als Eike der Aufforderung folgte, sagte sie seufzend: »Sie können Felix nicht wieder lebendig machen.«

Eike verließ das Wohnzimmer und traf im Flur auf Felix' Schwester, die gerade die Treppe herunter gekommen war.

»Frau Krüger, Entschuldigung«, sprach er sie an, »ich hielte es für hilfreich, wenn Sie und Ihre Eltern psychologische Unterstützung zur Trauerbewältigung in Anspruch nehmen würden. Ich kann das für Sie in die Wege leiten.« Eike gab ihr seine Visitenkarte. Sie nahm das Kärtchen entgegen und öffnete ihm die Haustür.

»Herr Wolf«, hörte er Marcus Krüger von drinnen rufen. Eike drehte sich um. »Die Natur findet immer einen Weg, glauben Sie mir.«

Eike blieb einen Augenblick stehen. *Was meint er damit?*, wunderte er sich. *Der Schock durch den schmerzlichen Verlust seines Sohnes muss ihn ziemlich verwirrt haben. Er braucht dringend Hilfe*, dachte Eike und wandte sich wieder der jungen Frau zu. »Darf ich Sie nach Ihrem Namen fragen?«

»Ich heiße Fiona«, antwortete sie.

»Fiona«, sagte Eike eindringlich, »sprechen Sie mit Ihren Eltern. Sie können mich jederzeit anrufen.«

Eike ging nach draußen und hörte, wie die Haustür ins Schloss fiel. Auf dem Gehweg blieb er kurz stehen und schaute zum Haus, das mit den geschlossenen Rollläden verlassen wirkte. Er atmete ein paar Mal tief durch und hustete sich die Atemwege vom Weihrauch frei, dann kehrte er zum Auto zurück. *Die Natur findet immer einen Weg* klang ihm wie eine Verheißung noch im Ohr. Was wollte Krüger damit sagen?

Eike startete den Motor und fuhr ab.

Damit hatte Pascal Koch im Leben nicht gerechnet. Ihm war, als hätte sich ein Traum erfüllt, aus dem er plötzlich als Abgeordneter des niedersächsischen Landtages aufgewacht war. Auf der Wahlparty am Sonntag in Hannover ging es nach der ersten Hochrechnung turbulent her. Die erste Prognose konnte sich zwar bis zur endgültigen Auszählung noch verändern, aber dass Pascal drin war, stand unverrückbar fest. Das hatte er Martin Bödecker, dem Parteivorsitzenden zu verdanken, der dafür gesorgt hatte, dass Pascal auf einen erfolgversprechenden Listenplatz gesetzt wurde. Nicht alle Parteifreunde fanden es fair, dass ein Newcomer wie er bevorzugt wurde, und es gab einigen Unmut in der Basis. Aber Martin Bödecker konnte sich mal wieder durchsetzen. Sein Wort hatte so viel Gewicht, dass sich Widersacher daran schnell einen Leistenbruch zuzogen.

Martin Bödecker hatte Pascal zu einer privaten Feier in sein Büro eingeladen. Diese Sonderbehandlung war Pascal beinahe peinlich, und er war gespannt, was Bödecker damit beabsichtigte. Er kannte seinen Parteivorsitzenden gut genug, um zu wissen, dass er ein gewiefter Taktiker war. Und nicht nur das, Pascal bewunderte seinen unermüdlichen Arbeitseifer und seine Motivation. Dieser Mann schien keinen Schlaf zu brauchen, er lief stets auf Volllast. Viele fragten sich, woher sein Parteifreund die Konstitution nahm. Nicht so Pascal, er kannte das Geheimnis.

Bödecker erhob das Sektglas. »Herzlichen Glückwunsch, Herr Abgeordneter!«, prostete er Pascal zu. »Wir sind zwar Oppositionspartei geblieben, aber der Wähler hat unsere Arbeit der letzten Jahre honoriert. Mit diesem Ergebnis hatte ich nicht gerechnet. Ich denke, darauf können wir stolz sein«, sagte er, als hielte er eine Laudatio.

»Von mir ebenfalls, Gratulation euch beiden für den Erfolg«, stimmte Manuela Fricke, Bödeckers Sekretärin, der kleinen Feierstunde bei. Sie warf Pascal noch einen herausfordernden Blick zu und zog sich aus dem Büro zurück.

Martin und Pascal tranken einen Schluck. »Na, wie fühlt man sich als Mitglied des Landtages?«, fragte Bödecker und grinste breit.

»Ich weiß nicht, das ist alles so ungewohnt. Plötzlich ist man wer, man wird wahrgenommen, aber gleichzeitig auch beobachtet«, antwortete Pascal.

»Ja, ja«, stimmte Bödecker zu. »Wer nicht aufpasst, was er sagt oder tut, wird angreifbar und der Höhenflug endet rasch mit einer Bruchlandung.« Er nippte an seinem Sektglas und bedachte Pascal mit einem nachdenklichen Blick. »Damit sind wir auch schon beim Thema, das ich mit dir besprechen wollte«, sagte er und überraschte Pascal umso mehr.

»Ich versteh nicht, welches Thema?«, fragte Pascal verunsichert.

»Komm, setz dich«, sagte Bödecker und schob Pascal zu der Sitzgruppe rüber, die eine Zimmerecke ausfüllte. Er fläzte sich selbstgefällig in einen der Ledersessel und schlug das Bein über. Pascal setzte sich übereck an seine rechte Seite.

»Am 3. Oktober, unserem Tag der Einheit, gab es zwischen Osterode und Clausthal-Zellerfeld einen tödlichen Verkehrsunfall«, begann er die Unterhaltung.

Pascal unterbrach ihn: »Ich habe darüber gelesen. Ein tragischer Fall. Der Motorradfahrer, der den Unfall verursacht hat, ist abgehauen. Fahrerflucht ist inakzeptabel.«

Bödecker sah ihn mit hochgezogenen Brauen und zusammengepressten Lippen an. Pascal wusste mit dieser Geste nichts anzufangen und fragte vorsichtig nach: »Was ist Martin? Was habe ich damit zu tun?«

»Du nicht«, antwortete Bödecker und schwieg ein paar Sekunden. »Aber ich«, sagte er schließlich.

Betretene Stille erfasste kurzzeitig den Raum. Pascal saß mit leicht geöffnetem Mund in dem ausladenden Sessel und wartete auf weitere Erklärungen.

»Ich war der Motorradfahrer«, offenbarte Bödecker.

Pascal richtete sich auf. »Das glaub ich jetzt nicht«, stammelte er.

»Ist leider wahr«, versicherte Martin Bödecker. »Es ging alles so schnell. Er hätte nur etwas mehr rechts fahren müssen, der Blödmann, dann hätte es gepasst, aber der reißt das Lenkrad rum und rast in die Böschung. Typischer Anfängerfehler.«

Pascal legte die Hände aufs Gesicht. Im Gedanken lief der Unfall, wie ihn Martin gerade geschildert hatte, als Film vor seinen Augen ab. Achtzehn Jahre war der Mann erst alt, viel zu jung zum Sterben. Er hatte das Leben noch vor sich.

Pascal war neunzehn, als er das erste Mal allein mit seinem eigenen Auto unterwegs gewesen war. Der rostige Kadett von seinem Großvater vermittelte ihm damals ein neues Gefühl von Freiheit und Eigenständigkeit. In diesem Hochgefühl fuhr er selbst einige Male in brenzliche Situationen, die er falsch eingeschätzt hatte. Aber das selbstsichere Autofahren lernte man erst, wenn kein Fahrlehrer mehr auf dem Beifahrersitz saß.

»Martin!«, rief Pascal anklagend, »warum bist du weitergefahren?«

Auch Bödecker gab jetzt seine bequeme Sitzhaltung auf. »Es galt dort Überholverbot und ich war zu schnell unterwegs. In dem Moment habe ich nur an die Wahl gedacht. Ein Skandal wäre für die Presse ein gefundenes Fressen gewesen, die wären wie ein Rudel Wölfe über mich hergefallen. Das hätte uns mindestens fünf Prozentpunkte gekostet, und wir beide würden heute nicht hier sitzen, um auf unseren Erfolg anzustoßen.«

Pascal hielt es nun nicht mehr im Sessel. Er sprang auf.

»Mensch, Martin, wenn das rauskommt, sind wir trotzdem am Arsch.« Er lief aufgeregt durchs Büro.

»Verlier jetzt bitte nicht die Nerven, ich habe ein handfestes Alibi. Zur Zeit des Unfalles war ich auf Torfhaus«, sagte Bödecker.

Pascal wirbelte herum. »Wie geht das denn?«, fragte er ungläubig. »Hast du dafür Zeugen?«

»Ja, ein Foto, dessen Beweiskraft nicht widerlegt werden kann«, behauptete Bödecker. Pascal sah ihn stumm an und verstand nur Bahnhof. »Und dich«, ergänzte Bödecker.

Das war zu viel. Pascal ließ sich in den Sessel fallen, der ihn fast verschluckte. »Wie stellst du dir das vor?«, fragte er.

»Der Unfall geschah gegen 15:30 Uhr. Ich war an dem Tag mit dem Motorrad unterwegs und zur Zeit des Unfalles gerade in der Bavaria Alm auf Torfhaus. Ich habe dich dann angerufen, nach Torfhaus zu kommen, um mit dir den nächsten Wahlkampfauftritt zu besprechen. Du bist gegen 15:45 Uhr eingetroffen und wir haben bis etwa halb fünf zusammengesessen«, sagte Bödecker in einer stoischen Ruhe, als wäre es tatsächlich so gewesen.

Pascal wurde heiß, sein Hemd klebte am Rücken und die Stirn fühlte sich nass an. Er griff in der Hosentasche nach einem Taschentuch und wischte sich damit übers Gesicht. *Wollte Bödecker ihn zum Teil seines erlogenen Alibis machen?* Pascal verstand die Welt nicht mehr, die vor ein paar Minuten noch in Ordnung gewesen war. Er hatte Bödecker viel zu verdanken, ohne ihn wäre er ein unbedeutender Kommunalpolitiker geblieben, aber was er jetzt von ihm verlangte, nein, das war die Anstiftung zu einer Falschaussage.

»Martin, das kannst du nicht machen«, versuchte er Bödecker umzustimmen, der daraufhin aus dem Sessel sprang und mit dem Finger auf Pascal zeigte.

»Jetzt hör mir mal gut zu, du kleiner Schleimscheißer, wenn ich dich nicht nach Hannover geholt hätte, würdest du heute im Bad Harzburger Stadtrat nur eine gehorsame Abstimmungshand sein.« Bödecker holte tief Luft. »Ich habe dich ins Parlament geholt, und ich kann dich auch wieder zurückbringen. Hast du verstanden?«, brüllte er Pascal an.

»Ja, Martin, ich weiß, aber ...«

»Kein aber«, fuhr Bödecker dazwischen, »du solltest etwas mehr Dankbarkeit zeigen, jetzt, wo ich dich brauche.«

»Okay, okay, aber ich war an dem Tag nicht zu Hause, sondern in Hannover Laatzen beim Oldtimertreffen.« Pascal trank den Rest Sekt mit einem Schluck.

»Wer weiß sonst noch davon?«, fragte Bödecker wie in einem Verhör.

Pascal überlegte kurz. »Niemand weiter, ich war allein.«

»Hat dich dort jemand gesehen? Ich meine, jemand, der dich kennt«, fragte Bödecker beharrlich.

Pascal sah seinen Parteifreund eine Weile stumm an.

»Äh, ja, aber nur von Weitem«, druckste er.

»Jemand, der unseren Pakt durchkreuzen könnte?«, fragte Bödecker nach.

Pascal blies die Luft hörbar aus. »Ich denke nicht. Manuela hat mir kurz zugewunken«, sagte er schließlich.

»Manuela Fricke, meine Sekretärin?« Pascal nickte. »Mach dir keine Sorgen, die werde ich einnorden. Also, du warst nicht in Hannover, basta«, legte Bödecker ihm in den Mund. »Und damit es dich beruhigt, als Mitglieder des Landtages genießen wir Immunität, das heißt, wir sind vor Strafverfolgung geschützt.«

»Das weiß ich«, sagte Pascal, »aber auf Antrag kann das Parlament deren Aufhebung beschließen.«

»Du bist ein schlaues Kerlchen, allerdings würde das kein Parlament der Welt tun, solange die Beweiskette nicht schlüssig ist, und das ist sie in diesem Fall nicht. Im Zweifel für den Angeklagten, genau wie vor Gericht.«

Pascal wischte sich erneut den Schweiß von der Stirn.

»Na, na, na, mein Freund. Nun kühl dich mal wieder runter und trink noch ein Gläschen. Vielleicht ist mein Foto Beweis genug. Ich brauche dich nur als Hintertür, verstehst du?« Bödecker goss noch etwas Sekt nach. »Außerdem habe ich beste Beziehungen zur Polizei in Goslar. Was kann uns schon passieren?« Er klopfte Pascal kameradschaftlich auf die Schulter und rang ihm ein Lächeln ab. »Na, siehste. Wir lassen uns doch nicht unsere Karriere vermasseln.« Er prostete Pascal zu, der sich nur die Lippen benetzte, um seine Fahrtüchtigkeit zu erhalten. Er stand auf.

»Wo willst du hin?«, fragte Bödecker.

Pascal verharrte kurz. »Wir sind doch fertig, oder?«

»Nicht ganz. Setz dich wieder hin!«, forderte Bödecker ihn auf.

»Was denn noch?«, fragte Pascal verwundert und setzte sich zurück auf den Sessel.

»Um glaubwürdig zu sein, müssen wir uns ein Image aufbauen, dass uns als ökologische Fortschrittspartei ausweist. Nationalparkinteressen und Tourismus müssen kompromissbereit vertreten werden. Motorradspaß ja, aber nicht bedingungslos. Wir werden den Verkehrssicherheitsaspekt in den Vordergrund stellen, wobei der Protest gegen Raserei nicht von uns ausgeht, wohl aber von uns initiiert wird.« Bödecker fixierte Pascal, grinste hämisch und richtete seinen Finger auf ihn. »Von dir.«

Pascal spitzte die Lippen. »Ich versteh nicht«, gestand er.

»Du wirst eine parteineutrale Protestbewegung organisieren, die jeden Unfall mit Bikerbeteiligung aufs Schärfste verurteilt. Wir müssen die Öffentlichkeit aufrütteln und die Polizei beschäftigen. Die Empörung der Bürger muss sich gegen die Regierung richten. Such dir von mir aus einen Mitstreiter, dem du vertrauen kannst, und dann los. Anonym, versteht sich. Kriegst du das hin?«

Du bist doch ein gerissener Hund, dachte Pascal. *Benutzt mich, seinen Kopf aus der Schlinge zu ziehen, um meinen hineinzustecken.* Was sollte er tun? Nein sagen? Dann wäre sein politischer Aufstieg zu Ende, bevor er richtig begann. Bödecker hatte ihn geschickt in eine Zwickmühle gelockt.

»Ich will sehen, was ich machen kann«, antwortete er unverbindlich. »Ich glaube, ich habe schon eine Idee.«

Bödecker setzte eine freundliche Miene auf. »Ich wusste, warum ich dich unter meine Fittiche genommen habe«, sagte er selbstgefällig.

Als Pascal das Büro verließ, hatte er einen verwegenen Gedanken.

Freitag, 20. Oktober 2017
Bad Lauterberg

»Pascal! Das ist ja eine Überraschung. Warum hast du vorher nicht angerufen, dann hätte ich etwas zu Essen vorbereitet?«, empfing ihn Sven Kaiser und umarmte seinen ehemaligen Parteikollegen flüchtig. »Komm rein.«

»Entschuldige meinen überfallartigen Besuch, aber ich war gerade in der Nähe und dachte, ich schau mal vorbei«, flunkerte Pascal, denn in Wahrheit war er in fester Absicht gekommen. *Am Telefon ist es einfacher abzusagen, als wenn man vor der Tür steht,* hatte er überlegt. Und falls er ihn nicht antreffen würde, wäre die Fahrt trotzdem nicht umsonst gewesen, denn ein Bummel durch Bad Lauterberg lohnte sich allemal.

Sven Kaiser wohnte im Bad Lauterberger Ortsteil Barbis. Im Kranichweg, der zu einer Siedlung mit akkurat gepflegten Einfamilienhäusern gehörte, hatte er eine Souterrainwohnung gemietet. *Eine typische Junggesellenbude,* dachte Pascal, als er im Wohnzimmer mit Küchenzeile Platz nahm.

»Mensch, Pascal, wann haben wir uns zuletzt gesehen?«, fragte Sven.

»Im Juli, auf eurem Weinfest«, antwortete Pascal.

»Was möchtest du trinken? Ich hab Cola, Cola oder Cola«, sagte Sven und lachte.

»Ach, wenn du mich so fragst, dann nehme ich eine Cola«, scherzte Pascal.

Während Sven am Kühlschrank hantierte, schaute er sich neugierig um. Er war zum ersten Mal in dieser Wohnung. Auf dem niedrigen Tisch lagen Zeitungen und Autohefte herum. Auf der Sessellehne knautschten ein Pullover und ein Paar Socken. An den Wänden hingen Fotos einer herzlich lachenden Frau, die sie an verschiedene Orten zeigten. Auf einer Geröllhalde mit einem Hammer in der Hand, vor einem Brunnen. Ein anderes Bild zeigte sie im Bikini irgendwo am

Strand. Sie sah noch jugendlich aus. Ihre langen, schwarzen Haare wusste sie auf den Fotos geschickt in Szene zu setzen, und ihre strahlend blauen Augen machten die Bilder auf erstaunliche Weise lebendig. *Wer so lachen kann, muss eine Frohnatur sein*, ging Pascal durch den Kopf.

»Sie studiert Geologie an der TU Clausthal und möchte später am liebsten in der Lagerstättenforschung arbeiten«, erklärte Sven und stellte zwei Gläser Cola auf den Tisch.

»Ah ja, jetzt verstehe ich auch das Foto auf der Geröllhalde«, sagte Pascal. »Zu der Frau kann man dir nur gratulieren, sie ist hübsch, geradezu eine Augenweide«, schwärmte er. Plötzlich verhärteten sich Svens Gesichtszüge, wie damals auf dem Weinfest, als Pascal nach ihr fragte. »Tut mir leid«, schob er rasch nach, »ich wollte keine alten Wunden aufreißen.«

»Ich zeig dir was«, entgegnete Sven, ging zu einem Schreibtisch und zog ein ungerahmtes Foto aus der Schublade. »Hier, das ist sie heute«, sagte er verbittert und legte Pascal das Bild auf den Tisch. Pascal nahm es auf und sah es sich an. Es zeigte die junge Frau auf einer Terrasse, im Rollstuhl sitzend. Von der kindlichen Fröhlichkeit war nichts mehr zu erkennen. Ein Buch lag auf ihrem Schoß. Die Haare hatte sie zu einem Knoten zusammengebunden, ihr Lächeln wirkte gestellt, doch die Augen zeigten, ihrem Handycap zum Trotz, Zuversicht und Entschlossenheit.

»Das tut mir leid, dass so was passiert ist«, sagte Pascal betroffen.

Sven schluckte und legte das Foto zurück in den Schreibtisch. »Wir sind zusammen in Felswänden herumgeklettert, in Höhlen gekrochen und haben uns auf Gesteinshalden die Knie blutig gestoßen, um Mineralien zu holen. Am Wochenende sind wir Tanzen gegangen.« Sven starrte eine Weile in den Raum. »Von einer Sekunde zur anderen war alles vorbei«, sagte er wehmütig, und plötzlich kippte seine Stimme. »Diese Kerle glauben, die Straßen seien zu ihrem Vergnügen angelegt worden. Aber es gibt eine höhere Gerechtigkeit, und eines Tages werden sie für ihren Spaß bezahlen, das schwör ich dir«, fauchte er wie eine Katze. Pascal sah seinen Bekannten erschrocken an und spürte dessen Verbitterung.

»Stella musste sogar ein Bußgeld bezahlen, das musst du dir mal vorstellen. Und diese Feuerstuhlreiter rasen noch immer unbehelligt durch die Gegend.« Sven schlug mit der Faust auf die Schreibtischplatte, dass der Laptop darauf wackelte. »Als ob die Familie dadurch nicht genug gestraft ist, musste auch noch ihr Cousin Felix sterben. Das war der junge Mann, der bei Clausthal verunglückte, damit ein Verrückter im Geschwindigkeitsrausch seinen Spaß hatte. Verstehst du jetzt meinen Zorn auf Motorradfahrer?«

»Tu nichts Unüberlegtes«, riet Pascal.

»Keine Sorge, ich werde alles genau beobachten«, versicherte er eindringlich.

Pascal sah seine Chance gekommen. »Ich könnte dir dabei helfen«, schlug er vor.

Sven schielte ihn aus den Augenwinkeln an. »Wie jetzt?«, fragte er verwundert.

»Beim Weinfest hattest du uns Politikern Untätigkeit vorgeworfen. Du wolltest, dass wir etwas gegen rücksichtslose Motorradfahrer unternehmen. Erinnerst du dich?«, fragte Pascal.

»Natürlich. Und? Was ist passiert?«, gab er zurück.

»Sven, erwarte bitte keine Wunder von uns«, warb Pascal um Verständnis. »Politische Entscheidungen brauchen immer die Akzeptanz der Bevölkerung. Dafür braucht es öffentlichkeitswirksame Aktionen.«

»Du meinst eine Demo?«, fragte Sven nach.

»Demos bewirken nur etwas, wenn du möglichst viele Teilnehmer mobilisierst. Nein, ich dachte eher an aufsehenerregende Aktionen nach dem Strickmuster der Werbung. Einprägsame Überschriften und eingängige Texte, die sich an die

Biker richten und Schockmomente transportieren. Verstehst du?«

»Nee«, sagte Sven knapp.

»Stell dir vor, es gab einen Motorradunfall. Am Unfallort stellen wir ein augenfälliges Schild auf. Ich seh die Überschrift direkt vor mir.« Pascal machte eine ausladende Bewegung mit beiden Händen. »Wer schneller fährt, ist eher im Himmel, oder: Der Tod war doch schneller. Hinter jeder Kurve lauert der Rollstuhl. So was in der Art.«

»Hm, ich weiß nicht«, gab sich Sven unschlüssig.

»Wie war das bei uns, als wir Kinder waren?«, gab Pascal zu bedenken, »Ermahnungen haben uns höchstens neugierig gemacht und angespornt, oder nicht? Ich will schonungslos die Konsequenzen aufzeigen, indem ich provoziere, verstehst du?«

»Ja, ich weiß, was du meinst«, antwortete Sven, »aber der Effekt verpufft rasch. Ich denke an drastische Maßnahmen, aber dafür passiert anscheinend noch zu wenig. Politiker reagieren erst, wenn sie mit dem Rücken an der Wand stehen.«

Pascal trank einen Schluck Cola. »Was schlägst du konkret vor?«, wollte er genauer wissen.

Sven druckste einen Moment herum. »Da kann ich nicht drüber reden. Das muss ich mit mir selbst ausmachen«, wich er der Antwort aus. »Aber deine Idee ist ein Anfang, ich mache mit«, stimmte er zu.

»Super! Dann sind wir jetzt ein Team.« Pascal hielt seine Hand zum Abklatschen hin. Sven schlug ein. »Wann solls losgehen?«

»Von mir aus sofort«, sagte Pascal.

Sonntag, 22. Oktober 2017
Ausflugsfahrt zur Rappbodetalsperre

Seine BMW R60 glänzte, als hätte Eike sie eben aus dem Laden abgeholt. In dem schwarzen Lack und verchromten Auspuff spiegelten sich die Umgebung und die vorüberziehenden Schönwetterwolken. Ideales Motorradwetter. Eike freute sich auf Pia und wunderte sich über das ungewohnte Gefühl in der Magengegend, wenn er an sie dachte. Seit Nadine verstorben war, hatte er sich zu keiner Frau mehr so sehr hingezogen gefühlt wie zu Pia. Gelegenheiten zum Flirten boten sich genügend. Eike war ein ansehnlicher Mann mit athletischer Figur und azurblauen Augen. Manchmal spürte er die Blicke von Frauen, die im Biergarten und Bikertreff unauffällig zu ihm rüber schielten, oder beim Schlendern über den Bergbauernmarkt in Clausthal-Zellerfeld hinter ihm die Köpfe zusammensteckten und tuschelten.

Fünf vor zehn Uhr klappte Eike den Ständer seiner BMW aus und stellte sie neben Pias Kawasaki ab, die auf dem Stellplatz vor dem Haus geparkt war und darauf zu warten schien, dass es endlich losging. Eike wunderte sich über einen knallroten Chevrolet mit Hannoveraner Kennzeichen, der in der Seitenstraße stand. Der Oldtimer erinnerte Eike an Autos, die man in Filmen über Havanna oft sah.

Er streifte den Helm ab und klingelte. Kurz danach schaute er überrascht auf die unscharfen Umrisse einer Person, die hinter der Türverglasung erschienen und überhaupt nicht zu Pia passten. Unnötig kraftvoll schwenkte das Türblatt auf und ein ebenso überrascht dreinblickender Mann stand vor ihm. Mit seinem gepflegten Dreitagebart, einer modernen Kurzhaarfrisur und dem dunklen Anzug wirkte er auf den ersten Blick wie ein Versicherungsvertreter. *Was hat der hier bei Pia zu suchen?*, ging Eike in diesem Moment durch den Kopf. Der Mann sah ihn mit abweisendem Blick an, ohne ein Wort zu verlieren.

»Ich bin mit Pia verabredet, kann ich mit ihr sprechen?«, fragte Eike schließlich.

»Pia ist mit niemandem außer mir verabredet, verzieh dich!«, entgegnete er schroff und knallte die Tür zu. Eike starrte entgeistert auf das Türblatt vor seiner Nase und brauchte einige Sekunden, um sich von dieser Abfuhr zu erholen. Alle guten Geister in ihm rebellierten dagegen, sich so abfertigen zu lassen. *Was glaubt dieser ungehobelte Kerl, wen er vor sich hat?*, dachte er. Auf diese unverschämte Weise wollte er sich keineswegs abweisen lassen und klingelte kurzerhand erneut. Die Tür wurde jetzt förmlich aufgerissen.

»Hast du was an den Ohren? Verpiss dich«, maulte der Unbekannte Eike unvermittelt an.

»Das würde ich von Pia gern persönlich hören«, erwiderte Eike und warf ihm einen entschlossenen Blick zu. Der Mann stellte sich absperrend in die Türöffnung, schob das Kinn nach vorn und fixierte Eike mit eisigem Blick. Eike schaute an ihm vorbei in den Korridor und suchte Pia. Er fand sie weiter hinten, sie lächelte verklemmt und zog die Schultern hoch. Was hatte diese Geste zu bedeuten? War es der stumme Hinweis auf ihr unverbindliches *Vielleicht*? Hatte sie eine feste Beziehung und war alles nur ein Verlegenheitsflirt? Wie konnte er sich so täuschen?

Eike fand keine Erklärung, er wusste nur eines: Heute musste er allein auf Tour gehen. Er hätte dem Kerl liebend gerne noch rasch Manieren eingeprügelt, aber er war Polizist und hatte gelernt, spannungsgeladene Situationen zu beherrschen. Deeskalation, nannten sie das im Fachjargon. Er drehte sich um und ging. Hinter ihm krachte die Tür ins Schloss.

Noch unter dem Eindruck dieser unerfreulichen Begegnung stülpte er sich den Helm über und startete seine BMW. Der Boxermotor bullerte gleichmäßig drauflos und der rhythmische Sound brachte ihn zurück auf festen Boden. Er riss das Gas kurz an, schaltete in den ersten Gang und fuhr los. Zu schnell flog das Ortsausgangsschild am Schultal an ihm vorü-

ber, kurz danach passierte er den Kräuterpark und beschleunigte in Richtung Torfhaus.

* * *

Der Platz vor der Bavaria Alm bot das gewohnte Bild. Motorrad an Motorrad reihte sich aneinander. Eike stellte seine
Maschine am Ende der Reihe ab und entledigte sich des
Helms. Das Restaurant mit der großzügigen Biergarten-Ter-
rasse und freiem Brockenblick hatte sich rasch zu einem
beliebten Bikertreff entwickelt. Jetzt im Oktober, zum Aus-
klang der Saison, nutzten viele Biker das schöne Wetter für
einen womöglich letzten Ausflug. Auf einer der Bänke neben
dem Eingang genossen einige von ihnen die wärmende Okto-
bersonne mit einem Glas Weizen oder einer Tasse Cappuccino. Auf ihren mit Abzeichen gespickten Kutten prangten auf
dem Rückenteil übergroße Patches, die sie als Vulcan Recken
auswiesen. Eike hatte von diesem internationalen Motorrad-
klub gehört, dessen einziges Ziel es ist, den Spaß am geselligen
Motorradfahren zu kultivieren.

Biker kennen keine Berührungsängste, und so setzte sich
Eike zu ihnen. Sie rückten bereitwillig etwas zusammen.

»Hi, ich bin Eike«, stellte er sich vor.

»Grüß dich«, erwiderte einer aus der Gruppe, »ich bin
Det.« Er begrüßte Eike mit Handschlag.

»Kettenfranz«, sagte der Nebenmann und reichte Eike die
Hand.

»Schnecke«, rief eine Frau vom Ende der Bank und winkte
ihm zu.

»Blechpaule«, sagte der Letzte der Gruppe, der ihm gegenüber saß.

»Okay«, antwortete Eike lächelnd, »ihr benutzt Pseudo-
nyme. Habt ihr etwas zu verheimlichen?«

»Nein, keineswegs«, erklärte Det, »jeder Recke überlegt
sich einen Nickname, der irgendwie zu seiner Persönlichkeit

passt. Wir sind kein elitärer Klub und wollen damit Klassenunterschiede in der Gruppe ausblenden. Wenn wir ausfahren, sind wir Biker, nicht mehr und nicht weniger.«

»Hört sich vernünftig an«, entgegnete Eike, winkte der Bedienung zu, die am Nebentisch servierte und bestellte sich einen Latte macchiato.

»Von wo kommst du?«, fragte Kettenfranz.

»Nur einen Steinwurf von hier, aus Clausthal-Zellerfeld, und ihr?«

»Aus der Braunschweiger Gegend. Wir fahren oft in den Harz, man entdeckt immer wieder was Neues«, antwortete er.

»Ja, zum Beispiel seltsame Schilder, die irgendwelche Motorradgegner aufgestellt haben«, entrüstete sich Blechpaule.

»Was meinst du mit *seltsame Schilder*«, fragte Eike überrascht.

»Wir sind über Osterode Richtung Clausthal-Zellerfeld gefahren. Da war am Straßenrand ein Kreuz mit Namen aufgestellt, den ich vergessen habe. Kurz dahinter ein Schild, groß wie eine Werbetafel, mit der Aufschrift: *Was dem einen sein Kick, ist dem anderen sein Tod – Rasen tötet!*« Andächtiges Schweigen schloss sich an.

»Felix? Hieß er Felix?«, fragte Eike schließlich.

»Ja, jetzt wo du es sagst«, bestätigte Blechpaule. »Kennst du ihn?«

Eike faltete die Hände, drückte sie vor den Mund und machte die Augen zu, als er an den Unfall erinnert wurde. Sofort tauchte wieder das Bild des Jugendlichen in seinem Kopf auf, wie er eingeklemmt hinter dem Lenkrad starb, und er ihm nicht helfen konnte. Und er dachte mit Unmut an Bödecker, der wie auch immer seinen Kopf aus der Schlinge gezogen hatte. Es wurmte ihn erneut, dass es ihm nicht gelang, Bödeckers Alibi ins Wanken zu bringen. Da war etwas oberfaul, nur was? Teilnahmslos registrierte er, wie die Kellnerin kam und ihm das Glas Latte macchiato auf den Tisch stellte. Ohne ein »Danke« abzuwarten, eilte sie zum nächsten Gast.

»Eike? Ist alles in Ordnung?«, fragte Det besorgt. Eike sah ihn an. »Ja, alles okay«, antwortete Eike. »Ich kenne diesen Felix. Er ist vor meinen Augen gestorben.« Eike schluckte und erklärte: »Ich bin Polizeibeamter und habe den Unfall aufgenommen.« Dann erzählte er den Recken, wie es passiert war.

»Und? Habt ihr den Brenner erwischt?«, fragte Kettenfranz übereifrig.

»Brenner?«, hakte Eike verwundert nach.

»So nennen wir unverbesserliche Raser, die unser Hobby durch ihr Verhalten in schlechtes Licht bringen. Motorradfahren ist unsere Leidenschaft, aber trotzdem sind wir normale Verkehrsteilnehmer, die sich an Regeln zu halten haben«, erklärte Kettenfranz.

»Aber diese Idioten gehören nicht dazu«, stellte Det klar.

»Genau«, meldete sich die Frau, die sich Schnecke nannte, zu Wort, »und deshalb müssen wir uns von denen abgrenzen, und zwar für jeden sichtbar.«

»Hast du eine Idee, wie?«, fragte Det.

»Leider noch nicht. Ich denk drüber nach«, sagte sie.

Eike nippte an dem Kaffeegetränk, lehnte sich zurück und blinzelte in die Sonne. Augenblicklich kehrte Pia in seine Gedanken zurück. *Was war das für ein Kerl bei ihr? Vielleicht ein Ex, mit dem sie sich versöhnt hatte.* Eike versuchte, seinen Kopf davon zu befreien, und war froh, als Blechpaule das Wort ergriff.

»Apropos Regeln«, warf er nach einer Weile ein. »Ende Mai war ich mit einigen Kumpels unterwegs. In Bad Lauterberg fuhr uns an einer Kreuzung eine junge Frau mit Fahrrad auf einem Zebrastreifen vor die Karre. Obwohl wir auswichen und sie nicht einmal berührten, stürzte sie schwer.« Blechpaule wirkte ergriffen.

»Tot?«, fragte Eike.

»Querschnittsgelähmt«, antwortete er.

»Scheiße«, kommentierte Eike.

Blechpaule nickte und kaute auf der Unterlippe. »Die Richterin hat uns freigesprochen«, fuhr er fort, »da Fahrradfahrer auf dem Zebraüberweg keine Vorfahrt haben und keinem von uns eine direkte Schuld nachgewiesen werden konnte.« Er machte eine Pause. »Ihr hättet ihren Freund erleben müssen, der ist nach der Urteilsverkündung regelrecht ausgetickt. Es gäbe noch eine andere Gerechtigkeit, der auch wir uns nicht entziehen könnten, drohte er. Mit WIR meinte er pauschal die Motorradfahrer. Ich will damit nur sagen, dass wir Biker gänzlich unter Generalverdacht stehen, falls wir bei Unfällen beteiligt sind.« Er trank einen Schluck von seinem Radler.

Die Frau im Rollstuhl, die bei der Trauerfeier von Felix Krüger anwesend war, kam Eike dabei in den Sinn. Könnte sie es gewesen sein, von der Blechpaule eben erzählte?

»Kannst du mir sagen, wie die junge Frau heißt?«, fragte Eike nach.

»Stella Reimers, eine hübsche Frau mit langen schwarzen Haaren«, antwortete er.

»Dunkle Augen?«, wollte Eike noch wissen.

»Ja, kennst du die etwa auch?«, staunte Blechpaule.

»Wenn sie das ist, habe sie auf der Beerdigung von Felix gesehen«, sagte Eike.

»Oh mein Gott!«, rief Schnecke bestürzt. »Sind die etwa miteinander verwandt?«

»Für mich sah das so aus«, sagte Eike.

»Gott nein!«, rief Schnecke bestürzt. »Das ist ja doppelt bitter. Dass die einen Groll auf Biker haben, ist bei dem Schicksalsschlag kein Wunder.«

Es wurde still am Tisch, als hätten sie eine Schweigeminute eingelegt.

»Was habt ihr heute noch vor?«, fragte Eike nach einer Weile, um die bedrückende Stimmung aufzuhellen.

»Wir wollen zur Rappbodetalsperre und uns die angeblich längste Hängebrücke der Welt ansehen. Schnecke will uns allen beweisen, wie mutig sie ist«, sagte Det und zwinkerte der Frau zu.

»Hör bloß auf, über diese Schaukelbrücke kriegen mich keine zehn Elefanten«, erwiderte sie. Alle lachten herzhaft.

»Würdet ihr mich mitnehmen?«, fragte Eike, der das gleiche Ziel hatte. Er brauchte heute Gesellschaft, um seine Gedanken von Pia abzulenken.

»Sehr gern«, antwortete Det.

Zehn Minuten später brummte ein Chor aus fünf Maschinen, die Torfhaus in Zielrichtung Wendefurth verließen.

* * *

Eine unüberschaubare Menschenmasse schob sich über die Dammkrone der Talsperre. Eike hatte mit einem solchen Andrang nicht gerechnet, aber das sonnige Herbstwetter lockte viele zu einem Ausflug zu den Attraktionen des Harzes. Er fühlte sich inmitten großer Menschenansammlungen unwohl und bereute den Entschluss, zusammen mit den Vulcan Recken über den Damm zu laufen. In dem Gedränge hatte er sie bald aus den Augen verloren. Er lehnte sich ans Geländer und schaute nach unten. Eine hundert Meter hohe Betonmauer fiel unter ihm steil in die Tiefe und verstärkte das kribbelnde Gefühl in der Magengegend. Wie mussten sich erst die Menschen fühlen, die sich über die wankenden Gitterroste der Hängebrücke entlang hangelten. Einigen stand die Anspannung ins Gesicht geschrieben. *Der Blick durch die Roste hindurch in die Tiefe ist nichts für schwache Nerven,* dachte Eike und verzog dabei unwillkürlich seine Mundwinkel. Ein lang gezogener Schrei lenkte seine Aufmerksamkeit auf die parallel verlaufende Seilrutsche, auf der zwei Adrenalinjunkies in Bauchlage hängend zu Tal schossen.

Plötzlich spürte er die leichte Berührung einer Person, die sich neben ihn gestellt hatte. Der Geruch nach Leder, wie er oft von Motorradfahrern ausging, erinnerte ihn an die Frau, die er jetzt gerne bei sich gehabt hätte.

»Muss man mutig oder verrückt sein, um sich einem dünnen Seil anzuvertrauen?«, fragte eine Frauenstimme.

»Beides«, antwortete Eike, ohne den Blick zu wenden. Dann stutzte er. Diese Stimme kannte er doch. Er drehte sich zur Seite und sein Herzschlag legte einen Takt zu. »Pia, du?« Er schaute sich weiter um und suchte den Typ, der ihn vor Pias Haustür abgefertigt hatte.

»Ich bin allein«, beantwortete sie seine Ungewissheit, die ihm augenscheinlich ins Gesicht geschrieben stand.

»Was machst du hier?«, fragte er und versuchte seine Freude über dieses überraschende Zusammentreffen zu überspielen.

»Wir waren verabredet. Vergessen?«, sagte sie lächelnd.

»Ich habe es nicht vergessen, aber du warst leider ...« Er stockte und überlegte das passende Wort. »Sagen wir, verhindert?«

»Sagen wir besser, be-hindert«, stellte sie richtig und sah ihm schuldbewusst in die Augen.

Eike wich ihrem Blick aus. »Was für mich aufs Gleiche rauskommt«, erwiderte er betont gleichgültig.

»Es tut mir leid, ich bin dir eine Erklärung schuldig«, sagte sie kleinlaut und suchte seine Augen.

»Wir kennen uns kaum, du bist mir gar nichts schuldig«, antwortete er mit entspannter Miene, doch ihr Blick rang ihm letztendlich ein Lächeln ab.

»Lass uns irgendwo Essen gehen. Ich lade dich ein, als Wiedergutmachung«, schlug sie vor und ihre Augen ließen ihn nicht los.

Eike überlegte, ob er dieser Frau trauen kann. Das unschöne Erlebnis von heute Morgen machte ihn unsicher. Er fürchtete sich vor einer Enttäuschung, denn sie hatte etwas, was ihn anzog und er gerne näher kennengelernt hätte.

»Bitte!«, legte sie nach.

»Hunger hätte ich ja«, stimmte er schließlich zu.

Sie klammerte sich an seinen Arm, um in dem Gedränge nicht von ihm getrennt zu werden, und Eikes Herzfrequenz näherte sich dabei dem kritischen Bereich.

»Magst du Fisch?«, fragte sie.

»Nur wenn er appetitlich zubereitet ist«, antwortete Eike.

»Ich kenne ein Fischrestaurant quasi um die Ecke, da würde ich dich gern hinführen«, sagte Pia.

»Ich lass mich überraschen. Wo hast du dein Moped geparkt?«, fragte Eike.

»An dem Ticketgebäude, hinter dem Tunnel«, sagte sie.

»Ich auch«, erwiderte Eike. Er griff ihren Arm und zog sie näher heran, um sie vor Rempeleien zu schützen, und bugsierte sie durch das Getümmel. Die vielen Menschen machten ihm auf einmal nichts mehr aus, er nahm sie kaum noch wahr und glaubte, mit Pia allein unterwegs zu sein.

An der Talsohle der Rappbodetalsperre schließt sich wie eine Kaskade die kleinere Talsperre Wendefurth an, mit der gleichnamigen Ortschaft am Fuß des Staudammes. Auf einer Anhöhe, mit Blick zur Dammkrone kehrten sie in die Gaststätte »Zum Fischer« ein. Der Gastraum wirkte einladend und Pia nickte Eike einverständig zu. Die fürsorglich anmutende Gastwirtin begrüßte sie am Tresen, und als hätte sie es geahnt, dass beide einen Platz suchten, wo sie ungestört reden konnten, bot sie ihnen einen Tisch am Fenster im hinteren Gastraum an. Der Platz lag verdeckt hinter einem deckenhohen Zimmerbrunnen, in dem sogar Fische schwammen. Die Wirtin entfernte sich sogleich, um die Menükarten zu holen. Eike und Pia stellten ihre Helme unter den Tisch und sahen sich einen Augenblick wie zwei Teenager beim ersten Date etwas verlegen an. Eike bemühte sich, seine innere Unruhe und Anspannung zu beherrschen, wobei ihm eine Frage unaufhörlich durch seinen Kopf kreiste: *Was wollte sie ihm erklären?*

»Was trinkst du?«, fragte Pia, als die Wirtin zurückkam und ihnen die Karte aushändigte.

»Ein Weizen, alkoholfrei«, sagte er.

Die Bedienung sah Pia an. »Ich schließe mich an«, sagte sie.

»Zwei Weizen, ohne - sehr gern«, wiederholte die Wirtin und verschwand. Eike blätterte die Speisekarte durch und schielte ab und an zu Pia hinüber. Sie warf achtlos die Blätter vor und zurück, als wolle sie gar nicht hineinsehen, und kaute dabei unablässig auf ihrer Unterlippe herum. Eike klappte seine Karte zusammen, legte sie vor sich ab und sah Pia stumm an. Sie erwiderte den Blick, packte ebenfalls die Karte zur Seite und zog die Schultern hoch.

»Entschuldige, ich kann jetzt nichts essen«, sagte sie. »Ich muss mir erst die Seele frei reden, sonst platze ich.«

Eike antwortete nicht, sah ihr weiterhin in die Augen und wartete. Pia pulte mit dem Daumennagel an der Ecke der Speisekarte herum und suchte offenbar nach Worten. *Was wollte sie ihm nur zu sagen, was ihr so schwerfiel?* Eike atmete flach.

Pia holte tief Luft. »Ich ...«

Weiter kam sie nicht, da in dem Moment die Getränke serviert wurden. Die Wirtin stellte die Gläser ab und zückte einen Notizblock aus der Umhängetasche. »Haben Sie gewählt?«, fragte sie.

»Wir würden gerne noch etwas warten und melden uns dann«, sagte Eike.

»Wie Sie möchten«, erwiderte sie und zog sich zurück.

Pia griff zum Bierglas und trank einen Schluck. »Ich ... ich bin verheiratet«, sagte sie, sichtlich erleichtert, dass es endlich raus war.

Eike traf es wie ein Donnerschlag, obwohl er so was in der Art vermutet hatte. Er konnte nicht antworten, und was sollte er auch darauf sagen. Er schaute auf ihre Hände, die sie jetzt krampfhaft verschränkt hielt, dann suchte er ihre Augen, die ihre anziehende Ausstrahlung bisher nicht wiedergefunden hatten. Eike merkte, dass da noch etwas anderes sein musste, was sie bedrückte.

»Er ist ein Arsch«, sagte sie mit zeternder Stimme. »Ich weiß bis heute nicht, warum ich auf den Kerl reingefallen bin. Er ist ein Verbrecher, Drogendealer und Zuhälter, hat wegen Rauschgifthandel und schwerer Körperverletzung in mehreren Fällen vier Jahre im Knast gesessen. Ich wusste damals nichts über seine kriminelle Karriere.« Sie trank einen großen Schluck aus dem Bierglas. »Dabei hatte alles nett angefangen. Er war charmant, witzig und aufmerksam. Dann forderte er ständig Geld von mir, und als meine Ersparnisse dahin waren, wollte er mich in die Prostitution drängen. Ich habe mich sofort von ihm getrennt und bin zu meinen Eltern gezogen.«

Pia schnäuzte sich die Nase und sprach mit zittriger Stimme weiter: »Wir wohnten damals in Hannover. Er terrorisierte uns wochenlang mit Anrufen und unerwünschten Besuchen. Ich bin dann zum Anwalt, aber Marco, so heißt der Scheißkerl, weigerte sich, in die Scheidung einzuwilligen. Er beteuerte immer wieder, er wolle sich bessern, um die Ehe zu retten. Später hat mich die Polizei über seine Untaten aufgeklärt. Ich bin aus allen Wolken gefallen, was der alles auf dem Kerbholz hatte.«

Ihre Augen liefen jetzt über. Eike gab ihr ein weiteres Taschentuch. Sie wischte die Tränen ab.

»Nach mehreren Monaten gab er schließlich auf und tauchte ab. Ich habe nichts mehr von ihm gehört, bis er heute Morgen bei mir auftauchte. Sülzt mich voll, er sei wegen guter Führung auf Bewährung freigekommen. Alles täte ihm leid und er wolle neu anfangen, und ob er bei mir wohnen könne.

Ich habe ihn rausgeschmissen, da hat er einen Tobsuchtsanfall gekriegt und meine halbe Küche demoliert.«

Ihre Augen bekamen einen feuchten Glanz. Sie schniefte.

»Das tut mir leid«, sagte Eike und reichte ihr ein Papiertaschentuch.

»Bitte entschuldige, ich möchte dir mit meinen verkorksten Ehegeschichten nicht den Tag verderben, aber es tut gut, mit jemanden darüber reden zu können.« Sie schluchzte. »Meine Eltern möchte ich damit nicht belasten, sie haben sehr darunter gelitten. Ich bin ihr einziges Kind.« Sie putzte erneut die Nase und sah ihn mit geröteten Augen an. »Ich könnte es verstehen, wenn du jetzt aufstehst und wegfährst.«

Eike legte seine Hand auf die ihre. »Was denkst du von mir? Ich werde hierbleiben, danke für deine Offenheit.« Sie ergriff jetzt Eikes Hand und drückte sie. »Wie ist eigentlich dein Mädchenname?«

»Gruner. Den Namen Lohmeier würde ich gerne wieder ablegen, er hat einen misslichen Klang«, antwortete sie.

»Erzähl mir über deine Jugendzeit in Hannover und was deine Eltern so machen«, bat er, um sie von den nagenden Erinnerungen abzulenken.

»Mein Vater ist Lokführer bei der Deutschen Bahn und viel unterwegs. Seine unstete Schicht hat unser Familienleben hauptsächlich bestimmt. Als ich geboren wurde, musste meine Mutter deshalb ihren Beruf als Krankenschwester aufgegeben.« Pia schmunzelte und erzählte weiter: »Wir wohnten damals in Laatzen. Nach dem Abitur habe ich auf Lehramt studiert, Geschichte und Geografie. Danach habe ich eine Anstellung an der Realschule bekommen. Alles lief gut.« Pias Gesichtszüge verhärteten sich. »Bis mir dieser Scheißkerl über den Weg lief. Den Rest kennst du ja«, beendete sie ihre Erzählung.

»Das muss eine herbe Enttäuschung für dich gewesen sein«, meinte Eike.

»Vor lauter Frust habe ich dann das Motorradfahren angefangen, ich wollte allein sein.« Sie lächelte. »Das war allerdings ein Irrtum. Rasch wurde mir klar, Biker sind selten allein. Überall, wo sich Biker treffen und ich mit meiner Maschine auftauchte, wurde ich in ihre Gemeinschaft aufgenommen. Ich fand sofort Anschluss und das gesellige Beisammensein hat mir geholfen, die Enttäuschung zu überwinden. Dann kam mir die Idee mit der Bikerpension ... Kann ich noch ein Taschentuch haben?« Eike legte ihr den Rest der Verpackung auf den Tisch. Pia fummelte eines heraus, schnäuzte sich und fuhr fort: »Von Männern hatte ich die Nase gestrichen voll und wollte mit niemanden wieder etwas anfangen. Aber alle Vorsätze lösen sich wie Zigarettenrauch auf, wenn es klick macht.«

»Und? Hat es klick gemacht?«, fragte Eike.

»Ganz laut sogar, du hättest es eigentlich hören müssen.«

»Ist wahrscheinlich im Sound deiner Kawasaki untergegangen.«

Beide lachten laut. Eike erwiderte den Druck ihrer Hand und sah sie fasziniert an. Sie beantwortete den Blick und das Strahlen in ihren Augen kehrte zurück.

»Schön, dich kennengelernt zu haben«, sagte Eike, »aber jetzt habe ich Hunger.«

Pia winkte die Gastwirtin heran.

»Wo ist dein Mann jetzt?«, fragte Eike.

»Er ist nicht mein Mann«, stellte Pia energisch klar, »und wo er jetzt ist, interessiert mich einen Dreck.« Sie hielt ihr Besteck fest und sah einen Augenblick ins Leere. »Ich habe Angst vor ihm«, sagte sie kleinlaut, »er ist hundsgemein und gewalttätig, und er wird mich nicht in Ruhe lassen.« Eike strich ihr mit dem Finger tröstend über den Handrücken. »Und er wird dich anfeinden, wenn er mitkriegt, dass wir zusammen sind«, ergänzte sie.

Eike griente verschmitzt. »Sind wir zusammen?«

Pia bekam rote Ohrläppchen. »Vielleicht«, redete sie sich raus, »zumindest gehen wir aufeinander zu. Oder habe ich dich missverstanden?«

»Nein, hast du nicht«, stimmte er ihr zu. »Und wenn er dich belästigt, rufst du die Polizei. Ich bin gleich nebenan.« Eike zwinkerte ihr zu. »Ist doch praktisch für dich, oder?«

»Ich wollte dich nur warnen. Dieser Kerl ist ein Parasit, von dem ich mich nicht so bald entledigen kann.«

Das Essen wurde serviert und die appetitlich angerichteten Teller ließen beiden das Wasser im Mund zusammenlaufen. Nachdem die Wirtin gegangen war, sagte er mit ernstem Blick: »Ich habe verstanden, Pia, und nun lass uns bitte das Thema wechseln.« Sie nickte ihm zu und begann zu essen.

»Ich freue mich, dass du mir hinterhergefahren bist«, nahm Eike die Konversation neu auf.

Pia lachte gekünstelt. »Bilde dir nur nichts ein. Wer sagt dir, dass ich dir nachgefahren bin? Ich wollte mir die Hängebrücke ansehen und plötzlich stehst du neben mir. Ich denke so, das ist doch der Schraubersheriff von Torfhaus, da baggerst du mich auch schon an.«

»Ich bin auch Baggersheriff. Du solltest dich in acht nehmen«, frotzelte Eike zurück.

Ihr erfrischendes Lachen, die aufmerksamen Augen und ihre unverblümte Sprache hielten Eike in diesem Augenblick gefangen. Dennoch regte sich sein Gewissen und lenkte seine Gedanken auf seine verstorbene Frau. Er vermisste Nadine sehr, und es verging kein Tag, ohne ihr Bild vor Augen zu haben. Sie würde nicht wollen, dass er sich wie ein Mönch zurückzieht, dazu war sie viel zu lebensbejahend gewesen. Trotzdem meldete sich jetzt sein Gewissen und erinnerte ihn an sie. Sie war seine große Liebe gewesen, aber das Leben geht weiter und mit ihm die Liebe. Und Nadine würde immer ein Teil davon bleiben.

»Woran denkst du?«, fragte Pia und holte ihn aus seinen Gedanken zurück.

»Sorry, ich dachte gerade, dass die Zeit zu schnell vergeht.« Eike wischte sich mit der Serviette den Mund. »Das Essen war hervorragend. Danke für die Einladung.«

»Danke, dass ich meine Sorgen bei dir abladen durfte«, erwiderte Pia. »Nehmen wir noch einen Espresso zum Abschluss?«

»Ja, aber das soll kein Abschluss sein«, sagte Eike. »Lass uns noch etwas durch den Harz cruisen. Was meinst du?«

»Du hast Glück, dass meine letzten Pensionsgäste heute ganz früh aufgebrochen sind. Ich hab etwas Zeit.«

Erst spät nachmittags kehrten sie nach Altenau zurück, kippten ihre Maschinen vor Pias Haus auf die Ständer und stiegen ab. Sie streiften die Helme herunter und Eike hoffte, Pia würde ihn noch auf einen Kaffee mit hineinbitten. Aber Gußchen durchkreuzte seine Erwartungen. Wie gehetzt kam sie, nach links und rechts schaukelnd, als wäre ein Bein verkürzt, auf sie zu. Eike hatte sie bisher nur aus dem Fenster gelehnt gesehen und erlebte sie nun in Lebensgröße – besser gesagt in Miniaturausgabe. Sie maß etwa ein Meter fünfzig. Eike schätzte sie auf Mitte achtzig. Ihre langen Haare wehten wie eine Gardine bei offenem Fenster vor ihrem Gesicht herum. Sie blieb vor ihnen stehen, wischte die Strähnen zur Seite und schaute zu Pia auf.

»Ah, unser neuer Dorfsheriff. Läuft da was zwischen euch?«, fragte sie.

»Nichts, was dich zu interessieren hat«, erwiderte Pia.

»Sag das nicht«, entgegnete sie wichtigtuerisch, »ich weiß noch mehr.«

»So, was denn?«, fragte Pia nach.

»Da kam heute Mittag so ein Typ mit 'nem Amischlitten, sah aus wie eine schlechte Kopie von David Beckham. Er schlich wie ein Dieb um dein Haus und inspizierte alles. Nachdem er sich die Finger wund geklingelt hatte, trommelte er wie ein wild gewordener Gorilla an die Tür, dass das Haus bebte«, berichtete sie.

»Du hast dich hoffentlich im Hintergrund gehalten. Mit dem ist nicht zu spaßen«, sagte Pia besorgt.

»Ich hab ihn gefragt, ob er eine Abrissgenehmigung für das Haus hat, oder ob ich besser einen Notfallseelsorger rufen soll«, antwortete Gußchen.

»Gußchen!«, echauffierte sich Pia. »Was hat er geantwortet?«

»Er fragte, ob ich wisse, wo du steckst«, sagte sie.

»Und? Was hast du ihm gesagt?«

»Ich wollte erst nicht, aber da hat er mich am Arm gepackt. Es tat weh. Er drohte, mir die Fresse zu polieren, wenn ich es ihm nicht erzählen würde«, sagte sie reumütig. »Als ich ihm sagte, dass du mit jemanden zusammen auf Motorradtour bist, hat er die Zähne gefletscht und gesagt, er käme wieder. Dann ist er in seine Prollkarre gesprungen und abgerauscht.«

Pia sah Eike sorgenvoll an.

»Gußchen, versprich mir, dass du diesem Mann nie wieder zu nahe kommst«, sagte Pia flehentlich.

»Wer ist das? Kennst du ihn etwa?«, fragte Gußchen. Pia zögerte. »Ich bin mit diesem Kerl verheiratet« sagte sie dann. »Noch«, fügte sie hinzu.

»NEEE«, rief Gußchen erschrocken.

»Gußchen«, mischte Eike sich nun ein, »wenn du diesen Beckhamverschnitt siehst, ruf mich bitte sofort an. Okay?«

»Mach ich. Passt auf euch auf«, sagte sie, drehte sich um und ging. Eike und Pia sahen ihr nach, bis sie zwei Häuser weiter im Eingang verschwand.

Pia sah Eike lächelnd an. »Danke, für den schönen Tag«, sagte sie.

»Können wir ja mal wiederholen«, schlug Eike vor.

»Vielleicht«, antwortete sie schelmisch. Eike setzte den Helm auf und schwang sich auf den Sattel seiner BMW.

»Eike?«, rief sie ihm zu, als er gerade den Anlasser betätigen wollte. Er blickte sich zu ihr um.

»Hast du noch Zeit für eine Tasse Kaffee?«

Montag, 23. Oktober 2017
Polizeistation Altenau

Als Eike an diesem Morgen die Augen aufschlug, war alles anders. Dort wo er jeden Morgen ein helles Streifenmuster in der Jalousie erblickte, stand ein Schrank. Das Fenster befand sich auf der falschen Seite, auch das Bett fühlte sich weicher an als gewöhnlich. Er schaute zur Decke und entdeckte Balken, die dort nicht hingehörten. Mit einem Mal wurde ihm bewusst, er lag in einem fremden Haus in einem fremden Bett. Er drehte den Kopf zur anderen Seite. Das Bett neben ihm war leer, die Bettdecke aufgeschlagen. In dem Augenblick war Eike hellwach. *Pia*, schoss ihm durch den Kopf. Er hatte bei ihr übernachtet – und nicht nur das. Rasch warf er das Federbett zur Seite, und sofort wieder zurück. Er lag nackt im Bett. Suchend schaute er sich im Zimmer um. Seine Klamotten konnte er nirgends entdecken. Verdammt, wo waren die, er konnte doch so nicht durchs Haus laufen.

»Pia?«, rief er halblaut in Richtung Tür und wartete.

Kurze Zeit danach steckte Pia ihren Kopf durch den Türspalt. »Suchst wohl deine Sachen?«, fragte sie scheinheilig und öffnete die Tür ganz. Eike sah erleichtert, dass sie sein Zeug über dem Arm hielt. Sie legte es ihm aufs Bett. »Das Bad ist auf dem Flur links. Handtücher liegen auf der Bank«, sagte sie und verschwand wieder.

Eike schlüpfte in die Hose seiner Motorradkluft und ging ins Bad. Pia hatte auf der Spiegelablage sogar einen Einwegrasierer und Zahnbürste für ihn bereitgelegt, die sie offenbar für ihre vergesslichen Pensionsgäste in Reserve hielt. Eike duschte rasch und machte sich fertig. Kaffeeduft wehte ihm auf dem Korridor entgegen und wies ihm den Weg in die Küche. Pia stand an der Kochzeile, wandte sich zu ihm und legte ihre Hände auf seine Schultern.

»Guten Morgen, hast du gut geschlafen?«, fragte sie und sah ihn gedankenversunken an.

»Guten Morgen«, erwiderte Eike »Ich habe sehr gut geschlafen, danke.«

Er lächelte und wusste, dass Pia an den gestrigen Abend dachte. Zum Kaffeetrinken war er nicht mehr gekommen. Als sie die Haustür hinter sich geschlossen hatten, waren sie wie im Rausch übereinander hergefallen. Auf dem Weg ins Schlafzimmer rissen sie sich gegenseitig die Sachen vom Körper und taumelten liebestrunken ins Bett, in dem er vor nicht allzu langer Zeit erwacht war.

»Setz dich, der Kaffee ist gleich durch und frische Brötchen habe ich auch schon geholt.«

Pia gab ihm einen Kuss und drückte ihn auf einen Stuhl am Esstisch. Eike sah sich in der noch fremden Wohnung um. Die Küche war modern eingerichtet, was den mit rustikalen Balken durchzogenen Zimmer einen reizvollen Kontrast gab. Pia hatte alles stilvoll mit Bikeraccessoirs dekoriert. Allein die tiefe Delle in der kaminförmigen Abzugshaube in Kupferoptik störte den Blick.

»Was ist mit der Haube passiert?«, fragte Eike.

»Eine unschöne Erinnerung an den letzten Besuch dieses cholerischen Mistkerls, den ich vor fünf Jahren dummerweise geheiratet habe. Ich bin froh, dass nicht mehr kaputtgegangen ist.« Eike bemerkte Angst in ihren Augen, als sie von ihm sprach.

»Du solltest ihn anzeigen und zum Anwalt gehen. Eine Ehe mit dem ist nicht länger zumutbar«, riet Eike.

»Das mach ich auch«, sagte sie und lächelte wieder. »Aber nun Schluss damit.« Sie holte den Kaffee und füllte die Tassen. »Schön mit dir zu frühstücken«, bemerkte sie und reichte Eike den Brötchenkorb.

»Das können wir gern wiederholen«, sagte Eike, »seit Nadine, meine Frau, verstorben ist, habe ich das sehr vermisst.«

Pia sah ihn betroffen an. »Oh, das tut mir leid.«

»Ist lange her«, sagte er. »Danke für die Einladung«, wich er weiteren Fragen aus.

»Nicht dafür, außerdem bin ich dir ja einen Kaffee schuldig«, erwiderte sie.

Eike schaute auf die Uhr. »Verdammt, schon so spät. Thomas wird sicher auf mich warten, ich ruf ihn gleich mal an und sage, dass ich später komme.«

»Bleib sitzen«, sagte Pia, »ich habe mir erlaubt, das für dich zu erledigen.«

»Oh.« Eike schluckte.

»Ist dir das unangenehm?«, fragte sie kleinlaut. Eike dachte einen Moment nach.

»Eigentlich nicht, er hätte es ja sowieso erfahren.« Er kratzte mit dem Messer etwas Butter ab.

»Wenn nicht von mir, dann von Gußchen«, sagte Pia. Eike hielt kurz inne.

»Wie, die weiß es auch schon?«, fragte Eike übertrieben erstaunt.

»Ich habe sie beim Bäcker getroffen«, beichtete Pia, »und sie wollte wissen, warum dein Motorrad vor dem Haus steht.«

Eike winkte ab. »Wenn das so ist, dann können wir es gleich als Anzeige in die Zeitung setzen«, kommentierte Eike.

»Nicht nötig«, entgegnete Pia, »Gußchen ist schneller als jede Zeitung.«

Beide lachten herzhaft.

Es war neun Uhr dreißig, als Eike die Polizeistation betrat. Er ging gleich zur Umkleideecke, wo jeder einen Spind hatte, und zog sich um. Eigentlich hatte Eike mit einer spitzen Bemerkung von Thomas gerechnet, aber er rührte sich nicht.

»Brauchst gar nicht so zu grinsen«, rief Eike seinem Kollegen zu, den er aus der abgeteilten Ecke gar nicht sehen konnte. Thomas lachte schelmisch.

»Freut mich, dass es zwischen euch beiden gefunkt hat. Pia ist eine klasse Frau«, sagte er und lugte um den Kleiderspind herum, wo Eike in Unterwäsche stand.

»Ja, das ist sie«, stimmte Eike ihm zu. »Wusstest du, dass sie verheiratet ist?«, fragte er ihn.

Thomas kam jetzt ganz herum. »Mach keine Witze«, sagte er verwundert, »woher auch?«

»Vielleicht von Gußchen«, lachte Eike.

»Na, wenn die es nicht weiß, weiß es keiner«, meinte Thomas.

»Erzähl ich dir später. Werden wir mal dienstlich. Hab ich heute Morgen etwas verpasst?«, fragte Eike.

»Ja, Frau Moor bat um Rückruf«, informierte ihn sein Kollege.

»Melanie Moor, die Sensationsjournalistin?«

»Genau die«, bestätigte Thomas.

»Hat sie gesagt, was sie will?«

»Nein, nur dass sie dich unbedingt sprechen müsste«, sagte Thomas.

Eike zog die Uniform an und setzte sich an seinen Schreibtisch. Als Erstes griff er zum Telefon, drückte den Kontakt von Melanie Moor und musste nicht lange warten, bis sie sich meldete.

»Eike Wolf, Sie wollten mich sprechen. Was gibts denn?«, erwiderte er kühl.

»Danke für Ihren Rückruf, Herr Wolf. Ich möchte Ihnen etwas zeigen«, sagte sie.

»Geht's auch etwas genauer, Frau Moor?«

»Ich würde mich gerne mit Ihnen an der Unfallstelle auf der B 241 treffen. Dort sollten Sie sich etwas ansehen. Anschließend lade ich Sie auf einen Kaffee in das Restaurant *Alte Ziegelhütte* ein – sagen wir als Wiedergutmachung für den Anschiss, den Sie aufgrund meines Artikels wohl bekommen haben. Hauptsächlich möchte ich mit Ihnen aber über Martin Bödecker sprechen.«

Martin Bödecker?, dachte Eike skeptisch. *Was hat sie mit dem am Hut?* Am liebsten hätte er sie als Revanche für ihren vorlauten Bericht am Telefon abblitzen lassen, aber nun wurde er neugierig. *Wusste sie mehr über Bödecker, was ihn möglicherweise als Täter überführen könnte?*

»An der B 241, sagten Sie? Und wann?«, fragte er nach.

»Wenn Sie gleich losfahren, in zwanzig Minuten«, schlug sie vor.

»Dann bis gleich.« Er legte auf und informierte seinen Kollegen über das Gespräch.

»Fahr nur, ich werde mit der Altenaer Unterwelt schon allein fertig«, frotzelte Thomas.

* * *

Der Straßenabschnitt, an dem Felix Krüger ums Leben kam, lag in einer Senke. Von Clausthal-Zellerfeld kommend sah Eike aus der Distanz schon Melanie Moor am Straßenrand aufgeregt winken. Ihr Auto hatte sie links in der abzweigenden Straße geparkt. Eike stoppte seinen Dienstpassat dahinter, stieg aus und überquerte die Bundesstraße, wo die Reporterin auf ihn wartete. Mit ihren streng zurückgekämmten Haaren und den wachen Augen wirkte sie auf Eike wie eine unnahbare Ikone. Ihre Figur entsprach nicht ganz dem Schlankheitsideal, was ihre Attraktivität jedoch kaum einschränkte.

»Ich hoffe für Sie, sie haben etwas Wichtiges für mich. Wenn Sie mich nur zum Kaffeetrinken aus der Dienststelle gelockt haben, kriegen Sie eine Anzeige wegen Behinderung der Polizeiarbeit«, fuhr Eike sie grob an. Vielleicht ein bisschen zu grob, aber sein Ärger über sie war noch nicht ganz abgeklungen.

»Wo denken Sie hin, Herr Wolf?«, tat sie unschuldig. »Schauen Sie mal dort.«

Sie zeigte auf ein plakatgroßes Schild am Straßenrand, es wirkte wie eine Werbetafel für irgendeine Veranstaltung, wie man es oft an Landstraßen sieht. Es war kurz hinter der Stelle platziert, wo der junge Autofahrer ums Leben gekommen war. Die Kollisionsspuren am Baum waren deutlich zu erkennen. Eike und Melanie Moor stapften durch das hohe Gras und traten näher heran. Auf der Tafel sah man den Schattenriss eines Motorradfahrers in Rennfahrerposition, im Hintergrund ein Kreuz am Straßenrand. Darunter stand in fetter Schrift:

Was dem einen sein Kick,
ist dem anderen sein Tod!
Rasen tötet!

»Was sagen Sie dazu?«, fragte Melanie Moor. *Das ist das Schild, von dem die Motorradfahrer auf Torfhaus neulich sprachen*, dachte Eike. Er brauchte eine Minute, um die Botschaft des Plakates für sich zu deuten. Er schüttelte bedächtig den Kopf.

»Mal abgesehen davon, dass es nicht erlaubt ist, wild in der Gegend herum zu plakatieren, stellt es mal wieder alle Motorradfahrer unter Generalverdacht. Das ärgert mich, auch weil ich selbst Motorrad fahre. Die überwiegende Mehrheit aller Biker fährt verantwortungsbewusst und angemessen. Schwarze Schafe gibt es leider in jeder Herde«, sagte er.

»Aber gerade die werden wahrgenommen und bestimmen oft das Gesamtbild«, meinte Frau Moor.

»Ja das stimmt, obwohl der Plakatmaler in diesem Fall wahrscheinlich sogar recht hat«, musste Eike eingestehen und inspizierte die Tafel. Sie bestand aus stabiler Presspappe, die man auf einen Lattenrahmen genagelt hatte. Beides Materialien, die in jedem Baumarkt zu bekommen waren. Die handwerkliche Ausführung wirkte eher laienhaft. Hier hatte jemand gewerkelt, der selten Hammer und Säge in der Hand hatte. Das Schattenbild wurde augenscheinlich mittels einer Schablone aufgesprüht, der Schriftzug bestand aus Klebebuchstaben.

»Haben sich die Urheber dieser Klagetafel wenigstens zu erkennen gegeben?«, wollte er wissen und ging dichter heran. Auf der Rückseite fand er, wonach er suchte. »Hier«, rief er Melanie Moor zu. Sie kam herum. »Sehen Sie, die nennen sich *Aktivistengruppe Raserfreier Harz,* wer auch immer dahinter stecken mag«, sagte Eike.

Die Journalistin beugte sich nach vorn und betrachtete die Schrift, die mit Edding auf die Innenseite der Holzleiste geschrieben worden war. Sie fotografierte das Schild aus verschiedenen Perspektiven.

»Die Bilder würde ich gerne haben«, sagte Eike.

»Ich schicke sie Ihnen zu«, versprach sie. »Wollen Sie gegen diese Leute etwas unternehmen?«, fragte sie dann.

»Das werde ich mir nicht auch noch aufhalsen. Ich informiere die Straßenmeisterei, die sollen sich darum kümmern.«

Beide gingen zurück zu den Autos.

»Bekomme ich jetzt eine Anzeige von Ihnen?«, fragte sie und sah ihn erwartungsvoll an.

»Nicht, wenn ich den versprochenen Kaffee kriege«, flachste Eike.

»Den kriegen Sie«, sagte sie lachend. »Wir sehen uns gleich an der *Alten Ziegelhütte.«*

Sie stiegen in ihre Autos und fuhren zurück auf die B 241 in Richtung Clausthal-Zellerfeld. Das Restaurant lag nur circa dreihundert Meter von der Unfallstelle entfernt. Früher war Eike oft mit Nadine zum Essen hier gewesen, nach ihrem Tod ging er selten allein aus. Von damals kannte er die Wirtin persönlich.

Sie wählten einen Tisch an einem der großen Fenster mit Blick auf die Bergwiesen rund um Buntenbock.

»Eike, schön dich mal wiederzusehen. Wie geht es dir?«, begrüßte ihn die Wirtin freundlich.

»Hallo, Beate«, erwiderte er den Gruß. »Danke, ich bin gut ausgelastet und habe kaum Zeit zum Klagen.«

»Ich sehe, du bist dienstlich unterwegs.« Sie wies mit einem Blick auf seine Uniform.

»Ja, aber man kann sich den Dienst auch manchmal angenehm gestalten«, erklärte er.

»Was darfs denn sein?«, fragte sie.

»Zwei Kännchen Kaffee, bitte«, sagte Melanie Moor.

»Kommt sofort«, erwiderte die Bedienung und entfernte sich.

Eike schaute die Journalistin einige Sekunden auffordernd an. »Nun mal raus mit der Sprache. Was haben Sie mit mir zu besprechen?«

Melanie Moor räusperte sich. »Wenn Sie sich nach Beweisen für eine Straftat umtun, nennen Sie es ermitteln, wir Journalisten recherchieren. Beide suchen wir nach der Wahrheit. Ist es nicht so?«

»Ja ... Worauf wollen Sie hinaus?«, antwortete Eike.

Melanie Moor lehnte sich mit den Unterarmen auf den Tisch und beugte sich vor. »Jetzt mal Butter bei die Fische, Herr Kommissar. Martin Bödecker hat den Unfall verursacht, das wissen Sie so gut wie ich, und ich frage Sie, warum der noch nicht angeklagt wurde?« Ihr Blick verriet eine bodenlose Entrüstung.

»Frau Moor, Indizienbeweise stehen auf wackeligen Füßen. Bödecker versteckt sich hinter einem Alibi, das ich nicht widerlegen kann – noch nicht. Und außerdem ...«

Die Journalistin fiel ihm ins Wort und vollendete den Satz: »... genießt er als Mitglied des Landtages Immunität, ich weiß. Aber nicht nur das, er hat offenbar auch einflussreiche Unterstützer, Ihren Chef zum Beispiel.«

»Das wundert mich kaum«, meinte Eike, »beide sind ausgeprägte Machtmenschen.«

»Nicht nur das«, entgegnete sie, »die sind rücksichtslos und selbstverliebt. Übrigens, die zwei sind ehemalige Schulkameraden. Wussten Sie das?«

»Nein«, sagte Eike überrascht. »Jetzt wird mir einiges klar.«

»Wenn dieser Mensch juristisch nicht zu packen ist, dann werde ich ihn durch die Presse an den Pranger stellen«, fauchte sie entschlossen.

»Seien Sie vorsichtig, Frau Moor, sonst stehen Sie am Ende am Pranger«, warnte Eike vor all zu großem Eifer. »In Ihrem Artikel haben Sie zwar keinen Namen genannt, aber die Abgeordneten sind nicht alle Motorradfahrer. Der komplette Landtag weiß längst, wer gemeint war.«

»Ähnliche Ratschläge habe ich neulich von Ihrem Chef gehört, der wegen des Unfalles extra zu einer Pressekonferenz geladen hatte«, sagte sie.

Der Kaffee wurde serviert. Sie füllten ihre Tassen und tranken einen Schluck.

»Wenn ich sein Alibi widerlegen könnte, würde ihm seine Immunität kaum noch etwas nützen«, sagte Eike.

»Was ist das für ein Alibi?«, hakte sie sofort nach.

»Frau Mo – or!«, sagte Eike betont, um ihre Neugier zu zügeln.

»Entschuldigung«, wandte sie ein, »ich weiß, dass Sie das für sich behalten müssen.«

»Tja«, seufzte Eike, »sieht so aus, als kämen wir beide nicht weiter. Ich hatte gehofft, von Ihnen einen Hinweis zu bekommen, an dem ich erneut ansetzen könnte.«

»Warten Sie es ab, es kommt noch etwas«, schürte sie sein Interesse. Bevor sie weitersprach, füllte sie ihre Tasse auf und schlürfte daran. »Politiker sind für die Medien dankbare Objekte«, bemerkte sie, »besonders wenn sie Flecken an der Weste haben, verstehen Sie?« Eike nickte zustimmend. »Deshalb beobachten wir genau, was sie tun, was sie sagen, wie sie ihre Freizeit verbringen, wo sie herkommen, welchen Umgang sie pflegen, und sogar, mit wem sie ins Bett gehen.« Eike wartete gespannt auf die Pointe.

»Bödecker fährt nicht nur Motorrad wie ne gesengte Sau, sondern auch Auto. Als Jugendlicher hat er zwei Wagen seiner Eltern geschrottet«, sagte sie.

»Dass er einen heißen Reifen fährt, ist mir bekannt«, erwiderte Eike.

»Ist Ihnen auch bekannt, dass er Drogen konsumiert?«

Eike verharrte einen kurzen Moment. »Echt? Woher haben Sie die Information?«

»Herr Wolf!«, erinnerte sie ihn nun ihrerseits an gewisse Gepflogenheiten.

»Ist ja gut. Ich verstehe: Gib niemals deine Informanten preis«, gestand er ein. »Welche Art Drogen bevorzugt er denn?«, wollte Eike noch wissen.

»Kokain, soweit ich weiß, um sich aufzuputschen und stets als nimmermüdes Energiebündel zu glänzen«, sagte sie. »Und ich weiß noch etwas, was Sie interessieren dürfte.«

»Ich höre«, sage Eike auffordernd.

»Er protegiert einen jungen Parteifreund, den er nach der letzten Wahl sogar in den Landtag katapultierte – aus dem Stand. Pascal Koch, dreißig Jahre alt. Das gab an der Basis fast einen Aufruhr«, erzählte sie.

»So ist das in der bezahlten Politik«, meinte Eike, »da muss man sich um Freundschaften kümmern, Feinde und Neider stellen sich wie von selbst ein.«

Melanie Moor lächelte abschätzig. »Martin Bödecker sucht keine Freunde, glauben Sie mir. Wenn der sich für jemanden einsetzt, dann mit hinterhältigen Absichten.«

»Und welche sollten das Ihrer Meinung nach sein?«, fragte Eike nach.

»Zum Beispiel die Drecksarbeit für ihn machen, ihm Deckung geben, wenn er in die Schusslinie der Medien gerät oder ihm sogar ein falsches Alibi verschaffen.«

Eike kräuselte die Stirn. »Eventuell Drogen beschaffen?«, fragte er überspitzt.

Melanie Moor zuckte die Schultern. »Dazu kann ich nichts sagen, zuzutrauen wäre es ihm.«

»Glauben Sie wirklich, dieser Pascal Koch würde so weit gehen? Ich meine, der hat jetzt, wo er im Landtag sitzt, einiges zu verlieren.« Er nahm die Tasse auf und trank noch einen Schluck.

»Ich kenne ihn nicht persönlich, aber überlegen Sie mal, was dieser Grünschnabel seinem Parteifreund Bödecker zu verdanken hat. Ich sage Ihnen, der frisst ihm aus der Hand.«

Eike leerte seine Tasse und sah Frau Moor nachdenklich an. »Sie meinen, ich sollte Pascal Koch mal auf den Zahn fühlen?«

Melanie Moor lächelte verschmitzt und nickte. »Kann jedenfalls nicht schaden«, meinte sie.

»Sicher nicht, aber ich brauche einen triftigen Grund, um jemanden zu befragen, also entweder, weil er verdächtig ist oder als Zeuge Hinweise geben kann«, gab Eike zu bedenken.

Frau Moor spitzte die Lippen. »Da wird Ihnen doch etwas einfallen, Herr Wolf«, sagte sie im Schmeichelton.

Eike überlegte. Die Idee, diesen Koch über Bödecker auszuquetschen, gefiel ihm. *Wer weiß, was dabei alles herauskäme. Nur mit welchem Vorwand konnte er an ihn herankommen?* Dann hatte er den richtigen Einfall.

»Frau Moor«, sagte er hintergründig, »warum interviewen SIE ihn nicht? Schreiben Sie einen Bericht über diesen jungen Senkrechtstarter in der Politik. Das interessiert die Leute, und Sie können alles fragen, ohne Verdacht zu erwecken.«

Melanie Moor setzte die Tasse hörbar ab und sah ihn beipflichtend an. »Kein schlechter Gedanke«, sagte sie und legte eine Hand ans Kinn.

»Das wird ihm schmeicheln und die Zunge lockern«, fügte Eike hinzu. »Fragen Sie ihn, wie er den Tag der Deutschen Einheit begangen hat.«

Sie lächelte. »Dann sind wir ab sofort Verbündete?« Sie reichte ihm die rechte Hand über den Tisch.

»Warum nicht? Wenn es um die Aufklärung von Straftaten geht, sollten alle couragiert zusammenarbeiten«, sagte Eike und ergriff ihre Hand.

»Sind Sie noch sauer wegen des Artikels?«, fragte sie klein-laut.

»Und wie, der hat mir die Verbannung nach Altenau einge-bracht«, erwiderte Eike mit strengem Blick. Frau Moor legte den Kopf schräg und sah ihn wie ein Dackel an, der um ein Leckerli bettelt. »Aber Sie arbeiten ja an Ihrer Rehabilitation. Wenn Sie etwas herausgefunden haben, sind wir quitt«, lenkte Eike ein.

Gedanken über den Tod

Tot sein ist, wie nie geboren zu sein, aber sterben ist bewusst, und ich frage mich: Wie fühlt sich der Tod an? Nein, ich muss fragen: Wie fühlt sich das Sterben an? Was sind die letzten Gedanken, bevor es vorbei ist. Ist es unerträgliche Angst, oder lähmt der Schock die Sinne, dass man nichts mehr spürt?

Man sagt, im letzten Moment läuft das ganze Leben noch einmal im Kopf an einem vorüber. Nur, wer kann das wissen? Tote geben keine Antwort.

Aber ich lebe und frage: Warum? Warum an jenem Ort? Warum in dem Augenblick? Warum gerade dieser Mensch?

Keine Antwort. Der Schmerz zerreißt mich, raubt mir die Sinne, nimmt mir den Glauben an Gerechtigkeit, an die Menschlichkeit. Niemand interessiert sich mehr für ihn, er ist für den Rest der Welt abgehakt, vergessen, als wäre er nie da gewesen. Keine Anklage, kein Mitleid, kein Urteil. Nur kalter Granit, als Grabmal gemeißelt, erinnert an ein Leben, aber er würdigt es nicht.

Das muss beantwortet werden. Ich will Gerechtigkeit, darin liegt die Würde. Keine Rache – aber Gerechtigkeit. Ist das zu viel verlangt? Ein paar Bilder nur und ein Grabstein sind alles, was geblieben ist. NEIN, ich will den Schmerz nicht allein mit mir herumtragen. »Ihr werdet mit mir leiden! Ihr werdet erleben, wie es sich anfühlt, wenn die Welt in euch explodiert.«

Oh, Gott, was rede ich da? Obwohl ... der Gedanke wühlt mich auf, gibt mir neue Hoffnung, erfüllt mich mit ... Zufriedenheit und Freude. Ich muss etwas tun ... ich werde es tun.

Alles wird gut.

Mittwoch, 25. Oktober 2017
Bad Harzburg

Wolfs Idee ist bares Geld wert, freute sich Melanie Moor. Erwartungsvoll und motiviert stieg sie in der Bismarkstraße in Bad Harzburg aus dem Auto, das sie direkt vor dem Haus, in dem Pascal Koch wohnte, abgestellt hatte. Einen Augenblick betrachtete sie das noble Gebäude, eine ältere Villa mit Veranda, Bogenfenstern und verzierten Giebelbalken. Sie öffnete die quietschende Gartenpforte, überschritt den Plattenweg und stieg zwei Stufen hinauf zum Eingangsportal. Nachdem sie den Klingelknopf gedrückt hatte und gespannt wartete, sah sie im Geist die Schlagzeile schon vor sich: *Senkrechtstart in den Landtag. Interview mit dem jüngsten Abgeordneten.* Die Story würden ihr mehrere Redaktionen aus der Hand reißen, vielleicht sogar auch die Hannoversche Allgemeine. Melanie Moor war Eike Wolf für diese Anregung äußerst dankbar und hoffte, Pascal Koch wichtige Informationen über Martin Bödecker zu entlocken. Koch war jedenfalls hellauf begeistert gewesen, als sie ihn angerufen hatte und um ein Interview bat. Sie würde schon die Antworten aus ihm herauskriegen, die sie brauchte. Schließlich war sie ein Profi und wusste geschickt zu fragen.

Der Türöffner summte. Sie drückte die Tür auf und trat in eine großzügige Diele mit Mosaikfußboden ein. Auf dem oberen Podest einer breiten Treppe, die ins Dachgeschoss führte, erschien ein jugendlich wirkender Mann. Die vollen, mittelblonden Haare hatte er nach hinten gekämmt. Über der Jeans trug er ein dunkelgraues Sakko. Er lächelte und seine noch jungenhaften Züge erinnerten Melanie Moor an einen Studenten im zweiten Semester. *Er muss wie ein Shootingstar im Kreise der gestandenen Frauen und Männer im Landtag herausstechen, die allesamt seine Mütter und Väter hätten sein können*, dachte Melanie Moor.

118

»Frau Moor?«, fragte er und kam ihr einige Stufen entgegen.

»Ja, guten Tag, Herr Koch.« Sie reichte ihm die Hand.

»Bitte kommen Sie.« Er begleitete sie bis nach oben, nahm ihre Jacke ab und hing sie an einen Garderobenhaken. In der Wohnungstür machte er eine einladende Geste. »Bitte, treten Sie näher«, sagte er.

Melanies Blick fiel auf ein großes Bild, das ein elegantes Oldtimerauto zeigte. Sie erkannte einen Mercedesstern.

»Das ist ein W 21 Cabrio, Sechszylinder, vierzig PS«, erklärte er sachkundig. »Ich habe auch ein Modell davon.« Er führte Melanie Moor vor eine Glasvitrine, in der bunte Automodelle ordentlich aufgereiht standen. »Dort, sehen Sie?« Er wies auf das detailreiche Modell.

Ihr Blick schweifte staunend über die Vielzahl an Autos, Lkws und Bussen. »Sie sind Sammler«, sagte sie.

»Am Automobil lässt sich die technische und gesellschaftliche Entwicklung am besten darstellen, finden Sie nicht?«, antwortete er.

Melanie sah ihn erstaunt an. »Darüber habe ich noch gar nicht nachgedacht, aber da ist was dran«, gestand sie ein.

»Nehmen Sie doch Platz. Was möchten Sie trinken?« Er geleitete sie zu einem runden Tisch, der offenbar als Essplatz diente.

»Ein Glas Wasser vielleicht«, sagte sie und fischte einen Notizblock mit Kugelschreiber aus ihrer Umhängetasche heraus.

»Gerne«, sagte er und verschwand durch eine offenstehende Tür, hinter der sich die Küche befand, wie Melanie sehen konnte. Sie nutzte die Wartezeit und schaute sich um. Eine typische Junggesellenwohnung hatte sie sich anders vorgestellt, nicht so sauber und aufgeräumt wie diese. Der Raum war eher als Arbeitszimmer eingerichtet denn als Wohnzimmer. Unter dem großen Fenster stand ein Schreibtisch mit Laptop. Ein raumhohes Bücherregal, eine Anrichte und zwei behagliche Sessel hinter einem Cocktailtisch. Freie Stellflächen waren mit weiteren Automodellen dekoriert.

Pascal Koch kam mit zwei Gläsern und einer Flasche Mineralwasser zurück.

»Vielen Dank«, sagte Melanie und nahm eine bequeme Sitzhaltung ein, während Koch die Gläser füllte. »Was für ein Auto fahren Sie?«, fragte sie lächelnd.

»Keinen Oldtimer, wie Sie vielleicht vermuten, sondern einen gewöhnlichen VW Golf«, antwortete er.

Melanie Moor legte ihren Notizblock auf ihr übergeschlagenes Bein. »Herr Koch«, begann sie das offizielle Interview, »seit wann sind Sie in der Politik?«

»Während des Studiums in Göttingen bin ich von einem Kommilitonen quasi angeworben worden. Wir haben uns an vielen Demos beteiligt und Nächte durchdiskutiert. Das ist jetzt fast zehn Jahre her.«

»Was interessiert Sie an der Politik?«

»Die Argumentation und Standpunkte anderer bei bestimmten Themen und die Möglichkeit, Einfluss zu nehmen.«

Melanies Stift sauste über das Papier.

»Sie haben vergleichsweise rasch Karriere gemacht und sind jüngster Abgeordneter im Landtag. Wer hat Ihnen zu diesem Senkrechtstart verholfen?«

Koch blies die Luft hörbar aus. »Ich denke, dass ich mich durch meine politische Arbeit empfohlen habe«, antwortete er.

Geschickte Antwort, dachte sie, aber das wollte sie nicht hören. Sie musste ihn provozieren, um ihn zu öffnen. »Was macht Ihre Arbeit so herausragend?«, fragte sie.

Koch spielte mit den Fingern. »Mein Engagement hat sicher den Parteivorstand beeindruckt«, antwortete er und in seiner Stimme schwang eine Spur Unsicherheit.

Gleich hab ich dich, dachte sie und sah Koch erwartungsvoll an.

»Na ja, man braucht vor allem auch einen Mentor, wie oft im Leben, wenn man weiterkommen möchte«, gab er zu.

Na also, freute sie sich im Stillen, jetzt wird es spannend. »Sicher«, bestätigte sie, »und wer war das bei Ihnen?«

»Unser Parteivorsitzender, Martin Bödecker«, antwortete er.

»Was bedeutet er für Sie?«, fragte sie weiter.

»Nun ja, er ist ein Freund und Ratgeber, ich habe viel von ihm über Politik gelernt.«

Melanie trank einen Schluck Wasser. »Was geben sie ihm dafür zurück?«

Kochs Blick wurde wachsamer, und er ließ sich mit der Antwort Zeit. »Er hat meine volle Loyalität und ich unterstütze ihn.«

Melanie Moor machte erneut Notizen. »Wie weit würden Sie dabei gehen?«

»Wie meinen Sie das?«, fragte er nach.

»Ich meine, würden Sie aus Dankbarkeit ... sagen wir als Beispiel ... ihre eigene Überzeugung zurückstellen?«

Pascal Koch legte den Kopf schräg und sah Melanie erstaunt an. »Das hängt von der jeweiligen Situation ab, aber grundsätzlich ja. Das bin ich ihm schuldig.«

»Wie sehen Sie ihre politische Zukunft?«, fragte sie.

»Ich möchte durch meine Arbeit die Partei voranbringen, davon hängen alle weiteren Möglichkeiten ab«, sagte er unverbindlich.

»Wie verbringen Sie ihre Freizeit, wenn sie nicht gerade Oldtimer aufspüren?«

»Wer sich ernsthaft mit Politik beschäftigt, hat kaum Freizeit«, erklärte er. »Wenn dennoch etwas übrig bleibt, gehe ich gern auf Modellbaumessen oder zu Oldtimertreffen, wie zuletzt am dritten Oktober in Hannover. Dort kann ich mich den ganzen Tag aufhalten und schwerlich sattsehen.«

»Sie haben den ganzen Tag zwischen alten Autos verbracht?«, fragte sie verständnislos.

»Sagen Sie nie alte Autos. Das sind teilweise historische Schätze«, stellte er richtig.

»Sind dort auch alte ... ich meine natürlich historische Motorräder zu sehen?«, hakte sie nach.

»Ja, auch«, antwortete er.

Sie schlug ihren Block eine Seite um. »Fühlen Sie sich mit dem Harz verbunden, Herr Koch?«, wechselte sie abrupt das Thema.

»Ja, natürlich. Ich bin hier geboren und aufgewachsen.«

»Was schätzen Sie an Ihrer Heimat?«

»Die Berge, die eine gewisse Gelassenheit und Ruhe ausstrahlen. Auch die schroffen Landschaften und die ausgeprägten Jahreszeiten«, schwärmte er.

»Aber der Tourismus bringt auch Unruhe. Zugeparkte Straßenränder, volle Parkplätze, Rotten von Motorrädern. Wie stehen Sie dazu?«

Koch räusperte sich und fummelte erneut an den Fingern herum. »Der Harz lebt vom Tourismus, seit die Bergbauzeit vorüber ist. Das muss man immer bedenken. Der Bergbau von damals hat der Natur mehr Schaden zugefügt als der Fremdenverkehr heute.«

»Passen der Lärm und die Gefahren, die von Motorrädern ausgehen in dieses Bild?«

»Sie sind ein Teil dessen, was der Harz zu bieten hat«, antwortete er unbeeindruckt.

»Gehören auch 297 Bikerunfälle mit sechs Toten dazu?«, fragte sie hartnäckig weiter.

Koch griff zum Wasserglas, trank einen Schluck und hielt es fest in der Hand.

»Hier steht in erster Linie die Regierung in der Verantwortung. Sie ist untätig und hat versagt. Wenn es um Sicherheit geht, dürfen auch unpopuläre Maßnahmen kein Tabu sein.«

»Welche wären das, Ihrer Meinung nach?«, bohrte sie weiter.

»Nun«, druckste er und stellte das Glas ab, »für Biker muss es strengere Geschwindigkeitsbeschränkungen geben, dazu gehören selbstverständlich konsequente Kontrollen. Der Harz ist mit seinem Profil ein Biker-Eldorado. Leider suchen einige den Adrenalinkick, überschätzen sich und fahren zu schnell. Diese Leute müssen wir uns vornehmen und ...«

»Gehört Martin Bödecker ebenfalls zu dieser Sorte?«, fiel sie ihm ins Wort.

Pascal Koch stutzte und schien zu überlegen. Seine Stirn glänzte feucht. »Ich versteh nicht, warum Sie Martin jetzt mit ins Spiel bringen«, versuchte er, seinen Parteifreund zu decken.

»Nun, es ist bekannt, dass er ein flotter Motorradfahrer ist, der öfters die Blitzanlagen herausfordert. Das passt nicht zu dem Sicherheitsanspruch, den Sie gerade formuliert haben«, antwortete sie abgeklärt.

Auf Kochs Stirn schimmerten Schweißperlen. »Was er in seiner Freizeit macht, ist seine Sache«, wich er aus.

»So?«, fragte Melanie in scharfem Ton. »Ist es auch seine Sache, wenn andere dabei zu Tode kommen und er sich der Verantwortung durch Unfallflucht entzieht?« Sie hatte sich ungewollt in eine übermäßige Lautstärke gesteigert und holte tief Luft.

Koch wischte sich mit dem Ärmel über die Stirn. »Frau Moor, soll das jetzt hier ein Verhör werden?« Er langte mit zittriger Hand zum Wasserglas, stellte es aber sogleich wieder ab. »Ich weiß, worauf Sie anspielen, aber um alle Verdächtigungen auszuräumen. Er kann es nicht gewesen sein. Zu der fraglichen Zeit hatte er sich auf Torfhaus aufgehalten.« Koch rutschte auf dem Stuhl nach vorn. »Ich selbst habe mich mit ihm dort getroffen, um über die letzten Wahlkampfveranstaltungen zu sprechen.«

Melanie Moor sah ihn einen Moment andächtig an. »Ich denke, Sie waren den ganzen Tag in Hannover«, fragte sie gelassen.

Koch rutschte weiter vor, fast zur Stuhlkante, sodass der Stuhl zu kippeln begann. »Na ja, wie man das halt so sagt. Sie dürfen das nicht wortwörtlich nehmen«, relativierte er seine Angabe.

Melanie klappte demonstrativ ihren Schreibblock zu. »Ich glaube, ich habe alles, um mir ein Bild zu machen.« Sie steckte den Block in ihre Tasche zurück und erhob sich. Koch schaute irritiert an ihr hoch und stand ebenfalls auf.

»Vielen Dank für das Gespräch und Ihre Offenheit«, sagte sie. Innerlich rieb sie sich die Hände. *Das wird Eike Wolf besonders freuen*, dachte sie zufrieden.

Pascal Koch begleitete sie zur Haustür. »Sie werden doch nichts über den Verdacht gegen Martin Bödecker schreiben«, vergewisserte er sich mit einem skeptischen Gesichtsausdruck.

»Keine Sorge, Herr Koch, ich werde lediglich über Sie berichten«, sagte sie und verabschiedete sich von ihm.

Melanie Moor war gespannt, was Eike Wolf dazu sagen würde.

»Dafür haben Sie den Pulitzer-Preis verdient«, sagte Eike Wolf am Telefon.

Melanie Moor lachte. »Vielen Dank, aber der ist eine Nummer zu groß für mich. Mir würde der Eike-Wolf-Preis fürs Erste genügen«, antwortete sie.

»Ah ja? Und wie ist dieser Preis ausgestattet?«, fragte Eike schmunzelnd.

»Der Preis beinhaltet Exklusivrechte für Informationen aus erster Polizeihand«, sagte sie.

»Das könnte Ihnen so passen«, intervenierte er, »dann kann ich gleich meine Pensionierung beantragen.«

»Ach, kommen Sie, ich habe etwas gut bei Ihnen«, warb sie um sein Entgegenkommen.

»Langsam, junge Frau, bestenfalls sind wir jetzt quitt, allerdings haben Sie mein Wohlwollen wieder erlangt«, kam er ihr entgegen. »Aber mal im Ernst. Warum hat Bödecker mir von der Zusammenkunft mit Koch auf Torfhaus nichts gesagt? Das wäre ein handfestes Alibi.«

»Finden Sie es heraus«, sagte sie.

»Das werde ich, glauben Sie mir«, erwiderte er entschlossen. »Danke für Ihre Unterstützung.«

»Viel Erfolg«, wünschte sie und legte auf.

Eike wandte sich an seinen Kollegen.

»Thomas? Schau doch bitte mal in der Datenbank nach, ob ein Pascal Koch, wohnhaft in Bad Harzburg, dort registriert ist.«

Thomas` Finger ratterten über die Tastatur. Er starrte auf den Bildschirm. »Oh, tatsächlich. Hier, das muss er sein.«

Eike ging um den Schreibtisch herum und sah Thomas über die Schulter.

»Pascal Koch, geboren am 12. September 1987 in Bad Harzburg«, las er vom Display ab. »Sieh da, sieh da, der hat an der Uni mit Stoff gedealt. So kann man sein BAföG auch aufstocken.«

»Man darf sich nur nicht erwischen lassen«, sagte sein Kollege. »Sechs Monate auf Bewährung hatte er damals bekommen. Das hat ihn offensichtlich zurück auf den Weg der Tugend gebracht«, kommentierte er.

»Mir scheint, der Weg hat ihn in eine Sackgasse geführt«, erwiderte Eike. Thomas drehte sich um und schaute zu ihm auf. »Wie meinst du das?«, fragte er.

»Ich habe einen Verdacht, und wenn ich damit richtig liege, dann gibt das einen handfesten Politskandal in Hannover«, antwortete Eike.

»Mensch Eike, ist das nicht eine Nummer zu groß für uns?«, wandte Thomas ein.

»Das ist zwei Nummern zu groß für uns«, gab Eike zu und setzte sich zurück an seinen Schreibtisch. Er verschränkte die Arme hinter dem Kopf und ließ sich in die federnde Rückenlehne fallen. »Wenn wir das Fass aufmachen, saufen wir mit ab.«

Thomas hob eine Augenbraue, und auf seinem Gesicht zeichnete sich ein Schatten von Panik ab. »Warte damit, bis ich in Rente bin«, sagte er und versuchte ein Lächeln.

Eike wippte mit der Stuhllehne vor und zurück. Plötzlich hielt er inne und sah Thomas feurig an. »Ich habe die Familie von Felix Krüger leiden sehen. Der Schmerz zerreißt sie bei lebendigem Leib. Und der Verursacher dieser Qualen sitzt im Landtag und wird gesetzlich vor Strafverfolgung geschützt. Unbehelligt knallt der sich mit Kokain zu und zeigt uns eine lange Nase. Ich könnte ausrasten.« Eike hatte sich in Rage gesteigert.

»Das tust du gerade. Bleib ruhig, Eike. Mit Wut änderst du nichts«, versuchte Thomas seinen Kollegen zu besänftigen.

Der nickte. »Hast ja recht, aber es tut gut, mal Dampf abzulassen«, sagte er und tippte auf der Tastatur, um den Dienstplan aus dem Intranet aufzurufen. Freitag war Selbstverteidigungstraining in Goslar angesetzt. Er sollte wieder einmal daran teilnehmen, um in Form zu bleiben. Ja, er nahm es sich fest vor und in Gedanken kämpfte er schon mit Martin Bödecker als Trainingspartner. Den würde er links und rechts auf die Matte betonieren, dass dem Hören und Sehen verging. Bödecker ließ ihn nicht los. Es musste etwas geschehen.

»Was ist los, führst du Selbstgespräche?«, fragte Thomas auf einmal.

»Ich habe irgendetwas übersehen«, sagte Eike tonlos, »irgendetwas.« Er lehnte sich zurück. »Wenn Bödecker zum Unfallzeitpunkt auf Torfhaus war, dann fress ich meine Mütze.«

»Wenn wir das zweifelsfrei beweisen können, ist er geliefert«, warf Thomas ein.

Eike schlug den Hefter auf, den er extra für diesen Fall angelegt hatte, entnahm das ausgedruckte Foto, das er von Bödecker bekommen hatte, und reichte es seinem Kollegen.

»Hier, Thomas, schau es dir noch einmal genau an.«

»Eike«, echauffierte sich Thomas, »wie oft denn noch. Ich kenne das Bild in allen Einzelheiten auswendig.«

Eike stand auf. »Ich muss an die frische Luft, sonst ersticke ich. Sieh es dir bitte noch einmal genau an.«

Thomas verdrehte die Augen. »Ich glaube, du beißt dich da in etwas fest.« Unbeirrt der Ermahnung seines Kollegen zog Eike seine Jacke an und setzte die Dienstmütze auf.

»Atme draußen ein paar Mal tief durch, vielleicht geht's dir dann besser«, rief Thomas ihm nach, als sich Eike auf die Tür zubewegte.

Er verließ das Büro und blieb vor der Eingangstür einen Augenblick stehen. Die kühle Oktoberluft fühlte sich weich an. Eike atmete tief ein und ging bedächtig die Straße hinunter, um zu schauen, ob Pia zuhause war. Eventuell würde sie ihn zu einer Tasse Kaffee einladen. Als er um die Häuserecke bog, blieb er verdutzt stehen. Neben Pias Haus parkte der rote Chevrolet. In dem Moment schwenkte die Haustür auf und

Pias Ehemann Marco stürmte heraus. Er streifte Eike mit einem grimmigen Blick, sprang in sein Auto und rauschte mit brüllendem Motor davon. Eike eilte zum Haus und klingelte. Kurz darauf wurde geöffnet. Eike erschrak. Pia sah schrecklich aus. Ihre Unterlippe zeigte eine blutige Platzwunde, mit der Hand verdeckte sie ihre linke Wange. Rotumrandete, wässrige Augen sahen ihn verängstigt an. Sie trat stumm zur Seite und ließ ihn hinein. Er drückte die Haustür ins Schloss, blieb im Korridor stehen und musterte ihr entstelltes Gesicht. Wortlos zog er sanft die Hand von ihrer Wange weg. Sie ließ es ohne Gegenwehr geschehen. Die Gesichtshälfte war dunkelrot und geschwollen.

»Pia, warum hast du mich nicht gerufen?«

Eike streichelte ihr struppiges Haar. Sie fiel ihm schluchzend in die Arme.

»Dazu bin ich nicht mehr gekommen«, sagte sie mit wimmernder Stimme. »Er wollte Geld von mir. Ich habe im gesagt, er solle sich verpissen, da hat er zugeschlagen.«

»Geh bitte zum Arzt. Und danach kommst du zu uns und machst eine Anzeige. Dann geht die Scheidung zügig über die Bühne, auch gegen seinen Willen.«

»Ich habe Angst vor dem Kerl. Er will wiederkommen«, stotterte sie.

»Schließ alles ab und lass ihn nicht herein. Ruf mich sofort, wenn er aufdringlich wird, hörst du?«, sagte Eike.

Sie wischte sich mit beiden Händen die Tränen aus den Augen und sah ihn bittend an. »Bleibst du heute Nacht bei mir?«

Eike musste einen kurzen Moment überlegen. Eigentlich wollte er heute nach Feierabend sein Motorrad für den Winterschlaf vorbereiten, aber das hatte Zeit bis morgen.

»Na klar, Struppi«, sagte er.

Pia stutzte und schielte ihn verschmitzt an. »Wie hast du mich gerade genannt?«

Eike wusste nicht, was sie meinte. »Ich? Äh, wie denn?«

»Du hast mich Struppi genannt«, sagte sie.

»Echt? Entschuldige, dann unbewusst, vielleicht deiner Haare wegen.« Er strich ihr wiederholt durch die Frisur. »Darf ich dich so nennen?«

»Nein, nicht jetzt«, erwiderte sie.

Eike war ein klein wenig verlegen. »Dann bis heute Abend, ich werde zeitig Dienstschluss machen«, sagte er und wandte sich zum Gehen.

»Ich mach uns was Leckeres zu Essen. Was magst du denn gern?«

Eike drehte sich zurück und lächelte. »Ach, weißt du, seitdem ich allein bin, besteht meine Kost hauptsächlich aus Kartoffelgerichten. Bratkartoffeln, Pellkartoffeln, Ofenkartoffeln, Pommes. Ich liebe Kartoffeln, sie schmecken und sind rasch zubereitet. Am Allerliebsten esse ich Rüsterknüster, kennst du die?«

»Nee, noch nie gegessen. Wie gehen die?«, wollte Pia wissen.

»Ganz einfach. Kartoffeln waschen, halbieren, Backblech mit Salz bestreuen, Kartoffeln mit der Schnittseite darauflegen und ab in den Backofen. Dazu Frühlingsquark oder Sourcreme und als Beilage einen bunten Salat«, erklärte Eike. »Piiia«, schwärmte er, »ein Gedicht, sag ich dir.«

»Okay, dann bis heute Abend«, verabschiedete sie ihn.

Eike schlenderte die Marktstraße hinauf. Beim Bäcker weiter oben gab es belegte Brötchen. Thomas würde sich sicher über ein zweites Frühstück freuen. Er war ein wirklich netter Kollege, unkompliziert und hilfsbereit, vielleicht etwas spießig, aber das wird man wohl zwangsläufig, wenn man Familienvater ist. Eike betrat den Laden. Der Duft nach frischen Brötchen und Kaffee strömte ihm entgegen und regte seine Speicheldrüsen an.

»Guten Morgen, James Bond.«

Eike erkannte die kratzige Stimme sofort, die aus der Ladenecke kam, wo eine kleine Sitzgruppe für Kaffeegäste stand.

»Guten Morgen, Gußchen, wie geht's?«, grüßte Eike. Gußchen hatte eine Tasse Kaffee vor sich.

»Wo soll ich anfangen? Bei den schmerzenden Füßen, über meine Inkontinenz und Blähungen bis zur ausgeleierten Pumpe?«

Eike schmunzelte und die anderen Kunden im Laden verkniffen sich das Lachen. »So genau wollte ich es nicht wissen«, sagte Eike.

Gußchen tippte sich an die Stirn. »Aber hier oben bin ich noch helle, verstehst du? Und meinen Glupschen entgeht nichts.«

»Ich glaube, das weiß man in Altenau zu schätzen«, sagte Eike.

»Du solltest ein Auge auf Pia haben. Sie hatte früh schon Besuch von diesem gelackten Zuhältertypen mit seiner knallroten Prollkarre. Ich glaube, das war Goldfinger.« Im Laden wallte Gelächter auf.

»Nun lass mal gut sein, Gußchen«, ermahnte sie die Bäckersfrau hinterm Tresen.

»Ich wollt's euch nur sagen. Solche Leute haben in Altenau nichts verloren, dies ist ein anständiger Ort«, keifte sie.

»Danke Gußchen, ich werde auf Altenau achten«, versprach Eike. »Und auf Pia auch«, fügte er hinzu.

Sie präsentierte ihr lückenhaftes Gebiss durch ein Lächeln. »Das weiß ich doch, und nicht nur das«, sagte sie mit unüberhörbarem Zwischenton.

»Was darf's denn sein?«, fragte die Bedienung, als Eike an der Reihe war, und er war froh, dass die Unterhaltung mit Gußchen beendet wurde. »Zwei belegte Brötchen bitte. Eins mit Käse und eins mit Wurst«, bestellte er.

Bevor er den Laden verließ, bedachte er die alte Dame noch mit einem freundlichen Blick, den sie mit einem tiefgründigen Grinsen erwiderte.

»Wurst oder Käse?«, fragte Eike und legte die geöffnete Tüte auf den kleinen Besprechungstisch.

»Oh, manchmal hast du echt gute Ideen. Wurst bitte.« Thomas setzte sich dazu. »Danke«, sagte er und griff in die Papiertüte. Eike holte Kaffee.

»Hast du dir das Foto noch einmal intensiv angesehen?«, fragte Eike mit vollem Mund kauend.

Thomas schluckte den ersten Bissen runter, bevor er antwortete. »Ja, und mir ist tatsächlich noch etwas aufgefallen.«

Eike wurde hellhörig. »Echt? Was hast du gesehen?«, fragte er eifrig.

»Warte« Thomas stand auf, ging zu seinem Schreibtisch und kam mit dem Foto zurück. »Guck hier. Siehst du den Mann im Hintergrund, mit dem Fernglas?«

Eike beugte sich über das Bild. »Ja. Was ist an dem besonderes?«, fragte er. Thomas ließ Eike zappeln. »Sieh genau hin«, sagte er.

Eike konnte nichts Ungewöhnliches entdecken. »Komm schon, machs nicht so spannend«, drängelte er genervt.

Thomas schaute ihn verschmitzt an und genoss offensichtlich seinen Wissensvorsprung.

»Sieh auf sein linkes Handgelenk.« Thomas starrte Eike an. »Na, dämmert's?«

Eike klatschte sich die Hand an die Stirn. »Ich wusste es, ich habe etwas übersehen. Die Armbanduhr. Da guckt man tausendmal drauf und übersieht am Ende das Wesentliche.« Er sprang wie angestochen auf, rannte zu seinem Schreibtisch und holte eine Lupe aus der Schublade. »Wenn die Uhrzeit zu erkennen ist, ist Bödecker reif für den Knast.« Er beugte sich dicht über das Foto und peilte mit einem zugekniffenen Auge

131

durch das Vergrößerungsglas. Mehrmals korrigierte er den Abstand, um die richtige Fokussierung zu erreichen. Nach einigen Versuchen schmiss er es auf den Tisch. »Scheiße«, stieß er enttäuscht aus, »die Zeiger sind nicht zu erkennen.«

Thomas griff nach der Lupe und probierte es ebenfalls, aber auch er gab erfolglos auf. »Wäre ja auch zu schön gewesen«, sagte er, »aber wart mal, vielleicht kann die KTU in Goslar mit ihren technischen Möglichkeiten mehr herausfinden.«

»Vergiss es«, meinte Eike, »Struwe wird alles abblocken, was den Verdacht gegen Bödecker erhärten würde.«

»Manchmal ist unser Beruf echt frustrierend«, bemerkte Thomas.

Eike nickte. »Deshalb brauchen wir auch kein schlechtes Gewissen zu haben, wenn wir mal eine Extra-Frühstückspause einlegen.«

Sie aßen genüsslich ihre Brötchen und spülten den letzten Bissen mit Kaffee herunter. Thomas wischte mit der Hand die Krümel zusammen und ließ sie in der leeren Tüte verschwinden während Eike Tassen und Teller in der kleinen Geschirrspülmaschine verstaute.

Beide saßen schon wieder eine Weile an ihrem Platz, als Eikes Telefon läutete. Er nahm ab. »Polizeistation Altenau, Wolf«, meldete er sich. Es kam keine Antwort, er vernahm nur ein leises Wimmern, als wenn jemand weinte.

»Hallo, wer ist da bitte?« Das Geräusch wurde lauter, und jetzt hörte er es deutlich, jemand schluchzte ins Telefon.

»Melden Sie sich doch bitte! Was kann ich für Sie tun?«

»Fio...« Ein Seufzer unterbrach die Frauenstimme. »Fiona Krüger«, stotterte sie stoßweise atmend.

Die Schwester von Felix Krüger, konstatierte er sogleich. »Frau Krüger, was ist denn passiert?«, fragte er betroffen.

»Meine Eltern ...« Sie weinte laut auf. Eike wartete geduldig, bis sie sich gefasst hatte. »Meine Eltern brauchen Hilfe.« Eike hörte, wie sie sich die Nase schnäuzte. »Sie sind ganz komisch geworden«, erzählte sie weiter. »Mein Vater flucht laufend vor sich hin, dass die Natur immer eine Fortsetzung fände, und meine Mutter isst und trinkt kaum noch etwas. Sie hat sich völlig verändert, ich erkenne sie nicht mehr.« Fiona Krüger heulte laut auf. »Ich habe Angst, Herr Wolf. Helfen Sie uns.«

Eike drückte eine Hand auf die Sprechöffnung des Telefons und flüsterte Thomas zu, wen er in der Leitung hatte.

»Frau Krüger, bitte beruhigen Sie sich. Ich werde Ihnen einen Notfallseelsorger schicken. Mit dem können Sie und Ihre Eltern alles besprechen. Er weiß auch, was zusätzlich getan werden kann.«

Schweigen.

»Frau Krüger? Sind Sie noch dran?«

»Ich habe Angst«, flüsterte sie ins Telefon.

»Wovor haben Sie Angst?«, fragte Eike.

»Dass meine Eltern etwas Unüberlegtes tun.« Sie weinte leise vor sich hin.

»Ich schicke Ihnen jemand. Ist das okay für Sie?«

»Ja, ich glaube, das wird das Beste sein«, antwortete sie und unterbrach das Gespräch.

Nachdem Eike aufgelegt hatte, starrte er Thomas eine Weile stumm an, dann sagte er: »Die können einem wirklich leidtun. Der Tod ihres Sohnes hat die Familie total aus der Bahn geworfen. Das Mädchen ist mit der Trauer ihrer Eltern völlig überfordert.« Er stützte die Ellenbogen auf den Schreibtisch und verbarg sein Gesicht in den Händen.

»Eike, du darfst das Schicksal anderer nicht zu nah an dich rankommen lassen, damit hilfst du denen nicht. Du kannst nichts dafür und hast das Richtige getan.«

Eike blickte auf und bemühte sich um ein Lächeln. »Ja, du hast recht«, sagte er, griff erneut zum Telefon und rief einen Notfallseelsorger an.

»Fahren wir morgen zusammen zum Training nach Goslar?«, fragte Eike seinen Kollegen, nachdem das Telefonat erledigt war.

Der schüttelte den Kopf. »Nee, lass mal. Du kannst dir gerne blaue Flecken abholen. Ich halte hier die Stellung«, antwortete Thomas.

Eike lächelte verständnisvoll. »Alles klar.«

* * *

Wie versprochen, machte Eike früh Feierabend und ging zu Pia hinüber. Als sie die Haustür öffnete, hätte er sie fast nicht erkannt. Pias linke Wange war ein einziges Hämatom und die geschwollene Unterlippe entstellte ihr hübsches Gesicht. Es sah sogar seltsam schrullig aus. Wie ein gestraftes Kind stand sie ihm gegenüber.

»Du scheinst gestresst zu sein. Was ist los?« Sie nahm ihn an der Hand, zog in sanft ins Haus und drückte die Haustür zu. Es roch appetitlich nach Rosmarin und Thymian.

Eike lächelte sie verschmitzt an. »Guck dich an. Du siehst aus, als wärst du gegen einen Betonmischer gelaufen.« Er streichelte ihre gesunde Wange. »Tut's noch weh?«

»Geht schon wieder«, sagte sie.

»Du willst wissen, was los ist? Es läuft momentan nichts rund auf der Dienststelle, das nervt mich«, beklagte er sich.

»Und wie läuft es mit uns?«, fragte sie provokant.

Eike zog sie an sich und gab ihr einen Kuss auf die Stirn. »Dazu möchte ich mich jetzt nicht äußern«, antwortete er gespielt ernst. »Frag mich das noch einmal nach dem Essen.«

Pia lachte, was durch ihre geschwollene Lippe verschroben wirkte und schob ihn in die Küche. Der Esstisch war festlich gedeckt wie in einem Gourmetrestaurant, fand Eike. Die Servietten hatte Pia zu einem Fächer gefaltet, Wein- und Wassergläser hatte sie wohlgeordnet platziert, in der Tischmitte brannte eine Kerze und an der Tischecke stand eine Flasche Rotwein.

Eike nahm Pias Hand. »Was feiern wir denn?«, fragte er.

Pia sah ihn eine Weile mit einem Mona-Lisa-Blick an. Zumindest versuchte sie es, aber ihr Lächeln wirkte mit ihrer dicken Lippe seltsam komisch. »Unsere Freundschaft?«, sagte sie, wie eine Frage betont.

Eike drückte ihre Hand fester und lächelte. »Gerne«, stimmte er zu.

Pia ging zum Herd in der Küchenzeile. »Das Essen ist gleich fertig«, sagte sie und öffnete die Backröhrenklappe. Ein würziger Duft nach Ofenkartoffeln erfüllte augenblicklich den Raum. »Machst du bitte inzwischen die Flasche Wein auf?«, bat sie ihn. Sie zog dicke Topfhandschuhe über, holte eine Auflaufform aus dem Backofen und stellte sie auf den Tisch. »Kräuterkartoffeln mit Parmesankruste, Thymian und Rosmarin«, sagte sie. Dann servierte sie eine Glasschüssel mit Salat dazu. Eike füllte die Weingläser. Sie setzten sich gegenüber. Pia erhob das Glas. »Auf unsere Freundschaft.«

»Schön, dass wir uns begegnet sind«, erwiderte Eike und stieß mit ihr an. »Und danke für das Essen.«

»Wart's ab, du hast ja noch nicht mal probiert«, sagte Pia, löffelte eine Portion dampfende Kartoffeln aus der Form und füllte sie auf seinen Teller. Dazu gab sie etwas Salat auf eine Schale.

»Köstlich«, schwärmte er nach dem ersten Bissen, »ich glaube, das wird mein Lieblingsgericht.«

Nach dem Essen saßen sie im Wohnzimmer auf dem Sofa zusammen. Pia hatte eine Musik-CD eingelegt und sich an ihn geschmiegt. Sie legte ihren Kopf an seine Schulter und sagte: »Du bist mir noch eine Antwort schuldig.«

Eike drehte sich zu ihr. »Auf welche Frage?«

»Wie es deiner Meinung nach mit uns läuft«, erinnerte sie ihn.

Er nahm ihre Hand und küsste den Handrücken. »Von mir aus könnte es so weitergehen. Ich bin gern mit dir zusammen und jetzt, wo ich weiß, wie gut du kochst, noch viel lieber.«

Sie boxte ihn sanft auf den Oberarm. »Du Egoist, glaub ja nicht, dass ich immer mit so viel Hingabe koche.«

Sie legte ihren Kopf zurück an seine Schulter. Eike genoss die stimmungsvolle Musik und ihre Nähe.

»Wollen wir Sonntag eine Mopedtour machen, quasi als Saisonabschluss? Das Wetter soll gut werden.«

»Das geht leider nicht, ich bekomme übers Wochenende Pensionsgäste.«

»Verstehe«, sagte Eike. »Soll ich zwischendurch mal reinschauen?«

Pia antwortete nicht darauf und fragte stattdessen: »Könntest du dir vorstellen, bei mir zu wohnen?«

Eike löste sich von ihr und sah sie verdutzt an. Die Frage hatte ihn kalt erwischt. Es war doch noch viel zu früh für solche Gespräche. Sie kannten sich gerade mal drei Wochen.

»Du bist ja schneller als deine Kawasaki«, antwortete er. »Ein solcher Schritt muss gut überlegt sein«, gab er zu bedenken. Er trank rasch einen Schluck Wein.

»Das weiß ich selber«, sagte sie etwas abgekühlt, »ich wollte auch nur wissen, ob du es dir vorstellen kannst?«

Eike griff sanft in ihr Haar. »Ja, das kann ich mir durchaus vorstellen. Aber wir müssen beide sicher sein, dass uns mehr als nur Motorradfahren und leckere Kartoffelgerichte verbinden.«

»Wieso? Uns verbindet doch mehr«, behauptete sie mit zweideutigem Unterton.

»So, was denn noch?«, wollte Eike genauer wissen und schaute sie erwartungsvoll an.

»Guter Rotwein, zum Beispiel«, lachte sie und prostete ihm zu. Eike schmunzelte.

»Entschuldige«, sagte er, »du siehst urig aus mit deiner Lippe, wenn du lachst.«

Er nahm ebenfalls sein Glas. Sie tranken gemeinsam.

»Außerdem bist du noch verheiratet«, sagte Eike und stellte sein Glas ab.

»Hoffentlich nicht mehr lange. Ich komme morgen zu dir ins Büro und zeige den Mistkerl an.«

»Ich bin morgen in Goslar zum AZT-Training, aber Thomas wird die Anzeige aufnehmen«, sagte er.

Pia kuschelte sich wieder an ihn. »Was ist AZT?«, fragte sie interessiert.

»Das steht für Abwehr- und Zugriffstraining«, erklärte Eike.

»Würdest du mir einige Griffe zeigen, die ich gegen Marco einsetzen kann?«

»Gerne, aber zeigen genügt nicht, man muss hart dafür trainieren, und manchmal tut das richtig weh«, sagte er.

»Erzählst du mir von deiner Frau? Wie habt ihr euch kennengelernt? Warum ist sie so früh gestorben?«, fragte Pia nach einer Weile.

Eike brauchte einen Moment, um zu antworten. Die Erinnerung an ihren Tod rief schmerzliche Gefühle wach, die er zunächst beherrschen musste.

»Natürlich«, sagte er schließlich, »aber über ihren Tod kann ich nicht sprechen.« Pia drückte seine Hand.

»Nadine war eine wunderbare Frau, anschmiegsam, unternehmungslustig und witzig. Wir konnten nächtelang reden, aber auch heftig streiten. Sie liebte Tiere und hat sich für den WWF engagiert«, begann er zu erzählen. »Leider fuhr sie nicht Motorrad und traute sich auch niemals auf den Sozius.« Eike schaute nachdenklich ins Leere. »Wie ich sie kennengelernt habe, willst du wissen?« Er lachte. »Das war kurios, ich bin ihr direkt vor die Füße gefallen.«

Pia hob reflexartig ihren Kopf von seiner Schulter. »Vom Himmel?«, fiel sie ihm ins Wort.

»Nein, vom Motorrad«, sagte Eike.

Pia schmunzelte, was wieder grotesk wirkte. »Wie das?«

»Eine Katze lief mir direkt vors Vorderrad.«

Pia legte vor lauter Betroffenheit ihre Hand vor den Mund. »Oh nein. Ist ihr etwas passiert?«

Eike sah sie verwundert an. »Nee«, sagte er betont, »der Katze nicht, aber mir.«

Pia strich ihm über den Handrücken. »Ach, du Armer. War's schlimm?«

»Ich hatte das Vorderrad noch eingeschlagen, um ihr auszuweichen, und dabei eine Vollbremsung gemacht. Anschließend sah ich aus wie du jetzt, aber nicht nur im Gesicht, sondern überall.«

»Und danach?«, wollte Pia mehr wissen.

»Danach habe ich drei Tage im Krankenhaus gelegen.«

»Hat sie dich dort besucht?«, fragte Pia beharrlich weiter.

»Die Katze?«, fragte Eike verwundert zurück.

»Deine Frau natürlich«, stellte Pia richtig.

»Ja, und sie war mir überaus dankbar.«

Pia sah ihn verständnislos an. »Wegen der Katze?«

»Es war ihre Katze, sie nannte sie Elsa«, erklärte Eike. »Nadine hat mich später zum Essen eingeladen. Den Rest kannst du dir denken«, schloss er seine Erzählung.

Pia schmiegte sich wieder an. »Ein Tierfreund bist du also auch«, seufzte sie und drückte sich fester an ihn. Sie lauschten still der Musik, als sie Minuten später jäh durch die Haustürklingel aufgeschreckt wurden. Eike schaute auf die Uhr, es war inzwischen halb acht geworden.

»Erwartest du noch jemanden?«, fragte er.

»Nein, niemanden.« Sie stand auf. »Ich seh mal nach.« Sie verließ das Wohnzimmer und kam kurz darauf mit schreckgeweiteten Augen zurück. »Marco steht vor der Tür. Was soll ich machen?«

»Ignorieren«, riet Eike.

»Der bringt es fertig und tritt mir die Tür ein«, fürchtete Pia.

»Ich weise ihn ab. Du bleibst besser hier!«

Eike ging zur Haustür und öffnete. Ehe er sich versah, stürmte der Mann herein und stieß ihn mit beiden Händen gegen die Brust, sodass er rückwärts torkelte, mit dem Hinterkopf irgendwo gegen schlug und schließlich auf dem Boden landete. Eike hatte das Gefühl von einer Abrissbirne getroffen worden zu sein. Der Mann sprang über ihn hinweg und stürmte ins Wohnzimmer. Pia schrie hell auf. Ein Schuss Adrenalin katapultierte Eike auf die Beine. Er spürte weder Schmerz noch Schwindel und rannte hinterher.

Marco Lohmeier hatte Pia am Arm gepackt und drohte mit der anderen Hand zuzuschlagen. Pias Gesicht wurde kalkweiß.

»Wagen Sie es nicht«, sagte Eike, bemüht, ruhig zu bleiben, was ihm kaum gelang. Er hörte sein Blut durch die Adern rauschen und sein Körper stand unter Hochspannung, als würde er sich jeden Augenblick in den grünen Hulk verwandeln.

Lohmeier drehte sich zu ihm um und giftete ihn mit diabolischen Blicken an.

»Halt deine Fresse«, brüllte er, »mit dir bin ich noch lange nicht fertig. Schleichst dich hier ein und vögelst meine Frau. Das wirst du bitter bereuen, das schwör ich dir!«

»Ich bin nicht deine Frau«, keifte Pia dazwischen. »Verpiss dich, ich bin fertig mit dir.«

Er packte Pia am Hals und drückte sie gegen die Wand. Sie röchelte.

»Du schmeißt mich nie wieder raus«, fauchte er sie an und erhöhte den Druck.

»Aber ich«, sagte Eike, ergriff blitzschnell seinen Arm, verdrehte ihn auf den Rücken und knickte sein Handgelenk nach hinten. Eike hatte diesen Griff im Selbstverteidigungstraining intensiv geübt, er verursachte höllische Schmerzen und machte jeden Angreifer kampfunfähig. Lohmeier beugte sich nach vorn, um sich herauszuwinden, aber damit wurde seine Lage noch aussichtsloser.

»Die Besuchszeit ist beendet«, sagte Eike. Doch Lohmeier machte keine Anstalten, sich zu bewegen. Eike verdrehte das Handgelenk etwas mehr. Lohmeier stöhnte auf und tippelte gebeugt, als hätte er eine Zentnerlast auf dem Rücken, gehorsam zur Haustür, die noch offen stand. Eike hätte ihn am Liebsten, wie in Westernfilmen oft zu sehen, mit einem Tritt auf die Straße befördert, aber er wollte sich nicht wegen Körperverletzung schuldig machen. So lockerte er den Griff und stieß Lohmeier unsanft von sich. Der stolperte nach draußen, erlangte jedoch das Gleichgewicht zurück, sah Eike an und zeigte mit zitterndem Finger auf ihn. In seinem zur Fratze verzerrtem Gesicht zeichneten sich Wut und Rachegedanken ab.

»Wir sind noch nicht fertig«, zischte er durch die Zähne hindurch. »Ich komme wieder.«

»Überlegen Sie sich das gut. Das nächste Mal wird es richtig wehtun«, erwiderte Eike, trat ins Haus zurück und schloss die Tür.

Erst jetzt spürte er, wie sein Herz raste. Er atmete einige Male tief durch und ging ins Wohnzimmer. Pia stand wie festgenagelt an der Wand. Ihr Gesicht hatte jegliche Farbe verloren, sie wirke zerbrechlich. Als Eike vor ihr stand, sackte sie in seine Arme. Er trug sie zum Sofa und lagerte ihre Beine mit zwei Kissen hoch. »Er ist weg«, sagte Eike, »du musst keine Angst mehr haben.«

Allmählich kehrte Pias Gesichtsfarbe zurück, und mit ihr ein paar Tränen. »Es tut mir leid, dass unser Abend so enden muss«, wimmerte sie.

Eike setzte sich zu ihr aufs Sofa und versuchte, seine erhitzte Stimmung nach diesen Zwischenfall abzukühlen. Er beugte sich zu ihr hinunter, sodass sich ihre Gesichter fast berührten. »Unser Morgen hat gerade erst begonnen, wie kann da unser Abend vorzeitig enden?«, sagte er und küsste nochmals ihre Stirn. Pia lächelte und sah dabei wieder urkomisch aus.

Gedanken vor der Tat

Alle sagen, ich hätte mich verändert, ich sei komisch geworden. Ja, aber doch nur, weil vieles anders gekommen und wie eine Naturkatastrophe über mich hereingebrochen ist. Gräber und Kreuze zeugen davon. Hilflos stehe ich davor und denke an die Zeit zurück. Was ist noch übrig geblieben vom einstigen Glück und von der Liebe? Was mir das Leben bedeutet hatte, ist mir genommen worden. Wo ich einst war, ist Leere. Ich fühle mich selbst nicht mehr.

Vor mir liegt der Harz im Maßstab 1:150.000 mit empfohlenen Motorradtouren. Wie praktisch. Irgendwo auf einer dieser farbig markierten Straßen, an einer unübersichtlichen Kurve, soll es passieren – muss es passieren – wird es passieren. Es wird ein Anfang sein.

Oktober ist ein guter Monat. Die Hobbypiloten wollen die restlichen Saisontage voll ausnutzen, und am letzten Wochenende noch einmal richtig aufdrehen. Warum nicht? Einen wird es jedenfalls erwischen, und alle anderen werden geschockt sein. Und ich werde erleichtert sein.

Meine Hände und Stirn sind feucht, mein Herz schlägt schneller, wenn ich daran denke. Es ist das erste Mal, aber ich habe mich gut vorbereitet. Man soll nicht sagen, ich hätte den Tod eines Rasers billigend in Kauf genommen, nein, ich werde dem Überleben eine Chance geben. Ich finde, das ist fair.

Der Sieberberg ist kurvenreich, mit spitzen Kehren und Serpentinen, und das Wetter wird euch locken. Ich sehe sie bereits vor mir, wie sie auf ihren Maschinen liegen und in den Kurven beinah mit der Fußraste über den Asphalt kratzen und danach die Beschleunigung genießen. Aber Achtung! Dort können leicht tote Äste oder feuchtes Laub von den ausladenden Baumkronen auf die Fahrbahn fallen. Wer sich da überschätzt und dem Wagemut von Rennpiloten nacheifert, der landet schneller im Krankenbett, als ihm lieb ist – oder gar im Sarg.

Ich werde euch auflauern, und wenn der Richtige kommt, dann wird er sich wortwörtlich zu Tode erschrecken. Meine Hände sind schon wieder feucht und meine Stirn schwitzt. Kaltes Wasser wird mir guttun. Danach werde ich mich hinlegen ... bald ist es so weit.

Alles wird gut.

Freitag, 27. Oktober 2017
Polizeiinspektion Goslar

Nach dem Training freute sich Eike auf die heiße Dusche. Nachdem er sich mit Gel eingerieben hatte, stützte er sich mit den Händen an die gefliese Wand, schloss die Augen und ließ den Schaum vom Wasserstrahl an sich heruntergleiten. Er genoss die Wärme und Entspannung und ließ seine Gedanken mit dem Wasser abfließen.

Bilder von Pias geschwollener Lippe und dem unverhofften Angriff ihres Mannes tauchten auf. Wut über seine eigene Ohnmacht regte sich, als der schlüpfrige Martin Bödecker seine Gedanken behelligte. Damit hatte er auch den sterbenden Felix Krüger und seine verzweifelte Familie vor Augen. Eine Stimme scholl aus der Tiefe seines Bewusstseins. »*Die Natur findet immer eine Fortsetzung*«, hatte Marcus Krüger gerufen. Was hatte das zu bedeuten? So etwas sagt man doch nicht intuitiv, es steckte doch eine Absicht dahinter. Aber welche?

Eike öffnete die Augen, brauste sich gründlich ab und band sich ein Handtuch um die Hüfte. Dann verließ er den Duschraum und ging nach nebenan in die Mannschaftsumkleide.

»Wenn das nicht Eike Wolf ist«, hörte er plötzlich eine Stimme, die ihm bekannt vorkam. Er zog seine Hose hoch und wirbelte herum. Seine Depri-Stimmung hellte schlagartig auf.

»Mensch, Christian!« Eike öffnete die Arme, ging auf seinen Kollegen zu und umarmte ihn freundschaftlich.

»Schön dich zu sehen. Nach der Polizeischule in Hann. Münden haben wir uns leider aus den Augen verloren«, sagte Christian und klopfte Eike brüderlich auf den Rücken.

»Kein Wunder, wenn es dich in die Ferne lockt«, frotzelte Eike und lachte.

»Ha, ha. Immer noch der alte Spaßvogel. Braunschweig ist nicht fern, und außerdem habe ich es dir zu verdanken«, erwiderte Christian.

»Mir? Wieso das denn?«, fragte Eike.

»Wenn du mir damals keine Nachhilfe im Nahkampf gegeben hättest, wäre ich glatt durch die Prüfung gerasselt. Dann wäre ich wahrscheinlich in der Gosse gelandet. Du hast was gut bei mir«, sagte Christian.

Eike lachte. »Nahkampf liegt mir, ich musste mich bereits als Schuljunge durchprügeln«, erklärte er verschmitzt. »Seit wann bist du in Goslar?«

»Vor etwa drei Wochen wurde eine Stelle in der KTU frei. Du weißt ja, das wollte ich immer machen«, antwortete Christian.

»Warum KTU? Das wäre nichts für mich«, sagte Eike.

»Da werde ich in keine Nahkämpfe verwickelt«, erklärte er lachend. »Und wo bist du abgeblieben?«

»In Altenau«, antwortete Eike.

Christian sah ihn bemitleidend an. »In Altenau? Du? Doch nicht freiwillig, oder?«

»Struwe hat mich strafversetzt. Frag mich bitte nicht, warum«, antwortete Eike.

»Ich kanns mir denken«, sagte Christian. »Ich muss dann mal, die Arbeit ruft. Wir sollten uns mal auf ein Bier treffen«, verabschiedete er sich.

»Auf jeden Fall«, sagte Eike. *KTU*, dachte er, *es kann nicht schaden, dort jemanden zu wissen, der einem auf dem kurzen Dienstweg mal zuarbeitet.* Eike fiel dabei sofort das Foto von Torfhaus und der Armbanduhr ein.

»Wart mal, Christian«, rief Eike ihm nach. Christian blieb stehen und drehte sich zu ihm um. »Könntest du dich vorher schon einmal erkenntlich zeigen?«, fragte Eike und spitzte die Lippen. »Dienstlich«, ergänzte er.

»Worum geht es denn?«, fragte Christian interessiert.

»Um ein Foto, auf dem im Hintergrund eine Armbanduhr zu sehen ist. Ich müsste wissen, welche Zeit die anzeigt. Kriegst du das hin?«

»Schick mir das Bild, ich werde es versuchen«, sagte Christian.

»Ich sende es dir per E-Mail«, sagte Eike.

Christian reichte ihm seine Visitenkarte mir der E-Mail-Adresse und wandte sich zum Gehen.

»Ach, Christian?«, hielt Eike ihn erneut auf. Der blickte über die Schulter zurück. Eike flüsterte ihm hinter vorgehaltener Hand zu: »Struwe muss nicht unbedingt etwas mitbekommen.«

Christian schmunzelte. »Verstehe«, sagte er und setzte seinen Weg fort.

Eike zog sich fertig an und fuhr zurück nach Altenau, wo er gegen elf Uhr die Dienststelle betrat. Thomas war nicht da. *Vielleicht ist er gerade bei Pia, nach dem Rechten sehen*, dachte er, versendete rasch noch das Foto an Christian und machte sich danach auf den Weg zu ihr.

Auf der Straße kam ihm Gußchen wie ein zweibeiniger Dackel im Eilschritt entgegen. Eike blieb stehen und wartete. Schnaufend erreichte sie ihn, klemmte sich die langen, weißen Haare hinter die Ohren und blickte aus wachsamen Augen zu ihm auf. Eike war fast zwei Köpfe größer als sie.

»Alles in Ordnung, Gußchen?«, fragte er.

»Nee«, kam knapp zurück.

»Warum nicht?«, wollte Eike wissen.

»Der Mann mit dem Straßendampfer war hier«, erzählte sie. Eike wurde augenblicklich von einem Schauer erfasst.

»Der mit dem roten Chevrolet?«, fragte er nach.

Sie nickte. »Das Riesending haben die bestimmt auf der Meyer-Werft gebaut«, gab sie zum Besten, aber Eike hatte jetzt keinen Sinn für ihre Späße.

»Wo ist Pia?«

»Die ist mitgefahren«, antwortete sie.

»Mit wem?«

»Mit dem Rettungswagen«, sagte sie.

»Rettungswagen?«, wiederholte Eike erschrocken. »Wo ist Thomas?«, fragte er ärgerlich und von ihren zusammenhanglosen Antworten genervt.

»Im Krankenhaus«, sagte sie.

Eike platzte der Kragen. »Gußchen!«, fuhr er sie grob an, »spiel jetzt kein Fragequiz mit mir. Was ist vorgefallen? Bitte, mach den Mund auf!« Er nahm sie an die Hand. »Komm, wir gehen ins Büro.« Sie ließ sich bereitwillig mitziehen.

Sie setzte sich Eike gegenüber auf Thomas` Platz.

»So, Gußchen, bitte von Anfang an.«

»Hast du`n Kaffee?«, fragte sie.

»Gußchen!«, wies er sie zurecht, um endlich zu erfahren, was passiert war.

»Ist ja schon gut«, beschwichtigte sie. »Also, da kam dieser Zuhältertyp mit seinem roten Schlachtschiff angebraust. Ich ahnte, dass da was im Busche war, und bin raus. Er klingelte bei Pia, als wenn er für jeden Klingelton Geld kriegen würde. Ich fragte ihn, ob er nichts Sinnvolleres zu tun hätte, als Klingelknöpfe zu traktieren.« Sie strich ihre Haare aus dem Gesicht. »Haste nicht doch einen Kaffee?«

»Erst wenn ich keine Fragen mehr habe«, sagte Eike.

Gußchen fuhr fort: »Ich solle mich verziehen, pflaumte der mich an, sonst würde er mich als Gartenzwerg einpflanzen. Spricht man so mit einer älteren Dame?«

»Sicher nicht«, antwortete Eike hastig. »Und weiter?«

»Ich hatte gerade den passenden Konter auf der Zunge, da kam Thomas um die Ecke und fragte, ob er helfen könne. Am besten, indem er wieder verschwinden würde, sabberte dieser Lackaffe ihn an, drehte sich um und klingelte weiter. Pia öffnete und eh sie sich versah, zerrte er sie auf die Straße. Thomas ging dazwischen und fing sich einen Fausthieb ein, der ihn auf das Pflaster legte.« Gußchen unterbrach und schluckte.

»Weiter, weiter«, drängelte Eike.

»Ich bin ausgerastet, auf den Kerl drauf und hab ihn in die Hand gebissen.«

»Gußchen!«, rief Eike entrüstet.

»Er hat die Flucht ergriffen und mit qualmenden Reifen das Weite gesucht. Dann habe ich einen Notruf abgesetzt. Den Rest kennst du. Kriege ich jetzt meinen Kaffee?«

Eike ging zur Kaffeemaschine und legte ein Pad ein.

»Mannomann, euch darf man wirklich nicht allein lassen«, maulte Eike. »In welches Krankenhaus haben sie Thomas gebracht?«

»Nach Goslar, Pia ist mitgefahren. Die war völlig fertig.«

Eike schaltete die Maschine ein und surrend sprudelte der Kaffee in den Pott. »Hier, dein Kaffee.« Er stellte die Tasse auf den Schreibtisch. Gußchen nahm einen Schluck.

»Was haben meine Kollegen unternommen?«, fragte Eike weiter.

»Die kamen, als der Spuk schon vorbei war. Ich habe ihnen den Kerl und seinen Straßenkreuzer mit Kennzeichen beschrieben. Die haben sofort eine Fahndung eingeleitet«, sagte sie und trank in großen Schlucken den Pott leer.

»Gut gemacht. Noch ein Käffchen?«

»Danke nein, von dem Gebräu krieg ich Blähungen«, lehnte sie ab.

Eike griff zum Telefon und rief Corinna Steinbrenner in Clausthal an, um zu erfahren, ob sie den Flüchtigen geschnappt hätten. Sie berichte ihm, dass die Goslarer Kollegen den Kerl in Oker gestoppt haben. Sein Auto sei ja kaum zu übersehen gewesen. Nach allem, was vorgefallen war, sei seine Bewährung damit hinfällig, meinte Corinna. Eike bedankte sich und legte auf.

»Der sitzt erst einmal in Gewahrsam«, informierte er Gußchen. »Und ich fahre jetzt ins Krankenhaus.«

Er geleitete sie nach draußen und machte sich sogleich auf den Weg nach Goslar.

* * *

Die Dame an der Rezeption schaute auf ihren Bildschirm, nachdem Eike um die Zimmernummer von Thomas Eckert gebeten hatte. »Zimmer 121, eine Treppe hoch«, sagte sie und lächelte ihm freundlich zu. Eike eilte mit Zweistufenschritten in den ersten Stock. Der Geruch nach Reinigungs- und Desinfektionsmittel erinnerte ihn jedes Mal an die Tragödie der Geburt und löste bei ihm ein Gefühl der Abneigung gegen Krankenhäuser aus. Er schlenderte den Flur entlang und sah sich nach der Zimmernummer um. Als er den Raum gefunden hatte, klopfte er verhalten an die Tür und trat ein.

Thomas lag in dem Bett am Fenster, sein Kopf war verbunden. An einem Rollständer hing ein Tropfbeutel, dessen Schlauch zu seinem Unterarm führte. Neben ihm, auf der Bettkante, saß seine Frau Marie, vermutete Eike. Er hatte sie bisher nicht persönlich kennengelernt. Am Tisch saßen Pia und die beiden Mädchen von Thomas, die Eike ebenfalls zum ersten Mal sah. Pia strahlte ihn an, die Mädchen schauten flüchtig auf, um sich gleich darauf wieder auf ihre Handys zu konzentrieren.

Eike stellte sich ans Fußende des Bettes. »Euch darf man keinen Augenblick allein lassen, schon macht ihr Blödsinn«, scherzte Eike. »Gußchen hat mir alles erzählt. Wie geht es dir?«

»Ohne Kopfschmerzen ginge es besser. Der Kerl hat mir eine Gehirnerschütterung und eine Platzwunde beigebracht. Ich soll übers Wochenende hierbleiben«, sagte Thomas.

Eike begrüßte nun seine Frau und die Kinder. »Ich bin Eike, schön euch endlich persönlich kennenzulernen«, sagte er und gab ihr die Hand.

»Marie«, stellte sie sich vor und verwies auf die beiden Halbwüchsigen. »Die zwei gehören zur Jugend 4.0, du kannst sie am besten über WhatsApp erreichen, selbst wenn sie neben dir stehen. Sie heißen Lisa und Inger und sie können sogar sprechen«, sagte sie mit einem ironischen Unterton. Beide blickten mit verdrehten Augen auf. Ein kurzes »Hallo« entschlüpfte ihnen, bevor sie wieder in die digitale Welt abtauchten.

»Hi«, erwiderte Eike. Dann wandte er sich Pia zu und gab ihr einen Kuss auf die Wange. »Alles okay mit dir?«

»Ja, mir ist nichts passiert.« Sie berührte kurz seine Hand.

»Unsere Kollegen haben ihn dingfest gemacht. Seine Bewährung ist futsch. Das heißt, vor dem haben wir die nächsten zwölf Monate Ruhe.«

»Die Zeit ist schnell um«, gab Pia zu bedenken.

»Ja, aber bis dahin bist du längst von ihm geschieden«, meinte Eike.

Die Tür ging auf und eine Schwester balancierte zwei Tabletts herein, die sie auf den Nachttischen abstellte. »Kaffeepause«, sagte sie und richtete sich an die Besucher. »Ich bringe Ihnen auch gerne Kaffee, wenn Sie möchten.«

Eike und Pia lehnten ab.

»Ich muss dann auch mal wieder«, sagte Eike, »wer weiß, welche Katastrophen sonst noch Altenau heimsuchen.«

Pia erhob sich ebenfalls. »Ich komme mit«, schloss sie sich an. Beide verließen das Krankenhaus.

* * *

Eike saß längst in der Dienststelle vor seinem Rechner und scrollte die E-Mails durch. Da tauchte die Nachricht auf, auf die er gewartet hatte. Sie wurde von Christian Voigt von der KTU Goslar gesendet. Eike öffnete sie mit einem Doppelklick.

Lieber Eike, trotz Vergrößerung und elektronisch verbesserter Auflösung konnte ich die Zeigerstellung nicht eindeutig erkennen. Tut mir leid. Viele Grüße Christian.

Scheiße! Wäre ja auch zu schön gewesen, dachte Eike und schrieb seinem Kollegen ein Danke zurück. Dann ließ er sich in seinen Bürostuhl zurückfallen und starrte gedankenverloren aus dem Fenster, an dem die ersten Herbstblätter vorbeischwebten. Es schien sich alles gegen ihn verschworen zu haben. *Bin ich bescheuert?,* ging ihm durch den Kopf. *Warum hänge ich mich eigentlich da rein und lass mich durch ständige Fehlschläge frustrieren?* Struwe hatte ihm außerdem Ermittlungen gegen Bödecker untersagt. Er könnte sich entspannt zurücklehnen und musste sich nicht einmal ein schlechtes Gewissen einreden. Altenau wäre so viel gemütlicher. *Aber,* er haderte mit sich selbst, *sollte Bödecker am Ende ungeschoren davonkommen. Wo bliebe die Gerechtigkeit?*

Die Türklingel holte Eike aus seinen Gedanken. Als er die Tür öffnete, fand er Pia und Gußchen davor, die mit einer Papiertüte wedelte. »Setz deine Kaffeemaschine in Gang, wir haben Plunderstücke mitgebracht.«

»Kommt rein und setzt euch«, sagte Eike, schaltete die Padmaschine ein und stellte Tassen bereit.

»Du siehst bedrückt aus. Machst du dir Sorgen um Thomas?«, fragte Pia.

»Ja, auch«, antwortete Eike, »ich hätte besser hierbleiben sollen, aber ich ärgere mich ebenso, weil ich mit meinen Ermittlungen immer wieder in einer Sackgasse lande. Es ist zum Verzweifeln.«

Eike ging zur Kaffeemaschine und ließ nacheinander die Tassen füllen.

»Zeig mir doch mal deine Sackgasse«, sagte Gußchen.

»Du hältst dich am besten da raus, Gußchen«, sagte Eike und stellte die Tassen auf den Tisch.

»Pöh«, spuckte sie hörbar Luft aus. »Dann eben nicht. Ich wollte dir nur aus der Gasse heraushelfen.«

»Du?« Eike lachte, ging zum Schreibtisch und holte das Bild, was Bödecker auf Torfhaus zeigte.

»Hier, du Meisterdetektivin.« Er legte ihr das Bild auf den Tisch. »Ich will wissen, zu welcher Tageszeit das Foto aufgenommen wurde.« Eike setzte sich und griff sich eine Puddingschnecke aus der Tüte.

»Willst du den Kerl wegen Trunkenheit am Lenker rankriegen?«, fragte sie.

»Quatsch! Wie kommst du denn da drauf?«

»Der fährt Motorrad und kippt sich ein halben Liter Weizen rein«, sagte sie anklagend und zeigte auf das Bierglas.

»Der hat Schlimmeres auf dem Kerbholz. Unter anderem Fahrerflucht«, erklärte Eike.

»Verstehe«, sagte Gußchen, setzte ihre Brille auf und beugte sich näher an das Foto heran. »Das Bierglas wirft einen langen Schatten«, bemerkte sie.

Eike unterbrach urplötzlich das Kauen und sah Gußchen überrascht an.

»Verschluck dich nicht«, lästerte sie.

»Der Schatten«, rief Eike aus und kaute zu Ende. »Der könnte uns weiterhelfen.«

»Genau! Jeder Schattenwurf ist eine Sonnenuhr«, wusste Gußchen.

»Du bist ein Genie, Gußchen.« Eike sprang auf und gab ihr einen Kuss auf die Wange.

Sie drehte sich beschämt zur Seite. »Na, na, na. Halt dich zurück, ich habe lange keinen Mann mehr im Bett gehabt und könnte bei Liebkosungen leicht handgreiflich werden.« Sie lachten herzhaft.

»Was du alles weißt, Gußchen«, wunderte sich Pia. »Was hast du früher eigentlich gemacht, ich meine beruflich?«

»Sag ich nicht«, erwiderte sie.

»Warum nicht?«, wollte Pia wissen.

»Ist mir peinlich«, antwortete sie.

»Wieso, warst du Klofrau?«, fragte Eike.

»Schlimmer«, meinte Gußchen.

»Und das geht?«, wunderte sich Pia. »Du machst uns neugierig.«

Gußchen sah beide taxierend an. »Wehe ihr lacht«, sagte sie.

Eike und Pia hoben zwei Finger zum Schwur. »Nein! Versprochen«, sagte Pia mit gespielt-ernsthafter Miene.

»Ich war Sprechstundenhilfe bei einem Proktologen«, flüsterte sie.

Eike kniff die Lippen zusammen, um nicht losprusten zu müssen, und sah, wie Pia ebenfalls gegen den Lachreiz ankämpfte.

»Das muss dir doch nicht peinlich sein«, meinte Eike, nachdem sich seine Lachmuskeln entkrampft hatten.

»Der Beruf nicht«, erklärte Gußchen, »aber ich habe so viele – na du weißt schon gesehen, dass es mir unangenehm ist, wenn andere davon wissen.«

»Wir erzählen es nicht weiter«, versprach Pia.

»Ich schon«, warf Eike ein.

Gußchen bedachte ihn mit einem vernichtenden Blick. »Wehe!«, drohte sie.

»Es sei denn, eine von euch beiden weiß, wer mir die Uhrzeit von dieser ominösen Bierglas-Sonnenuhr ablesen kann.«

»Ich«, meldete sich Gußchen zu Wort.

Eike riss die Augen auf. »Du wirst mir allmählich unheimlich, du weise Frau«, staunte er.

»Weiß mag stimmen, aber weise ist maßlos übertrieben«, lachte Gußchen. »Jetzt mal im Ernst, ich war vor zwei Jahren in der Sternwarte St. Andreasberg, um eine Sonnenfinsternis zu beobachten.« Sie hielt plötzlich inne und sah mit einem verträumten Lächeln aus dem Fenster.

»Ja und? Was hast du gesehen?«, fragte Eike ungeduldig.

Gußchen kam wieder zu sich. »Doktor Heise, ein geiler Typ, sag ich euch, hat uns erklärt, wie so etwas zustande kommt. Er ist Physiker und Hobbyastronom, vielleicht kann der dir helfen?«

»Schön, und wie komme ich an den ran?«, fragte Eike unwirsch.

»Er fährt auch Motorrad. Wenn ich nur dreißig Jahre jünger wär ...«, schwärmte sie.

»Dann wärst du wahrscheinlich immer noch zu alt für ihn. Also wo find ich den?«

»An der Uni Clausthal, anrufen musst du schon selber«, muckschte sie.

Eike setzte sich umgehend an den Rechner und rief die Internetseite der Technischen Universität Clausthal auf. Er wählte die Nummer der Zentrale und fragte nach Doktor Heise. Die Dame in der Telefonzentrale brauchte einen Moment, um herauszufinden, an welchem Institut er arbeitete, dann wurde Eike weitergeleitet. Es läutete viermal, bis abgenommen wurde. »Heise?«, meldete sich eine sonore Stimme.

»Polizeistation Altenau, Kommissar Wolf. Spreche ich mit Doktor Heise?«

Heise zögerte mit der Antwort. »Äh, ja, um was geht es?«, fragte er.

»Ich habe gehört, dass Sie Physiker sind und sich in der Astronomie auskennen. Sie könnten mir möglicherweise bei der Aufklärung einer Straftat behilflich sein«, erklärte Eike.

Wieder kam die Antwort verzögert. »Ich wüsste nicht wie«, sagte er.

»Es geht um ein Bierglas, das einen Schatten wirft, und darum, daraus die Tageszeit abzulesen. Wann könnte ich Sie treffen?«

»Ich rufe Sie gleich zurück, Herr Wolf«, sagte er und legte auf. Eike musste keine drei Minuten warten, bis sein Telefon klingelte.

»Ich wollte mich bloß vergewissern, dass Sie wirklich von der Polizei sind«, sagte Doktor Heise, »man hört in letzter Zeit oft von falschen Polizisten.«

»Ja, leider, aber ich bin echt«, versicherte Eike.

»Das klingt ja spannend wie ein Krimi. Dann kommen Sie doch gleich am Montag so gegen zehn Uhr. Sie finden mich am Institut für physikalische Technologien in der Leibnitzstraße.«

»Vielen Dank, Doktor Heise. Also bis Montag.« Eike beendete das Gespräch.

»Nimmst du mich mit?«, fragte Gußchen. »Der Mann ist ein Traum.«

»Träum schön weiter. Du verschreckst mir den Herrn am Ende mit unsittlichen Anträgen«, lachte Eike.

»Dann eben nicht«, tat sie gespielt beleidigt. »Braucht ihr mich noch?«

»Im Moment nicht mehr«, sagte Eike, »wir rufen dich dann.« Sie stand auf und ging. Eike schmunzelte. »Sie ist ein echtes Urgestein.«

Pia antwortete nicht, sie sah Eike mit einem Blick an, den er auch ohne Worte verstand.

»Ja, ich bleibe über Nacht«, sagte er. »Ich fahre nur kurz nach Hause und hol mein Moped, weil ich morgen gleich auf Tour gehen möchte, und du dich um deine Gäste kümmern kannst.«

Samstag, 28. Oktober 2017
Unfall am Sieberberg

So eine Nacht hatte er bisher nicht erlebt, es war ein Rausch der Sinne gewesen. Eike hatte das Gefühl gehabt, sie würden beide ineinander verschmelzen – nicht nur körperlich, auch seelisch. Die Zeit schien aufgelöst zu sein, es gab nur sie beide und das Gefühl, eins zu sein.

Als er an diesem Morgen aufwachte, spürte er seinen linken Arm kaum. Pia lag darauf und blinzelte ihn verschmitzt an. Ihre Unterlippe war nicht mehr so dick wie zu Anfang. Sie sah jetzt aus, als hätte Pia sie sich aufspritzen lassen, nur ihre Wange hatte sich bläulich verfärbt.

»Guten Morgen, hast du gut geschlafen«, hauchte sie ihm liebevoll ins Ohr.

»Oh ja, und ich habe von einer tollen Frau geträumt, die mich derart verwöhnt hat, dass ich hoffte, die Nacht würde niemals enden«, sagte Eike.

»Das könnte dir so passen. Raus jetzt, meine ersten Gäste kommen gleich!« Pia gab ihm einen Kuss und sprang aus dem Bett.

Nach dem Frühstück machte sich Eike für seine Motorradtour fertig. »Ich komme auf dem Rückweg noch auf ein Bierchen vorbei«, sagte er, stülpte sich den Helm über und drückte den Starterknopf seiner BMW, die sich folgsam nach zwei Kurbelwellenumdrehungen startbereit meldete.

»Fahr vorsichtig«, gab Pia ihm mit auf den Weg. Eike legte den ersten Gang ein, winkte ihr kurz zu und ließ die Kupplung behutsam greifen. Er freute sich auf eine entspannte Tour, ohne Gedanken an den sterbenden Felix, an die verzweifelte Familie, an seinen vermaledeiten Vorgesetzten Struwe und an den schlüpfrigen Bödecker. Auf dieser Fahrt gab es nur ihn, seine Maschine und Pia, die zwar heute nicht mitkommen konnte, ihn aber in seinem Herzen begleitete. Motorradfahren gab ihm das Gefühl von Freiheit und Dynamik, von Geschwindigkeit und Beschleunigung. Der Fahrtwind, die spürbare Kraft und der Klang des Motors. Man fühlte sich jung, frei und unsterblich. Wenn es einen gepackt hatte, konnte man nicht mehr damit aufhören. Umso mehr, wenn zusätzlich das Auge die Schönheit der Natur aufnahm, so wie heute.

Jedes Mal, wenn die Sonne ihre Strahlen durch die Wolkenlücken hindurch streckte, flammte der Harz in bunten Farben auf. Auch Fliegen konnte kaum schöner sein, als vom Wind begleitet über den Asphalt zu rollen und die Rasanz zu spüren. Fahren war wichtiger als Ankommen. Eike genoss diesen Tag. Sein erster Halt sollte die Pullman City Biker Ranch in Hasselfelde sein.

Viele Gleichgesinnte hatten offenbar dieselbe Idee gehabt und belagerten bereits die Bänke auf der Terrasse vor dem rustikalen Blockhaus. Eike kurvte über den weiträumigen Parkplatz ein, stellte seine Maschine am Ende der Reihe ab und liftete den Helm.

»Komm, setz dich zu uns«, rief ihm jemand von einem der vorderen Tische zu. Die anderen rückten zusammen und Eike gesellte sich zu ihnen.

»Hi, ich bin Eike«, grüßte er. »Tolles Bikerwetter was?«

Die Männer und Frauen erwiderten den Gruß flüchtig, einige brummelten mit vollem Mund, weil sie noch auf ihrer Bockwurst kauten.

»Ja, herrlich. Leider neigt sich die Saison dem Ende entgegen. Da muss man die letzte Gelegenheit nutzen«, sagte der Mann, der ihn angesprochen hatte und reichte ihm die Hand. »Benno«, stellte er sich vor. »Das ist mein Nickname bei den Vulkaniern, mein richtiger Name ist Mario. Da du kein Vulkanier bist, ruf mich bei meinem Geburtsnamen.«

Die Bedienung kam und Eike bestellte sich ein alkoholfreies Weizen. Nachdem es serviert wurde, trank er einen großen Schluck und wischte sich den Schaum von den Lippen.

»Wusstest du, dass man ein Bierglas als Sonnenuhr benutzen kann?«, fragte Eike zum Spaß.

Mario sah ihn erstaunt an. »Das ist ein seltsamer Zufall«, sagte er, »gestern rief mich ein Polizeibeamter an, der sich für diese Fragestellung interessiert hatte.«

Eike stutzte. »Bist du Doktor Heise, von der Uni Clausthal?«

Mario lachte. »Dann bist du Eike Wolf aus Altenau. Wie klein doch die Welt ist. Darauf trinken wir.« Beide erhoben ihre Gläser und stießen an.

»Dann kann ich mir Montag den Weg in die Leibnitzstraße sparen«, bemerkte Eike.

»Ja, vielleicht, wenn du mir den Sachverhalt genau erklärst.«

Eike spülte seinen Mund mit einem großzügigen Schluck Weizenbier und erzählte Dr. Heise, welches Problem er lösen musste, um ein Alibi zu überprüfen. Mario machte sich auf seinem Smartphone Notizen, während Eike sprach.

»An welchem Tag war das?«, fragte Mario nach.

»Das ist leicht zu merken, am dritten Oktober, dem Tag der Deutschen Einheit«, antwortete Eike.

Mario Heise tippte das Datum in sein Handy und nickte verständnisvoll. »Okay, das habe ich soweit verstanden«, sagte er. »Ich müsste allerdings genau wissen, wie hoch das Bierglas war, und außerdem brauche ich eine Bezugslinie, deren Lage zu einer Himmelsrichtung bekannt ist, und ein Bezugsmaß. Das könnten zum Beispiel die Länge und Lage der Tischkante sein. Dann kann ich dir auf die Minute genau berechnen, wann das Foto gemacht wurde.«

»Echt?«, freute sich Eike und sah Bödecker schon im Geiste in Handschellen vor dem Richter stehen. Seine Euphorie wurde jedoch bei dem Gedanken an die Kosten für ein solches Gutachten rasch gedämpft.

»Bevor du jedoch mit deiner Berechnung anfängst, müssen wir über Kosten reden. Ich habe nämlich weder einen offiziellen Ermittlungsauftrag noch ein Budget dafür. Es ist sozusagen mein Privatvergnügen, aber es hätte trotzdem Beweiskraft.«

»Ohne Geld in der Tasche bist du ein armer Mann«, sagte Mario. »Für ein Gutachten dieser Art kannst du locker fünf bis sechstausend Euro auf den Tisch legen.«

»Dann vergiss es rasch«, lachte Eike gequält. Er war enttäuscht darüber, dass auch dieser vielversprechende Ansatz verpuffte. *Dieser Bödecker ist unangreifbar wie ein Phantom*, ärgerte er sich.

»Es sei denn«, sprach Dr. Heise akzentuiert weiter, »du spendierst einem Motorradkumpel, der sich mit Astrophysik auskennt, einen Cappuccino, dann würde er das aus Gefälligkeit tun.«

»Im Ernst?«, rief Eike aus, dass die Anderen neugierig zu ihnen rüberguckten.

»Ja, du hast mit dieser Problemstellung meinen Forscherehrgeiz geweckt. Das ist eine interessante Praxisaufgabe für mich und meine Studenten.«

»Von mir aus kannst du dich heute auf meine Rechnung mit Cappuccino volllaufen lassen«, stimmte Eike zu.

»Aber nicht hier. Wir fahren zusammen nach Torfhaus und nehmen die Daten auf, die ich brauche.«

»Jetzt gleich?«, fragte Eike begeistert.

»Wann sonst?«, antwortete Mario. Eike übernahm beide Bewirtungsrechnungen und kurz darauf donnerten sie mit ihren Maschinen in Richtung Torfhaus.

* * *

An dem Tisch, an dem sich Bödecker hatte fotografieren lassen, saß eine Gruppe Wanderer beim Mittagessen. Eike fragte, ob sie sich dazusetzen dürften. Sie nickten und aßen ungestört weiter.

»Guten Appetit«, wünschten Mario und Eike und nahmen am Tisch Platz. Die Terrassenbänke waren gut besetzt und die Kellnerinnen hatten alle Hände voll zu tun. Als eine von ihnen nach geraumer Wartezeit an den Tisch kam, sagte Eike: »Zwei Cappuccino und einen Zollstock bitte.« Die junge Frau und die Wanderer guckten verdattert.

»Einen Zollstock?«, fragte sie irritiert. »Wollen Sie mich auf den Arm nehmen?«

»Nein, ganz bestimmt nicht. Ich möchte etwas messen«, antwortete Eike.

»Aha, und was?«

Sie schien von der ernstlichen Absicht ihres Gastes nicht überzeugt zu sein und hielt den Kopf schräg. Eike schaute in die Runde. Die Leute hatten ihr Essen unterbrochen und ihren Blicken zufolge warteten sie gespannt auf die Antwort.

»Ein Bierglas«, sagte Eike. Die Augen der Kellnerin rollten nach oben und die Wanderfreunde kicherten verstohlen.

»Sie wollen mich doch auf den Arm ...«

»Nein«, fiel Eike ihr ins Wort, »das ist mir auch ein extra Trinkgeld wert.« Die Kellnerin drehte sich um und ging ihrer Arbeit nach.

Mario Heise wandte sich anschließend an die Gruppe. »Entschuldigung, hat jemand von Ihnen einen Kompass dabei?«

Sie schauten wieder überrascht. Einer von ihnen griff nach dem Rucksack und wühlte darin herum. »Ich müsste einen dabei haben«, sagte er und tastete mit der Hand in einer der Außentaschen danach. »Ah, hier ist er.« Er überreichte ihn an Heise, der einen kurzen Blick unter den Tisch warf.

»Er ist fest verschraubt, das heißt, seine Position ist unverändert«, stellte er fest. Dann legte er den Kompass parallel zur Tischkante an und wartete, bis sich die Nadel eingependelt hatte, drehte den Ring auf Nord und machte von oben ein Handyfoto.

Die Bedienung brachte die bestellten Cappuccino und ein Lineal, von der Art, wie es in fast jedem Büro zu finden war.

»Einen Zollstock konnte ich nicht auftreiben. Tut es das auch?« Sie wedelte damit herum.

»Ja. Vielen Dank!« Heise nahm das Lineal. Inzwischen schauten die Tischnachbarn interessiert zu, was Eike und Heise dort veranstalteten.

»Darf ich mir mal kurz ihr Bierglas ausleihen?«, fragte Dr. Heise einen der Männer, der ein Weizenbier vor sich stehen hatte.

»Aber nicht abtrinken«, lachte er und schob ihm das Glas zu. Heise legte das Lineal an.

»22 cm«, sagte er und notierte den Wert auf seinem Handy. Danach rief er das Foto auf, das Eike ihm per WhatsApp zugeschickt hatte und suchte die Position des Bierglases auf dem Tisch.

Eike schaute mit auf das Display. »Sieh mal hier, die Astmarkierung.«

»Exakt, das ist die Stelle«, stimmte Heise zu und schob das Bierglas genau auf den Platz. »Jetzt brauchen wir bloß noch etwas Sonnenschein«, sagte Mario Heise und schaute zum Himmel. Keine Wolkenlücke war in Sicht. Sie tranken ihren Cappuccino und erklärten den Wanderern, was ihr seltsames Tun zu bedeuten hatte, und warteten auf Sonne.

Plötzlich, als hätte jemand das Licht eingeschaltet, wurde es hell. Rasch legte Heise das Lineal an den Schatten, den das Bierglas warf, richtete den Kompass daran aus und machte erneut ein Foto. Dann schob er dem Mann das Bier zurück.

»Vielen Dank und wohl bekommt's!«, sagte er und warf einen Blick auf seine Armbanduhr. »Heute ist der 28. Oktober, 12:43 Uhr.« Er notierte die Zeit. »Okay, ich habe alles, was ich brauche«, sagte er und schlürfte am Schaum seines Kaffeegetränkes.

»Und damit kannst du die Tageszeit bestimmen?«, fragte Eike erstaunt.

»Die Sonne ist die genaueste Uhr, die wir kennen, und die lässt sich nicht manipulieren«, antwortete Heise mit anklingender Ehrfurcht in der Stimme.

»Wie lange wirst du dafür brauchen?«, fragte Eike.

»Im Laufe der kommenden Woche kann ich dir das Ergebnis mitteilen. Ich melde mich«, sagte Mario.

Eike winkte die Kellnerin an den Tisch, um zu bezahlen, und bedachte sie wie versprochen mit einem großzügigen Trinkgeld.

Er bedankte und verabschiedete sich von Mario, denn von hier ab trennten sich ihre Wege, da Mario eigentlich nach Thale unterwegs gewesen war und seine Tour fortsetzen wollte. Eike hingegen zog es zurück nach Altenau. Er hatte Pia versprochen, auf ein Bier vorbeizuschauen. Bis dahin war noch Zeit. Deshalb wählte er einen Umweg über St. Andreasberg, Sieber, Osterode und weiter an der Sösetalsperre vorbei bis Altenau.

Gedanken während der Tat

Ich verstehe diese Leute nicht, die sich auf ein motorisiertes Zweirad setzen und durch die Landschaft heizen. Wissen die denn nicht, wie leicht man damit zu Fall kommen kann? Da genügt ein Stein, feuchtes Laub, Rollsplitt oder ein Zweig auf der Fahrbahn und ... du verlierst die Kontrolle, stürzt, schlitterst über Asphalt, was dir die Haut verbrennt, knallst gegen Leitplankenstahl, deine Knochen splittern, dein Fleisch reißt auf – Ende der Tour.

Ich will euch doch nur zeigen, dass es auch ohne Nervenkitzel Spaß machen kann und dass der Thrill unkalkulierbar ist. Der Thriller ist euer Killer. Ich muss über diesen Reim laut lachen, aber er trifft es auf den Punkt. Um zu dieser Erkenntnis zu gelangen, braucht es Märtyrer. Das war immer so. Aber dafür werden andere unverletzt bleiben und überleben.

Es ist steil hier am Berg, ich muss aufpassen, nicht selbst auf die Straße zu rutschen, und der Ast, den ich mitschleppe, ist schwer, aber ein dünnerer würde womöglich seine Wirkung verfehlen. Ich stiefele Schritt für Schritt den Hang hinunter, den Ast hinter mir herziehend. Vorsichtig, man weiß nie, wo man hintritt. Oh, nein, meine Beine rutschen weg, ich liege auf dem Bauch und klammere mich an dem Ast fest, bleibe mit dem Ärmel daran hängen. Mist. Ich gleite wie ein Schlitten hinab. Das Laub ist glatt wie Schmierseife. Der Baum dort unten kann mich halten. Ich steuere darauf zu und stemme mich mit den Füßen dagegen. Es hat geklappt.

Ich stehe auf und sehe mich um. Eine gute Position für mein Vorhaben. Unter mir verläuft die Straße in einer Kurve, ich höre Motorengeräusche und lehne mich an den Stamm. Hier wird mich niemand sehen. Den Ast muss ich in Stellung bringen, ziehe ihn neben mir hoch und stelle ihn an den Baumstamm. Ich bin kräftig genug, ihn auf die Fahrbahn zu werfen, wenn der Märtyrer kommt.

Das Motorengeräusch wird lauter und lauter, dann sehe ich aus Richtung Sieber kommend, wie sich das Auto den Anstieg hinaufkämpft. Ich drücke mich fest an den Baum, bis es vorüber ist. Wo bleiben die Motorräder? Das Warten zerrt an den Nerven. Ich muss pinkeln, das ist die Aufregung. Ich schwitze, schließe die Augen und lausche. Der Wind säuselt durch die Baumkronen und raschelt mit den sterbenden Blättern, die prasselnd zu Boden fallen. Ein Vogel ruft dazwischen.

Dann mischt sich erneut Motorenlärm dazu, der mit vielfachem Echo widerhallt. Sie kommen, es müssen viele sein, aber ich will nur einen, damit mich kein anderer entdeckt. Ein Pulk von mindestens zehn Motorrädern schlängelt sich bergab durch die Serpentinen. Ich lasse sie unbehelligt ziehen.

Noch bevor der Lärm in der Ferne verebbt, hämmert eine neue Maschine ihre Abgase ins Freie. Ich halte die Luft an und spitze die Ohren. Ein einzelnes Motorrad, allein auf der Straße – der Märtyrer kommt.

Samstag, 28. Oktober 2017
Von Torfhaus zurück nach Altenau

Als Eike hinter der Kuppe des Sieberbergs talwärts fuhr, wurde er von einem Polizeiwagen gestoppt. Die Kollegen waren offensichtlich gerade dabei, eine Unfallstelle abzusichern. Eine junge Polizistin kam auf ihn zu. Eike nahm seinen Helm ab und stieg von seinem Motorrad.

»Sie können hier nicht weiter«, sagte sie. Eike schaute auf ihr Namensschild. Viola Küper, las er darauf. Er holte seinen Dienstausweis hervor, den er stets mitführte, und zeigte ihn der jungen Kollegin.

»Sie sind neu im Polizeidienst, nicht wahr. Ich bin Eike Wolf aus Altenau«, stellte er sich vor. »Vielleicht kann ich helfen. Wer ist denn Einsatzleiter?«

»Herr Pohl«, sagte sie.

»Ach, Jens«, sagte Eike, »alles klar. Ich geh mal vor.«

Er ging die Straße weiter bergab und kam zu der Unfallstelle. Es war nicht viel zu sehen. Am rechten Straßenrand standen zwei Polizeibeamte, daneben ein Mann in Motorradkluft. Sie schauten den steilen Hang hinunter. Als die Uniformierten Eike kommen sahen, schauten sie skeptisch, bis einer von ihnen Eike offenbar erkannte.

»Eike, du bist es«, sagte er.

»Hallo Jens, was ist denn passiert?«

Jens Pohl zeigte den Abhang nach unten. Etwa dreißig Meter unterhalb der Straße lag ein Motorrad an einem Baum.

»Der Fahrer liegt etwas weiter in den Büschen«, erklärte Jens Pohl. »Zwei Kollegen sind bei ihm.«

»Und?«, fragte Eike nach dem Zustand des Fahrers.

Jens zuckte mit der Schulter. »Ich hoffe, er schafft es.«

»Scheiße«, sagte Eike. Aus dem Tal schallten Martinshorne herauf. »Hast du Hinweise, was passiert ist?«

»Alles deutet auf den Klassiker hin. Unangepasste Geschwindigkeit«, meinte Jens Pohl. »Der Herr hier hat den

Unfall gemeldet. Er kam später und wäre selber beinah mit seiner Maschine über den Ast gefahren, der auf der Fahrbahn lag. Damit musst du hier im Herbst rechnen – und schon ist es passiert. Es gibt keinen weiteren Unfallbeteiligten.«

Er zeigte auf die Fahrbahn, wo ein dicker Baumast lag. Eike schätzte seine Länge auf eineinhalb Meter. *Wer den mit dem Motorrad erwischt, steigt unweigerlich über den Lenker ab,* dachte Eike bei dem Anblick des massiven Holzes. Die Dienstkollegen von Pohl machten Fotos von der Situation, vermaßen die Bremsspur und das Holzstück, und räumten es zur Seite.

Inzwischen waren die Feuerwehr und der Rettungsdienst eingetroffen und nahmen ihre Arbeit auf. Etwa zeitgleich kam eine Frau eiligen Schrittes die Straße herunter. Vor ihrem Bauch schlenkerte eine Kamera hin und her. Sie huschte an Eike vorbei und steuerte direkt auf die Polizisten zu.

»Ach, Frau Moor. Wer hat Sie denn alarmiert?«

Sie blieb überrascht stehen und drehte sich um.

»Herr Wolf«, rief sie erstaunt, »in dem Aufzug hätte ich Sie gar nicht erkannt. Was ist denn hier vorgefallen?«

»Sprechen Sie besser mit dem Einsatzleiter, Herrn Pohl, dort hinten ist er«, sagte Eike und wies mit der Hand dorthin.

Sie ließ Eike stehen und lief sogleich zu ihm.

Die Männer der Feuerwehr und des Rettungsdienstes bargen den Verletzten und anschließend das Motorrad. Eike konnte weiter nichts tun und schritt stattdessen die Unfallstelle ab. Er sah sich den Baumbestand zu beiden Seiten der Straße genauer an, um zu herauszufinden, wo der Ast abgebrochen sein konnte. Aber es gab hier weder trockene Bäume noch Baumkronen, von denen der Ast stammen könnte. Außerdem herrschte die letzten Tage ruhiges Herbstwetter. Wie kam dieses Holzstück auf die Fahrbahn? Das war die Frage, die Eike umtrieb.

Nach ungefähr einer Stunde rückten die Einsatzkräfte wieder ab. Auch die Journalistin hatte sich inzwischen auf den Weg gemacht. Eike stand an der Absturzstelle, suchte immer wieder die nähere Umgebung ab und mühte sich um eine Erklärung.

»Na, was ist? Willst du hier Wurzeln schlagen?«, fragte Jens Pohl, nachdem die Strecke für den Verkehr wieder freigegeben worden war.

»Hast du dich mal gefragt, wie der Ast auf die Fahrbahn gekommen ist?«, stellte Eike seinen Bad Lauterberger Kollegen zur Rede.

»Vielleicht, weil wir hier im Wald sind?«, antwortete Jens sarkastisch. »Da fallen manchmal Äste herunter«, fügte er lehrerhaft hinzu.

»Ach, einfach so?«, provozierte Eike weiter.

»Mensch Eike, da kommt Sturm und Schneelast und wieder Sturm, bis der Ast locker ist und runterfällt. Was ist daran so ungewöhnlich?«

»Heute war weder Sturm noch Schnee, also muss der Ast aus einer Baumkrone gefallen sein, die über die Straße ragt. Richtig?«

»Richtig«, bestätigte Jens Pohl und verzog den Mundwinkel dabei.

»Findest du hier eine solche Krone, in der eine passende Bruchstelle zu sehen ist?«

»Eike, jetzt lass mal die Kirche im Dorf«, ermahnte ihn Jens. »Ich klettere doch nicht in Bäumen herum, um wie bei einem Puzzel die passgenaue Bruchstelle zu finden. Ich hab Wichtigeres zu tun. Vielleicht ist er einem Holzsammler vom Anhänger gefallen.«

Eike sah ein, dass es wenig Sinn machte, mit Jens weiter darüber zu diskutieren. Er kannte die Skepsis von Kollegen und vor allem seines Chefs gegenüber seines kriminalistischen Spürsinns.

»Ich wollte dich nicht nerven, Jens, und will dann mal wieder los«, sagte Eike, ging zu seinem Motorrad zurück und wartete, bis die letzten Polizisten abgefahren waren.

Irgendetwas ist hier faul. Dieser Gedanke kreiste durch seinen Kopf. Er hielt an der Unfallstelle an, stieg ab und überquerte die Straße, um zu dem Ast zu gelangen, den die Kollegen dort im Seitengraben abgelegt hatten. Eike nahm das Holz auf, drehte und wendete es. An einer Stelle ragte ein abgesplitterter Zweigstummel heraus, an dem Faserreste hingen. *Vielleicht von der Kleidung des Polizisten, der den Ast beiseitegeschafft hatte. Vielleicht aber auch von jemand anderem,* dachte er, streifte sie vorsichtig mit den Fingern ab und wickelte sie in ein Papiertaschentuch. Eike fuhr nach Altenau, wo Pia auf ihn wartete.

Thomas stand am Spind und zog seine Uniform an, als Eike hereinkam. Seine Oberlippe zeigte eine leichte Schwellung und am Hinterkopf leuchtete eine weiße Kompresse zwischen seinen grauen Haaren hervor.

»Na, wie gehts, Herr Kollege?«, fragte Eike.

»Bin wieder diensttauglich«, sagte er. »Hast du von dem Unfall am Sieberberg in der Zeitung gelesen?«, fragte er ohne Umschweife.

»Nicht nur gelesen. Ich kam kurz danach hinzu«, antwortete Eike. »Das war nie und nimmer ein Unfall«, ergänzte er.

Thomas knöpfte die Jacke zu. »Was war es dann?«

»Das ist die spannende Frage«, antwortete Eike. »Für mich steht jedenfalls fest: Da hat jemand nachgeholfen.« Beide nahmen am Schreibtisch Platz und schalteten ihre Rechner ein.

»Ich weiß nicht«, meinte Thomas, »die Zeitung schrieb von unangepasster Geschwindigkeit und von einem Baumast auf der Fahrbahn. Das klang für mich nach einer Kombination von höherer Gewalt und Selbstverschulden.«

»Der erste Blick bringt selten die ganze Wahrheit ans Licht«, sagte Eike.

»Dann käme doch nur versuchter Totschlag infrage. Um das rauszukriegen, müsstest du weiter ermitteln«, gab Thomas zu bedenken. »Willst du dir das auch noch aufhalsen? Außerdem ist das nicht unser Revier.«

»Wenn nicht ich, wer dann? Ich möchte mir keine Nachlässigkeit vorwerfen, falls es nochmals zu solchen Attacken kommt.«

»Eike, Eike«, lächelte Thomas, »es war so schön ruhig in Altenau.«

»Und langweilig«, fügte Eike hinzu. Thomas heizte die Kaffeemaschine vor.

»Kann ich dich für eine Stunde allein lassen, ohne dass du dich wieder rumprügelst?«, fragte Eike grinsend.

»Wo willst du denn hin?«, wollte Thomas wissen.

»Ich fahre nach Herzberg ins Krankenhaus und besuche den verletzten Motorradfahrer. Vielleicht hat er etwas gesehen.«

»Tu, was du nicht lassen kannst.«

Thomas schüttelte den Kopf, stellte seine Tasse unter die Maschine und drückte auf den Knopf. Eike setzte die Dienstmütze auf und lief hinaus.

* * *

Die Dame an der Rezeption gab Eike bereitwillig Auskunft, nachdem er sich als echter Polizeibeamter ausgewiesen hatte. Der Mann, den Eike befragen wollte, hieß Friso Reinecke und lag auf der Intensivstation.

Der Stationsarzt gab Eike fünf Minuten Besuchszeit und führte ihn an das Krankenbett. Der Mann war fast vollständig eingegipst und mit einer dicken Halskrause versehen. Kabel und Schläuche verbanden seinen Körper mit blinkenden und piepsenden Geräten. Eike trat neben das Bett, sodass Friso Reinecke ihn sehen konnte.

»Ich bin Eike Wolf und war an der Unfallstelle. Darf ich Ihnen einige Fragen stellen?«

Friso Reinecke deutete ein Nicken an.

»Können Sie sich an den Unfallhergang erinnern?«, begann Eike.

Friso Reinecke befeuchtete schmatzend seine Mundhöhle, bevor er antwortete. »Da kam ein Ast geflogen, mir direkt vors Motorrad. Mehr weiß ich nicht.«

»Wie lange fahren Sie schon Motorrad?«, fragte Eike.

»Seit fünf Jahren. Ich fahre jede freie Minute.«

»Was ist Ihr Beruf, Herr Reinecke?«, fragte Eike weiter.

»Postbote«, antwortete er.

»Ich frage mal geradeheraus«, sagte Eike. »Haben Sie Feinde?«

»Ja, Hunde, wie jeder Postbote.«

Eike schmunzelte über den Humor des Mannes, den er trotz der schweren Verletzungen offenbar nicht verloren hatte.

»Und außer den Vierbeinern?«, fragte er weiter.

»Meine Großmutter«, erklärte Reinecke, »weil ich ihren Pinscher mal eingesperrt hatte. Der Köter hat mir zwei Hosen ruiniert.«

Eike lachte. »Sonst noch jemand?«

»Nicht dass ich wüsste. Ich habe mit niemanden Streit, schulde keinem Geld und habe niemanden die Frau ausgespannt«, versicherte er mit geschwächter Stimme und versuchte zu lächeln.

Eike hielt es für besser, den Mann jetzt in Ruhe zu lassen.

»Danke, Herr Reinecke. Sie haben mir sehr geholfen. Gute Besserung!« Er verließ das Krankenhaus. *Wer sollte einen Grund haben, diesem Mann etwas anzutun, und mit welchem Motiv*, überlegte Eike auf dem Weg zum Auto. *Aber warum dann diese Attacke? Ist Friso Reinecke das zufällige Opfer eines Verrückten geworden, der es aus einem unerfindlichen Grund auf Verkehrsteilnehmer abgesehen hatte? Vielleicht ein Racheakt, oder ist dem Täter schier die Birne durchgeschmort? Kommt da am Ende noch was hinterher?* Eike erreichte den Dienstwagen und fuhr zurück.

* * *

»Vielleicht hast du dich da in etwas verrannt«, meinte Thomas, nachdem Eike ihm vom Krankenhausbesuch berichtet hatte, der in keiner Weise neue Erkenntnisse gebracht hatte. »Du solltest mal etwas kürzer treten, um Abstand zu gewinnen, damit du die Dinge wieder abgeklärt siehst.«

Eike wischte sich mit beiden Händen übers Gesicht und prustete die Luft aus. »Ich glaube, du hast recht, Thomas«, gestand er ein. »Womöglich gibt es für den Unfall eine stimmige Erklärung und ich jage einem Hirngespinst nach.«

Thomas nickte beipflichtend. »Wir sind nur kleine Provinzbullen und können die Welt nicht vor sich selber retten. Uns bleibt nur, an der Oberfläche des Verderbens zu kratzen, damit der schöne Schein gewahrt bleibt.«

Eike hob die Brauen. »Heh, du kannst ja richtig philosophisch sein«, staunte er. »Mag sein, aber ich lass mich nur ungern verarschen und werde deshalb von Fall zu Fall etwas tiefer graben.«

Das Telefon unterbrach ihre Unterhaltung. Eike nahm das Gespräch an. »Polizeistation Altenau, Wolf.«

»Bernd Rattke, ich bin der Notfallseelsorger, der die Familie Krüger in ihrer Trauer begleitet hat, und möchte Ihnen nur kurz eine Rückmeldung geben«, sagte der Mann am Telefon.

»Das ist sehr freundlich. Wie geht es der Familie?«, erkundigte sich Eike.

»Sehr schlecht, und deshalb wollte ich mit Ihnen sprechen.« Eike hörte, wie Bernd Rattke tief durchatmete, bevor er weitersprach. »Ich habe meine Mission abgebrochen, denn Herr und Frau Krüger brauchen dringend psychologische Hilfe. Herr Krüger scheint mir suizidgefährdet und seine Frau zeigt deutliche Spuren von Schizophrenie. Allein ihre Tochter hat das schreckliche Ereignis einigermaßen verkraftet.«

Eike hielt einen Augenblick inne und wechselte den Hörer ans andere Ohr. »Kann ich dabei etwas tun?«, fragte er betroffen.

»Nein, danke. Die Tochter und der Schwager von Herrn Krüger werden mit dem Hausarzt sprechen und sich um alles weitere kümmern.« Rattke unterbrach für eine Sekunde. »Ich hoffe, beide werden bald ins Leben zurückfinden.«

Eike suchte nach einer einfühlsamen Antwort, und dabei fiel ihm der Satz von Marcus Krüger ein, dann sagte er: »Das Leben findet immer eine Fortsetzung.«

»Der Tod ebenfalls«, antwortete Bernd Rattke und beendete das Gespräch.

Der Satz bohrte sich wie ein Geschoss in Eikes Kopf. Er schluckte. *War das von Bernd Rattke nur so dahingesagt, oder wollte er etwas damit andeuten? Seine Stimme klang theatralisch. Hatte der Kontakt mit den Krügers bei Rattke selbst Spuren hinterlassen?*

»Ist was?«, fragte Thomas und holte Eike abrupt aus seinen Gedanken.

Eike bemerkte, dass er noch immer das Telefon in der Hand hielt. Er steckte es überhastet in die Station zurück.

»Nein, nein, alles okay. Ich mach mir Gedanken um die Eltern von Felix Krüger.«

»Noch mal Eike, lass es nicht zu dicht an dich rankommen«, sagte er.

Eike nickte und verschanzte sich hinter seinem Bildschirm. Er gab *Sonnenuhr* als Suchbegriff im Internet ein.

»JAAA, darauf habe ich gewartet«, rief Eike erfreut auf, als die Mail von Mario Heise eintraf.

»Worauf? Etwa auf den Weihnachtsmann? Dafür ist es zu früh«, scherzte Thomas.

»Wer weiß? Es könnte ein vorzeitiges Weihnachtsgeschenk werden«, erwiderte Eike, öffnete die E-Mail und überflog den Inhalt. Dann las vor: »Lieber Eike, meine Studenten waren eifrig bei der Sache, sodass ich dir das Ergebnis der Zeitbestimmung anhand deiner Bierglas-Sonnenuhr heute schon präsentieren kann. Unsere Berechnungen haben ergeben, dass das Foto um 16:00 Uhr, Plusminus fünf Minuten, aufgenommen wurde. Im Anhang findest du eine Exceltabelle, aus der du die Vorgabewerte und die Berechnungsmethode ersehen kannst. Damit ist das Ergebnis für Dritte jederzeit überprüfbar. Ich hoffe, dir in deiner Ermittlungsarbeit geholfen zu haben. Viele Grüße Mario Heise.« Eike blickte über den Bildschirm hinweg zu Thomas. »Das Weihnachtsgeschenk. Was sagst du nun?«

»Also, wenn ich dein Honigkuchenpferd-Grinsen richtig deute, kannst du nun Bödeckers Alibi ins Wanken bringen.«

»Nicht nur das, Thomas. Ich werde es zum Einsturz bringen.« Eike rieb sich Hände vor Schadenfreude. »Jetzt ist er dran.« Er beantwortete die E-Mail und bedankte sich bei Mario Heise und seinen Studenten recht herzlich.

»Freu dich nicht zu früh«, bremste Thomas die Euphorie seines Kollegen, »lass uns die Uhrzeiten erst einmal abgleichen.«

Eike entnahm den Schnellhefter aus seiner Schreibtischschublade, in der er die Ermittlungsergebnisse und den Unfallbericht abgeheftet hatte. Er blätterte sie auf.

»Hier, der Unfall wurde um 15:32 Uhr gemeldet. Da der Motorradfahrer den Notruf abgesetzt hatte, können wir davon ausgehen, dass der Unfall unmittelbar vorher passierte. Sagen wir 15:25 Uhr. Dann war Bödecker mit seiner Rennmaschine spätestens um 15:50 Uhr auf Torfhaus. Nehmen wir an, er hatte zehn Minuten auf sein Bier warten müssen und sich kurz darauf fotografieren lassen. Sieh mal, das Bierglas ist noch voll.« Eike hielt es nicht mehr auf dem Stuhl, er sprang auf und lief aufgeregt durchs Dienstzimmer. »Das heißt: Bödecker kann zum Unfallzeitpunkt auf keinen Fall auf Torfhaus gewesen sein, sondern erst eine halbe Stunde später.«

»Damit ist sein Alibi geplatzt und die Manipulation der Handyuhr bewiesen. Gratuliere, Eike«, schlussfolgerte Thomas.

Eike setzte sich. »So weit, so gut«, sagte er, aber sein Überschwang wandelte sich rasch in Skepsis. »Eine Hürde muss ich allerdings noch nehmen.«

»Struwe«, sagte Thomas spontan.

Eike nickte. »An dem Dicken komme ich leider nicht vorbei. Der ist das größte Hindernis.«

»Es hilft nichts, du musst es ihm zeigen. Er kann die Fakten nicht einfach ignorieren«, meinte Thomas.

»Ich werde es ihm persönlich vorlegen und dabei in sein Gesicht sehen«, sagte Eike entschlossen, griff zum Telefon und drückte den gespeicherten Anschluss seines Chefs.

»Hauptkommissar Struwe«, meldete er sich patzig, als fühlte er sich gestört.

»Wolf hier, könnte ich ...«

»Wolf, was wollen Sie denn?«, schnitt er ihm das Wort ab.

»Sie sprechen«, antwortete er.

»Das tun Sie doch gerade, um was geht es? Ich habe wenig Zeit«, kanzelte er Eike ab.

»Ich würde das gern mit Ihnen persönlich besprechen, es handelt sich um eine heikle Angelegenheit, Martin Bödecker betreffend«, tat Eike bewusst geheimnisvoll, um Struwe neugierig zu machen. Dessen Schlagfertigkeit schien plötzlich gebrochen zu sein. Eike hörte förmlich, wie es im Kopf seines Chefs arbeitete.

»Dann müssen Sie aber gleich kommen. Heute Nachmittag bin ich mit Terminen voll«, sagte er schließlich.

»Ich bin unterwegs«, antwortete Eike, legte auf und sah Thomas an. »Kommst du eine Stunde ohne mich zurecht?«

»Gerade so, aber keine Minute länger«, lachte er.

Eike zog seine Jacke über und verließ die Dienststelle. Nasskalte Luft empfing ihn draußen. Schneeregen hatte eingesetzt.

* * *

In Goslar, das zweihundert Höhenmeter tiefer liegt als Altenau, regnete es. Eike betrat das Gebäude der Polizeiinspektion und schüttelte im Foyer die Nässe von seiner Dienstmütze, bevor er die Treppe in den ersten Stock hinaufeilte. Er klopfte bei seinem Diensttherrn kurz an und trat ohne Aufforderung ein. Struwe war nicht allein im Büro. Vor seinem Schreibtisch saß Ingo Schröter, Struwes ergebener Handlanger. Er grinste arrogant, hatte das Bein überschlagen, und sein Kopf ruhte in den Händen, die er dahinter verschränkt hielt. Diese lässige Haltung sollte offenbar seine Vormachtstellung zum Ausdruck bringen. *Der hat mir gerade noch gefehlt*, dachte Eike.

»Setzen Sie sich, Wolf«, sagte Struwe und zeigte auf den Stuhl neben Schröter. »Möchten Sie einen Kaffee?«

»Danke, es wird auch ohne gehen«, lehnte Eike ab und setzte sich.

»Schießen Sie los. Was ist denn so heikel?«, fragte er.

»Es geht mir noch einmal um den tödlichen Unfall auf der B 241 bei Buntenbock«, begann Eike vorsichtig taktierend.

Struwe legte die Unterarme auf den Schreibtisch und beugte sich vor. »Ich dachte, wir waren uns einig, dass der Fall abgeschlossen ist«, fauchte er Eike an. Schröter gab jetzt ebenfalls seine inszenierte Haltung auf und setzte sich gerade.

»Es gibt neue Erkenntnisse, die belegen, dass Bödecker gelogen hat«, erwiderte Eike und bemerkte ein nervöses Zucken in Struwes linkem Auge.

»So? Und welche sollen das sein?«, fragte er scharfzüngig.

Eike legte ihm die Kopie von Heises Gutachten vor. »Sehen Sie sich das bitte an«, sagte er beherrscht ruhig.

Struwe nahm die Blätter auf und winkte Schröter zu sich. Beide starrten auf die Skizzen und Berechnungen. Als sie durchgeblättert hatten, schmiss Struwe die Papiere achtlos auf den Tisch.

»Was soll das Wolf? Das ist absolut unprofessionell von Ihnen« warf er Eike vor. »Dieser Doktor Heise ist kein zugelassener Gutachter, und außerdem genießt Martin Bödecker als Abgeordneter Immunität. Geht das endlich in Ihren Schädel, Wolf?« Er schlug sich dabei mit der Hand auf die Stirn. »Was aber viel schwerwiegender ist«, setzte er seine Standpauke fort, »ist die Tatsache, dass Sie meine klare Anweisung missachten, Ihre eigenmächtigen Ermittlungen zu unterlassen.«

Schröter fixierte Eike und nickte, während Struwe sprach.

»Ich habe lediglich Erkundigungen eingeholt«, entgegnete Eike, »und das Denken können Sie mir schwerlich verbieten. Doktor Heise habe ich zufällig beim Motorradfahren kennengelernt und bin mit ihm ins Gespräch gekommen. Da er sich mit Astrophysik auskennt, hat er sich der Sache angenommen. Ich hielt es für wichtig, Sie darüber zu informieren, zumal das Ergebnis im krassen Widerspruch zu Bödeckers Zeitangaben steht.« Eike sah Struwe und Schröter abwechselnd an.

»Wenn Sie unbedingt denken wollen, dann denken Sie daran, dass man sich mit Eigenmächtigkeiten rasch ein Disziplinarverfahren einfängt«, drohte Struwe.

Eike erhob sich. »Schönen Tag noch«, sagte er und verließ das Büro. Seine Wangen glühten vor Verärgerung. Der Regen hatte nachgelassen und die kühle Luft beruhigte sein erhitztes Gemüt. Er fuhr zurück.

»Na, konntest du Struwe umstimmen?«, fragte Thomas vorwitzig, als Eike zurückgekehrt war.

Eike lachte gequält. »Ich habe mir einen Anpfiff eingefangen«, berichtete er, »aber das war es mir wert. Er kann sich kaum mehr rausreden, nichts gewusst zu haben. Jetzt hängt er mit drin. Und das hat ihn sichtlich nervös gemacht.«

»Aber was ändert das? Bödecker zeigt uns den Stinkefinger und gibt weiterhin Gas«, sagte Thomas.

»Solange der Dicke ihn deckt, kommen wir an ihn nicht ran. Aber noch gebe ich mich nicht geschlagen.«

»Eike!«, rief Thomas ermahnend, »man muss wissen, wann es vorbei ist. Verbeiß dich nicht darin, das kann zur Besessenheit werden.«

»Keine Sorge Thomas, ein Eisen habe ich noch im Feuer. Das kann selbst Struwe nicht löschen.«

Thomas schüttelte den Kopf.

Eike dachte an die Drogen, die Bödecker angeblich konsumierte. *Wenn Melanie Moor mit ihrer Vermutung recht hatte, dann war Bödecker keineswegs unangreifbar, spätestens dann würde der Staatsanwalt aufschrecken. Aber wie sollte er das aufdecken?*, fragte er sich und musste sich eingestehen, dass er schließlich kein Drogenfahnder war und sich in dem Milieu überhaupt nicht auskannte. *Nein, das war eine Nummer zu groß für ihn. Er sollte auf seinen Kollegen hören.*

»Hast du noch Kaffee?«, fragte Eike.

Thomas lächelte. »Klaro.«

Eike hob die Füße auf die Schreibtischplatte, legte seinen Kopf in die verschränkten Hände und ließ sich in die federnde Rückenlehne fallen. Er schloss die Augen und stellte sich vor, wie er bei Martin Bödecker während einer Hausdurchsuchung Drogen fand und ihn in Handschellen abführte. Sollte dieser Tag kommen, wäre er Eikes persönlicher Feiertag.

Er schreckte auf, als jemand unsanft seine Füße vom Schreibtisch herunterschubste.

»Hier, dein Kaffee, du Pascha«, hörte er seinen Kollegen sagen. Thomas stellte den Kumpen ab und setzte sich ihm gegenüber.

»Danke«, antwortete Eike und führte die Tasse zum Mund. Die Leiermelodie des Telefons hielt ihn von seinem ersten Schluck ab. Er stellte den Becher zurück und nahm das Mobilteil auf.

»Polizeistation Altenau, Wolf am Apparat.«

»Hallo Herr Wolf, Melanie Moor hier. Ich habe etwas für Sie«, eröffnete sie ihm in einem geheimnisvollen Tonfall.

»Frau Moor, machen Sie es nicht so spannend. Was ist es denn diesmal?«, fragte Eike mit lässiger Stimme.

»Raten Sie mal?«, versuchte sie scheinbar seine Neugier anzuheizen.

»Frau Moor, mir ist nicht nach Ratespielen zumute«, dämpfte Eike ihren Eifer. »Haben die Schildermaler wieder zugeschlagen?«, fragte er dennoch inszeniert.

»Spielverderber«, sagte sie.

»Hab ich's mir doch gedacht«, erwiderte Eike. »Dann weiß ich auch wo. Am Sieberberg, stimmt's?« Sie antwortete nicht. »Fassen Sie nichts an. Ich bin gleich da«, sagte Eike und sprang auf.

»Kann ich dich für eine Stunde allein lassen?«, fragte er seinen Kollegen, während er bereits die Jacke überzog.

»Es wäre eine Überraschung, wenn du mal für eine Stunde am Stück hier in der Dienststelle bleiben würdest«, flachste Thomas.

* * *

Das Schild wurde an der Unfallstelle platziert, wo vor drei Tagen der Motorradfahrer durch einen Ast auf der Fahrbahn verunglückte. Es war von der gleichen Machart wie das bei Clausthal. Unter dem Schattenriss eines Motorradfahrers in Rennfahrerstellung stand der provozierende Text:

In jeder Kurve lauert ein Rollstuhl – auch deiner!

Auf der Rückseite entdeckte Eike wieder den Hinweis auf die Aktivistengruppe »Raserfreier Harz«. Aber diesmal hatten sie noch einen draufgesetzt. Analog zu den roten Dreibeinen, die Wildunfälle signalisieren, hatten sie zusätzlich ein signalgelbes Gegenstück neben die Tafel gestellt, offensichtlich, um auf den Bikerunfall zu verweisen. Eike haderte noch mit sich, ob er das geschmacklos oder als gute Idee ansehen sollte.

»Wie finden Sie das denn?«, fragte er Melanie Moor, die noch eifrig Fotos machte. Sie unterbrach ihr Tun und schaute Eike an. »Appelle an die Vernunft und Verantwortung erreichen die Menschen besser, wenn sie nicht den Verstand, sondern das Herz ansprechen. Ein gutes Beispiel dafür sind die Plakate an den Autobahnen, wo mit weinenden Kinder- und Frauengesichtern weniger auf die Gefahren von zu hoher Geschwindigkeit oder den Handygebrauch am Steuer hingewiesen wird, sondern auf die Konsequenzen und das Leid der Familie. Das trifft jeden ins Herz.« Sie ließ ihre Erklärung einige Augenblicke wirken und sah Eike nachdenklich an.

»Ja, da stimme ich Ihnen zu. Nur wenn an jeder Kurve Schilder, Kreuze und Dreibeine stehen, dann verpufft der Effekt rasch«, gab er zu bedenken.

Die Journalistin stellte das Fotografieren ein und hing sich den Apparat über die Schulter. »Ich schicke Ihnen die Fotos zu«, sagte sie.

»Vielen Dank im Voraus«, antwortete Eike, aber eine Kleinigkeit brannte ihm noch auf der Zunge. »Eine Bitte habe ich noch«, begann er kleinlaut. »Es würde meine Ermittlungen unterstützen, wenn Sie in Ihrem Bericht einen Zeugenaufruf einbauen. Vielleicht hat jemand etwas beobachtet. Ich möchte wissen, wer diese Leute sind und welche Absichten sie verfolgen.

Melanie Moor lächelte. »Sie hören von mir«, sagte sie und stieg in ihr Auto.

Gedanken nach der Tat

Es war ganz einfach.

Ich musste bloß die Aufregung und Angst überwinden, entdeckt zu werden. Aber wer rechnet schon damit, dass ein Ast auf der Straße liegt.

Er konnte nichts dafür, und es hat mir leidgetan, wie er versuchte auszuweichen, seine Maschine dabei außer Kontrolle geriet, mit dem Hinterrad wegrutschte und beide den Hang hinunterstürzten.

Äste oder Steine fallen hier im Harz immer wieder mal auf die Fahrbahn, darauf weisen sogar Warnschilder hin. Ein ganz normaler Unfall also, über den keiner weiter nachdenkt. Tragisch zwar, aber kaum zu vermeiden. Es sei denn, man fährt aufmerksam, vorausschauend und rücksichtsvoll. Dann passiert es nicht, dann ist es egal, woher der Ast kommt, dann geraten selbst andere nicht in Gefahr. Ist das zu viel verlangt? Braucht ihr weitere Lektionen?

Es war ganz einfach.

Nächstes Jahr, wenn die Sonne höher steigt, wenn das Jaulen eurer hochtourigen Motoren erneut die Wipfel der Fichten zum Zittern bringt, dann bin ich wieder da. Ich werde mir hübsche Orte suchen, wo ich euch prüfen werde, wo ihr zeigen könnt, ob ihr mit Verantwortung unterwegs seid oder ob euch der Thrill treibt.

Gewissensbisse? Nein. Warum? Es ist für eine gute Sache, es ist für mehr Sicherheit, weil etwas geschehen muss, damit etwas geschieht. Ich werde alles in Szene setzen, um es öffentlich zu machen, um den Druck zu erhöhen. Ja, genau das werde ich tun.

Bitte vergebt mir.

Alles wird gut.

Sonntag, 31. Dezember 2017
Silvesterfeier in Goslar

Eike verschlug es fast den Atem, als Pia die Haustür öffnete. So festlich herausgeputzt kam sie ihm in dem Moment ungewohnt apart vor. Sie trug eine schwarze, weichfließende Hose, eine weiße Bluse mit schwarzen Punkten und darüber einen nachtblauen Bolero. Eine feine silberne Kette mit Anhänger schmiegte sich zart um ihren Hals. Die Lippen hatte sie hellrot betont, und die dezent geschminkten Augen strahlten mehr, als er es gewöhnlich an ihr bewunderte. Er starrte sie an, als hätte er eine Erscheinung vor sich.

»Willst du nicht hereinkommen, bevor du hier draußen festfrierst?«, fragte sie lächelnd.

»Du siehst bezaubernd aus, Pia«, schwärmte Eike und rührte sich nicht. »Das solltest du immer tragen.«

»Das könnte dir so passen. Weißt du, wie lange ich dafür mit dem Spiegel poussiert habe?«

»Da kann man auf den Spiegel echt eifersüchtig werden. Die Zeit hat sich jedenfalls gelohnt, Struppi«, sagte Eike und trat ein.

Pia boxte ihn sanft an die Schulter. »Wenn du mich heute noch einmal Struppi nennst, fahre ich sofort nach Hause.« Sie legte ihre Arme auf seine Schultern. »Gib mir lieber einen Kuss«, sagte sie und drückte sich sanft an ihn. Eike umarmte sie und zog sie fester heran. Erst jetzt roch er den verführerischen Duft ihres Parfums und konnte seine Erregung kaum im Zaum halten. Pia lockerte die Umarmung ein wenig. »Damit musst du noch etwas warten«, lächelte sie ihn an. Offenbar hatte sie seine Lust durch den engen Körperkontakt gespürt, was Eike peinlich war.

»Lass uns fahren«, wich er aus, nahm ihren Mantel vom Haken und half ihr hineinzuschlüpfen.

An der Tür, bevor sie hinaus gingen, sagte Pia mit liebevoller Stimme: »Danke für die Einladung. Das ist das erste Mal, dass du mich zum Tanzen ausführst.«

»Äh, Moment mal«, druckste Eike überspitzt, »von Tanzen war keine Rede. Wir wollten im Hotel Achtermann eine gemütliche Silvesternacht zusammen verbringen.«

»Gemütlich? Du machst wohl Witze, dann hätten wir gleich zu Hause bleiben können«, beschwerte sie sich augenzwinkernd. »Ich möchte mit dir fröhlich und ausgelassen ins neue Jahr tanzen. Hast du die Eintrittskarten?«

Eike zog sie aus der Jackentasche und präsentierte sie ihr. »Hier sind sie.« Er steckte sie zurück. Pia hob ihre kleine Reisetasche auf und ging mit ihm zum Auto.

Zwanzig Minuten später stellte Eike seinen Golf im Parkhaus am Zentrum ab. In weiser Vorahnung knapper Parkplätze waren sie frühzeitig losgefahren.

Nachdem sie eingecheckt hatten, brachten sie ihre Reisetaschen auf das Zimmer, das Eike für eine Nacht gebucht hatte. Sie zogen ihre Mäntel aus.

»Lass dich mal anschauen«, sagte Pia, als Eike seinen Wintermantel an den Garderobenhaken gehängt hatte. Sie blies einen leisen Pfeifton zwischen den Lippen hervor. »Also die Uniform steht dir schon gut, aber im Anzug machst du eine schneidige Figur, obwohl ...« Sie unterbrach kurz.

»Obwohl was?«, hakte Eike sogleich nach.

»Obwohl er etwas aus der Mode gekommen ist«, bemerkte sie.

»Entschuldige mal«, protestierte er, »das ist mein Hochzeitsanzug. Konnte ich ahnen, dass du mich auf eine Galaveranstaltung schleppst?«

Pia lachte herzhaft und hakte sich bei ihm unter.

Am Eingang zum großen Saal wurden sie mit einem Glas Sekt empfangen und zu ihrem Tisch geleitet. »Wir wünschen Ihnen viel Spaß und gute Unterhaltung«, sagte der Kellner und zog sich zurück. Während Pia die Getränkekarte studierte, blickte sich Eike im Saal um. Er war reichlich mit Ballons, Luftschlangen und Konfetti dekoriert. Die Tische waren festlich gedeckt, auch kleines Tischfeuerwerk und Knallbonbons lagen darauf.

Mehr und mehr Gäste strömten in den Festsaal und füllten die Sitzgruppen, die wie Inseln über dem Parkett verteilt standen.

Plötzlich stutzte Eike, als Martin Bödecker mit Frau sowie Pascal Koch und Freundin den Saal betraten. Nachdem sie den Begrüßungssekt erhalten hatten, wurden sie von einem Herrn in schwarzem Anzug und Namensschild vor der Brust zu ihrem Platz geleitet, der sich zwei Tische neben ihrem befand. Bödecker bedachte Eike im Vorbeigehen mit einem überheblichen Blick, ohne auch nur ein Nicken zur Begrüßung anzudeuten. *Du kannst mich mal,* rief ihm Eike im Gedanken zu, und erwiderte passend dessen Blick. Der noble Herr rückte den Frauen die Stühle ran und verabschiedete sich mit ergebener Geste. *Wahrscheinlich der Hotelmanager, der sich um hochrangige Gäste persönlich kümmert,* dachte Eike und beobachtete Bödecker und die anderen am Tisch aus den Augenwinkeln. Er unterhielt sich mit seinem Parteikollegen Koch, während die Frauen in der Karte blätterten. Auf einmal bückte sich Koch nach der Handtasche seiner Freundin, öffnete sie und brachte ein Papierbündel hervor. Er wickelte es auf und ein schwarzes Modellauto von der Größe wie er ähnliche bei Bödecker gesehen hatte, kam zum Vorschein. *Was soll das jetzt?,* fragte sich Eike, *wollen hier etwa große Jungs mit Autos spielen?* Bödecker nahm es in die Hand und untersuchte es. Türen, Motorhaube und Kofferraum des Modelles ließen sich öffnen. Er nickte Pascal Koch zu und ließ das Auto in der Handtasche seiner Frau verschwinden. Eike erinnerte sich an die vielen Modelle, die Bödecker bei sich zu Hause im Regal ausgestellt hatte, und an den Besuch von Melina Moor bei seinem Parteifreund Koch, der ebenfalls Sammler solcher Stücke war. *Modellfreaks unter sich,* dachte Eike.

Plötzlich zupfte Pia Eike am Ärmel. »Eike?« Er drehte sich zu ihr um. »Möchtest du lieber bei den Leuten dort drüben sitzen?«, fragte sie etwas pikiert.

»Entschuldige, nein«, druckste er. »Weißt du, wer die sind?«, fragte er hinter vorgehaltener Hand.

»Sollte ich das wissen?«, fragte sie ihrerseits.

»Der Ältere, der mit dem Bauchansatz, ist Martin Bödecker, der nach meiner Überzeugung für den Unfalltod eines jungen Autofahrers verantwortlich ist. Der Grünschnabel neben ihm ist sein Ziehkind, Pascal Koch, den er bis in den Landtag gehievt hat. Beide machen mutmaßlich Geschäfte mit Drogen. Dafür würde ich sie gern zu packen kriegen«, erklärte er.

»Aber nicht heute Abend«, unterbrach ihn Pia. »Was hältst du von einem trockenen Rosé?«, fragte sie und lenkte Eikes Gedanken zurück. »Getränke gehen auf meine Rechnung«, fügte sie hinzu.

»Na, dann vielen Dank. Ich vertraue ganz deiner Wahl. Wein trifft weniger meine Geschmackserfahrungen als Bier, aber ich lass mich gern von dir überraschen«, antwortete er.

Pünktlich um zwanzig Uhr trat der Herr mit dem Namensschild vor die Musikkapelle ans Mikrofon und stellte sich vor. Wie Eike vermutet hatte, es war der Manager. Er begrüßte die Gäste sowie die Musiker der Kapelle und erläuterte kurz das Programm des Abends. Zum Abschluss seiner Rede eröffnete er das Galabuffet und erhielt ausgiebigen Applaus.

Das Buffet war appetitlich hergerichtet und verlockte dazu, alle Vorsätze einer ausgewogenen Ernährung über Bord zu werfen. Es schmeckte vorzüglich. Als nach dem Schlemmen das Personal die letzten Teller abgeräumt hatte und die Kapelle zum Tanz aufspielte, erhob Pia ihr Glas und ihre Augen strahlten Eike an, sodass sein Herzschlag zwei Takte zulegte.

»Ich freue mich auf einen netten Abend mit dir«, sagte sie.

Eike nahm ebenfalls sein Glas auf und stieß mit ihr an.

»Schön, dass ich dich getroffen habe«, erwiderte er. Sie tranken einen Schluck und stellten die Gläser ab. Pia griff über den Tisch seine Hand und zog ihn auf die Tanzfläche.

»Wehe dir, du lachst«, scherzte Eike, nachdem er die ersten Schritte über das Parkett stolperte.

»Mach mir einfach nach«, sagte sie und führte ihn, indem sie den Takt mitzählte. »Eins - zwei - drei, eins - zwei - drei.«

Eike fand rasch gefallen am Rhythmus der Klänge und an den geschmeidigen Bewegungen ihres Körpers. In dem Gefühl, mit ihr und der Musik versunken zu sein, ließ er sich treiben. Nur sie und er. Es war wie im Flow beim Motorradfahren. Bei diesem absurden Vergleich hielt er kurz inne und verstolperte den nächsten Schritt. Ein verstohlenes Grinsen huschte über sein Gesicht.

»Ist was?«, fragte Pia sichtlich irritiert.

»Nein – äh – doch, es macht wieder Spaß. Mir wird bewusst, wie sehr ich das vermisst habe«, antwortete er und nahm erneut den Takt auf.

Trotzdem war ihm die Tanzpause willkommen. Er wischte sich mit dem Taschentuch die feuchte Stirn und atmete tief durch. Sie setzten sich und tranken einen Schluck Mineralwasser.

»Tanzen hält fit«, bemerkte Eike.

»Und Motorradfahrer müssen bei Kräften bleiben«, ergänzte sie.

»Willst du damit andeuten, dass wir öfter tanzen sollten?«, fragte Eike verschmitzt.

»Nicht nur tanzen«, sagte sie.

»So? Was denn noch?«, fragte Eike nach.

»Öfter zusammen zu Bett gehen, öfter zusammen aufstehen, öfter zusammen frühstücken, öfter zusammen ...«

»Motorradfahren«, ergänzte Eike den Satz.

»Ja, das auch.« Pia legte ihre Hand auf die seine und sah ihm in die Augen. »Einfach zusammen leben, verstehst du?«, sagte sie schließlich.

Eike fühlte sich im Augenblick unfähig zu antworten. Einerseits würde er gern mit ihr unter einem Dach wohnen, aber andererseits auch mit seiner Wohnung die Verbindung zu seinem Kind, das nie geboren wurde, aufgeben. Er konnte sich das keineswegs vorstellen, es wäre so endgültig, so unumkehrbar. Aber irgendwann musste er sich von diesen Gedanken lösen, das war ihm klar, aber er brauchte Zeit. Mit Pia war er gerade mal zwei Monate zusammen. Er genoss jede Minute mit ihr, sie war hübsch und intelligent und witzig. Und sie hatten tollen Sex. Aber liebte er sie so, wie er Nadine geliebt hatte?

Eike legte seine andere Hand auf Pias. »Bestimmt werden wir zusammenziehen, Pia. Aber ich muss erst mit meiner Vergangenheit abschließen. Lass mir etwas Zeit. Verstehst du das?«

Eike erkannte Mitgefühl in ihrem Blick. »Das hast du mir nie erzählt. Es tut mir leid«, sagte sie mit weicher Stimme. In dem Moment spielte die Band erneut auf.

»Das ist kein Gesprächsthema auf einer Silvesterparty, komm lass uns abhotten«, sagte Eike, nahm ihre Hand und zerrte sie zur Tanzfläche.

Nicht, dass er seine Aufforderung bereut hätte, aber er war froh, als die Kapelle ihre Pausenmelodie erklingen ließ. Schweißnass setzten sie sich und tranken hastig ein Glas Wasser.

»Ich muss mich erst einmal frisch machen«, prustete Eike und stand auf.

Pia tat es ihm gleich. »Ich auch«, sagte sie.

Sie verließen den Saal, um über den Korridor zu den Toiletten zu gelangen. »Bis gleich«, meinte Eike auf Höhe der Herrentoilette, betrat den Waschraum und stellte fest, dass er nicht der Einzige war, der eine Erfrischung unter fließendem Wasser nötig hatte. Alle Waschbecken waren belegt. Eike ging wieder hinaus, um nach einer anderen Erfrischungsmöglichkeit zu suchen.

»Wir haben oben noch einen Waschraum«, hörte er jemanden hinter sich sagen. Eike drehte sich um. Ein Kellner, der offensichtlich Eikes Bedürfnis erraten hatte, lächelte ihn an. »Eine Treppe hoch, am Ende des Flures links«, sagte er mit einem wohlwollenden Gesichtsausdruck und wies mit der Hand zum Aufgang.

Eike bedankte sich und nahm den Weg dorthin. Als er die Tür der Toilette erreichte, hörte er Stimmen hinter seinem Rücken. Er schaute sich kurz um und erblickte am Ende des Flures, dort wo die Treppe begann, Martin Bödecker und Pascal Koch auf ihn zu kommen. Sie waren eifrig im Gespräch, gestikulierten hektisch dabei und hatten ihn scheinbar nicht bemerkt. Eike betrat den verwaisten Waschraum der Toilette und lauschte, ob die beiden das gleiche Ziel hatten. Die Stimmen wurden lauter. *Was sie wohl so gestenreich zu besprechen hatten?*, fragte sich Eike und versteckte sich rasch in einer der Toilettenkabinen. Die Verriegelung ließ er offen, um seine Anwesenheit nicht zu verraten. Die Tür zum Waschraum wurde geöffnet. Eike hörte Schritte auf den Fliesen, verharrte bewegungslos in der Kabine und atmete flach.

»Das ist mir scheißegal, wie du das anstellst«, hörte er Bödecker fluchen.

»Nicht so laut, wenn uns jemand hört«, ermahnte ihn Pascal Koch mit gedämpfter Stimme.

»Dann sieh doch nach, ob hier jemand auf der Schüssel sitzt«, forderte Bödecker ihn auf.

Eike erstarrte. Wenn er alle Kabinen kontrolliert, würde sein Versteck auffliegen. Er hörte Schuhe klappern. Das Geräusch wurde lauter und verstummte plötzlich. Er musste direkt vor Eikes Kabine stehen. Eike hielt die Luft an. Kurz darauf entfernten sich die Schritte.

»Keiner hier«, sagte Koch. Eike atmete weiter.

»Okay, also noch mal«, wetterte Bödecker, »ich brauche das Zeug, und zwar verlässlich. Was geht mich dein Lieferant an, ich will gar nicht wissen, wer das ist. Du bist und bleibst mein Verbindungsmann, ist das klar?«

»Martin«, sagte Koch hörbar flehentlich, »das ist mir auf Dauer zu heiß, lass mich aussteigen. Warum wehrst du dich dagegen, den Stoff direkt zu beziehen? Ich kann das für dich regeln.«

»Sag mal Pascal, geht's noch. Je weniger davon wissen, umso sicherer für mich. Kapiert?«

Es folgte circa eine Minute Schweigen. Dann sagte Pascal Koch im bestimmenden Ton: »Dann möchte ich jetzt und hier dein Wort darauf, dass du mich in genau einem Jahr endgültig aussteigen lässt. Andererseits lasse ich dich mit deinem gezinkten Alibi auffliegen. Mir reichts!«

Eike hörte es rumoren und hektische Schritte. Wahrscheinlich hatte Bödecker seinen Parteifreund und Drogendealer am Kragen gepackt.

»Du willst mir drohen, du Scheißer. Sei vorsichtig, sonst fliegst du mit auf, dann gehen wir gemeinsam in den Knast.«

»Ist ja schon gut«, lenkte Koch ein, »aber dann sollten wir öfters das Modell wechseln. Meine Freundin fragte schon nach dem Grund, warum wir immer dasselbe hin- und hertauschen würden.«

»Gut. Dann nächstes Mal den roten Cadillac«, sagte Bödecker entspannt. »Und nun lass uns weiter feiern. In einer halben Stunde ist Mitternacht.«

»Meinen Cadillac, ja? Okay, aber du hörst dich um, wo ich einen Krupp Mustang und ein Goggomobil herkriege. Die fehlen mir in meiner Sammlung.«

»Ja, ich werde meine Fühler ausstrecken«, versprach Bödecker.

Eike hörte das Wasser rauschen und das Rascheln des Handtuchspenders. Dann Schritte, die Tür wurde geöffnet und kurz danach ins Schloss gedrückt. Nach einem Moment lugte er vorsichtig hinter der Kabinentür hervor. Niemand war mehr zu sehen. Eike traute sich heraus, warf sich über dem

Waschbecken einen Schwall Wasser ins Gesicht und ging zurück. Auf der ersten Treppenstufe blieb er erschrocken stehen. Unten sah er Bödecker und Koch, wie sie mit hektischen Gesten ihren Disput scheinbar fortführten. Bödecker schaute mitten im Wortgefecht auf einmal nach oben. Eike drehte sich reflexartig hinter die Flurwand, drückte sich mit dem Rücken dagegen und verharrte dort in der Hoffnung, nicht gesehen worden zu sein. Nach einer Weile spähte er vorsichtig mit einem Auge um die Ecke. Beide waren verschwunden. Eike ging nach unten.

Pia saß bereits am Tisch und schaute ihn streng an. »Ich wollte dich gerade als vermisst melden. Wo warst du denn so lange?«

Eike drückte ihr einen Kuss auf die Wange. »Entschuldige, ich musste zwischendurch etwas Dienstliches erledigen«, sagte er.

»Bitte?«, fragte sie verständnislos, »was soll ich davon halten?«

Eike nahm wiederum ihre Hand. »Ich erzähle dir alles später. Komm, es ist gleich zwölf Uhr. Lass uns ins neue Jahr hineintanzen, so wie du dir es gewünscht hast.«

Sie tanzten eng aneinandergeschmiegt, und es war eine wundervolle Nacht.

»Frohes neues Jahr«, rief Eike seinem Kollegen zu, als er am Morgen das Büro betrat.

»Danke, das wünsche ich dir auch. Seid ihr gut reingekommen?«, erkundigte sich Thomas.

»Ja, ja. Pia und ich waren im Hotel Achtermann in Goslar«, antwortete Eike eilig. »Und du glaubst ja nicht, wen ich dort getroffen habe.« Eike sah Thomas mit großen Augen an und wartete gespannt auf dessen Reaktion.

»Den Papst?«, flachste Thomas und verdrehte die Augen dabei.

»Quatsch«, entgegnete Eike.

»Dann Sigmar Gabriel, der wohnt in Goslar«, rätselte Thomas weiter.

Eike schüttelte den Kopf. »Viel besser«, sagte er und grinste dabei hintergründig.

»Mann, Eike. Vielleicht erzählst du es mir, und wenn möglich, heute noch«, sagte sein Kollege genervt.

»Unsere beiden Spezies, Martin Bödecker und Pascal Koch.« Eike grinste noch immer. »Und was glaubst du, worüber die sich unterhalten haben?«

»Du solltest Quizmaster werden«, muckschte Thomas. »Über Sex, was sonst«, riet er.

»Über Drogen«, löste Eike das Rätsel auf.

Thomas sah ihn jetzt nachdenklich an. »Hast du die beiden belauscht?«

Eike nickte. »Auf'm Klo.« Dann fasste er das Gespräch für seinen Kollegen zusammen.

»Warum hast du sie nicht gleich festgenommen?«, fragte Thomas lässig.

»Über Drogen reden ist nicht strafbar«, antwortete Eike, »wir brauchen Beweise, dann ist Bödecker endgültig fällig.«

»Koch ebenfalls«, ergänzte Thomas. »Aber wie willst du das anstellen? Wäre es nicht besser, das der Drogenfahndung zu überlassen?«

Eike bemerkte die Sorgenfalte auf Thomas` Stirn. Er hätte sich etwas mehr Kampfeswillen von ihm gewünscht, aber Thomas gehörte nicht zu den Draufgängertypen, die auch mal Risiken eingingen. Er war Familienvater, verantwortungsbewusst und besonnen. Eike schätzte seinen Kollegen, er machte einen guten Polizeijob, war verlässlich und kompetent, aber es fehlte ihm ein Stückchen Bissigkeit. Eike selbst wusste, dass er sich manches Mal hitzköpfig in Schwierigkeiten manövrieren konnte. Insofern ergänzten sich beide zu einem perfekten Team – na ja, fast jedenfalls.

»Soll ich denen diese Scheißhausplauderei auftischen?«, gab Eike zu bedenken. »Die fühlen mir mitleidsvoll den Puls, und Struwe wartet nur auf so was, um mich endlich kaltzustellen. Nein, Thomas, ich brauche hieb- und stichfeste Beweise, bevor ich die einschalte.«

»Und wie willst du die beschaffen? Vielleicht die Wohnungen durchsuchen?«, fragte Thomas sarkastisch.

»Genau das«, antwortete Eike.

Thomas` Sorgenfalte grub sich tiefer in die Stirn. »Entschuldige, aber ich glaube, du solltest ein paar Tage Urlaub machen, um wieder zur Besinnung zu kommen.« Dann erhob er die Stimme: »Mensch, Eike. Im Drogenmilieu herrschen andere Gesetzte. Die fackeln nicht lange.«

»Thomas!«, entgegnete er, »halt mich bitte nicht für einen gedankenlosen Haudegen. Ich habe mir bereits überlegt, wie ich mir Zugang verschaffe, und du wirst mir dabei assistieren.«

»Ha«, entfuhr es Thomas augenblicklich, »ohne richterlichen Beschluss? Mit Sicherheit nicht.«

»Hör dir erst einmal meinen Plan an.«

»Nein danke, Eike«, erwiderte Thomas mit Nachdruck.

Marcus Krüger trat vor die Haustür und schaute unfreundlich drein. Seine Tochter Fiona drängte sich von hinten an ihm vorbei und stürmte auf die beiden Besucherinnen zu.

»Tante Tina, Stella!«, rief sie und umarmte beide.

»Fiona, schön, dich zu sehen«, freute sich Stella.

»Ihr hättet nicht kommen sollen, deine Schwester ist noch nicht so weit«, empfing Marcus seine Schwägerin und deren Tochter. Tina, die Stella im Rollstuhl den Plattenweg entlang schob, blieb stehen. Stella drehte sich zu ihrer Mutter um und blickte verunsichert zu ihr auf.

»Nach unserem Telefongespräch letzte Woche, dachte ich, unser Besuch könnte sie auf andere Gedanken bringen, und dich auch«, antwortete Tina.

Marcus hatte ihr heulend am Telefon sein Leid geklagt. Er schlief nachts kaum noch, wurde von Albträumen geplagt und wachte oft schweißgebadet auf. Fiona merkte man den Schmerz weniger an. Sie ging fast täglich zum Friedhof oder spielte sich auf dem Klavier ihren Kummer von der Seele. Trotzdem war die Trauer um Felix und die psychische Verkrüppelung ihrer Mutter eine große Belastung für ihren Vater und sie selbst. Auch für die nächsten Angehörigen und Freunde war es schwer zu ertragen, den Zerfall der Familie mit ansehen zu müssen. Vor allem, wenn man wusste, wie fröhlich und naturverbunden sie gewesen waren. Der Arzt hatte bei Maria eine schizophrene Persönlichkeitsstörung diagnostiziert und geraten, sie in eine psychiatrische Klinik zu bringen, um sie vor sich selbst zu schützen. Sie sei suizidgefährdet, hatte der Doktor gesagt. Doch Maria weigerte sich vehement.

Stella hatte sich mit ihrer Cousine Fiona immer gut verstanden und wollte ihr beistehen. Deshalb hatte sie ihre Mutter zu diesem Besuch gedrängt. Tina traute sich anfangs nicht. Sie sagte, sie fühle sich unsicher im Umgang mit Trauernden und vor allem mit psychisch Kranken.

»Kommt erst mal rein«, forderte Marcus die beiden Frauen auf, »aber erschreckt euch nicht vor Maria.«

An den Eingangsstufen übernahm er den Rollstuhl, zog ihn geschickt auf das Podest und schob ihn ins Haus. Fiona und Tina folgten ihm ins Wohnzimmer und nahmen Platz. Maria kam kurze Zeit danach mit einer Kaffeekanne aus der angrenzenden Küche herein. Stella versuchte den Kloß, der sich augenblicklich in ihrem Hals festsetzte, herunterzuschlucken und ihre aufsteigenden Tränen zurückzuhalten. Tina erhob sich, ihre Augen liefen bereits über.

Ihre Schwägerin wirkte in diesem Moment tragikomisch auf sie. Wie ein Geist mit einer Kaffeekanne in der Hand schaute sich Maria um. Sie war spitz geworden im Gesicht, ihre Augen lagen tief und hatten dunkle Ränder, die auf ihrer blassen Haut wie Pandabäraugen aussahen. Die einst so attraktive Frau stand da wie eine verwelkte Tulpe.

»Maria«, sagte Tina gefühlvoll und ging auf sie zu. Sie nahm ihr die Kanne ab und stellte sie auf den Tisch. »Setz dich, wir machen das schon.« Sie umarmte Maria flüchtig und drückte sie sanft in den Sessel.

Fiona hatte inzwischen Kaffeegeschirr und Kuchen geholt. »Apfelkuchen mit Zimt und Rosinen«, sagte sie und setzte das Tablett auf dem Tisch ab. Sie verteilte das Geschirr und die Kuchenstücke und goss Kaffee ein.

»Wie geht es dir, Maria?«, fragte Tina besorgt.

»Warum fragst du? Sieh mich an«, antwortete sie dünn.

Tina gabelte ein Stück Kuchen, führte es zum Mund und schlürfte einen Schluck von dem heißen Kaffee hinterher. Sie schluckte. »Wenn wir etwas für euch tun können ...«, sagte sie voller Mitgefühl.

Maria, die bisher nichts vom Kaffeegedeck angerührt hatte, sah Tina aus ihren tiefliegenden Augen abschätzig an.

»Deine Tochter lebt im Rollstuhl, mein Sohn liegt unter der Erde, und du fragst, ob du etwas tun kannst?« Sie nahm die Tasse auf, so, als wolle sie sich die Hände daran wärmen und setzte sie wieder ab, ohne davon zu trinken. »Jeder muss selber wissen, was er dagegen tun kann«, ergänzte sie. »Immer, wenn ich ein Motorrad höre, weiß ich, was zu tun ist«, setzte sie noch nach. Ihre Lippen drückte sie fest zusammen, sodass sie blass wurden. »Besser, ihr geht jetzt. Ich muss nachdenken«, sagte sie, stand auf und verließ den Raum.

Die anderen sahen sich irritiert an. »Tut mir leid«, sagte Marcus, »ich komme einfach nicht mehr an sie heran. Sie scheint in einer anderen Welt zu leben, seit unser Junge nicht mehr bei uns ist.«

»Du musst dich nicht entschuldigen«, antwortete Tina und stand ebenfalls auf. Marcus bugsierte Stellas Rollstuhl hinaus und die Treppenstufen hinunter. Dann half er ihr, ins Auto einzusteigen. Tina blieb einen Moment in der geöffneten Fahrertür stehen und sah Marcus intensiv an.

»Marcus, was können wir tun?«, fragte sie eindringlich und sah, wie seine Augen feucht wurden und die Lippen zitterten.

»Ich weiß nicht, wie es weitergehen soll«, antwortete er mit bebender Stimme und laufenden Tränen. »Maria ist mir vollkommen entglitten. Sie fährt mit dem Auto weg, ohne etwas zu sagen, und kommt spät zurück. Manchmal kauft sie sinnlose Dinge, die niemand gebrauchen kann. Auf meine Frage, warum, bekomme ich keine Antwort.« Marcus schnäuzte sich die Nase in ein Papiertaschentuch.

Tina sah ihren Bruder mit einem Blick an, als wenn sie sagen wollte: »Hoffentlich tut sie sich nichts an.«

»Maria braucht dringend eine Therapie, bevor etwas passiert, was unumkehrbar ist«, sagte sie einfühlsam und stieg ins Auto. Marcus nickte stumm und winkte ihnen nach.

Montag, 8. Januar 2018
Bad Harzburg

»Das ist jetzt nicht dein Ernst«, gab sich Pia beim Frühstück verständnislos, nachdem sie Eikes Vorhaben vernommen hatte. »Ist das nicht gefährlich?« Sie goss Eike Kaffee nach.

»Was soll daran gefährlich sein, jemanden zu besuchen, um ihn wegen einer Modellautosammlung um Rat zu fragen?«, versuchte er sie zu beruhigen. »Es könnte im schlimmsten Fall unangenehm werden, wenn er merkt, dass er ausspioniert wird«, ergänzte Eike, nahm sich ein Brötchen aus dem Korb und schnitt es auf. Pia saß nur da und sah ihm zu, wie er eine Hälfte schmierte und hineinbiss. »Was ist? Willst du nichts essen?«, murmelte er mit vollem Mund.

»Es geht aber nicht um Modelle, sondern um Drogen«, erwiderte Pia. »Mensch Eike, warum hältst du dich nicht da raus? Das ist nicht dein Job. Und außerdem hat dir dein Chef untersagt, dich einzumischen.«

Eike schluckte den Bissen herunter. »Pia, ich bin nicht Polizist geworden, um mich rauszuhalten, ganz im Gegenteil. Dafür habe ich sogar meinen Lehrberuf als Automechaniker aufgegeben. Mir geht es vordergründig auch nicht um Bödeckers Drogenkonsum – soll er doch daran verrecken. Ich will ihn wegen fahrlässiger Tötung und Fahrerflucht vor den Kadi bringen. Der feige Hund versteckt sich hinter seiner Immunität als Landtagsabgeordneter und seinen Beziehungen, aber bei Drogen hört der Spaß auf, da deckt ihn niemand mehr, um nicht selbst mit hineingezogen zu werden und negativ in der Presse zu erscheinen. An der Stelle kann ich ihn packen.« Eike biss erneut ins Brötchen.

»Was sagt denn Thomas zu deinem Plan?«, fragte Pia nach.

»Der kennt ihn noch nicht«, gab Eike kleinlaut zu.

Pia kaute ihr Brötchen zu Ende und schluckte. »Glaubst du, dass er der richtige Mann für so ein listiges Vorhaben ist?«, fragte sie und schaute skeptisch. »Er ist ein vorsichtiger

Mensch und wägt die Risiken ab, bevor er handelt. Aber wie reagiert er in einer unvorhergesehenen Situation? Kann er mit Stress umgehen?«, gab sie zu bedenken.

Eike stellte seine Kaffeetasse ab. »Ich weiß, er ist die Schwachstelle bei dem Projekt, aber wer sollte es sonst machen? Ich kann ja wohl schlecht den Dicken fragen, ob er mir jemanden zur Seite stellt«, antwortete Eike. Pia fixierte ihn eine Weile, und dieser Blick verunsicherte ihn. »Warum guckst du so? Was ist?«, fragte er.

»Du könntest mich fragen«, sagte sie lässig. Eike sah sie an, als hätte sie ihm gerade ein unanständiges Angebot gemacht.

»Das werde ich auf keinen Fall«, antwortete Eike entschlossen. »Das ist Polizeiarbeit und viel zu gefährlich. Wenn dir etwas passiert, kann ich meine Uniform gleich abgeben.«

Pia wedelte mit dem Finger. »Moment, du hast gesagt, es sei nicht gefährlich.«

Eike druckste um die Antwort. »Ja, äh ... ich meine nein, für einen Polizisten, aber nicht für dich. Man weiß nie, wie solche Leute reagieren, wenn sie ertappt werden. Außerdem hat er dich Silvester mit mir zusammen gesehen und würde sofort misstrauisch werden. Danke für dein Angebot, aber ich werde aus dir keinen Hilfssheriff machen.«

Pia musterte ihn erneut mit feurigen Augen.

»Brauchst gar nicht so zu gucken«, bekräftigte Eike seine Ablehnung.

»Hilfssheriff, der Gedanke gefällt mir«, lachte sie.

»Mir nicht«, entgegnete er.

»Eike, jetzt sei nicht so stur«, argumentierte sie mit erhobener Stimme. »Eine Frau erregt weniger Verdacht. Er wird mir auf den Leim gehen und dann hast du endlich deine Beweise.«

»Kein Verdacht? Er wird dich wiedererkennen und umgehend rausschmeißen.«

Pia lächelte verschmitzt. »Warts ab, selbst du wirst mich nicht wiedererkennen«, lachte sie.

Eike fiel in das Lachen ein. »Dich erkenne ich in fünfhundert Meter Entfernung sogar im Dunkeln«, behauptete er.

»Wetten dass nicht«, hielt sie dagegen.

Eike sah sie nachdenklich an und ihre bittenden Augen machten ihn wankelmütig.

»Komm schon, vertrau mir«, drängelte Pia.

Vielleicht hat sie ja recht, überlegte er, *aber ...* »Verdammt, wenn das rauskommt, bin ich am Arsch«, gab er zu bedenken.

»Das Einzige was rauskommt, ist die Wahrheit«, versuchte Pia seine Vorbehalte zu zerstreuen.

»Mensch Pia, du bringst mich in Teufelsküche«, versuchte er sie umzustimmen, aber seine Mimik verriet, dass sein Widerstand zerbröselte. Pia konnte es von seinen Augen ablesen. Sie zwinkerte ihm zu. »Du wirst es nicht bereuen«, sagte sie und angelte sich noch ein Brötchen aus dem Korb.

Nach dem Frühstück ging Eike hinüber in die Wachstube und weihte Thomas in seine Pläne ein.

»Hast du sie noch alle? Das ist illegal«, kommentierte er Eikes Idee. »Das kannst du nicht machen, oder willst du deinen Beamtenstatus aufs Spiel setzten?«

»Was wir in unserer Freizeit machen, geht niemandem etwas an«, hielt Eike dagegen.

»Als Polizeibeamter hast du auch in der Freizeit eingeschränkte Persönlichkeitsrechte, das weißt du ganz genau«, belehrte ihn Thomas.

»Ja Thomas«, sagte Eike genervt. »Jetzt trenn doch einmal Polizei von Beamter. Wir haben ein Ziel und einen Plan, es zu erreichen. Wenn wir Erfolg haben, kräht kein Hahn danach.«

»Und wenn nicht?«, konterte Thomas.

»Dann wird es niemand erfahren«, versicherte Eike. »Pia ist unsere Undercoveragentin. Bödecker wird nie dahinter kommen.«

Thomas legte sein Gesicht in beide Hände. »Scheiße! Ich muss komplett verrückt sein, dass ich so einen Schwachsinn mitmache«, sagte er schließlich.

»Ohne verrückte Sachen wäre das Leben nur langweilig«, lächelte Eike.

»Und wo bekommen wir eine Art Fotoalbum von der angeblichen Modellsammlung her?«, wollte Thomas wissen.

»Darum wird sich Melanie Moor kümmern. Sie hat beste Kontakte und ist auf unserer Seite«, antwortete Eike.

* * *

Pia hielt das Telefon in der Hand. Vor ihr auf dem Esstisch lag ein Zettel mit der privaten Telefonnummer von Martin Bödecker, die Eike herausgesucht hatte. Sie sah Eike, der ihr gegenüber saß, angespannt an.

»Soll ich?«, fragte sie, so, als wolle sie sich noch einmal rückversichern.

Eike machte eine öffnende Bewegung mit beiden Armen und zog die Schultern hoch. »Jetzt oder nie«, sagte er und nickte ihr auffordernd zu.

Pia tippte die Ziffern in die Tastatur und anschließend auf die Taste mit dem grünen Telefonsymbol. Ihr Blick haftete an Eikes Augen, während sie das leise Piepen des Wählvorganges und nach einer kurzen Pause das Freizeichen hörte. Sie hob etwas die Brauen, als am anderen Ende das Gespräch angenommen wurde.

»Ja, bitte«, meldete sich eine klare Frauenstimme. Eike beugte sich über den Tisch und richtete ein Ohr dicht neben den Telefonhörer.

»Ich bin Frau Schwindler«, stellte sich Pia vor. Eike fasste sich augenblicklich an die Stirn und schüttelte den Kopf, als er den Namen hörte. »Entschuldigen Sie bitte die Störung«, sprach Pia weiter, »könnte ich bitte Herrn Bödecker sprechen?«

Die Frau ließ sich mit der Antwort etwas Zeit. »Um was geht es, bitte?«, wollte sie wissen.

»Ich habe gehört, dass Herr Bödecker ein Liebhaber von Modellautos und Motorrädern ist und würde ihm gern einige Stücke aus einer Erbmasse anbieten«, antwortete Pia.

Erneut musste sie einige Sekunden auf Reaktion warten.

»Einen Augenblick bitte, ich werde meinen Mann fragen«, sagte sie. Pia vernahm sanfte Musik im Hintergrund, die bald darauf verebbte und in unbestimmbares Gewusel überging. Dann hörte sie entfernt die Stimme von Frau Bödecker. »Martin, hier ist eine Dame, die dich wegen deiner Modellautos sprechen möchte. Hast du gerade Zeit dafür?«, fragte sie. Es raschelte im Lautsprecher, so, als wenn das Telefon weitergereicht würde.

»Bödecker«, meldete sich eine kräftige Männerstimme. »Würden Sie mir bitte zunächst verraten, woher Sie meine private Telefonnummer haben?«

Oh, auf diese Frage war Pia nicht gefasst. Ihr Herz pochte heftiger, als sie aufgeregt nach einer plausiblen Lüge suchte.

»Ihre Privatnummer«, sagte sie und sah Eike hilfesuchend an. Eike verzog erschrocken den Mund und zuckte mit den Schultern.

»Äh, ja ... die habe ich in den Unterlagen meines verstorbenen Onkels als Notiz gefunden. Wahrscheinlich hat er Sie mal vor längerer Zeit auf einer Tauschbörse kennengelernt.«

Pia spannte ihre Gesichtszüge an und hoffte, Bödecker würde ihr die Märchengeschichte abnehmen.

»Was kann ich für Sie tun, Frau ...«

»Loh ...« Pia erschrak, fast hätte sie sich verraten. »Lorena ... Lorena Schwindler«, fiel ihr spontan der rettende Vorname ein. Sie atmete erleichtert durch.

»Frau Schwindler?«, beendete Bödecker seine Frage.

Pia wiederholte ihr Anliegen und ergänzte: »Ich weiß nicht, warum mein Onkel ausgerechnet mir seine geliebte Sammlung vermacht hat. Sie solle in schätzende Hände gelangen, hatte er in seinem Testament verfügt. Ich würde mich gern persönlich überzeugen, ob die Modelle bei Ihnen gut aufgehoben wären. Wenn Sie einverstanden sind, komme ich gerne vorbei, um mit Ihnen die Details zu besprechen. Und natürlich bin ich auch auf Ihre Sammlung neugierig.«

»Eins nach dem anderen, Frau Schwindler«, dämpfte Bödecker ihre Erwartungen. »Vorab möchte ich mir über den Zustand und Umfang der Modelle einen Eindruck verschaffen. Schicken Sie mir bitte einige Fotos davon. Falls mich Ihr Angebot interessiert, werde ich Sie kontaktieren. Haben Sie etwas zum Schreiben?«

»Ja, hab ich.«

Bödecker nannte ihr seine E-Mail-Adresse, die Pia zu der Telefonnummer notierte. »Schönen Tag noch.«

»Wünsche ich Ihnen auch, und ein frohes neues Jahr noch«, erwiderte Pia.

Er unterbrach die Verbindung. Pia legte das Mobilteil auf den Tisch und schaute Eike siegessicher an.

»Schwindler – ich fass es nicht. Ein passenderer Name ist dir wohl nicht eingefallen.« Er schüttelte den Kopf, konnte sich aber ein Schmunzeln nicht verkneifen.

»Frechheit siegt«, entgegnete Pia. »Das offensichtlich Verräterische erweckt mehr Vertrauen als das scheinbar Vertrauenerweckende. Verstehst du?«

»Nee«, antwortete Eike, »man muss scheinbar *Schwindler* heißen, um das zu verstehen.« Pia lachte herzhaft auf.

»Mann, du bist ein durchtriebenes Luder«, sagte er und küsste sie auf die Wange.

»Guten Tag, Frau Schwindler«, sagte Pia zu ihrem Spiegelbild und musste laut über sich selbst lachen. Sie erkannte sich in der Verkleidung kaum wieder. Die blonde Perücke mit der feschen Föhnfrisur wollte ihre Mutter damals nach der Chemotherapie in den Müll werfen, nachdem ihre eigenen Haare nachgewachsen waren. Pia hatte sie gebeten, das Stück behalten zu dürfen, sozusagen als Siegestrophäe über den gewonnenen Kampf gegen den Krebs.

Die Brille aus dem messingfarbenen Metallgestell hatte Pia vor längerer Zeit auf dem Flohmarkt erstanden. Obwohl sie keine Sehhilfe benötigte, hatte ihr die elegante Form aus den Fünfzigerjahren so gut gefallen, dass sie daran nicht vorübergehen konnte. *Wer weiß, wofür sie sie einmal gebrauchen könnte*, hatte sie gedacht. Nun wusste sie es.

Die Türklingel ertönte. Es war Eike, erkannte Pia, er klingelte immer in zwei kurzen Intervallen. Rasch machte sie letzte Korrekturen an ihrem Outfit und eilte zur Tür. Ein Schwall frostiger Luft begleitete Eike bis in den Flur hinein. Er blieb stehen und spitzte die Lippen wie gewöhnlich, wenn er überrascht war.

»Guten Tag.« Sein Blick scannte Pia von oben nach unten und zurück ab. Dann sagte er gespielt ernsthaft: »Ich bin mit Frau Pia Lohmeier verabredet. Ist sie zuhause?«

»Tut mir leid, aber Frau Lohmeier ist heute inkognito. Wenn Sie vielleicht mit mir vorliebnehmen möchten? Mein Name ist Lorena Schwindler.«

Pia lachte schallend und Eike fiel in die Lachsalve ein. Nicht weniger spontan verstummte ihr Gelächter, als sie plötzlich an die spezielle Aufgabe dachte, die sie heute zu erledigen hatte. Zweifel zogen sich wie ein Gurt um ihren Brustkorb, und ihr Herz legte einige Takte zu.

»Was, wenn es schief geht?«, fragte sie, wobei ihre Pupillen hin und her zuckten. Eikes Lächeln konnte sie kaum beruhigen.

»Selbst deine Mutter würde dich auf den ersten Blick nicht erkennen. Was soll da schief gehen? Ich habe volles Vertrauen zu dir«, sagte er und seine Stimme triefte vor Optimismus. Pia versuchte, sein entspanntes Lächeln zu erwidern, aber es gelang ihr nur ein verkrampftes Lippenspiel.

»Lass uns noch einmal alles genau durchspielen, bevor wir losfahren«, schlug sie vor und nahm Eike mit ins Wohnzimmer. Er erläuterte ihr in Einzelheiten seines Plans. Mögliche Pannenszenarien ließ er bewusst aus, um Pias Nervosität nicht weiter anzuheizen.

»Was, wenn er den Schwindel trotzdem entdeckt?«, fragte sie besorgt.

Eike nahm ihre Hand, die sich kalt anfühlte, und antwortete: »Das ist meine geringste Sorge. Denk nur an unser Ziel, Drogen bei ihm zu finden und sicherzustellen, möglichst mit seinen Fingerabdrücken auf den Portionstüten.«

Er machte eine rhetorische Pause. Pia sah ihn irritiert an. »Was ist?«, fragte sie ängstlich.

Eike versuchte zu lächeln, um seine eigenen Bedenken zu überspielen. »Wir haben nur diesen einen Versuch«, sagte er.

»Ich werde dich nicht enttäuschen«, versicherte sie. »Ganz bestimmt werde ich das nicht«, setzte sie noch nach, um sich selbst Mut zu machen.

»Ich weiß«, erwiderte Eike und schaute auf die Uhr. »Hast du eine kleine Tasche oder einen Beutel, in dem du die Beweisstücke unauffällig verstauen kannst?«

»Ja, ja. Hab ich bereits in der Hosentasche«, versicherte sie ihm.

»Braves Mädchen«, flachste er und stand auf. »Es ist Zeit.«

Pia zog sich im Korridor einen Mantel über, warf einen letzten, prüfenden Blick in den Spiegel und verließ das Haus. Eike folgte ihr, zog die Tür hinter sich zu und setzte seine Dienstmütze auf. Im Schein der Straßenlaterne tanzten Schneeflocken.

Thomas Eckert wartete bereits vor dem Dienstgebäude. Als er Pia und Eike sah, wedelte er mit dem Schlüssel seines Opel Astra und übergab ihn Pia mit der Bemerkung: »Wird schon schiefgehen. Fahr vorsichtig!«

Pia sollte mit einem Wagen, der keinen Verdacht erweckte, bei Bödecker vorfahren, denn ihr VW Caddy würde sie wegen der Werbeschrift *Pias Bikerstopp* allzu leicht verraten und Eikes Golf könnte er womöglich wiedererkennen. Deshalb hatte Thomas seinen Opel Astra bereitwillig für die Aktion angeboten.

Pia stieg ein, zog den Gurt fest und schaute beide durchs Seitenfenster an, als wolle sie sich zu einer großen Reise verabschieden. Eike und Thomas erhoben die Daumen und nickten ihr lächelnd zu. Sie startete den Motor und fuhr los. Eike folgte ihr fünfzehn Minuten später mit dem Dienstwagen, so war der Plan. Der Coup lief.

* * *

Bödecker hatte sie für siebzehn Uhr zu sich nach Hause bestellt. Pia parkte den Wagen am Bordstein vor dem Haus im Tulpenweg. Sie stieg aus und betrachtete einen Moment das neumoderne Gebäude, das von mehreren Spotlampen angestrahlt wurde. Genau, wie Eike es ihr beschrieben hatte. *Wie kann man sich in solch einem gemauerten Wurfel wohl fühlen*, ging ihr dabei durch den Kopf. Pia mochte diese Schickimicki-Architektur überhaupt nicht. Sie erinnerte sie an einen oberirdischen Bunker, kalt, steril und abweisend. Mit Herzklopfen und flauem Gefühl im Bauch ging sie über den Plattenweg zum Eingang, stampfte sich vor der Haustür ein paar Mal den Schnee von den Schuhen und klingelte. Sie wartete. Als sich nach einer Weile nichts rührte, schaute sie zurück und beobachtete gelangweilt die Straße, die in Winterstarre gefallen schien. *War niemand zu Hause? Sollte ihre Aktion gescheitert sein, bevor sie richtig begann?* Gerade wollte sie ein zweites Mal klingeln, als sie hörte, wie jemand am Türschloss hantierte. Es wurde geöffnet und Pias Anspannung steigerte sich dramatisch. Eine großgewachsene, schlanke Frau stand in der Tür. Sie sah Pia an, als wolle sie ihre Gedanken lesen.

»Ja, bitte«, sagte sie kühl und tonlos.

»Guten Abend, ich bin Lorena Schwindler. Ich habe einen Termin bei Herrn Bödecker«, antwortete Pia. Die Frau trat einen Schritt zur Seite und bat sie hereinzukommen.

»Warten Sie bitte einen Augenblick, ich werde meinem Mann Bescheid geben«, sagte sie und ließ Pia in dem geräumigen Korridor zurück. Pia ging ein Stück weiter hinein und sah sich um. Der wandhohe Spiegel kam ihr gelegen, um sich in ihrer Verkleidung noch einmal kritisch zu betrachten und abschließende Korrekturen anzubringen. Ein letzter Blick. Sie war mit sich zufrieden und wartete. In der Stille vernahm sie gedämpfte Klaviermusik, die aus einem Nebenraum zu hören war. Plötzlich schwang die Tür auf und Martin Bödecker kam herein. Pias Puls schnellte nach oben. *Wird er sie erkennen?*

»Guten Abend, Frau Schwindler«, er ging beherzt auf sie zu und gab ihr die Hand. »Geben Sie mir Ihren Mantel.«

Er half ihr aus dem Kleidungsstück heraus und hängte es an die Garderobe. Pia beobachtete ihn dabei. Er trug einen dunklen Anzug, ein weißes Hemd mit Krawatte und wirkte, als hätte er noch einen offiziellen Termin. Aber vielleicht war er auch gerade aus Hannover zurückgekehrt und hatte bisher keine Zeit gefunden, sich umzuziehen. *Eigentlich ein interessanter Mann*, dachte sie und ertappte sich dabei, wie sie ihn zu bewundern begann. »Lass dich nicht blenden, Pia«, sagte sie still zu sich selbst. »Er ist ein Teufel im Engelsgewand.«

Er lächelte höflich. »Kommen Sie, wir gehen in mein Arbeitszimmer«, sagte er und öffnete die Tür zu seinem Hausbüro.

Pia trat ein und bekam im selben Moment einen Schreck. Mit Mühe konnte sie einen Aufschrei gerade noch unterdrücken. Sie legte ihre Hand auf den Mund und tat so, als müsse sie sich räuspern. Vor Bödeckers Schreibtisch stand ein weiterer Mann, Pascal Koch. Pia erkannte ihn sofort wieder.

Verdammt, schoss ihr durch den Kopf, *was hat der hier zu suchen? Jetzt ist es endgültig aus.*

Martin Bödecker machte beide miteinander bekannt. »Wir haben heute Abend noch ein Kreis-Parteitreffen und deshalb sind wir etwas im Zeitdruck«, erklärte er. Pascal Koch sah Pia eine Weile nachdenklich an. Sie versuchte, seinem Blick auszuweichen.

»Kann es sein, dass wir uns schon einmal begegnet sind?«, fragte er plötzlich. *Auch das noch,* dachte sie. *Hätte ich mich bloß nicht auf diese Schnapsidee eingelassen.* Sie wäre in diesem Augenblick am liebsten davongelaufen.

»Ja, das kann durchaus sein«, sagte Pia. »Auf einer ihrer Wahlkampfveranstaltungen. Ich habe im Anschluss mit Ihnen über Verkehrssicherheit diskutiert und fand Ihre Konzeptideen recht fortschrittlich.« Das war gelogen, aber sie hoffte, dass etwas Honig um seinen Bart ihn von weiteren Nachfragen abhielte.

»Stimmt, ich erinnere mich«, sagte er freudestrahlend. Pia hörte den Stein von ihrem Herzen fallen.

»Pascal Koch ist ebenfalls ein Automodellsammler und mein Berater in diesem Hobby. Ich habe mir deshalb erlaubt, ihn als Experten zu unserem Gespräch mit einzuladen. Ist das okay für Sie?«

Nein, du Blödmann, das bringt unsere gut vorbereitete Aktion zum Scheitern, dachte sie ärgerlich. »Ja, selbstverständlich«, stimmte sie dennoch widerwillig zu. *Wo bleibt Eike nur? Er wollte Bödecker mit einem Vorwand aus dem Haus locken, sodass sie Zeit hatte, den Cadillac zu suchen und nach Drogen zu inspizieren.* Pia erschrak bei dem Gedanken abermals. Sie hätte Eike vorher fragen sollen, woran sie dieses Auto erkennen würde. Er war offenbar davon ausgegangen, dass sie wusste, was ein Cadillac ist. Aber das machte unter diesen Umständen sowieso keinen Unterschied mehr, nur gab es ihr hoffentlich die Gelegenheit, sich elegant aus der Affäre zu ziehen.

»Herr Koch und ich haben uns die Fotos angesehen. Es sind einige Stücke darunter, die mich interessieren. Hier, dieses Goggo Coupé zum Beispiel.« Er legte ihr eines der Fotos auf den Schreibtisch und wies mit dem Finger auf das kleine Auto.

»Der Krupp Mustang ist ebenfalls ein ...« Pascal Koch wurde durch die Türklingel unterbrochen.

Das muss Eike sein, endlich, dachte Pia erleichtert.

»Also, der Krupp Lkw ist ein Modell, was ich seit Längerem suche und ...«, sprach er weiter und wurde erneut gestört, weil Frau Bödecker in der Tür erschien. Sie blieb dort stehen.

»Martin, kommst du mal eben«, sagte sie.

Bödecker sah seine Frau ungnädig an. »Was gibt es denn?«, fragte er.

»Es ist wichtig«, sagte sie, und ihr Blick verriet Pia, dass Eike draußen stand.

»Wenn es sein muss«, brummelte er. »Entschuldigen Sie mich bitte einen Moment«, sagte er an Pia gewandt und verließ den Raum.

* * *

Eike parkte den Dienstwagen hinter Thomas` Astra und schaute auf die Uhr. Pia hatte jetzt etwa eine Viertelstunde Vorsprung. Das musste genügen, um in Bödeckers Arbeitszimmer zu gelangen und sich einen Überblick zu verschaffen. Das war der Zeitpunkt, ihn herauszulocken, damit Pia unbehelligt nach dem Auto suchen und es inspizieren konnte. Er stieg aus dem Wagen, hielt auf das Haus zu und drückte den Klingelknopf.

Frau Bödecker öffnete und sah ihn verwundert an. Seine Uniform schien sie sichtlich zu irritieren und ihr Blick baute zusehends eine Mauer auf. Eike blieb gefasst, diese Reaktion kannte schließlich jeder Polizist, der unverhofft an der Haustür auftauchte.

»Polizei?«, fragte sie staunend.

»Ich bin Kommissar Eike Wolf und muss Ihren Mann sprechen. Ist er zu Hause?« Er bemühte sich um einen Tonfall, der Dringlichkeit erkennen ließ.

»Ja, Augenblick bitte«, sagte sie mit flatteriger Stimme und verschwand im Haus.

Eike musste nicht lange warten, bis Martin Bödecker im Flur auftauchte. Er fixierte Eike von oben herab.

»Was wollen Sie denn schon wieder«, fuhr er ihn an.

»Entschuldigen Sie die späte Störung«, gab Eike sich verständnisvoll, »ich würde gerne noch einmal einen Blick auf Ihr Motorrad werfen.«

Bödecker schob sein Kinn vor. »Und was soll das bringen?«

»Es gab von einem Unfallzeugen im Nachhinein noch ein Detail, was ich überprüfen muss. Es könnte wesentlich zur Ihrer Entlastung beitragen«, log Eike.

* * *

Pia und Pascal Koch sahen sich kurzzeitig an, als wüssten sie nicht, was sie mit der Unterbrechung anfangen sollten. Pia ergriff die Initiative, ihn in ein Gespräch zu verwickeln, das ihn vor weiteren unangenehmen Fragen ablenken sollte.

»Sie als Autoexperte können mir sicher zeigen, wie ein Cadillac aussieht«, sagte sie.

»Ja, natürlich«, lächelte er, »schauen Sie hier.« Er führte sie zu einem der Regale und zeigte auf ein rotes Straßenkreuzermodell, das Pia an Havanna erinnerte. Sie war zwar nie dort gewesen, aber in Filmen hatte sie immer diese alten amerikanischen Autos auf den Straßen der kubanischen Hauptstadt gesehen. »Das ist ein Cadillac Sedan DeVille, Baujahr 1960«, erklärte er.

»Wow«, staunte Pia gekünstelt, »die Autobauer hatten damals guten Geschmack.«

Koch gefiel offensichtlich die Aufmerksamkeit, die Pia den Modellen widmete, und setzte einen selbstgefälligen Gesichtsausdruck auf.

»Schauen Sie mal hier.« Er zeigte auf eine kleines, kugelförmiges Modell.

»Ist das die legendäre Isetta?«, fragte Pia.

»Oh, Sie kennen sich aus«, bemerkte er anerkennend. »Ja, das ist sie. Von BMW, Baujahr 57. Man nannte sie liebevoll Knutschkugel.«

Pia lachte manierlich. »Ich habe mal im Fernsehen einen Bericht darüber gesehen«, sagte sie.

»Autos sind ein Spiegelbild unserer Kultur und Technik und ...«

Wiederholt kam Frau Bödecker herein. Sie hielt eine CD-Hülle in der Hand. »Ist mein Mann noch nicht zurück?«, fragte sie.

»Nein«, antwortete Koch. »Soll ich ihn hereinholen?«

»Ach, das wäre sehr nett von Ihnen. Danke!« Sie verließ den Raum.

»Entschuldigung, darf ich Sie einen Augenblick allein lassen?«, fragte er höflich.

»Aber natürlich, kein Problem. Ich schau mir derweil die Autos an«, erwiderte Pia und war dankbar, dass Frau Bödecker ihr diese Gelegenheit verschaffte, unbeobachtet den Cadillac unter die Lupe zu nehmen. Pascal Koch verließ das Arbeitszimmer, um seinen Parteifreund zurückzuholen.

* * *

»Von welchem Detail reden Sie?«, wollte Bödecker wissen.

Eike räusperte sich.

»Das darf ich Ihnen nicht sagen, damit im Nachhinein keine Beweismittel verändert werden. Reine Routine«, erklärte er gelassen.

Bödeckers Gesichtszüge verhärteten sich und er holte tief Luft. »Was glauben Sie eigentlich, wen Sie hier vor sich haben?«, fauchte er Eike an. »Spielen Sie sich bloß nicht als cleverer Ermittler auf, Sie Provinzbeamter.« Er drehte sich um und wollte Eike die Tür vor der Nase schließen.

»Moment«, rief Eike energisch, »der Provinzbeamte kann Ihnen ordentlich Ärger machen, wenn Sie es darauf anlegen. Die Presse wartet nur auf solche Gelegenheiten.« Er senkte die Stimme, um die Lage zu beruhigen. »Es wäre ein Fehler, meine Kompetenz zu unterschätzen.«

Bödecker hielt inne, drehte sich zurück und ging stumm an Eike vorbei zur Garage hinüber. Eike schmunzelte zufrieden. *Da sind alle Politiker gleich,* dachte er, *mit der Presse-Keule kann man sie locken oder gefügig machen.* Bödecker öffnete das Rolltor und schaltete das Licht ein. Eike sah sich um. Neben einem schwarzen Audi A7 stand ein MINI Cooper und auf einem weiteren Stellplatz Bödeckers Kawasaki.

»Bitte«, sagte er frostig, »aber beeilen Sie sich, ich habe Besuch im Haus.«

»Ich weiß«, antwortete Eike schadenfroh, ohne es laut auszusprechen, und er beabsichtigte keineswegs, sich drängen zu lassen. Pia brauchte sicher eine Weile zum Suchen.

»Würden Sie die Maschine bitte mehr ins Licht stellen«, bat Eike, um Zeit zu schinden.

Bödecker warf ihm einen erzürnten Blick zu und tat schließlich, was er verlangte. Eike schritt bedächtig um das Motorrad herum, blieb stehen, ging in die Hocke und schaute genauer hin, erhob sich und ging weiter, bis er die Maschine umrundet hatte. Dann begann er die Inspektion erneut, unterbrach diese aber kurz darauf, weil er unverhofft Schritte vernahm. Er drehte sich um und sah aus der Dunkelheit einen Mann hereinkommen. Im Licht der Garagenlampe erkannte er Pascal Koch. *Ach du Scheiße*, ging ihm schlagartig durch den Kopf. *Der auch hier? Was bedeutete das jetzt für Pia?* Eike sah die Mission scheitern. *Okay, Abbruch und unauffälliger Rückzug*, entschied er im Gedanken.

»Martin, deine Frau verlangt nach dir«, rief Koch Bödecker zu.

»Auch das noch«, murrte er. »Bleibst du so lange hier, ich bin gleich zurück.«

Pascal Koch schaute auf seine Armbanduhr. »Ja, aber wir müssen bald los, unsere Parteifreunde warten sicher schon.«

Bödecker lief aus der Garage und verschwand in der Dunkelheit.

* * *

Gleich nachdem Pia allein im Raum war und die Tür ins Schloss fallen hörte, wandte sie sich dem roten Cadillac zu und nahm ihn aus dem Regal. Vorsichtig probierte sie die Beweglichkeit der Türen sowie Motorhaube und Kofferraumdeckel. Ihr Herz raste vor Aufregung, als sie die kleinen Portionsbeutel im Kofferraum des Modelles entdeckte. Ein weißes, körniges Pulver war darin zu erkennen. Sie war am Ziel. Dass es so problemlos lief, hätte sie nicht gedacht. Doch dann folgte der erneute Schreck. Sie wollte eben einen Beutel herausnehmen, als hinter ihr die Zimmertür betätigt wurde.

»Entschuldigung, dass ich Sie allein gelassen habe«, hörte sie Frau Bödeckers Stimme. »Das war unhöflich von mir.«

Pia blieb das Herz fast stehen. Sie drückte leise den Kofferraumdeckel zu und drehte sich um. »Ach das macht doch nichts«, sagte sie. »Ich habe unterdessen die Modelle bewundert.«

»Sie sollten die Autos an ihrem Platz lassen. Mein Mann sieht es nicht gern, wenn sie angefasst werden«, sagte sie.

»Entschuldigung«, erwiderte Pia und stellte das Auto sorgsam zurück.

»Was gibt es denn, Schatz?«, fragte Bödecker noch in der Tür stehend.

»Ich suche die CD mit dem Klavierkonzert von Lang Lang. Hast du sie eventuell gesehen?«

Pia bemerkte, wie er unauffällig die Augen verdrehte.

»Äh, ich glaube, die liegt im Bücherregal. Warte, ich komme eben mit«, sagte er. »Es tut mir leid, Frau Schwindler. Ich bin gleich für Sie da«, entschuldigte er sich. Bödecker folgte seiner Frau.

Sofort eilte Pia an das Automodell, hob den Kofferraumdeckel an, fingerte zwei der kleinen Plastikbeutel heraus und ließ sie in dem Schmuckbeutel, den sie zu diesem Zweck mitgebracht hatte, verschwinden. Schneller als befürchtet kam Herr Bödecker zurück. Er wirkte getrieben.

»Es tut mir leid«, sagte er sachlich betont.

Pia fummelte hastig den Beutel in die Gesäßtasche ihrer Jeans und sah ihn lächelnd an. *Hat er etwas mitbekommen?*, dachte sie alarmiert.

»Heute ist wirklich kein guter Tag für unser Treffen«, bemerkte er. »Sie sehen ja selber, was im Moment hier los ist. Wäre es Ihnen unangenehm, wenn wir einen neuen Termin vereinbaren? Ich verspreche Ihnen, mir dann mehr Zeit zu nehmen.«

Etwas Besseres hätte ihr gar nicht passieren können. Sie war erleichtert, so unkompliziert von hier wegzukommen mit der Beute in der Tasche.

»Kein Problem«, ging Pia auf seinen Vorschlag ein. »Die Autos fahren uns ja nicht weg.«

»Nein, diese bestimmt nicht.« Er lachte über Pias geistreiche Spitzfindigkeit. »Meine Sekretärin wird sich umgehend bei Ihnen melden.« Er ging vorweg, um Pia hinaus zu begleiten. Als er ihr den Rücken zukehrte, steckte sie eines der ausgedruckten Bilder, die auf seinem Schreibtisch lagen, rasch unter ihre Jacke. Im Korridor half Bödecker ihr in den Mantel und verabschiedete sie an der Haustür.

Pia atmete die kühle Luft tief ein und fühlte sich wie befreit. Leichten Schrittes eilte sie zum Auto, ließ sich auf den Sitz fallen und startete den Motor. Dann schaltete sie das Radio an und schob ihre Hand in ihre Gesäßtasche, um den Schmuckbeutel mit dem konfiszierten Suchtmittel hervorzuholen, doch sie tastete ins Leere. *Oh nein*, durchfuhr es sie. *Wo ist der Beutel geblieben?* Hastig durchwühlte sie die übrigen Taschen – nichts. Was war passiert? Hatte sie ihn vorhin in der Eile daneben gesteckt. Wenn Bödecker ihn fand, würde alles auffliegen. »Scheiße, Scheiße, Scheiße«, fluchte sie halblaut vor sich hin und schlug aufbrausend auf das Lenkrad. *Wahrscheinlich hat er ihn längst entdeckt,* schoss ihr durch den Kopf. *Bloß schnell weg hier.* Sie hatte gerade den Gang eingelegt, als jemand an die Seitenscheibe klopfte. Pia erschrak ein weiteres Mal. Vor dem Fenster erschien schemenhaft Bödeckers Gesicht. Sie senkte die Scheibe ab.

»Sie haben etwas vergessen«, sagte er und ließ den kleinen Schmuckbeutel vor ihrer Nase herumbaumeln. Pia überlegte nicht lange und griff zu.

»Vielen Dank, muss mir glatt aus der Hosentasche gefallen sein, als ich nach einem Taschentuch gesucht habe«, erklärte sie, schloss das Türfenster und fuhr los, als hätte sie den Startschuss zu einer Auto-Rallye gehört.

* * *

Eike und Thomas Eckert standen vor dem Fenster ihres Büros und schauten wie Kinder nach draußen, die auf den Weihnachtsmann warteten. Der Himmel hatte aufgeklart und das Licht des Vollmondes ließ den Schnee auf den Dächern glitzern, doch Eike war jetzt für solche romantischen Eindrücke wenig empfänglich. Pia musste jeden Moment auftauchen. Er spielte in der Hosentasche an seinem Schlüsselbund herum, um die Nervosität in den Griff zu bekommen. Es stand einiges auf dem Spiel. Wenn Bödecker das Theaterstück durchschaut hatte und seinen Kumpel Struwe informierte, würde es für Eike brenzlig werden. Dann wäre eine Disziplinarstrafe fällig und eine Beförderung zum Oberkommissar würde in unerreichbare Ferne rücken.

»Da kommt sie«, rief Thomas.

Eike eilte zur Tür, um sie dort in Empfang zu nehmen. Pia warf die Autotür zu und drückte die Schlüsselfernbedienung. Die Blinklichter des Wagens leuchteten zweimal kurz auf.

»Na, wie ist es gelaufen?«, fragte er fieberhaft.

»Lass mich erst einmal reinkommen«, erwiderte sie.

Eike machte Platz und schob sie mit der Hand an ihrer Schulter sanft ins Haus. Ihrem Gesichtsausdruck nach schien sie ziemlich fertig zu sein. Im Büro ließ sie sich auf einen der Stühle sacken, ohne den Mantel ausgezogen zu haben. Sie streckte die Beine von sich und ihre Arme hingen schlaff herunter. Ihr Blick wechselte von Thomas zu Eike hin und her, als wollte sie sagen: »Es ist gelaufen.« Dann riss sie sich die Perücke vom Kopf und warf sie zusammen mit der Brille auf den Tisch.

»Kaffee?«, fragte Thomas.

»Einen Schnaps könnte ich jetzt vertragen«, antwortete sie.

Thomas zog seine Schreibtischschublade auf, brachte ein kleines Fläschchen Schierker Feuerstein zum Vorschein und stellte es Pia auf den Tisch.

»Habe ich irgendwann mal von Gußchen bekommen, rollt seitdem in meinem Schreibtisch herum. Aber Schierker wird so bald nicht schlecht«, sagte er.

Pia drehte den Schraubdeckel ab, setzte das Fläschchen an und leerte es in einem Zug. Sie ließ mit einem Atemstoß ihr Wohlgefallen vernehmen und stellte die leere Flasche energisch ab. Dann griff sie in ihre Manteltasche, zwinkerte beiden zu und zelebrierte das Erscheinen des kleinen Schmuckbeutels. Eikes Anspannung löste sich in Zufriedenheit auf, als er vorsichtig den Portionsbeutel mit dem Drogenpulver in eine

Asservatentüte steckte, damit die Fingerabdrücke erhalten blieben.

»Das hast du großartig gemacht, Pia. Die Schlinge um Bödeckers Hals zieht sich weiter zu«, freute sich Eike.

»Wir bräuchten nur noch Referenzabdrücke von ihm, denn seine werden wohl kaum in unserer Datenbank zu finden sein«, gab Thomas zu bedenken.

»Tatataaa«, trällerte Pia einen Tusch und präsentierte das Bild, das Bödecker und Koch mit Sicherheit in den Fingern gehabt hatten.

Eike sah Pia verwundert an. »Mann, bist du ein ausgebufftes Luder. Du könntest glatt beim Geheimdienst antreten«, lachte er. »Und deine Fingerabdrücke brauche ich ebenfalls.«

»Wieso meine?«, fragte Pia verwundert.

»Damit wir sie von Bödeckers und Kochs unterscheiden können. Verstehst du?« Pia nickte.

»Wie geht es jetzt weiter?«, wollte Thomas wissen.

»Ich werde Christian Voigt bei der KTU noch einmal um einen Gefallen bitten«, sagte Eike. »Wenn ich die Ergebnisse habe, reibe ich sie Struwe so lange unter die Nase, bis er einen Schnupfen davon bekommt.«

Christian Voigt war keineswegs begeistert gewesen, als Eike ihn gebeten hatte, zwei Portionsbeutel auf Fingerabdrücke sowie deren Inhalte auf Drogen zu überprüfen. Und das Ganze auch noch an Ben Struwes Schreibtisch vorbei, quasi in geheimer Mission. Der *Dicke* durfte davon auf keinen Fall etwas mitbekommen, hatte Eike seinen Kollegen, mit dem er die Polizeischule besucht hatte, eingeschworen. Erst wenn die Ergebnisse vorlägen und das zeigten, was er vermutete, würde er das LKA damit konfrontieren. Dann wäre Bödecker endgültig entblößt und seine Zweifel an einer unabhängigen Gerechtigkeit kämen zumindest ins Wanken, so hoffte er. Wie weit Bödeckers Einfluss in die staatlichen Institutionen hineinreichte, konnte Eike nur erahnen. Allerdings machte er sich keine Illusionen darüber, dass es absolute Gerechtigkeit nicht gab und selbst in einem Rechtsstaat eine naive Wunschvorstellung war. Und trotzdem, jede Abweichung davon roch nach mafiösen Hinterlassenschaften. Kaum etwas war für einen Polizisten frustrierender, als von festgenommenen Personen den Stinkefinger gezeigt zu bekommen, nachdem man sie aufgrund fragwürdiger Alibis und offenkundiger Lügen wieder laufen lassen musste. Das sollte ihm nicht noch einmal passieren. Diesmal wollte er unumstößliche Beweise vorlegen. Ihm war bewusst, dass sie vor Gericht nicht anerkannt würden, aber sie konnten seinen Chef hoffentlich dazu bewegen, gegen Bödecker zu ermitteln.

Eike war nach Goslar gefahren, weil Struwe an diesem Dienstag einen Termin in Hannover beim LKA wahrnehmen musste, hatte er von Christian erfahren. Eike wollte auf keinen Fall seinem Chef begegnen und so lästigen Fragen und Begründungen aus dem Weg zu gehen.

»Ich hoffe, das wird nicht zur Gewohnheit«, empfing ihn sein Kollege Christian Voigt im Labor der KTU. »Ich bin dir zwar ein paar Gefälligkeiten schuldig, aber irgendwann ist die Schuld getilgt«, ergänzte er.

»Polizeiarbeit ist keine Gewohnheit, sondern Verpflichtung«, entgegnete Eike.

»Wenn sie nicht heimlich geschieht«, stellte Christian richtig.

Eike griente und erwiderte: »Wieso heimlich? Du weißt doch davon.«

Christian Voigt verdrehte die Augen. »Du bist ein hoffnungsloser Fall. Also, was hast du?«

Eike legte ihm die Beweismittel auf den Tisch und erklärte: »Auf den Beutelchen sind die Abdrücke von drei Personen, inclusive Pia.« Er zeigte auf das Foto. »Hierauf findest du die Referenzabdrücke.« Er legte ein weiteres Blatt Papier mit sichtbaren Fingerabdrücken dazu. »Das sind die von Pia.«

»Wann brauchst du die Ergebnisse?«, fragte Christian.

Eike lächelte verschmitzt. »Och, ist nicht so eilig. Ich kann ja noch eben eine Tasse Kaffee trinken gehen.«

»Was?«, rief Christian entrüstet, »du willst darauf warten? Vergiss es.«

Eike mimte einen Dackelblick und fixierte Christian mit geneigtem Kopf. Der versuchte dem bettelnden Blick zu widerstehen, gab sich aber schließlich geschlagen.

»Mann, du bringst mich echt in Schwulitäten. Gib her!«, maulte er und nahm die Beweisstücke an sich. »Zwei Kaffee wird es mindestens dauern«, stellte er klar und machte Anstalten, ins Labor nach nebenan zu gehen.

»Moment«, hielt ihn Eike zurück, »da ist noch etwas.«

Christian blieb stehen und schüttelte den Kopf. »Was denn noch?«, fragte er sichtlich genervt. Eike zeigte ihm eine weitere Asservatentüte. »Prüf bitte, um welche Fasern es sich handelt und von welchem Kleidungsstück sie stammen könnten.«

Christian riss ihm wortlos die Tüte mit einem mürrischen Gesichtsausdruck aus der Hand und ging zur Verbindungstür zum anderen Labor.

»Und die Farbe bitte«, rief ihm Eike hinterher.

Christian hob nur die Hand, ohne sich umzudrehen, und verschwand.

Eike ging derweil hinaus auf den Flur und schaute sich nach links und rechts um. Wie ausgestorben verlief der Gang an den verschlossenen Bürotüren vorbei. Am linken Ende weitete er sich zu einem lichterfüllten Hof, der mit Getränkeautomaten, zwei Stehtischen und ausladenden Kübelpflanzen zum Kaffeetrinken und Plauschen einlud. Doch dort stand niemand, mit dem er ein Schwätzchen halten konnte. Eike warf einige Münzen in den Kaffeeautomaten und drückte die Cappuccino-Taste. Die Maschine gab surrende Geräusche von sich, ließ einen Plastikbecher fallen und spuckte die milchige Flüssigkeit aus. Er stellte sich an einen der Tische, nippte an dem Becher und schaute gelangweilt durch die verglaste Wand nach draußen. Ein Einsatzfahrzeug mit eingeschaltetem Blaulicht verließ gerade das Polizeigelände und verschwand aus seinem Blickfeld. Er hörte noch das Martinshorn, das allmählich schwand, und hing seinen Gedanken nach.

War es richtig gewesen, sich für den Polizeiberuf zu entscheiden? Hätte er nicht besser Automechaniker bleiben sollen? Vielleicht den Meister machen und eine eigene Werkstatt eröffnen, anstatt in menschlichen Tragödien und Abgründen nach der Wahrheit zu suchen. Polizeibeamter betrachtete Eike als zweiseitigen Dienstleistungsberuf. Die einen laufen vor ihnen davon, die anderen rufen sie um Hilfe. Auf jeden Fall lief er, Eike, vor keinem Konflikt davon. Seiner Meinung nach eine Grundvoraussetzung, um ein guter Polizist zu sein. Eike war gerne in diesem Beruf. Dass er einen Chef hatte, der nur an seine eigene Karriere dachte, war halt Pech und hatte damit nichts zu tun. Und wenn nicht er selbst, wer dann traute sich an einflussreiche Leute, wie diesen Bödecker heran.

Mit Altenau hatte er sich längst abgefunden. Unabhängig von der Umgebung liegt es an jedem selbst, was er aus seinem Job macht, war Eikes Überzeugung. Außerdem stellte sich die befürchtete Strafversetzung als Glücksfall heraus, denn sie trieb ihm Pia direkt in die Arme. Bei dem Gedanken an sie musste er schmunzeln, aber das Lächeln gefror augenblicklich, als er einen Polizeiwagen hereinkommen sah, aus dem Ben Struwe und sein Anhängsel Ingo Schröter ausstiegen und das Gebäude betraten. Eike trank hastig den restlichen Cappuccino, warf den Becher in den Abfallbehälter und eilte zurück in die KTU, um ja nicht auf das unliebsame Duo zu treffen.

»Ich habe gesagt *mindestens* zwei Kaffee«, kommentierte Christian das verfrühte Erscheinen seines Kollegen.

»Ja, ja, ich habe verstanden«, antwortete Eike, »aber Struwe ist zurück. Ich möchte ihm ungern in die Arme laufen.«

Christian hob abwehrend die Hände nach oben und sagte: »Bloß das nicht. Der bringt es fertig und schwärzt mich bei meinem Chef an, wenn er spitzkriegt, dass ich für dich unter der Hand arbeite.«

Christian Voigt hatte den Satz kaum zu Ende gesprochen, da schwenkte die Tür auf. Ein Hauch Winterkälte wehte Ben Struwe und Ingo Schröter voraus. Beide kamen hereingestürmt, als wollten sie einen Verfolger abschütteln. Struwe stoppte seine forschen Schritte, als er Eike erblickte.

»Wolf? Was machen Sie denn hier?«, fragte er sichtlich verwundert.

Ungewappnet suchte Eike nach einer Erklärung. »Ich? Äh ... ich wollte eigentlich zu Ihnen, aber da Sie nicht im Hause waren, habe ich Christian Voigt einen Besuch abgestattet. Wir kennen uns von der Polizeischule, wissen Sie«, redete er sich heraus.

»So«, sagte Struwe und schob gönnerhaft das Kinn nach vorn. »Und was wollen Sie von mir?«

Ja, was wollte er von ihm. Das war das Problem, in das er sich mit seiner Ausrede hineinbugsiert hatte. Es war ungeschickt gewesen, denn diese Frage musste unweigerlich kommen, und er hatte keine glaubhafte Antwort parat. In dem Moment fühlte er sich wie ein Kind, das man beim Lügen ertappt hatte. Er senkte den Kopf.

»Ich wollte mit Ihnen noch einmal über den Unfall bei der Alten Ziegelhütte sprechen«, sagte er und blickte auf.

Struwe verschränkte die Arme vor der Brust. »Die Fahrt nach Goslar hätten Sie sich sparen können, Wolf. Ich dachte, ich hätte mich unmissverständlich ausgedrückt. Der Fall ist abgeschlossen. Punkt.« Er stierte Eike an.

»Für mich nicht«, erwiderte Eike. »Ich will wissen, wer der Motorradfahrer ist, der den Unfallort verlassen hatte und von den Zeugen beschrieben wurde.«

»Der von den Zeugen nicht zweifelsfrei beschrieben wurde«, berichtigte Struwe. »Und jetzt will ich nichts mehr davon hören. Kümmern Sie sich besser um diese Aktivistengruppe mit ihren Schmierereien und finden Sie heraus, wer dahintersteckt. Der Landrat will, dass das aufhört.«

Eike reagierte nicht. Er hatte keine Lust, sich mit Fanatikern auseinanderzusetzen. Sollte sich doch Struwes Adjutant Schröter damit befassen. Dann könnte er endlich mal beweisen, dass er mehr kann, als nur Speichel zu lecken.

»Wäre das nicht eine Aufgabe für Sie?«, fragte Eike an Ingo Schröter gerichtet. Der lächelte selbstgefällig mit dem linken Mundwinkel.

Struwe stützte die Hände auf seine Hüften und wirkte entrüstet. »Nein, Wolf, das werden SIE machen!« Er drehte sich um und ging. Schröter dackelte ihm nach. Kurz vor der Tür wandte sich Struwe noch einmal zurück. »Das war eine dienstliche Anweisung«, sagte er mit fester Stimme und drückte die Türklinke.

»Augenblick«, hielt Christian ihn auf. »Weshalb waren Sie zu mir ins Labor gekommen?«

Struwe stutzte und sagte: »Ich dachte, ihren Chef hier zu finden. In seinem Büro war er nicht.«

»Der hat sich heute freigenommen, ist morgen wieder da«, klärte Christian ihn auf.

Struwe verließ mit Schröter das Labor, der die Tür hinter sich zuzog.

Eike legte eine Hand auf die Stirn. »Puh, gerade noch einmal gut gegangen«, sagte er. »Wie weit bist du?«, wollte er wissen.

»Habs gleich«, antwortete Christian und verschwand nach nebenan.

Eike ging derweil zum Kaffeeautomaten und holte für sich und seinen Kollegen zwei Becher Cappuccino. Als er zurückkam, saß Christian an seinem Platz und tippte auf der Computertastatur. Eike stellte seinem Kollegen den Becher neben das Mauspad und lehnte sich dann an die Schreibtischkante.

Christian drehte sich auf dem Bürostuhl und blickte zu ihm auf. »Wo hast du das her, Eike?«, fragte er. Auf seiner Stirn bildeten sich Wellenlinien.

»Drogen?«, fragte Eike übereifrig, um endlich Gewissheit zu erlangen, die seinen Verdacht bestätigte.

Christian starrte ihn an und ließ sich mit der Antwort Zeit. Dann nickte er und sagte trocken: »Kokain.«

Wie im Reflex ballte Eike eine Hand zur Faust und hätte am Liebsten einen Siegesschrei von sich gegeben. *Jetzt hab ich dich, Martin Bödecker,* dachte er in diesem Moment. »Ich wusste es«, presste er scharf zwischen seinen Zähnen hindurch.

»Eike, wo ist der Stoff her?« Christian drängte nun auf die Beantwortung seiner Frage.

Eike ließ seinen Kollegen eine Weile zappeln, dann zog er die Brauen hoch und nannte den Namen häppchenweise: »Martin ... Bödecker.«

Christian schaute ungläubig. »Doch nicht etwa DER Bödecker ... der Landtagsabgeordnete?«, fragte er argwöhnisch nach.

Eike verzog keine Miene. »Genau der«, antwortete er.

»Ach du dickes Ei!« Christian wischte sich mit beiden Händen übers Gesicht. »Ist dir bewusst, was das bedeutet?«

Eike postierte sich in Siegerpose. »Das bedeutet, er geht dahin, wo er hingehört, in den Knast«, triumphierte er.

Christian nahm den Becher in die Hand und trank schluckweise den heißen Cappuccino, stellte ihn ab und sah Eike mit kindlich anmutenden Augen stumm an. Der verstand den Blick und bekam Gewissensbisse, weil er seinen Kollegen in diesen brisanten Fall hineingerissen hatte, was ihn unweigerlich zum Verbündeten machte.

»Tut mir leid, Christian«, sagte er kleinlaut, »aber du warst meine einzige Chance, die Wahrheit herauszufinden.«

Christian trank erneut einen Schluck, dann sagte er: »Du weißt, dass ich das melden muss, und du weißt auch, dass das einen Tsunami auslösen wird.«

Eike hob die Schultern. »Wir können es vertuschen und die Sache vergessen. Kein Hahn wird je danach krähen. Aber ich weiß nicht, wie dir dabei zumute sein wird, ich jedenfalls werde mir für den Rest meines Lebens als Duckmäuser vorkommen.«

Beide sahen sich schweigend an. Nach einer Weile unterbrach Christian die Stille. »Ein Tsunami wird durch Erdbeben ausgelöst«, sagte er mit entschlossenem Blick. »Lassen wir es beben«, fügte er hinzu.

»Bist du sicher?«, wollte Eike bestätigt wissen.

»Hundertprozent«, sagte er.

Eike hielt die Hand zum Einschlagen hoch. Christian schlug ein.

»Was ist mit den Fingerabdrücken?«, fragte Eike anschließend.

»Zwei verschiedene haben wir auf den Päckchen und dem Foto zuordnen und von Pias unterscheiden können.«

»Das sind die von Bödecker und seinem Ziehkind und Dealer Pascal Koch«, erklärte Eike mit fester Stimme. »Wie geht es jetzt weiter?«, fragte er.

Christian kratzte sich am Kinn. »Ich werde einen Bericht schreiben und an meinen Chef weiterleiten. Der wird hoffentlich die Staatsanwaltschaft informieren, damit die für Bödecker und Koch die Aufhebung der Immunität beantragen.« Er unterbrach und sah Eike abermals mit diesem kindlichen Augenaufschlag an. »Die Welle rollt, Eike«, sagte er zögerlich, »und wird uns hoffentlich nicht mitreißen.«

Eike war sich bewusst, dass sie einen mächtigen Gegner herausfordern würden. Und wie würde der *Dicke* reagieren? Eike sah sich schon bis zum Ende seiner Dienstzeit in irgendeinem muffigen Polizeiarchiv Akten sortieren. Aber ob es so weit käme, stand noch lange nicht fest.

»Was hast du über die Faser herausgefunden?«, lenkte er sich von seinen düsteren Gedanken ab.

»Eindeutig Fleecefasern, olivgrün. Was hat das jetzt hiermit zu tun?«, fragte Christian.

Eike schmunzelte. »Gar nichts, das ist ein anderer Fall.«

Christian ließ sich demonstrativ in seinen Bürostuhl zurückfallen. »Aber damit will ich nichts zu tun haben«, machte er klar.

»Mitgefangen, mitgehangen«, sagte Eike betont ernsthaft und zwinkerte ihm zu. »Keine Bange, das wird kein zweiter Tsunami«, beruhigte er ihn sogleich.

Er sollte sich irren.

Montag, 22. Januar 2018
Polizeistation Altenau

Nach seinem Besuch bei Christian Voigt vor fünf Tagen eilte Eike jeden Morgen noch im Pyjama zum Briefkasten, um die Zeitung hereinzuholen. Er hatte die dicke Überschrift auf der ersten Seite schon vor Augen: *Eklat im Landtag. LKA ermittelt gegen zwei Abgeordnete wegen Drogenmissbrauchs* – oder so ähnlich. Er würde es mit Genugtuung lesen wollen, aber auch heute Morgen wurde er wieder einmal enttäuscht. *Warum berichten die nicht darüber,* fragte er sich und fand keine Erklärung. Melanie Moor hatte selber gesagt, dass sie wegen der digitalen Konkurrenz an solchen Skandalen brennend interessiert seien. Der Tsunami hätte längst rollen müssen, doch weder Radio noch Fernsehen sendeten auch nur eine einzige Silbe – als sei überhaupt nichts gewesen.

Eike blätterte die Zeitung vor und zurück. »Das gibts doch nicht«, brummelte er vor sich hin. Inzwischen sprangen die Brotscheiben aus dem Toaster. Er legte sie sich auf das Frühstücksbrett und schlug zum wiederholten Mal das Tageblatt auf. Im Vorbeiblättern huschten die Namen Bödecker und Koch durch sein Blickfeld. Er schwenkte die Seite zurück und strich das Papier glatt. *Interview mit den Landtagsabgeordneten Martin Bödecker und Pascal Koch zum Thema Verkehrssicherheit* las er. Er überflog den Artikel und hätte Bödecker am liebsten am Kragen gepackt und solange geschüttelt, bis all seine Gehirnwindungen wieder an der richtigen Position lägen. Dieser Großkotz präsentierte sich als Verkehrssicherheitsexperte seiner Partei und warf der Regierungskoalition Versagen vor. Wer für die Sicherheit der Verkehrsteilnehmer Verantwortung übernähme, dürfe vor unpopulären Maßnahmen nicht zurückschrecken, hatte er gesagt. Besonders die Motorradfahrer müssten vor ihrer eigenen Selbstüberschätzung geschützt werden. Er selbst als erfahrener Biker würde es gutheißen, wenn sogar unfallträchtige Strecken während der

Saison für Motorräder gesperrt würden. Es könne nicht angehen, dass alle Jahre wieder zwischen Frühjahr und Herbst neue Kreuze am Straßenrand zu sehen wären, fügte Pascal Koch hinzu.

»Du hast doch wohl einen Knall, du selbstherrlicher Pharisäer, das ist ja nicht auszuhalten«, schimpfte Eike laut in den Raum, knüllte die Zeitung zusammen und warf das Knäuel gegen die Wand – es prallte zurück und landete auf dem Fußboden. Eike beschmierte eine Scheibe Toastbrot mit Butter und Heidelbeerkonfitüre.

Warum verschweigen die Medien den Drogenfund bei Bödecker? Das wäre doch der Aufmacher und käme dem Watergate-Skandal nahe. Eike biss in seinen Toast und kaute. Sonst fielen die Medienleute wie Hyänen über ihre Beute her, wenn auch nur einer prominenten Person der Furz quer saß. Doch jetzt!? Kein Sterbenswörtchen. Was hatte das zu bedeu-ten? Er schluckte und hatte Mühe, den Bissen hinunterzubekommen, irgendetwas schnürte seine Kehle zusammen. Mit etwas Kaffee half er nach.

Die zweite Scheibe Toast mochte er nicht mehr essen. Ein absonderliches Gefühl beschlich ihn. War es Angst? Er kam sich in diesem Moment allein vor und einem übermächtigen Gegner ausgeliefert. Hatte er sich zu weit vorgewagt und den Einfluss und die Macht dieser Leute unterschätzt. Er hatte geglaubt, die Gerechtigkeit sei auf seiner Seite, und wer im Recht ist, genießt öffentlichen Schutz. Aber reichte das aus? Selbst der Dicke hatte sich bisher nicht gerührt. Von ihm hatte er als Erstes eine Reaktion erwartet. Hatte Christian am Ende kalte Füße bekommen und sich nicht getraut, den Untersuchungsbericht weiterzuleiten?

Eike räumte das Geschirr in die Spülmaschine, hob die zerknüllte Zeitung auf und entsorgte sie im Papierabfall. Bevor er die Wohnung verließ, warf er wie fast jeden Morgen einen Blick in das Kinderzimmer, an dem so viele Gedanken hingen, die ihn anhaltend beschäftigten. Aber das Schicksal hatte andere Pläne gehabt, und das musste er endlich begreifen. Pia könntc sein neues Leben sein – nein, sie war es bereits und sie wartete nur darauf, dass cr endlich bei ihr einziehen würde. *Ich könnte die Wiege, die Kuscheltiere und die Wäschetruhe mitnehmen,* dachte er und kam sich kurz darauf albern vor. *Auf jeden Fall die Wiege, vielleicht wird sie ja doch noch gebraucht.*

Eike wandte sich bei diesem Gedanken ab, zog seine Jacke über und ging aus dem Haus. Es hatte einige Zentimeter Neuschnee gegeben, und es schneite weiterhin. Er holte den Schneeschieber aus der Garage, räumte den Gehweg und damit auch seinen Kopf frei. Die Bewegung und die kühle Luft taten ihm gut und lösten das Band, das bisher seinen Hals zugeschnürt hatte.

NDR Radio Niedersachsen brachte Oldies, als Eike das Autoradio einschaltete, aber selbst die vertrauten Musikstücke konnten sein beklemmendes Gefühl nicht vollends vertreiben.

Kurz nach acht Uhr betrat Eike die Amtsstube. Thomas saß bereits an seinem Schreibtisch und blätterte in der Zeitung.

»Morgen«, grüßte Eike flüchtig. »Gibts was Neues?«

»Morgen, Eike. Nee, nur dass dein Freund Bödecker einige Straßen für Biker sperren will.«

»Ja, ich habs gelesen«, antwortete Eike, während er seinen Rechner einschaltete. »Der hat sie doch nicht alle, diese Knalltüte«, kommentierte er das Interview.

Das Eingabefenster für das Passwort leuchtete auf dem Bildschirm auf. Eike tippte das Kennwort ein und wartete, bis der Computer sich betriebsbereit meldete. Als Erstes öffnete er das Mailprogramm, um zu sehen, ob Christian Neuigkeiten zu berichten hatte. Doch Eike wurde erneut enttäuscht. Nichts.

»Verstehe ich nicht«, murmelte er vor sich hin.

»Was verstehst du nicht?«, wollte Thomas wissen.

Eike warf seinem Kollegen einen verbissenen Blick zu. »Die Welt. Ich verstehe die Welt nicht mehr. Selbst eindeutige Beweise für Bödeckers Drogenkonsum reichen offenbar nicht aus, um Ermittlungen gegen ihn einzuleiten. Der Kerl ist ein Phantom.«

Thomas erwiderte Eikes Blick eine Weile schweigend, dann sagte er: »Ich habe dich gewarnt, Eike. Das ist eine Nummer zu groß für uns. Halt dich da besser raus.«

Eike ärgerte sich über die mangelnde Courage seines Kollegen. Er hatte auf mehr Rückendeckung von ihm gehofft, aber so war Thomas nun einmal. Wenn Gegenwind aufkam, drehte er sich um.

Ohne zu antworten, griff Eike zum Telefon und drückte den Abschuss der KTU Goslar. Christian Voigt nahm nach einigen Rufzeichen ab.

»Eike hier«, meldete er sich. »Entschuldige, wenn ich nachfrage, Christian, aber hast du den Untersuchungsbericht inzwischen weitergeleitet?«

»Natürlich«, kam spontan die Antwort. »Der lag gleich am nächsten Morgen bei meinem Boss auf dem Tisch. Warum fragst du?«

Eike verschlug es den Atem. *Das kann doch nicht wahr sein*, dachte er. *Stecken die alle unter einer Decke?* Er kam sich hilflos vor. Sollte er doch Thomas' Ermahnung beherzigen? Nein, damit würde er sich selbst verraten.

»Rein rhetorisch gefragt: Stell dir vor, ich hätte bei dir Drogen gefunden und sie zur Analyse gegeben. Was, glaubst du, wäre passiert?«, fragte Eike.

»Was soll diese Frage?«, beschwerte sich Christian.

»Bitte, versuch es dir vorzustellen«, beharrte Eike auf einer Antwort und musste einen Moment darauf warten.

»Also, bei der vorliegenden Beweislast, würde man meine Wohnung durchsuchen, mich verhören, vom Dienst suspendieren und in Untersuchungshaft stecken«, erklärte er.

»Was noch?«, lockte ihn Eike.

»Was meinst du damit?«, fragte Christian.

»Drogenfund ... bei einem Polizisten. Überleg doch mal?«, half Eike nach.

»Ach so, du meinst die Presse. Die würden sich vor Freude überschlagen und mich anschließend schlachten«, sagte er.

»Genau«, bestätigte Eike, »und hast du diesbezüglich eine Zeile über Bödecker beziehungsweise Koch gelesen, oder im Radio gehört?«

Eike wartete abermals einige Sekunden auf Antwort.

»Stimmt«, sagte Christian auf einmal. Seine Stimme klang schreckhaft. »Ist mir bisher gar nicht aufgefallen, aber jetzt wo du es sagst.« Er fiel erneut in Schweigen. »Das ist merkwürdig«, bemerkte er nachträglich.

»Allerdings«, stimmte Eike zu. Nach einer weiteren Schweigeminute sagte Christian: »Das bedeutet nichts Gutes, Eike. Sei vorsichtig, hörst du, und leg dich nicht mit denen da oben an.«

»Danke für deinen ermutigenden Rat«, entgegnete Eike sarkastisch und legte auf. *Na toll*, ging ihm durch den Kopf, *der hat auch keine Eier in der Hose.* Er ließ sich in die Rückenlehne seines Bürostuhles fallen, verschränkte die Hände hinter dem Kopf und schloss die Augen. Verschwörerische Gedanken kreisten durch seinen Kopf. Hatte Christians Chef den Bericht unterschlagen, oder ihn doch an das LKA nach Hannover weitergeleitet, wo er in irgendeiner Schublade verschwand? Vielleicht war er längst durch den Reißwolf gegangen. Angesichts dieser Behörden-Übermacht fühlte sich Eike winzig klein.

Er öffnete die Augen und sah zu Thomas rüber, der auf eine Erklärung zu warten schien. »Du siehst ziemlich zerknirscht aus. Was ist los, Eike?«, fragte er.

»Nichts ist los. Das ist ja gerade das Dilemma«, antwortete Eike und griff erneut zum Telefon.

»Wen rufst du jetzt an?«, wollte Thomas wissen.

»Melanie Moor«, antwortete Eike und drückte den Anschluss.

»Guten Morgen, Herr Wolf, wie geht es Ihnen?«, meldete sie sich.

»Morgen, Frau Moor. Mir geht es gut, danke der Nachfrage«, log er mit Bedacht. Er wollte herausbekommen, ob Melanie Moor etwas über den Drogenfund wusste. »Ich habe gerade das Interview gelesen, dass Sie mit Bödecker geführt haben. Ist Ihnen bei so viel Heuchelei nicht übel geworden?«

Frau Moor lachte leise. »Ich bin Profi, Herr Wolf«, antwortete sie. »Um mich das zu fragen, haben Sie aber nicht angerufen. Habe ich recht? Was kann ich für Sie tun?«

Ihr kann man so leicht nichts vormachen. Sie ist ein Vollprofi, dachte Eike. »Ich wollte mich mal wieder bei Ihnen melden.«

Sie lachte gekünstelt. »Kommen Sie, Wolf, mir können Sie nichts vormachen.«

So ein gerissenes Luder, schmunzelte er bei sich. »Recherchieren Sie gerade in einer größeren Sache?«, fragte er abtastend.

»Wie groß?«, wollte sie sofort wissen.

»Aus Ihrer Frage schließe ich, dass sie im Augenblick keinen großen Fisch an der Angel haben. Richtig?«, antwortete Eike.

»Und aus Ihrer Antwort schließe ich, dass Sie einen haben. Stimmt's?«, konterte sie.

Eike schwieg, um sie herauszufordern. Es dauerte eine Weile, bis sie ihre Neugier nicht mehr zügeln konnte.

»Der Fisch ist so groß, dass Sie jemanden brauchen, der Ihnen hilft, ihn ins Netz zu bringen«, kombinierte sie geschickt, wie Eike fand.

Er ließ sie eine Sekunde zappeln, dann sagte er: »Sie sind eine kluge Frau, Melanie Moor. Wir sollten mal wieder einen Kaffee zusammen trinken.«

»Jederzeit. Wie wär's mit heute?«, willigte sie ein.

Durch ihre Spontanität glatt überrumpelt, sagte er: »Okay! Wir haben in Altenau ein gemütliches Café.«

»Bin in einer halben Stunde bei Ihnen«, sagte sie vorlaut und unterbrach die Verbindung.

Sie erschien pünktlich. Eike führte sie in das Café in der Breiten Straße und berichtete ihr von seinem Coup bei Martin Bödecker. Melanie Moor hielt sich an ihrer Kaffeetasse fest und hörte ihm aufmerksam zu. Mit dem Fortgang von Eikes Bericht über den Drogenfund bei Bödecker sowie dem scheinbaren Totschweigen dieser Straftat, veränderten sich Ihre Gesichtszüge und endeten schließlich in einem Ausdruck der Bestürzung. Sie richtete sich kerzengerade auf und sagte: »Das kann nicht sein.«

Eike sah ihr fest in die Augen und nickte. »Ich weiß, das ist schwer zu glauben, aber wahr«, versicherte er.

Melanie Moor schien nachzudenken. »Das ist eine echte Knallerstory«, meinte sie daraufhin, »aber wenn ich die bringe, stehen Sie voll in der Schusslinie.«

Eike sah sie einen Moment stumm an. »Wir beide«, berichtigte er. »Mein Chef wartet nur darauf, endlich abdrücken zu können.«

»Und wenn Sie selbst das LKA informieren?«, fragte sie mit Vorbehalt.

»Das ist meine letzte Hoffnung, aber vorher wollte ich wissen, ob inzwischen etwas bis zu den Medien vorgedrungen ist. Deswegen habe ich Sie angerufen«, sagte er. »Offenbar ist das Schweigen so still, dass man es kaum überhören kann.«

»Die Überschrift habe ich schon vor Augen«, sagte Melanie Moor und deutete mit den Händen die Headline an. »Die Macht der Drogen reicht bis ins Landesparlament!«

»Unterstehen Sie sich«, intervenierte Eike. »Nicht bevor ich mit dem LKA gesprochen habe. Andernfalls kann ich gleich einpacken.«

Melanie Moor schaute ihn an und spitzte den Mund, was Eike irritierte.

»Was gucken Sie so verschmitzt?«, fragte er.

»Weil wir einen Deal haben«, sagte sie.

»Einen Deal? Was für einen?«, wollte Eike wissen.

»Ich halte mich zurück, bis ich von Ihnen das Signal und
...« Sie machte eine rethorische Pause und zog die Brauen
hoch. »... die Exklusivrechte an dieser Story bekomme.«

Eike zog ein Gesicht. »Wenn es sein muss«, brummelte er.

»Muss es«, erwiderte sie.

Es hatte mittlerweile aufgehört zu schneien, als sie das Café
verließen. Melanie Moor ging zu ihrem Auto. »Wir bleiben in
Verbindung«, rief sie Eike zu und überquerte die Straße.

Eike machte sich auf den Weg zurück ins Büro. Wie
abgesprochen kamen jetzt die Leute mit Schneeräumgeräten
aus ihren Häusern. Ein Stück weiter sah er Gußchen, wie sie
sich mit dem Schneeschieber abmühte. Als sie Eike erkannte,
unterbrach sie die Arbeit und stützte sich auf den Stiel.

»Du machst ja ein Gesicht, als sei dir die Kappe verrutscht.
Was ist denn los? Zoff mit Pia?«

Eike ignorierte ihre Neugier und fragte: »Soll ich dir eben
helfen?«

»Ach, sieh da. Die Polizei, dein Freund und Schneeräumer,
wie? Ist mal was anderes«, sagte sie und drückte ihm die
Schneeschaufel in die Hand. Wortlos schob Eike bereitwillig
den Rest des Gehweges frei. Der Schnee war trocken und
leicht wie Watte. Nachdem es erledigt war, gab er Gußchen
den Schieber zurück. Sie nahm ihn an sich und fixierte Eike
für eine Sekunde. »Dann hast du Krach mit deinem Chef«,
mutmaßte sie.

»Sag einfach nur Danke«, wich Eike ihrer Wissbegierde aus
und wunderte sich im Stillen, wie gut sie in seinen Augen
lesen konnte. *Sie hat die hellseherischen Fähigkeiten einer Hexe*,
dachte er und verkniff sich das Lachen.

»Danke!«, sagte sie spitzzüngig.

»Gern geschehen«, erwiderte er und setzte seinen Weg fort.

»Kommst du Morgen wieder?«, rief sie ihm nach.

Eike drehte sich um. »Wieso?«

»Glaubst du vielleicht, mit einmal Schneeräumen wirst du
von mir gleich heiliggesprochen?«

Eike gab einen verständnislosen Laut von sich und ging weiter.

»Ich krieg sowieso raus, was du hast«, ließ sie ihn wissen.

Ohne sich umzudrehen, winkte er mit einer Handbewegung ab.

»Irgendetwas bedrückt dich doch«, bemerkte Pia, als Eike den Inhalt der Bäckereitüte in den Frühstückskorb entleert hatte. »Willst du es mir nicht sagen?«

Es war Eike unangenehm, dass er die Sorgen, die er mit sich herumtrug, nicht verbergen konnte. Er legte die Jacke ab und brachte sie zur Flurgarderobe. Nachdem er zurückgekehrt war, antwortete er: »Ist rein beruflich. Ich möchte dich damit nicht belasten.« Er setzte sich und griff nach einem Brötchen.

Pia warf ihm einen verständnislosen Blick zu. »Ich will dich damit nicht belasten«, wiederholte sie sichtlich verärgert.

»Was soll das denn? Bin ich etwa nur eine Schönwetter-beziehung für dich?«

Eike legte das Messer ab, mit dem er gerade das Backstück zerteilt hatte. »Natürlich nicht, Pia«, versicherte er.

Pia langte über den Tisch nach der Kaffeekanne und füllte die Tassen. »Dann rede mit mir! Hat es mit unserem Husaren-streich bei Bödecker zu tun?«, wollte sie wissen.

Eike trank einen Schluck. »Es war alles umsonst. Unser Drogenfund ist unterschlagen worden und wird systematisch verschwiegen. Keine Ermittlungen, kein Antrag auf Immuni-tätsaufhebung, kein Medienrummel, nichts. Auf unsere gewählten Volksvertreter können wir stolz sein. Die können im tiefsten Dreck wühlen und bleiben trotzdem sauber. Es ist eben nicht, was nicht sein darf.« Eike setzte seine Tasse fester ab als erforderlich, dass es laut klirrte. »Wie soll man dabei seine Motivation als Polizeibeamter aufrechterhalten? Ich könnte ausrasten«, wetterte er über diese offenkundige Ver-schwörung.

Pia legte ihre Hand auf die seine. »Du hast dir nichts vor-zuwerfen und getan, was du tun musstest. Alles Weitere liegt nicht in deiner Hand«, sagte sie tröstend.

»Damit will ich mich keineswegs abfinden«, erwiderte Eike. »Ich werde heute selbst nach Hannover zum LKA fahren und mit dem Drogendezernat sprechen.«

Pia legte die Brötchenhälfte zurück, die sie gerade abbeißen wollte. »Eike, setzt dich bitte nicht in die Nesseln«, riet sie ihm.

Eike sah ihr einige Sekunden in die Augen, dann sagte er: »Ich sitze schon mittendrin, Pia.«

Schweigend frühstückten sie zu Ende. Pia räumte das Geschirr ab, während Eike seine Jacke überzog. »Ich schiebe noch den Schnee vor dem Haus und gehe dann zum Dienst. Warte heute Abend nicht auf mich«, sagte er kurz angebunden, gab ihr einen flüchtigen Wangenkuss und ging, ohne sich noch einmal umzudrehen. Dabei spürte er den enttäuschten Blick von Pia, die in der Küchentür stehengeblieben war. Aber er wollte heute allein bleiben und dieses fremdartige Gefühl, eine Mischung aus Angst und Wut, mit niemandem teilen.

* * *

Das LKA-Gebäude ist ein lang gestreckter, siebengeschossiger Glasbau. Kalt, glatt und wenig einladend. Man bekam unweigerlich den Eindruck, es stört die gefällige Nachbarschaft des Schützenplatz, der HDI-Arena und des Maschsee wie eine Distel, die sich ins Blumenbeet verirrt hatte.

Eike stellte seinen Golf auf dem Parkplatz ab, der sich vor dem riesigen Bau erstreckt, stieg aus und ließ den Blick an der Fassade nach oben klettern. Im Schatten dieses Glaskastens kam er sich unbedeutend und unwillkommen vor. Die anmutende Übermacht dieses Amtes jagte ihm eine gehörige Portion Respekt ein. Konnte er hier wirklich etwas erreichen? In diesem Moment dachte er an Edward Snowden, der als Whistleblower die politische Macht herausgefordert hatte. Eike bewunderte die Courage dieses Mannes, der als Preis dafür in seiner Heimat wie ein Verbrecher gesucht wurde. Was könnte mit ihm, Eike, geschehen, wenn er den angesehenen Politiker Martin Bödecker des Drogenmissbrauchs beschuldigen würde? Dass diese streng organisierte Behörde eine Straftat decken würde, egal von wem, überstieg seine Vorstellungskraft und brächte seine Welt endgültig zum Einsturz. Nein, das wäre undenkbar.

Eike betrat das Eingangsportal und steuerte geradeaus auf den Pförtnerbereich zu. Eine brünette Polizistin, der die Uniform eine charmant-autoritäre Ausstrahlung verlieh, blickte auf. Eike hielt unaufgefordert seinen Dienstausweis gegen die Glastrennwand, wie es die Hinweistafel am Eingang verlangte.

Die Polizistin beugte sich etwas vor, und prüfte den Ausweis. »Wie kann ich Ihnen helfen, Herr Wolf?«, fragte sie freundlich.

»Guten Tag«, grüßte Eike zunächst. »Wer ist bei Ihnen für Drogendelikte zuständig?«, wollte er dann wissen.

»Warten Sie bitte, ich muss nachsehen, wer von den Herrschaften im Hause ist.« Sie tauchte hinter ihrem Bildschirm ab, klapperte auf der Computertastatur und erschien Sekunden später wieder. »Frau Dreyer ist da. Zimmer 412, im vierten Stock. Die Aufzüge sind dort drüben.« Sie zeigte in die Richtung. Eike marschierte los, drückte auf den Anforderungsknopf des Fahrstuhles und wartete. »Ich weiß aber nicht, ob sie Zeit hat«, rief sie Eike hinterher.

»Das werde ich gleich erfahren«, gab Eike zurück.

Ein Glöckchenton kündigte die Ankunft des Aufzuges an, und die Schiebetüren öffneten sich. Eike stieg ein und tippte auf die Vier.

Lisa Dreyer, Hauptkommissarin, las Eike auf dem Türschild. Er klopfte kurz an und trat ein. Eine Frau Ende vierzig warf Eike einen missbilligenden Blick zu.

»Guten Tag. Ich bin Eike Wolf von der Polizeistation Altenau«, grüßte er.

»Wo ist das denn?«, fragte sie schnörkellos.

»Im Harz«, antwortete Eike belehrend.

»So so. Haben wir einen Termin?«, fragte sie kühl, wobei ihre Augen seine Uniform taxierten. Eike musterte sie seinerseits. Sie war leger gekleidet mit Jeans und einem Pulli, der nach einer Wäsche verlangte. Die dunklen Haare hingen glatt und strähnig über ihre Schultern. Die Frau erinnerte Eike an seine ehemalige Mathelehrerin, Frau Denkhenne, die ähnlich ungepflegt herumlief. Man sah ihr kaum an, dass sie eine gute Pädagogin war und fast jedem Mathe beibringen konnte, sogar Eike. Er mochte sie.

Lisa Dreyer war nicht so unnahbar, wie sie auf den ersten Eindruck erschien, schätzte Eike.

»Nein, haben wir nicht. Entschuldigung, wenn ich so reinplatze. Es geht um ein brenzliges Drogendelikt«, erklärte er kurz.

»Das sind Drogendelikte immer«, erwiderte sie.

»Besonders, wenn Politiker darin verwickelt sind«, ergänzte Eike.

Ihre Augen zeigten sprunghaft Aufmerksamkeit und starrten Eike für einige Sekunden an. »Nehmen Sie doch Platz«, bat sie und wies auf den Besucherstuhl vor ihrem Schreibtisch. »Bitte etwas konkreter«, forderte sie dann.

Eike setzte sich und begann mit dem Unfall bei Clausthal, was sich daraus entwickelte und wie all seine Ermittlungsbemühungen gegen Martin Bödecker untergraben und selbst die Medien unwissend gehalten wurden.

»Möchten Sie etwas trinken?«, fragte Lisa Dreyer zwischendurch.

»Gerne, vielleicht ein Wasser«, sagte Eike und erzählte die Geschichte zu Ende. Die Hauptkommissarin hörte die ganze Zeit aufmerksam zu.

»Das ist eine schwerwiegende Anschuldigung, ich kann das kaum glauben«, kommentierte sie am Schluss.

Eike wusste, dass er jetzt noch tiefer in diesem Sumpf steckte als zuvor. Entweder würde sich das LKA der Sache annehmen und erreichen, dass endlich gegen Bödecker ermittelt wurde, oder die dunkle Seite der politischen Macht würde Eike Wolf vernichten.

»Sie können mir das abnehmen, oder denken Sie, ich komme hier nach Hannover ins LKA, um Ihnen Lügengeschichten aufzutischen«, echauffierte sich Eike, um seiner Glaubwürdigkeit Nachdruck zu geben.

Frau Dreyer lehnte sich vor und stützte ihre verschränkten Arme auf den Schreibtisch. »Uns ist die Drogenszene in Südniedersachsen bekannt, und wie Sie wissen, hat es bereits Razzien und Festnahmen gegeben«, erklärte sie. »Zu einer Verbindung in höchste, politische Kreise haben wir jedoch bislang keine Hinweise.«

Sie drehte den Kopf etwas zur Seite, schielte ihn an und sagte: »Das haben Sie nun geändert und deswegen muss ich Ihren Anschuldigungen nachgehen, das ist Ihnen doch klar, Herr Wolf, nicht wahr.« Sie beendete den Satz mit erhobener Stimme.

Eike bekam einen trockenen Mund und trank den Rest Wasser mit einem Zug leer. Ihm war durchaus bewusst, was ihre Geste zu bedeuten hatte. Lisa Dreyer wollte ihm eine letzte Chance geben, sich glimpflich den Folgen dieses Gespräches zu entziehen, indem er aufstand und still das Büro verließ. Aber er blieb.

»Ja, das ist mir klar«, sagte er. Und damit gab es für ihn kein Zurück mehr.

* * *

Eike war froh, wieder zu Hause zu sein. Er tauschte seine Uniform gegen bequeme Freizeitkleidung, stellte das Radio an und warf sich aufs Sofa. Zur Ruhe kam er allerdings nicht. Dazu war er innerlich viel zu aufgewühlt. In seinen Gedanken lieferten sich Zweifel und Angst ein packendes Duell über die Frage, ob er das Richtige getan hatte. Er schwamm jetzt gegen den Strom und würde bald scharfen Widerstand zu spüren bekommen. Hatte er die Ausdauer, das durchzuhalten? Konnte er dem Druck überhaupt widerstehen, ohne eines Tages mit Burn-out im Sanatorium behandelt werden zu müssen?

In seinem Bauch breitete sich eine ungewohnte Empfindung aus, die er nicht beschreiben konnte, als läge er in einer dunklen Grube, ohne zu wissen, ob er jemals wieder herauskäme. Er fühlte sich ausgeliefert und hilflos einer Maschinerie gegenüber, gegen die er so gut wie wehrlos war. Ein Scheißgefühl. Sein Magen rebellierte mit stoßartigen Krämpfen, die ihn zwangen ins Bad zu rennen, wo er sich in das Toilettenbecken übergeben musste. Zittrig und schlaff stützte er sich danach aufs Waschbecken und ließ kaltes Wasser über seine Hände fließen. Anschließend wusch er sein Gesicht, ging zurück ins Wohnzimmer und schlüpfte unter eine Wolldecke, schloss die Augen und schlief ein.

Ein Geräusch ließ ihn aufschrecken. Er warf die Decke zur Seite, rieb sich den Schlaf aus den Augen und lauschte in die Dunkelheit der Wohnung hinein. Es blieb still. Wie spät war es? Er schaltete die Stehlampe auf dem Ecktisch ein und schaute auf seine Armbanduhr. 19:21 Uhr. Eike zuckte erneut zusammen, als die Türklingel schellte – das Geräusch von eben. Er schlurfte zur Tür und öffnete.

Von einer Sekunde zur nächsten war er hellwach. »Pia!« Er fasste ihre Hand, zog sie in den Korridor und drückte die Tür zurück ins Schloss. »Schön, dass du da bist.«

Sie überreichte ihm einen Einkaufskorb, der mit einem Tuch abgedeckt war. »Ich dachte, du hast vielleicht Hunger und hab dir etwas zu essen mitgebracht«, sagte sie. »Nudeln mit Pilzsoße.«

Eike hatte seit dem Frühstück nichts mehr gegessen und auch keinen Appetit verspürt, doch bei dem Gedanken an das Nudelgericht stellte sich sofort das Essbedürfnis ein. Eike gab Pia einen Kuss und nahm ihr den Korb ab.

»Komm rein«, sagte er und führte sie in die Küche. Dort stellte er den Essenkorb auf den Tisch und schloss Pia fest in seine Arme. »Woher weißt du immer, was ich brauche?«, flüsterte er ihr ins Ohr.

»Das ist der siebte Sinn, über den nur Frauen verfügen«, antwortete sie und wand sich aus seiner Umarmung. »Wir brauchen zwei Töpfe zum Aufwärmen«, sagte sie und holte das mitgebrachte Essen aus dem Korb, in dem nun auch eine Flasche Rotwein zum Vorschein kam.

»Wein?«, fragte Eike ermahnend. »Du musst noch fahren.«

»Muss ich?«, fragte Pia und bedachte ihn mit einem unmissverständlichen Blick.

Er lächelte und zeigte ihr, wo er das Kochgeschirr aufbewahrte.

»Du bist das erste Mal in meiner Wohnung, Pia«, bemerkte Eike beim Essen.

»Ja«, sagte sie etwas zurückhaltend, »es ergab sich bisher nicht, und außerdem ...« Sie zögerte einen Moment. »Und außerdem hatte ich das Gefühl, in eine Wohnung zu kommen, in der deine Familie noch immer präsent ist. Verstehst du das?«

»Wenn ich dir dieses Gefühl vermittelt habe, tut es mir leid, Pia. Du bist hier jederzeit willkommen«, sagte er.

»Okay«, lächelte sie und erhob ihr Glas, »dann haben wir das auch geklärt. Auf uns.« Sie stießen an und tranken. »Hast du in Hannover etwas erreichen können?«, wechselte sie das Thema.

»Ja. Sie werden der Sache nachgehen und gegen Bödecker und Koch weiter vorgehen.«

»Ich hoffe, die Angelegenheit verläuft in deinem Sinne, damit du wieder zur Ruhe kommst. Es hat dich in letzter Zeit sehr belastet.«

Es ist ihr nicht entgangen, sie macht sich Gedanken um mich, dachte Eike und fühlte sich gleich viel besser. Pia hatte ihn mit ihrem Besuch aus der dunklen Grube befreit.

»Danke«, sagte er lächelnd und streichelte ihr die Wange.

»Wofür?«, fragte sie verwundert und lächelte zurück.

»Weil du mich aus einem tiefen Loch geholt hast«, antwortete er.

»Och, nicht dafür«, sagte sie und lachte. »Wenn es dir damit besser geht.«

»Immer, wenn du in meiner Nähe bist, fühle ich mich gut. Aber ich will offen zu dir sein. Ich habe ein mulmiges Gefühl, als hätte ich in ein Wespennest gestochert und erwarte jeden Augenblick den Angriff. Es ist noch nicht ausgestanden.«

Eike sollte recht behalten.

Tage danach
Polizeistation Altenau

Die nächsten beiden Tage begannen für Eike Wolf mit Hochspannung auf den Blick in die Zeitung. Doch seine Hoffnung, die erlösende Schlagzeile über Razzien bei Bödecker und Koch sowie Drogenfunde bei ihnen zu lesen, wurde jedes Mal enttäuscht. *Das kann nicht sein*, ging ihm wiederholt durch den Kopf und beherrschte fortan sein Denken. Er nahm sich vor, noch bis Montag zu warten. Dann würde er Frau Dreyer beim LKA anrufen und sich erkundigen, warum sich noch nichts getan hatte. Er wollte bei ihr nicht den Eindruck erwecken, als warte er wie ein ungeduldiger Junge auf das Erscheinen des Weihnachtsmannes. Obwohl es ihm genauso erging.

Thomas hatte ihn gefragt, was sie beim LKA mit ihm gemacht hätten, er sei seitdem hibbelig wie ein Huhn, um dessen Käfig der Fuchs herumschleicht. *Eine passende Metapher*, fand Eike und musste eingestehen, dass er Muffensausen hatte, schließlich stand für ihn einiges auf dem Spiel.

Montagmorgen riss er förmlich die Zeitung aus dem Fach unter dem Briefkasten, drückte die Tür zu und blätterte noch im Flur stehend nach dem erhofften Artikel. Abermals vergeblich. Er warf das Blatt ungelesen in den Altpapierkorb und fuhr ohne zu frühstücken zur Dienststelle nach Altenau.

»Sag nichts, ich seh es dir an«, empfing ihn Thomas, der kurz vorher angekommen war und noch am Spind stand, um die Uniform anzuziehen.

»Es ist wie verhext«, sagte Eike, schloss seinen Schrank auf und zog sich ebenfalls um. Er schaute auf die Uhr – 8:12 Uhr. Vor neun würde er in Hannover niemanden erreichen. Er eilte zu seinem Schreibtisch, schaltete den Rechner ein und scrollte die E-Mails rauf und runter, doch er fand nur unbedeutende Rundmails und den Dienstplan der kommenden Woche. Eike schielte nach unten rechts auf die Zeitangabe des Computerbildschirms – 8:26 Uhr. Alles hatte sich scheinbar gegen ihn verschworen, sogar die Uhr weigerte sich beharrlich, auf neun vorzurücken. Nach quälenden Minuten war es dann doch passiert, die Anzeige sprang auf 9:00. Als wäre es ein Startsignal griff Eike zum Hörer und wählte das LKA mit der Durchwahl von Hauptkommissarin Lisa Dreyer.

Er musste nur zwei Ruftöne warten. »LKA Niedersachsen, Dreyer«, meldete sie sich und Eike glaubte in ihrer Stimme etwas Verwunderung über den frühen Anruf herauszuhören.

»Eike Wolf, guten Morgen Frau Dreyer«, antwortete er.

»Ach, Herr Wolf, hat man Sie noch nicht informiert?«, fragte sie, und es klang, als hätte sie auf seinen Anruf gewartet.

»Worüber?«, fragte er irritiert.

»Darüber, dass die Staatsanwaltschaft es abgelehnt hat, gegen Bödecker und Koch in puncto Drogen zu ermitteln«, antwortete sie.

»Aus welchem Grund?«, wollte Eike wissen und ließ seine Verärgerung darüber anklingen.

»Herr Wolf«, sagte sie geleiert, »wegen unzulässiger Beweissicherung ihrerseits, und außerdem, als ich dem Staatsanwalt die Personen nannte, konnte ich sein Schlucken durchs Telefon hören. Wenn prominente Namen fallen, wird jeder vorsichtig, und das dauert eben etwas länger.«

»Bei Ihnen auch?«, zischte Eike verärgert ins Telefon. Jetzt lauschte er, wie seine Gesprächspartnerin schluckte.

»Herr Wolf«, sagte sie ermahnend, »das war unprofessionell von Ihnen.«

»Aber die einzige Möglichkeit, an die beiden ranzukommen«, rechtfertigte er sich. »Und was sagt der Staatsanwalt zu der gefälschten Uhrzeit auf Bödeckers Handyfoto?«, fragte er provozierend. »Soweit ich weiß, steht das im Widerspruch zu einem Alibi, das ihm sein Parteikollege Koch verschafft hat.«

Eike spürte das Blut in seinen Halsschlagadern pulsieren. »Wer hier unprofessionell gearbeitet, wird sich noch herausstellen«, wetterte er und knallte das Telefon auf den Tisch.

Ostermontag, 2. April 2018
Im Okertal

Der Abstieg war waghalsig. An dem steilen Hang glitten die lockeren Steine unter seinen Schuhen weg wie Kies. Arne Störmer tastete mit den Füßen Halt suchend nach Wurzeln und Bodenstufen. Mit der einen Hand griff er wahllos nach Ästen und Gestrüpp, die andere streckte er seiner Frau als Stütze entgegen, falls sie abrutschte. *Jetzt bloß nicht auf den letzten Metern noch abrutschen,* dachte er. Die vermeintliche Abkürzung stellte sich als vollendete Fehlentscheidung heraus. Sie hätten lieber auf dem sicheren Weg bleiben sollen, wie Vera es wollte, doch diese Erkenntnis kam zu spät.

Das letzte Stück des Hanges tippelte er hinunter, bremste mit den Händen den Schwung an der Leitplanke ab und drehte sich um. »Komm, ich fang dich auf«, rief er seiner Frau Vera entgegen.

»Wenn du ein so miserabler Fänger wie Wanderführer bist, bleib ich besser hier hängen, bis die Feuerwehr kommt«, flachste sie und ließ im selben Augenblick das Farnbüschel los, an das sie sich geklammert hatte. Unsanft landete sie in seinen Armen.

»Mit dir geh ich noch einmal wandern«, frotzelte sie und klopfte sich das Laub von der Kleidung.

»Ich wette, diese Tour wird dir im Gedächtnis bleiben«, erwiderte Arne lächelnd.

Vera sah ihn schräg an und verzog missmutig den Mund. »Hoffentlich nicht. Sag mir lieber, wie wir jetzt zum Auto kommen, du Pfadfinder? Und wo sind wir überhaupt?«

»Wir sind im Okertal«, sagte er, zog die Wanderkarte aus der Beintasche und breitete sie auf dem Boden aus. »Sieh mal da drüben.« Er zeigte auf die andere Straßenseite. »Da hinten ist der kleine Okerstau. Wir müssen nach links gehen.«

»Ist es noch weit, mir tun die Füße weh«, klagte Vera.

»Keine fünf Minuten. Romkerhall ist quasi um die Ecke, wo unser Auto steht«, antwortete Arne und ging voraus.

Ein Stück weiter unten, von wo sie den Verkehr besser einsehen konnten, überquerten sie die Fahrbahn und erreichten den Parkstreifen nahe der Marienwand.

»Lass uns über den Staudamm der Vorsperre gehen. Drüben gibt es einen Wanderweg«, schlug Arne vor. Sie mussten noch einige Meter dicht an der Leitplanke entlanggehen, um zur Staumauer zu gelangen.

Vera blieb plötzlich stehen. »Sieh mal, was da liegt«, rief sie gegen den Lärm eines vorbeifahrenden Autos an.

Arne drehte sich zu ihr um. »Wo?«

»Da vorne. Sieht aus wie ein Motorradhelm.« Sie zeigte in die Richtung.

»Ja, jetzt seh ich es auch. Warte, ich guck mal.« Er ließ die Hand seiner Frau los und ging darauf zu. Es handelte sich tatsächlich um einen Motorradhelm, der da im Gras lag. Rot mit zwei weißen Streifen. *Wer verliert denn seinen Helm?*, fragte er sich und bückte sich danach, um ihn zu untersuchen. Das Visier war geschlossen. Am Rand der Helmöffnung sah Arne dunkelrote Schlieren. *Blut?* Er klappte das Sonnenschutzvisier hoch und zuckte zusammen, als hätte er einen Stromschlag bekommen. Glasige Augen starrten ihn aus einem weißen Gesicht an, das in dem Helm steckte. Er stieß ungewollt einen Entsetzensschrei aus und richtete sich blitzartig auf.

»Arne, was ist?«, rief Vera und kam näher.

»Bleib, wo du bist! Nicht hinsehen.« Arne lief auf sie zu und führte sie ein Stück weiter von dem grausigen Fund weg.

»Was ist denn?«, fragte Vera verständnislos.

»In dem Helm steckt noch ein Kopf«, erklärte er mit ernstem Blick.

»Oh mein Gott!« Vera legte die Hände vors Gesicht. »Oh nein, ich will hier weg«, jammerte sie.

»Wir müssen die Polizei verständigen«, sagte Arne und suchte, seine Kleidung abtastend, nach dem Handy und wurde in der Jackentasche fündig. Gerade wollte er die Notrufnummer wählen, als Vera dazwischenrief: »Arne?« Er unterbrach sein Vorhaben und sah sie fragend an.

»Wo ist der Rest?«, fragte sie, und das Entsetzen stand ihr ins Gesicht geschrieben.

»Rest? Welcher Rest?«

»Der Körper. Hier muss irgendwo ein Körper ohne Kopf rumliegen.« Vera schlug erneut die Hände vors Gesicht. »Arne, bring mich hier weg!« Sie wurde blass.

»Steig über die Leitplanke und beweg dich nicht von der Stelle. Ich seh mal nach, was passiert ist«, sagte er, strich ihr beruhigend über den Oberarm und setzte den Weg fort.

Warum ist der hier auf der geraden Strecke gestürzt, und wo hat er sich den Kopf abgetrennt?, überlegte er. Er schritt dicht an der Schutzplanke entlang und entdeckte bald eine Deformierung mit Blutspritzer an dem Metall. *An dieser Stelle muss es gewesen sein*, stellte er fest und malte sich aus, wie die Maschine in hohem Bogen über die Leitplanke katapultiert worden war, wie der Mann unter die Planke schlitterte und sich an dem scharfkantigen Metallpfosten den Kopf abtrennte. Ihm graute bei dieser Vorstellung.

Arne Störmer stieg hinüber und suchte die Böschung ab. Unten rauschte schäumend die Oker um die glattgeschliffenen Felsbrocken herum. Ein Anblick wie auf Leinwand gemalt. Doch dies war nicht der Augenblick, die Aussicht zu genießen. Ein Stück oberhalb des Bachlaufes, entdeckte er, vom dichten Kraut des Hanges fast verdeckt, das Motorrad. Aber wo lag der kopflose Körper des Fahrers? Arne hangelte sich Schritt für Schritt tiefer nach unten, bis er ein weiteres Mal erschrak. Der Torso des Fahrers lag unförmig verwunden plötzlich vor seinen Füßen. Fast wäre er darüber gestolpert.

Er wandte sich schockiert ab, kletterte hastig zurück und setzte den Notruf ab.

Eike Wolf hielt die Langeweile nicht mehr auf dem Schreibtischstuhl. Er stand auf, reckte sich mit ausgestreckten Armen und gähnte lauthals.

»Was ist denn los?«, fragte sein Kollege Thomas Eckert, der ihm gegenüber saß. Ihre beiden Schreibtische standen Kopf an Kopf.

»Nix ist los. Das ist es ja gerade, man langweilt sich zu Tode«, klagte Eike. »Es könnte mal wieder was passieren. Ein bisschen Action würde uns vor dem Einschlafen bewahren, meinst du nicht auch?«

»Hör bloß auf. Bald ist Feierabend, und dann will ich den Rest von Ostern in Ruhe mit meiner Familie verbringen. Und außerdem ist schon viel zu viel passiert, seitdem du hier bist und in jedem Verkehrsunfall ein Verbrechen witterst. Etwas Ruhe wäre zur Abwechslung ganz nett, oder?«, antwortete Thomas.

»Vielleicht ein Überfall, den hatten wir noch nicht« Eike griente.

»Warum nicht. Auf den Osterhasen vielleicht«, scherzte Thomas.

»Von mir aus. Nur raus aus dieser Miefbude«, maulte Eike. In dem Moment klingelte es. Eike stand auf und öffnete den Fensterflügel, der ihm einen Blick auf die Außentreppe gewährte. Pia stand mit einem Paket auf der ersten Stufe und lächelte ihm zu. »Habt ihr Lust auf ein Stück Kuchen?«

»Immer«, rief Eike ihr zu, drückte den Türöffner und wartete in der Bürotür.

Pia kam lächelnd über den Flur auf ihn zu. »Hi«, grüßte sie und strahlte ihn aus ihren blaugrünen Augen heraus an. Eike lächelte zurück und freute sich, sie zu sehen. Er genoss ihre Nähe, ihre Blicke, ihre Stimme und ihre direkte, unverblümte Sprache. Man wusste bei ihr immer, wo man dran war. Außerdem war sie ausgesprochen hübsch. Ihre kurzen, struppigen Haare und der schmale Mund gaben ihr ein spitzbübisches Aussehen, obwohl sie anfang vierzig war. Eike empfand es wie einen Lottogewinn, dass sie ihm über den Weg gelaufen war. Was Besseres hätte ihm nach dem schmerzlichen Verlust seiner Frau nicht passieren können. Als sie urplötzlich aus dem Leben gerissen wurde und er in ein schwarzes Loch stürzte, fühlte sich sein Dasein wie eine leere Hülle an. Um auf andere Gedanken zu kommen, cruiste er jede freie Minute mit seiner BMW R60 durch den Harz, aber Nadine fuhr jedes Mal mit, als säße sie auf dem Sozius und klammere sich an ihn. Bis ihm das Schicksal Pia in den Weg stellte. Durch sie fasste er wieder Pläne, konnte sich auf etwas freuen und fand zurück ins Leben. Eike schmunzelte. *Motorradfahren bringt außer Spaß auch Menschen näher zusammen.*

»Danke! Komm rein, Pia!« Eike nahm ihr das Kuchenpaket ab und stellte es auf den runden Tisch, der von den beiden Gesetzeshütern mal als Besprechungs-, mal als Esstisch genutzt wurde.

»Frohe Ostern, Thomas«, rief Pia dem anderen Kollegen zu. »Was machen die Kinder?«

»Beide wohlauf und gesund«, antwortete er. »Und frech«, fügte er nach einer Weile hinzu.

Pia lachte und wickelte den Kuchenteller aus. In das Rascheln des Papieres mischte sich der Ton des Tischtelefones. Notrufzentrale Goslar erschien auf dem Display.

»Polizeistation Altenau, Eckert am Apparat.«

Eike horchte auf und sah an Thomas' Gesichtsausdruck, dass etwas passiert sein musste.

»Verstanden«, sagte Thomas und legte auf. »Da hast du deine Action. Das war die Notrufzentrale Goslar. Ein tödlicher Motorradunfall wurde gemeldet. Im Okertal, nahe der Marienwand. Wir seien am nächsten dran und sollen uns drum kümmern. Notarzt ist verständigt.«

»Also, dann los.« Eike griff nach dem Autoschlüssel. »Tut mir leid Pia. Heb den Kuchen für später auf«, sagte er. Pia schlug das Papier erneut um den Kuchenteller und eilte mit den beiden Beamten nach draußen. »Wir sehen uns dann nachher«, rief Eike ihr zu und stieg in den Polizeipassat, den Eckert bereits gestartet hatte. Kurz darauf erscholl Martinshorn durch Altenau.

Ein Stück hinter der Staumauer der kleinen Sperre sah Eike einen Mann mit Rucksack, der mit erhobenen Armen winkte. Neben ihm stand eine Frau. Thomas stoppte den Wagen auf dem Randstreifen und schaltete den Warnblinker ein.

»Übernimm bitte die Sicherung. Ich spreche inzwischen mit den beiden Wanderern«, sagte Eike und überquerte im Laufschritt die Fahrbahn.

Thomas öffnete die Heckklappe und holte eine Signalkelle, Leitkegel und eine Warnlampe heraus, um die Parkposition des Polizeiwagens vor dem nachkommenden Verkehr zu sichern.

Eike Wolf stieg auf der anderen Straßenseite über die Leitplanke zu den Leuten, die dort warteten. In ihren Gesichtern war der Schreck noch erkennbar, den ihr grausiger Fund hinterlassen hatte.

»Guten Tag, ich bin Polizeikommissar Wolf. Sie haben sicher den Notruf abgesetzt«, sagte er und reichte beiden die Hand.

»Ja, Arne Störmer ist mein Name und das ist meine Frau Vera. Wir kamen gerade von einer Wandertour über die Kästeklippen zurück. Meine Frau machte mich auf den Motorradhelm aufmerksam. Sie können sich vorstellen, wie schockiert ich war, als ich das Gesicht darin entdeckte.«

»Soll ich psychologischen Beistand für Sie oder ihre Frau anfordern?«, bot Eike an. Herr Störmer drehte sich zu seiner Frau, die den Kopf schüttelte.

»Nein, vielen Dank, das wird nicht nötig sein«, antwortete er.

»Haben Sie von dem Unfall etwas mitbekommen oder beobachtet?«, fragte Eike.

»Nein, weder gehört noch gesehen«, sagte Störmer und zeigte die Böschung hinunter. »Dort liegen das Motorrad und ein Stück weiter die Leiche.«

»Haben Sie irgendetwas angefasst oder verändert?«, fragte Eike weiter.

»Ich habe nur das Helmvisier aufgeklappt«, antwortete Störmer. Seine Frau knetete ihre Hände und blickte unruhig umher. »Brauchen Sie uns noch?«, fragte sie.

»Nein, wir nehmen Ihre Personalien auf und dann können Sie gehen. Wo steht denn Ihr Auto?«

»Bei Romkerhall«, sagte der Mann.

»Sind Sie nach dem Schock in der Lage zu fahren?«, fragte Eike besorgt.

»Kein Problem«, versicherte Störmer.

Inzwischen war Thomas Eckert herübergekommen und notierte Namen und Anschrift der Eheleute. Eike kletterte die Böschung hinab und fotografierte das Motorrad, besser gesagt, was davon übrig geblieben war. Was einstmals als stolze Harley durch den Harz cruiste, lag nun als verbogenes Schrottteil im Gestrüpp. Das Braunschweiger Kennzeichen war unversehrt. *Geile Maschine, schade drum,* dachte Eike und kletterte weiter den steilen Hang hinunter. Beim Anblick der Leiche, die ohne Kopf und unförmig dalag, erschrak er. Betroffen schaute er eine Weile auf den reglosen Körper. *Wer wird diesen Mann jetzt vermissen? Eine Frau oder Freundin, vielleicht sogar seine Kinder?* Eike brauchte einige Augenblicke, um seine Gedanken auf das zu lenken, was er tun musste. Dann richtete er die Kamera auf den Leichnam und war froh, wieder nach oben zu klettern.

»Kein schöner Anblick, was?«, bemerkte Thomas, als er ankam.

»Daran gewöhnst du dich nie«, antwortete Eike und schritt suchend die Leitplanke ab, um zu ergründen, wo genau es zur Kollision gekommen war. Nur einige Meter talwärts entdeckte er eine stark deformierte Stelle, an der Blutspuren und Lackrückstände vom Motorrad hafteten. Er machte ebenfalls Fotos davon und schaute die Straße nach beiden Seiten entlang.

»Warum hatte der Mann die Kontrolle über seine Maschine verloren?«, fragte Eike nachdenklich.

»Überhöhte Geschwindigkeit und misslungenes Überholmanöver. Der Klassiker«, meinte Thomas.

»Ich sehe keinerlei Bremsspuren, nur die Schleifspuren, die unter die Leitplanke führen, und außerdem hätten die anderen Verkehrsteilnehmer das mitbekommen und den Notruf abgesetzt«, entgegnete Eike. »Es gäbe Unfallzeugen«, fügte er hinzu, legte ein Bandmaß auf die Schleifspur und machte sich Notizen.

»Fahrerflucht des Beteiligten?«, stellte Thomas zur Diskussion.

»Nicht bei dieser Nummer. Der würde glatt in den Knast wandern, wenn das raus käme«, widersprach Wolf.

»Dann Steinschlag oder Wildwechsel«, spekulierte Thomas weiter.

»Kaum«, wandte Eike ein. »Wo soll der Stein herkommen? Der Berghang drüben ist bewachsen und Wildwechsel ist unwahrscheinlich. Hier wechseln höchstens Mäuse die Fahrbahn.«

Thomas sah ihn entrüstet an. »Mensch, Eike, willst du wieder einmal den Unfallort zum Tatort machen, du verkappter Kriminaler. Wir sollen einen Verkehrsunfall aufnehmen und in keinem Mord ermitteln. Lass das nicht den Dicken mitkriegen. Du weißt, wie er ist«, warnte Thomas Eckert.

»Der Dicke? Der kann mich mal, schließlich dürfen wir keine Möglichkeiten auslassen, dafür sind wir Profis«, gab Eike zu bedenken.

»Wieso nennst du ihn eigentlich *der Dicke*? Er ist doch gar nicht so dick«, wollte Thomas wissen.

»Na ja, schlank ist er auch nicht. Ich nenn ihn so, weil er sich immer wie ein Schulmeister aufplustert und »dicke« tut«, antwortete Eike.

»Sei vorsichtig, Struwe hat deine Eigenmächtigkeiten schon längere Zeit satt, sonst hätte er dich nicht nach Altenau verbannt. Er ist Pragmatiker und will die Fälle erledigt wissen«, ermahnte Thomas.

»Vor allem will er Polizeirat werden, dieser Streber. Aber glaub mir, nicht alles, was nach Unfall aussieht, ist einer. Ich lass mich ungern verarschen«, antwortete Eike.

»Du bist ein hoffnungsloser Fall«, warf ihm Thomas vor.

»Dann tippe ich eben auf technischen Defekt als Unfallursache. Kette gerissen oder Kolbenfresser, was weiß ich.«

»Wäre denkbar«, stimmte Wolf zu, »das werden die Sachverständigen später klären.«

Aus Richtung Oker schallten Martinshorne das Tal hinauf. Wenig später trafen der Notarzt und ein Polizeiwagen der vorgesetzten Dienststelle aus Goslar ein. Beide Fahrzeuge bogen in den Parkstreifen zwischen Marienwand und Okerstau ein und stoppten. Die Signalhorne erloschen, Türen klappten und Männer in roten und schwarzen Uniformen stiegen aus.

»Das glaub ich jetzt nicht«, sagte Thomas, »sieh mal, wer da kommt.«

»Ach ne, der Dicke, unser Polizeirat in spe«, murmelte Eike mit einem ironischen Unterton.

»Und sein Ziehhund Ingo Schröter«, tuschelte Thomas aus dem Mundwinkel.

Ben Struwe schritt bedächtig auf die beiden Polizisten zu, während Schröter wie sein Bodyguard am Wagen blieb. Wie gewöhnlich zog Struwe ein Gesicht, als wäre Freundlichkeit bei Strafe verboten.

»Ah, Wolf und Eckert. Haben Sie alles aufgenommen? Fotos, Uhrzeit, Ort. Wer ist das Unfallopfer? Wo sind die Zeugen?«, stürmte er auf sie zu.

»Frohe Ostern, Herr Struwe«, begrüßte ihn Eike, »ziemlich viele Fragen auf einmal, finden Sie nicht?«

»So?«, wandte Struwe ein und hob seine Brauen. Wolf verbarg sein Grinsen. Er kannte diese Fragefloskel von seinem Chef, die dieser gern verwendete, wenn er keinen weiteren Stich bei seinem Gegenüber mehr landen konnte.

»Es ist alles soweit dokumentiert. Zwei Wanderer haben den Unfall entdeckt und gemeldet. Die Personalien sind festgehalten. Unfallzeugen gibt es nicht. Die Identität des Opfers muss noch ermittelt werden«, spulte Eike im Telegrammstil herunter.

»Okay, ist die Staatsanwaltschaft informiert?«, fragte Struwe.

»Nein, ich wollte den Fall vorher mit Ihnen besprechen«, antwortete Eike.

»Was gibts da zu besprechen«, blaffte er Eike an. »Der Fall ist eindeutig. Überhöhte Geschwindigkeit in einer Kurve, das müssten Sie als Motorradfahrer eigentlich erkennen.«

Eike Wolf glaubte, er höre nicht recht. »Die Kollisionsstelle liegt in keiner Kurve. Der Fahrer ist auf einer Geraden gestürzt, und ich frage mich, warum? Der Unfallhergang ist keineswegs eindeutig«, rechtfertigte er sich.

Struwes Brauen wippten aufgeregt, wie immer, wenn man ihm widersprach. »Ihr kriminalistischer Spürsinn geht wieder mit Ihnen durch, Wolf. Sie sollten sich bei der Kripo bewerben.« Er drehte seinen gewichtigen Körper zur Seite, wo eben der Notarzt über die Leitplanke kletterte und den Kopf schüttelte.

»Es ist jedes Jahr dasselbe. Mit steigendem Sonnenstand steigt die Todesrate bei den Motorradfahrern. Das muss endlich aufhören. Kann man denn gar nichts dagegen tun?«, fragte er erregt.

»Sie könnten den Harz für Motorräder sperren, nur dann haben Sie umgehend den Tourismusverband am Hals. Außerdem wäre das politisch kaum durchsetzbar«, sagte Wolf.

Der Arzt überreichte ihm wortlos die Todesbescheinigung und eine Geldbörse. »Die steckte in seiner Jacke«, erklärte er. An die beiden Sanitäter gerichtet sagte er: »Wir sind dann hier fertig.« Sie nahmen ihre Rucksäcke auf und gingen zum Rettungswagen hinüber.

»Und gegen notorische Raser sind Sie eh machtlos. Da helfen keine Kontrollen und gute Worte«, rief Struwe ihnen nach, fummelte sein Handy aus der Hosentasche, strich ein paar Mal über das Display und drückte es sich ans Ohr. Die drei rot gekleideten Männer stiegen in den Rettungswagen und fuhren ab.

Eike betrachtete die Geldbörse, sie war aus feinem Leder gefertigt. Er klappte sie auf und blätterte die Einstecktaschen durch. In den Geldscheinfächern steckten 175 Euro. Außerdem fand er Kreditkarten, den Führerschein, Personalausweis und etwas Kleingeld. Er entnahm den Ausweis und las: Maik Rusteberg, geboren am 22. Februar 1985, wohnhaft in Braunschweig.

Ben Struwe steckte sein Smartphone zurück. »Die Leiche ist von der Staatsanwaltschaft freigegeben«, sagte er, »verständigen Sie den Bestatter und einen Abschleppdienst.«

Eike sah ihn verwundert an. *Was hatte Struwe dem Staatsanwalt erzählt? Unangepasste Geschwindigkeit – Selbstverschulden – zu den Akten – Feierabend.* »Ich würde an Ihrer Stelle vorher die Spurensicherung kommen lassen, nur um sicher zu gehen«, riet Eike seinem Chef.

»Um sicher zu gehen, dass wir uns blamieren? Wolf, es reicht jetzt«, maulte Struwe ihn an, »Sie machen sich lächerlich. Wie viele Motorradunfälle haben Sie schon aufgenommen?«

»Auf jeden Fall zu viele«, antwortete Wolf.

»Und? Konnte bei allen der Unfallhergang eindeutig nach-vollzogen werden?«, fragte Struwe.

»Nicht unbedingt«, druckste Eike, »aber zumindest waren die Ursachen plausibel.«

»Na bitte. Für mich ist dieser ebenfalls plausibel, und jetzt ist Ende der Diskussion. Morgen will ich den Bericht haben«, wies Struwe jeden weiteren Einwand von vornherein ab und bewegte sich selbstgefällig zu seinem Dienstwagen. Ingo Schröter hielt ihm die Beifahrertür auf, sprang dann hinters Steuer und startete den Motor. Struwe lies die Seitenscheibe herunter. »Unangepasste Geschwindigkeit«, sagte er in einem Ton, der keinen Widerspruch duldete. »Und die Presse werde ich persönlich informieren. Haben wir uns verstanden?«

»Immer«, sagte Eike.

»So? Dann ist ja gut«, antwortete Struwe, schloss die Scheibe und gab Schröter ein Zeichen loszufahren.

Eike warf ihm gedanklich noch einige Gemeinheiten nach und rief dann einen Bestatter sowie den Abschleppdienst in Oker an.

»Ehrlich gesagt, es fällt mir echt schwer, an ein Fremdver-schulden oder gar Verbrechen zu glauben«, meldete Thomas seinerseits Zweifel an.

»Ich glaube gar nichts«, erwiderte Eike, »ich will es nur ausschließen.«

»Klaro«, sagte Thomas. Beide setzten sich auf die Leit-planke und genossen die wärmende Sonne, während sie warteten.

Der Leichenwagen traf kurz vor dem Abschleppdienst ein. Eike erklärte ihnen kurz die Situation am Unfallort.

Die Bestatter gingen diszipliniert und taktvoll zu Werke. Wortlos zogen sie einen Metallsarg aus dem Wagenheck und kletterten damit den Abhang hinunter. Als sie zurückkamen, setzten sie den Sarg neben dem Helm ab, lösten den Kopf heraus und legten ihn mit hinein. Die ganze Prozedur lief äußerst routiniert ab, und Eike war froh, dass er nicht um Hilfe gebeten wurde.

Die Leute vom Abschleppdienst warteten, bis der Leichenwagen abgefahren war, und zogen dann mit dem Bordseilzug des Abschleppwagens die Harley den Hang hinauf. Eike und Thomas fassten oben mit an und hoben die Maschine über die Leitplanke. Auf dem Asphalt waren die Schäden am Motorrad in vollem Umfang zu erkennen. Eike machte erneut einige Bilder und testete die Funktionen von Bremse und Kupplung. Beide funktionierten ordnungsgemäß, selbst die Reifen waren unbeschadet, auch die Antriebskette war intakt. Eike sah Thomas an. »Ich würde sagen, ein technischer Defekt scheidet aus.«

»Na prima, das untermauert deine Theorie, Sherlock Homes«, meinte Thomas flapsig.

»Ja, aber das reicht mir nicht«, sagte Eike.

»Wieso nicht? Was denn noch?«, maulte sein Kollege.

»Lass uns ein Stück die Straße runter gehen, vielleicht finden wir etwas«, schlug Eike vor.

Thomas schob sichtlich genervt seine Schirmmütze nach hinten. »Oh Mann, und ich habe gehofft, es bleibt noch ein bisschen Ostern für mich übrig«, muckschte er.

Eike klopfte ihm kameradschaftlich auf die Schulter. »Bald ist ja Weihnachten«, sagte er. Thomas verzog mürrisch den Mund.

Eike ging vorweg, jeweils fünf Schritte, dann blieb er stehen und inspizierte die Fahrbahn und deren Ränder. Die nächsten fünf.

»Wonach suchen wir eigentlich?«, fragte sein Kollege.

»Ich weiß es selbst nicht. Wenn wir es finden, werden wir es wissen«, erklärte Eike und setzte den Weg fort. Plötzlich packte ihn Thomas am Jackenärmel und riss ihn fast zu Boden.

»Was ist denn mit dir los?«, fragte Eike überrascht und stützte seinen Kollegen. »Hast du was eingenommen?«

»Scheiße, ich bin auf was Rutschiges getreten«, antwortete Thomas.

»Vielleicht war es ja Scheiße – Hundescheiße«, vermutete Eike.

Thomas hob den rechten Schuh und guckte unter die Sohle. »Nee, da ist nichts.«

Eike suchte die Fahrbahn ab. »Doch, hier ist etwas«, sagte er. »Guck mal! Siehst du die silbern schimmernden Körner?«

Thomas bückte sich und fummelte einige davon mit Daumen und Zeigefinger von der Fahrbahn. »Ist feiner Sand«, stellte er fest und zeigte sie Eike, der ebenfalls eine Probe aufsammelte und sie in der Handfläche genauer betrachtete.

»Ich habe selten so gleichmäßige Sandkörner gesehen. Sieh mal, wie die rollen. Das ist kein gewöhnlicher Sand.« Eike trat mit dem Fuß auf die Stelle der Fahrbahn, wo die Körner lagen und schlitterte mit dem Schuh darüber. »Glatt wie Schmierseife. Das ist kein Sand«, sagte er.

»Was dann?«, fragte Thomas.

»Keine Ahnung. Fragt sich nur, wie das hierher kommt?« Eike ging in die Hocke und peilte über den Asphalt.

»Hat irgendjemand verloren und nicht gemerkt. Vielleicht aus einem Sack rausgerieselt«, mutmaßte Thomas.

»Das hätte eine längere Spur gezogen. Ich sehe aber keine«, widersprach Eike.

»Was willst du damit sagen?«, wollte Thomas wissen.

»Gar nichts, ich stelle nur fest. Überleg doch mal, wenn der Motorradfahrer an dieser Stelle gestürzt ist, dann passt die Schleifspur genau ins Bild«, antwortete Eike. Er kramte zwei Asservatentüten aus der Hosentasche, füllte in jede eine kleine Menge von dem Granulat hinein und beschriftete sie mit Datum, Uhrzeit und Fundort. Eine war für die KTU bestimmt und die andere wollte er sich selbst auf der Dienststelle genauer ansehen.

»Wir müssen die Fahrbahn abfegen, damit nicht noch jemand anderes in der Leitplanke landet«, sagte er.

Thomas ging zum Auto, holte einen Besen und säuberte die Straße, während Eike auf den Verkehr achtete.

Auf der Rückfahrt zur Dienststelle kreisten Eike unablässig Fragen durch den Kopf. *Was für ein Granulat ist das? Hat das den Sturz verursacht? Und warum hatte es dort auf der Straße gelegen?*

Es war spät geworden. Eike saß noch am Schreibtisch und tippte den Unfallbericht in den PC, als es klingelte. Pia stand vor der Tür. »Ich sah noch dein Auto. Willst du keinen Feierabend machen?« Sie strahlte ihn aus ihren blaugrünen Augen an.

»Doch gleich, muss nur diesen lästigen Einsatzbericht fertigmachen«, brummelte er.

»Ich habe den Grill angefeuert. Soll ich schon ein Steak für dich drauflegen?«, fragte sie.

»Ja, und eine Krakauer dazu. Ich komme gleich rüber.«

»Dann bis gleich.« Pia drehte sich um und eilte davon. Eike hatte augenblicklich den Duft des gegrillten Fleisches in der Nase und sein Mund wurde wässrig. Er sputete sich, mit dem Bericht fertig zu werden, indem er unter dem Punkt Besonderheiten den Fund des sonderbaren Granulates ausdrücklich erwähnte. Das würde der Dicke höchstwahrscheinlich als Nichtigkeit abtun, aber wenn es ihm nicht passte, hätte er die Schreibarbeit selber machen müssen. Eike fügte das Dokument an die Email für Ben Struwe und holte schwungvoll mit dem Zeigefinger aus. »Uuuund ab«, rief er. Der Finger sauste auf die Enter-Taste nieder. Er sprang aus seinem Stuhl, schloss die Bürotür ab und hing das Schild mit der Notruf- und Dienststellennummer außen an. Die Wache in Altenau war nur tagsüber besetzt. Im Notfall wurden die diensthabenden Polizisten von der Zentrale direkt verständigt.

Pias Bikerpension lag gleich um die Ecke in einem harztypischen Fachwerkhaus mit Holzverschalung und niedrigen Räumen. Ihre Großeltern hatten ihr das Gebäude vor acht Jahren vererbt, da sie die einzige Enkelin war. Pias Liebe zum Motorradfahren brachte sie auf die Idee, daraus eine Bikerpension zu machen. Der Harz hatte sich in den letzten Jahren zu einem Eldorado für Motorradfahrer entwickelt, und sie glaubte fest an einen Erfolg, wenn sie mehr bot, als nur ein Bett zum Schlafen. Die Banker jedenfalls konnte sie von ihrer Geschäftsidee überzeugen, und sie wurden nicht enttäuscht. Es sprach sich in Bikerkreisen rasch herum, dass es bei Pia sogar eine kleine Werkstatt gab, in der man einfache Reparaturen selbst erledigen konnte. Biker hatten immer etwas an ihren Maschinen zu schrauben oder zu putzen.

Wenn nach dem Grillen das Lagerfeuer prasselte und Pia ihre alte Klampfe zupfte, dann schollen die Countrylieder weit über Altenau hinaus. Eike musste schmunzeln, als Bilder von durchzechten Sommernächten in seinem Kopf wie eine Diashow abliefen.

Pias Bikerstopp stand auf dem Schild über der Tür. Eike roch den Grill bereits auf der Straße und schlupfte gleich durch die Gartenpforte. Pia hantierte am Rost und unter dem Vordach auf der rustikalen Biergartengarnitur saßen drei Typen in Lederkluft. Zwei Männer und eine Frau. Sie schauten sichtlich irritiert, als sie einen Polizisten kommen sahen.

»Keine Sorge«, rief Pia ihnen zu, »das ist einer von uns.« Sie wischte sich die Hände an der Grillschürze ab und umarmte Eike kurz zur Begrüßung. Dann wies sie mit der Hand auf ihre Gäste. »Das sind Siggi, Beule und Milly aus Salzgitter.«

»Hi, ich bin Eike«, grüßte er und klopfte auf den Tisch.

»Okay, ich dachte schon, die Polizei kontrolliert jetzt außer der Geschwindigkeit auch die Anzahl der verdrückten Bratwürstchen«, sagte der, den sie Beule nannten, und lachte.

»Nein, höchstens die Anzahl der Biere. Falls ihr also heute noch fahrt, lass ich euch allesamt pusten.« Sie lachten.

»Nicht nötig, wir fahren erst morgen zurück«, sagte Milly, »setz dich doch zu uns.« Eike rutschte zu ihr in die Bank und Pia widmete sich wieder dem Grill. Nach einer Weile schaute Milly Eike betroffen an. »Pia erzählte uns von einem tödlichen Unfall, heute im Okertal. Was ist denn passiert?«, fragte sie.

»Ja, leider. Ein junger Mann aus Braunschweig. Wie es dazu kam, wissen wir nicht. Es gibt keine weiteren Beteiligten und keine Zeugen«, berichtete Eike.

»Das ist ja schrecklich«, sagte Milly.

»Bestimmt wieder so ein todeshungriger Brenner«, glaubte Siggi zu wissen. »Diese Idioten bringen die ganze Zunft in Verruf.«

»Nun mal langsam mit Vorurteilen«, wies ihn Eike zurecht. »Der arme Kerl fuhr einen Chopper und muss urplötzlich gestürzt sein, es gibt keine Bremsspur. Die Maschine war technisch okay, die Straße ebenfalls.« Sie sahen sich an und schwiegen eine Weile.

»Weißt du, wie der Mann heißt?«, unterbrach Pia das Schweigen.

»Maik Rusteberg, zweiunddreißig Jahre«, sagte Eike.

»Oh nein!« Pia schaute Eike bestürzt an. »Fuhr er eine Harley?«, fragte sie nach.

»Ja, kennst du ihn?«, fragte Eike.

»Er hat letztes Jahr bei mir übernachtet. Ein schräger Typ. Erinnerte mich ein bisschen an Wyatt aus Easy Rider.« Pia wandte sich erneut den Bratwürstchen zu.

»Man stürzt doch nicht einfach ohne Grund«, stellte Beule fest.

»Sicher nicht, vielleicht ist das der Grund.« Eike holte den Plastikbeutel aus der Jackentasche und schüttete etwas Granulat in seine Handfläche. »Hier, sieht aus wie Sand, ist aber keiner. Das Zeug macht die Fahrbahn rutschig wie Schmierseife.« Alle sahen gebannt auf die Substanz in Eikes Hand.

»Zeig mal«, sagte Beule und nahm etwas davon zwischen Daumen und Zeigefinger. »Fühlt sich an wie kleine Perlen. Hast du eine Lupe, Pia?«

»Ob ich die jetzt finde? Hab sie eine Ewigkeit nicht gebraucht«, sagte sie und übergab die Grillzange an Eike. »Pass bitte mal auf die Würstchen auf.« Sie ging ins Haus und kam nach einigen Minuten mit einer Lupe zurück. »Ist noch von meinem Großvater«, sagte sie und reichte Beule das Vergrößerungsglas. Der suchte damit den richtigen Abstand zur Handfläche und schaute eine Weile gebannt auf das Granulat.

»Na, was ist?«, fragte Pia.

»Sag ich doch. Das sind klitzekleine Glaskugeln«, stellte er fest.

»Lass mal sehen«, forderte Eike. Beule gab ihm die Lupe. »Tatsächlich«, staunte er. »Ich bin sicher, dass das Zeug den Unfall verursacht hat. Die Frage ist, wozu braucht man das und wie kommt das auf die Straße?«

»Finde es heraus, du bist der Bull ... ich meine Polizist«, sagte Milly.

»Sprich es ruhig aus«, sagte Eike lächelnd. »Der Bulle wird es herausfinden, verlasst euch darauf«, ließ er wissen.

Pia servierte einen Teller mit Steaks und Würstchen. »Guten Appetit!« Sie aßen genüsslich.

»Köstlich«, lobte Eike die letzten Stücke kauend, wischte sich mit der Serviette die Barbecuesoße vom Mund und spülte mit einem Schluck Cola nach. »Wie ist es mit euch?«, fragte er, um das Gespräch erneut aufzugreifen, »was reizt euch am Harz, die Natur oder allein die Beschleunigung in den Kurven?«

»Beides«, meinte Siggi, »der Harz ist perfekt für absoluten Fahrspaß.«

»Du erlebst den dreidimensionalen Ritt. Kurve rechts, Kurve links, Berg rauf, Berg runter, einfach nur geil«, meinte Beule und folgte seiner Schilderung mit der Hand.

»Bis du wieder zweidimensional auf der Straße landest, du Tiefflieger«, entgegnete Milly.

»Wieso, hast du schon einmal den Asphalt geküsst?«, fragte Eike nach.

»Einmal?«, meinte Milly vorlaut, »was meinst du, warum der Beule heißt?« Alle lachten schallend auf.

»Wer Spaß haben will, darf das Risiko nicht scheuen. Das gilt für sämtliche Sportarten«, rechtfertigte sich Beule.

»Da ist was dran«, gab Eike zu, »aber man darf sich dabei nicht selbst überholen.«

»Die Saison hat gerade begonnen und schon der erste Tote«, klagte Milly.

»Wir haben jedes Jahr mindestens drei tote Biker im Harz. Von den Schwerverletzten mit Bein- oder Armverlust, oder die, die im Rollstuhl landen, will ich gar nicht sprechen. Das kann so nicht weitergehen«, sagte Pia. »Es hat sich inzwischen eine Aktivistengruppe formiert. Die nennen sich *Raserfreier Harz*. Vielleicht können die mehr erreichen als Blitzeraktionen und Strafandrohungen.«

»Das glaub ich kaum. Diese Spinner auf ihren Rennmaschinen kannst du mit nichts erreichen«, gab Siggi zu bedenken, »aber vielleicht dezimieren die sich ja selber.«

Eike wog missbilligend den Kopf hin und her. »Es kommen ständig Neue nach. Hoffentlich wird die Politik nicht zu drastischen Maßnahmen gezwungen, das würde auch die Vernünftigen treffen«, warf er ein.

»Willst du damit sagen, man ist diesen Knallköppen gegenüber machtlos?«, setzte Milly nach. Niemand schien eine Antwort parat zu haben.

»Nein«, wandte Pia ein, »nur WIR können die Knallköppe zur Vernunft bringen.« Alle Blicke hafteten plötzlich erwartungsvoll an ihr.

»Was meinst du mit *WIR*?«, wollte Eike wissen.

»Indem wir sie outen. Sie müssen sich ausgegrenzt fühlen«, sagte Pia.

»Und wie willst du das anstellen?«, fragte Beule nach.

Pias Augen rollten über die Gesichter der Anderen. »WIR müssen zeigen, dass wir uns auf der Straße wie Gäste benehmen und jegliche Rennpistenmanieren ablehnen.«

Eike sah sie mit erhobenen Brauen an. »Ja, schön, und wie?«

»Wir machen das durch ein weißes Band am Lenker erkennbar und erklären es jedem, der danach fragt«, antwortete sie.

»Okay, ich mach mit«, sagte Eike. »Und wann fangen wir an?«

»Sofort«, sagte Pia entschieden.

Es war noch früher Abend, als sich die drei Gäste auf ihre Zimmer verabschiedet hatten. Sie wollten morgen zeitig raus. Eike half Pia beim Aufräumen.

»Trinkst du noch ein Bier«, fragte Pia, nachdem sie allein waren und sich am Tisch gegenüber saßen.

»Nein danke, ich muss noch fahren«, lehnte Eike ab.

»Wieso? Ich dachte, du bleibst über Nacht«, sagte sie enttäuscht.

»Du, heute nicht, mir ist nicht danach zumute.« Er nahm ihre Hand.

Sie entzog sich seiner zärtlichen Geste. »Hast du deine Tage, oder was ist los?«, keifte sie ihn an und ihr Blick verlor die warmherzige Ausstrahlung. »Wann war dir denn das letzte Mal danach zumute? Ich kann mich kaum noch erinnern.«

»Pia, bitte«, versuchte Eike sie zu besänftigen.

»Wir sind seit einem halben Jahr zusammen, aber du hältst immer noch an deiner Wohnung in Clausthal-Zellerfeld fest. Warum willst du nicht bei mir wohnen?«

»Struppi, du weißt warum«, sagte Eike.

»Nenn mich nicht Struppi, nicht jetzt!«, wies sie ihn zurecht. »Mann, ich begreif das nicht, deine Frau ist mittlerweile drei Jahre tot, langsam müsstest du darüber hinweg sein.«

»Nicht nur meine Frau, auch mein Kind, Pia – auch mein Kind.«

Pia nahm nun ihrerseits seine Hand. »Eike, es war noch nicht einmal geboren«, sagte sie einfühlsam.

»Mir ist oft so, als würde es im Kinderzimmer in der Wiege liegen. Ich hatte mich so sehr darauf gefreut. Wenn ich dort wegziehe, hätte ich das Gefühl, ich würde es im Stich lassen.«

Pia sprang mit einmal auf. »Dann lass dir helfen oder geh ins Kloster.«

Sie lief ins Haus. Eike folgte ihr.

»Pia, gib mir etwas Zeit«, sagte er.

»Nein. Ich will mit dir zusammen sein. Jetzt!«, fauchte sie ihn an. »Überleg es dir, aber nicht zu lange.«

»Pia, ich ...«

»Hau ab! Verschwinde, ich will dich nicht mehr sehen.« Sie wandte sich ab.

»Pia, lass mich ...«

»Hau ab!«

Eike ging ohne Erwiderung, er kannte Pia. Wenn sie kein Einsehen hatte, brauste sie auf hundertachtzig hoch, aber in ein bis zwei Tagen war alles vergessen.

Dienstag, 3. April 2018
Hannover, Landtagsgebäude

Pascal Koch federte beschwingt die Eingangsstufen des Landtagsgebäudes hinauf und durchquerte die Eingangshalle. Die geschwungene Treppe in den ersten Stock nahm er in selbiger Manier und eilte den Korridor entlang. Fast am Ende, hinter einem Empfangstresen, lächelte Manuela Fricke, die Sekretärin des Fraktionsvorsitzenden, ihm freundlich zu.

»Hallo, Pascal, lange nicht gesehen«, begrüßte sie ihn. Sie sah bezaubernd aus in ihrem nachtblauen Kostüm, das ihre üppige Figur umschmeichelte.

»Wie immer viel zu tun. Wahlkreisveranstaltungen, Ausschusssitzungen, Fraktionssitzungen, Plenarsitzungen. Sitzung, Sitzung, Sitzung«, leierte er genervt runter.

Sie trat näher an den Tresen heran und gewährte ihm einen verführerischen Blick auf ihr Dekolleté. »Du solltest dir mal ein paar entspannende Stunden gönnen. Ich kenne einige nette Bars in Hannover, die ich dir zeigen könnte«, bot sie an.

Ein verlockendes Angebot, dachte er. Aber er war in festen Händen. *Obwohl ...,* er zögerte mit der Antwort. *Wie würde sich ihr Körper im Bett anfühlen oder vielleicht sogar unter der Dusche? Er würde es gerne herausfinden.*

»Ist Martin in seinem Büro?«, fragte er rasch.

Sie verzog etwas den Mundwinkel. »Ja, er wartet auf dich«, sagte sie formell und verschwand wieder hinter ihrem Schreibtisch.

Pascal klopfte an Martin Bödeckers Bürotür. Er hörte keine Aufforderung zum Eintreten, deshalb lauschte er noch einige Sekunden und öffnete dann die Tür einen Spalt, sodass er den Kopf hindurchstecken konnte. Bödecker stand vor seinem Schreibtisch an die Tischplatte gelehnt und hatte das Telefon am Ohr. Er wirkte nervös. Als er Pascal sah, winkte er ihn herein und deutete ihm, sich zu setzten. Er kam der Aufforderung nach und wählte einen der bequemen Sessel an dem runden Tisch hinter der Zimmerpalme. Unfreiwillig hörte er dem Gespräch zu.

»Im Okertal, sagtest du? Der Kopf?« – – –

»Verdammte Scheiße. Es geht wieder los. Aber das liegt in der Verantwortung des Ministers. Der muss endlich mal den Arsch aus dem Sessel kriegen.« – – –

»Nein Ben, du hältst dich vorerst raus.« – – –

»Natürlich muss er was tun, aber das Falsche, und ich werde ihn dazu drängen.« – – –

»Du fragst, wieso das Falsche? Denk doch mal nach.« Bödecker sah dabei zu Pascal herüber. »Du, ich muss Schluss machen, ich habe Besuch. Halt mich auf dem Laufenden, ja?« Er drückte die Verbindung weg und setzte sich zu seinem Parteifreund an den Tisch.

»Hi, Pascal. Das war Ben Struwe, Erster Polizeihauptkommissar in Goslar. Kennst du ihn?«

»Nur vom Hörensagen, soll ein rücksichtsloser Streber sein«, antwortete Pascal. *So einer wie Du,* dachte er bei sich.

»Ben frisst jedem aus der Hand, wenn er nur einen kleinen Vorteil riechen kann. Schon in der Schule ist er den Lehrern in den Arsch gekrochen, um ihr Wohlwollen zu erhaschen. Solchen Speichelleckern in Schlüsselämtern musst du ab und zu ein Leckerli hinwerfen«, erklärte Martin.

»Du meinst, damit man sie leicht ausnutzen kann«, glaubte Pascal.

»Ausnutzen. Was für ein taktloses Wort. Sagen wir: lenken. Das ist in der Politik das A und O, aber das musst du lernen, wenn du eines Tages mein Staatssekretär sein willst.« Bödecker zwinkerte ihm zu.

»Dazu müssen wir erst einmal die nächsten Wahlen gewinnen und dich zum Minister küren. Und ob uns das in vier Jahren gelingt?«

Martin deutete mit der Hand Zweifel an. »Der Wahlkampf beginnt nicht vor der Wahl, sondern nach der Wahl. Verstehst du?«

»Dann wäre ja ständig Wahlkampf«, schlussfolgerte Pascal.

»Du bist ein schlaues Kerlchen. Deswegen habe ich dich hergebeten, mein Lieber. Lass uns über Strategie sprechen.«

Pascal sah seinen Fraktionsvorsitzenden irritiert an. »Okay?«

»Wie gewinnt man Wählerstimmen?«, fragte Martin unvermittelt.

»Das ist eine Gretchenfrage«, sagte Pascal. »Also, indem man den Menschen aufs Maul schaut und ein abgestimmtes Parteiprogramm entwirft. Außerdem durch geschlossenes Auftreten und Bürgernähe.«

Bödecker bewegte den Kopf hin und her und sagte: »Das ist eine notwendige, aber nicht hinreichende Bedingung.«

Pascal hob die Brauen. »Was fehlt denn noch?«, fragte er.

»Den Wähler verunsichern. Er muss das Gefühl haben, das Kreuz an der falschen Stelle gemacht zu haben.«

»Verstehe«, sagte Pascal, »aber wie willst du das anstellen?«

Martin Bödecker sprang auf einmal hoch und lief fahrig im Zimmer auf und ab. Pascal schaute ihm verunsichert nach.

»Indem wir die Regierung vor uns hertreiben, damit sie Fehler machen.« Er blieb stehen und starrte Pascal an. »Wir müssen jede Gelegenheit nutzen, sie zu unpopulären Entscheidungen zu drängen. Nimm als Beispiel den tödlichen Motorradunfall im Harz, du hast davon gehört, oder?« Pascal nickte. »Jedes Frühjahr aufs Neue verunglücken Biker, und was macht die Polizei?«

»Geschwindigkeitskontrollen und Aufklärungskampagnen«, wusste Pascal.

»Und? Hilft das?«

»Kaum, aber rücksichtslosen Rennfahrern müssen doch Konsequenzen drohen. Denk doch nur an den jungen Mann letztes Jahr bei Clausthal, der durch so einen sein Leben verlor«, sagte Pascal.

Bödecker rannte aufgeregt im Büro hin und her. »Moment«, sagte er, setzte sich hinter seinen Schreibtisch und zog die Schublade auf. Er holte eine Schnupftabakdose heraus, streute eine Spur kristallines Pulver auf ein Blatt Papier und saugte es über einen Strohhalm in die Nase ein.

»Ich wusste nicht, dass du das Zeug auch schnupfst«, sagte Pascal. »Du solltest sparsam damit umgehen.«

»Was geht das dich an. Es hält mich wach und fit«, antwortete Martin unverbindlich. »Kommen wir zurück zum Thema. Also, was kann die Politik tun, um die Sicherheit auf den Harzer Serpentinen zu gewährleisten?«

Pascal überlegte und hatte eine abwegige Idee. Er sprach sie nicht aus, sondern sah Martin eine Weile an. Der nickte, als hätte er seinen Kollegen verstanden.

»Nee ne? Du meinst jetzt aber nicht, Fahrverbote verhängen oder den Harz komplett für Biker sperren?«

»Nicht sperren, aber eine Maut einführen. Vergnügen ist nirgends umsonst. Das Geld kann für touristische Zwecke verwendet werden, harztypische, verstehst du?«

»Du bist verrückt. Das ist politischer Selbstmord.«

»Eben, aber nicht unserer.« Martin wirkte weniger nervös und setzte sich wieder zu Pascal.

»Entschuldige, Martin, aber wie willst du den Minister dahin kriegen?«

»Jeder Unfall«, Bödecker machte eine Pause und verbesserte sich, »jeder tödliche Unfall bringt ihn in Zugzwang.«

Jetzt sprang Pascal auf. »Martin, jetzt verstehe ich gar nichts mehr. Was ist das für eine Strategie? Du willst mehr Unfälle? Martin! Das ist ein Widerspruch in sich.«

Martin Bödecker sah seinen Parteikollegen an und nickte erneut.

»Das ist pervers«, warf ihm Pascal vor.

»Das ist Politik«, erwiderte Bödecker.

Pascal lehnte sich zurück. »Was erwartest du von mir?«, fragte er.

»Bereite ein Pressestatement vor. Hau ordentlich auf den Putz und bezieh dich auf den letzten Unfall. Überschrift:

Kopflos durch den Harz. Schluss mit der Raserei im National-park! Wirf der Regierung Untätigkeit und Ignoranz vor. Jeder weitere Tote und Schwerverletzte ist ein Beleg für ihr Versagen. Du weißt schon, das Übliche – bla, bla, bla. Häng dich da rein. Jeden Unfall, ob im Harz oder anderswo, hauen wir dem Minister um die Ohren«, herrschte Bödecker ihn an.

Pascal Koch nickte untertänig.

Bödecker tätschelte Pascals Schulter. »Ich habe gehört, dass sich eine Aktivistengruppe formiert hat. Die nennen sich *Raserfreier Harz.* Treten in den sozialen Medien auf und stellen Schilder auf«, berichtete er. »Nimm Kontakt zu denen auf und wirf ihnen ein paar Leckerlis vor. Die werden für uns arbeiten.«

Pascal lächelte verschmitzt. »Das tun sie bereits«, sagte er.

Bödecker drehte seinen Kopf ungläubig zur Seite. »Wie jetzt?«

»Du hattest mich aufgefordert, eine Protestaktion zu starten.« Pascal stand auf und postierte sich vor seinen Parteifreund. »Ich bin *Raserfreier Harz*«, erklärte er.

»Du?«, rief Bödecker und lachte zufrieden.

»Und ein alter Kumpel von mir aus Bad Lauterberg«, ergänzte Pascal.

Bödecker erhob sich ebenfalls und legte einen Arm komplizenhaft auf Pascals Schulter. »Junge, du überraschst mich. Gut gemacht, es wird dein Schaden nicht sein«, sagte er.

»Ich werde dich gelegentlich daran erinnern«, entgegnete Pascal und wandte sich zum Gehen. Kurz vor der Tür drehte er sich um. »Angenommen, dein Plan geht auf und die Umfragewerte der Regierungspartei rauschen in den Keller. Dann hängen wir als Treiber mit drin, und die Wähler werden uns ebenfalls abstrafen«, gab er zu bedenken.

»Die schmerzlichen Maßnahmen haben wir uns nicht ausgedacht, verstehst du? Wir drehen den Spieß um.« Bödecker zwinkerte ihm erneut zu.

»Du gibst mir Rätsel auf«, sagte Pascal.

»Du wirst es noch verstehen, Warts ab.« Bödecker setzte sich zurück an seinen Schreibtisch.

Pascal verharrte eine Sekunde. »Eine Frage noch, Martin.« Bödecker blickte ihn an. »Du bist doch selbst begeisterter Motorradfahrer. Wieso kommst ausgerechnet du auf so eine Idee?«

Bödecker grinste breit. »Man muss manchmal Opfer bringen«, antwortete er.

Pascal Koch verließ irritiert das Büro.

»Das glaub ich jetzt nicht!«, rief Lars Boger erschrocken und schoss aus seinem Bürostuhl empor. Dann starrte er wie ein Zahnarztpatient auf den Bohrer durch das Großraumbüro. Viele Köpfe reckten sich verwundert über die Bildschirme und Stellwände hinweg und sahen den Chefredakteur der Goslarschen Zeitung großäugig an.

»Was ist denn los, Chef?«, fragte Malte Hahne, sein Stellvertreter.

»Kommt alle mal her, das müsst ihr euch ansehen.«

Boger winkte seine Mitarbeiter heran. Wortlos erhoben sie sich und gingen auf seinen Schreibtisch zu, der im rückwärtigen Bereich an der Fensterfront stand.

»Kommt rum, damit ihr auf den Bildschirm sehen könnt«, forderte er seine Leute auf. Sie drängten sich hinter ihm im Halbkreis zusammen und warteten gespannt, was ihr Chef ihnen vorführen würde.

»Aufgepasst«, sagte Boger, »dauert nur knapp vier Minuten.« Er tippte auf die Entertaste und ein Video startete. Gebannt blickten alle auf den Bildschirm. An einer Stelle des Films schrien die Frauen entsetzt auf: »Oh, nein!« Die Männer schlugen sich eine Hand auf den Mund. Wenige Augenblicke später sprang die CD-Lade des Laptops auf und beendete die Wiedergabe. Drückende Stille erfasste alle. Minuten standen sie sprachlos beisammen.

»Schöne Scheiße!«, zischte Malte Hahne und löste damit bei den Kolleginnen und Kollegen die betroffene Spannung.

»Wer filmt denn so was? Das ist ja krank«, bemerkte Alina Pfeifer, die für den Redaktionsbereich Kultur verantwortlich war.

»Wo hast du das her?«, fragte Hahne.

»Wurde kurz nach vier in den Postkasten geworfen. Ohne Anschrift, ohne Absender. Zum Glück hat die Poststelle mich gleich informiert«, antwortete Boger.

»Was machen wir damit?«, fragte Alina in die Runde.

»Wir stoppen als Erstes den Druck für morgen. Darüber muss auf jeden Fall noch ein Bericht rein«, meinte Malte.

»Und wir müssen die Polizei informieren«, fügte Boger hinzu.

»Warum die Polizei?«, fragte jemand der Umstehenden.

»Leute, wer immer das gefilmt hat, wusste davon. Das stinkt gewaltig nach einer Straftat«, antwortete Boger.

»Okay«, sagte Malte Hahne, »ich gebe der Druckerei Bescheid und tippe den Bericht. Einverstanden?«

»Gut Malte, danke. Und ich rufe die Polizei an«, sagte Boger und nahm im selben Augenblick den Hörer ab. Die Versammlung löste sich schweigend auf.

»Polizeiinspektion Goslar«, meldete sich der wachhabende Beamte.

»Boger, Goslarsche Zeitung. Ist Herr Struwe noch im Haus?«

»Moment, ich verbinde«, sagte der Beamte.

»Herr Boger, was kann ich für Sie tun?«, empfing ihn Hauptkommissar Struwe, den Boger aus vielen Pressekonferenzen und Tatortrecherchen kannte.

»Hallo, Herr Struwe«, begrüßte ihn Boger, »ich wollte Sie heute Nachmittag wirklich nicht belästigen, aber bei uns ist eine anonyme DVD eingegangen, die Ihnen voraussichtlich den Feierabend vermasseln wird.«

Ben Struwe brauchte einen Moment, um zu antworten. »Machen Sie keine Witze, Boger. Was für eine DVD?«

»Das kann man am Telefon schlecht erklären, das müssen Sie sich ansehen. Am besten ich bringe sie Ihnen gleich rüber«, schlug Boger vor.

»Gut, bis gleich.« Struwe unterbrach das Gespräch.

Mittwoch, 4. April 2018
Bad Lauterberg

Das Aprilwetter strafte das Sprichwort *April, April, der macht, was er will* Lügen, denn seit Wochen schien die Sonne, als hätte sie den blauen Himmel für sich gepachtet. Stella saß an diesem Nachmittag mit ihrer Mutter auf der Terrasse im Schatten des Sonnenschirmes und redeten. Stellas Vater kam aus dem Wohnzimmer heraus dazu, löste den Krawattenknoten und schlug die Manschetten zweimal um.

»Schön, dass du heute früher Feierabend gemacht hast«, sagte Stellas Mutter zu ihm.

»Hallo ihr zwei«, erwiderte er, gab beiden zur Begrüßung einen Wangenkuss und setzte sich zu ihnen. »Drei Verhandlungen hintereinander beim Landgericht in Göttingen, das reicht für heute.« Er langte nach der Zeitung, die auf dem Tisch lag.

»Möchtest du etwas trinken, Papa?«, fragte Stella.

»Ein Bier wäre jetzt genau das Richtige, aber bemüh dich nicht, ich geh schon.«

Er stand auf und wollte ins Haus gehen. Stella griff an die Reifen ihres Rollstuhles, rangierte geschickt vom Tisch weg, schoss nach vorne und schnitt ihrem Vater den Weg ab. Er wäre beinah über sie gestolpert.

»Papa!«, fuhr sie ihn scharfzüngig an, »ich bin zwar behindert, aber nicht hilflos. Durch deine übertriebene Fürsorge gibst du mir genau dieses Gefühl. Wann begreifst du das endlich?«

»Entschuldige«, sagte er und setzte sich wieder.

Stella rollte ins Haus, das ihre Eltern rollstuhlgerecht umgebaut hatten, und kam kurze Zeit danach mit einer Bierflasche und einem Glas zurück.

Ihr Vater blickte hinter der Zeitung hervor. »Danke!«, sagte er, goss sich etwas ein und las weiter. »Habt ihr den Bericht über den Motorradunfall im Okertal gelesen?«, fragte er nach einer Weile sichtlich berührt.

»Ja. Schrecklich, nicht wahr?«, antwortete Stellas Mutter betroffen. »Aber die haben selbst schuld, warum rasen die so?«, fügte sie entrüstet hinzu.

Jörg Reimers schaute eine Weile nachdenklich ins Leere. »Es muss etwas geschehen«, sagte er gedankenversunken. »Es müssen ja nicht noch mehr Menschen im Rollstuhl landen.« Er schaute dabei zu Stella.

»Oder gar im Sarg«, fügte Stellas Mutter hinzu.

»Aber was willst du dagegen tun, wenn Verkehrsregeln mutwillig missachtet werden?«, gab Stella zu bedenken.

»Verkehrssicherheit ist Aufgabe der Politiker, aber die orientieren ihre Beschlüsse lieber an Lobbyinteressen und Umfragewerten als an Erfordernissen.« Er starrte erneut in die Ferne. »Das muss aufhören«, sagte er schließlich.

»Was meinst du?«, fragte Stella nach.

»Da helfen nur drastische Maßnahmen«, antwortete er.

»Und welche?«, wollte Stella wissen.

»Wo ist eigentlich Sven? Ich habe ihn eine Weile nicht gesehen«, wich ihr Vater der Antwort aus.

Der Gedanke an Sven durchfuhr sie wie ein brennender Schmerz und sie versuchte, die aufkommenden Tränen zurückzuhalten, jedoch vergeblich.

»Was ist, Kleines? Habe ich etwas Falsches gesagt?«, fragte ihr Vater, den die Tränen seiner Tochter irritierten. Stella schniefte und winkte ab. Sie brauchte einen Moment, um ihre Gefühle in den Griff zu bekommen. Jörg Reimers sah seine Frau fragend an. Auch sie hatte jetzt einen feuchten Glanz in ihren Augen. »Tina, was hat das zu bedeuten?«, fragte er.

»Warte einen Augenblick. Stella soll es dir selber sagen«, antwortete sie.

Stella schnäuzte die Nase und wischte sich die Tränen aus dem Gesicht. »Er ist ein Arsch«, sagte sie mit weinerlicher Stimme. »Seit ich im Rollstuhl sitze, ist er völlig verändert.

Offenbar kann er es nicht aushalten, seine behinderte Freundin durch die Gegend zu schieben.« Sie zog kurz die Nase hoch. »Es ist nichts mehr wie früher, er lacht nicht wie früher, er blödelt nicht mit mir wie früher und er sieht mir nicht mehr so tief in die Augen wie früher. Ich glaube, er schämt sich meiner, und das ist das Schlimmste für mich.« Stella weinte laut auf und konnte sich kaum beruhigen. Ihr Vater beugte sich zu ihr und wollte sie umarmen. »Lass das jetzt«, wies sie ihn ab. Dann sprach sie weiter: »Des Öfteren machte er unverständliche Bemerkungen, von wegen, das sei für ihn noch nicht das Ende, und Vergebung bringe kein Heil.«

»Was meinte er damit?«, fragte ihr Vater.

»Keine Ahnung. Ich habe mit ihm Schluss gemacht.« Tränen liefen wie ein Rinnsal über ihre Wangen.

Ihr Vater legte tröstend die Hand auf ihre Schulter. »Das klingt nach posttraumatischer Belastungsstörung. Er sollte sich behandeln lassen. Soll ich mit ihm reden?«, bot er an.

»Das bringt nichts. Ich habe es schon versucht, da ist er ausgerastet«, schluchzte Stella. Ihre Eltern sahen sie stumm an, und Stella wusste, wie ihnen zumute war. »Es ist vorbei«, sagte sie.

Was Stella nicht wusste, war, dass es gerade erst begonnen hatte.

Eike Wolf hatte die letzten beiden Nächte kaum geschlafen. Der Streit mit Pia hatte die schmerzliche Erinnerung an seine Frau Nadine und das Kind wieder aufgewühlt. Bilder einer Zeit, die von Vorfreude auf das Baby erfüllt war, ließen ihn nicht einschlafen. Ihr Alltag hatte sich damals ausschließlich um das heranwachsende Leben gedreht. Wenn sie abends im Bett lagen, hatte er seine Hand auf ihren gewölbten Bauch gelegt und es strampeln gespürt. Nadine war im achten Monat schwanger gewesen. Eike liebte Kinder und bald würde er sein eigenes im Arm halten. Das Kinderzimmer hatten sie bereits liebevoll hergerichtet. Und dann schlug das Schicksal erbarmungslos zu. Eine schwere Geburt beendete Nadines Leben und das seines Kindes. Das war für ihn der Weltuntergang gewesen. Er hatte Wochen gebraucht, um es zu begreifen.

Zwei Jahr danach lernte er Pia kennen, und mit ihrer erfrischend direkten Art schubste sie ihn förmlich ins Leben zurück. Sie hatten zusammen unvergessliche Motorrad-Touren unternommen und viel gelacht. Immer seltener dachte er vor dem Einschlafen an Nadine, dafür häufiger an Pia. Nur das Kind, was er nie gesehen hatte, bekam er nicht aus dem Kopf, und die selbst gebaute Wiege im Kinderzimmer wartete vergebens auf das ersehnte Würmchen.

Eike wischte sich mit den Handballen die Bilder aus den Augen und schaute auf das Foto an der Wand, von dem Pia ihm zulächelte. Sie hatte recht, er musste sich davon trennen, das war klar. Aber wie? Jeder Gedanke daran quälte sein Gewissen.

Er trank rasch den letzten Schluck Kaffee, zog die Uniformjacke über und verließ die Wohnung in der Burgstätter Straße in Clausthal-Zellerfeld. Fünfzehn Minuten später parkte er seinen Golf auf dem Parkplatz hinter dem Polizeigebäude in Altenau.

»Du siehst grässlich aus«, begrüßte ihn Thomas.

»Ja, mir schwirrte wieder mal alles ...« Weiter kam er nicht, da sein Kollege ihm ins Wort fiel.

»Schon gut, ich weiß. Mensch Eike, du solltest eine Therapie machen.«

»Jetzt fang du auch noch damit an«, nörgelte er genervt.

»Ich meins ja nur gut«, entschuldigte sich Thomas.

»Na, wenn du es gut meinst, kannst du mir einen Kaffee machen«, sagte Eike und schaltete den PC ein. Thomas stellte ihm kurz darauf den Kaffeepott auf den Schreibtisch und klopfte ihm freundschaftlich auf die Schulter.

Eikes PC meldete sich mit einem *Beep* betriebsbereit. Er tippte das Passwort ein und wollte es gerade mit *Enter* bestätigen, als er vom Telefon dabei unterbrochen wurde. Eike schaute auf das Display. »Der Dicke. Was will der denn so früh?«, rief er seinem Kollegen zu. Thomas zuckte mit den Schultern. Eike drückte die Annahmetaste. »Polizeistation Altenau, Wolf.«

»Wolf! Steigen Sie ins Auto und kommen Sie sofort nach Goslar!«, kläffte Struwes Stimme aus dem Lautsprecher.

»Kann ich vorher noch meinen Kaffee austrinken?«, fragte Eike sarkastisch.

»Nein! Sie können bei mir einen frischen kriegen, aber der wird Ihnen wahrscheinlich im Hals stecken bleiben«, entgegnete Struwe.

»Wieso, schmeckt Ihr Kaffee so schlecht?«, konterte Eike.

»Lassen Sie Ihre dummen Witze. Steigen Sie lieber ins Auto«, fauchte Struwe.

»Darf ich wenigstens erfahren, was Sie derart aufbringt?«, fragte Eike.

»Kann ich am Telefon schlecht erklären. Das müssen Sie sich ansehen«, antwortete er.

»Ich bin gleich da«, sagte Eike und steckte das Telefon in die Ladestation zurück.

»Was will der Dicke?«, fragte Thomas.

»Er will mir etwas zeigen. Scheint dringend zu sein«, erklärte Eike.

»Und was?«, wollte Thomas wissen.

»Weiß der Geier. Hat er nicht gesagt«, antwortete Eike und zog seine Uniformjacke von der Stuhllehne. »Ich muss los.« Er schlüpfte in die Jacke und griff sich die Autoschlüssel aus dem Kasten. »Ich denke, dass ich mittags zurück bin.« Er verließ das Büro.

Auf der Treppe stieß er beinah mit Pia zusammen. »Wo willst du denn hin?«, fragte sie.

»Ich muss nach Goslar«, antwortete Eike. »Und du?«

»Ich?«, druckste sie verlegen. »Ich wollte zu dir.«

»Warum?«

»Ich entschuldige mich für den Rausschmiss und nehme alles zurück«, sagte sie reumütig.

Eike strahlte sie an. »Mich auch?«

»Vielleicht, wenn du heute nach Feierabend zu mir kommst. Ich muss dir was zeigen«, sagte sie lächelnd.

»Wie, du auch?«, wunderte sich Eike. »Was denn?«

»Die neue Abzugshaube für meine Küche wird heute montiert«, sagte sie freudestrahlend.

Eike zog den Mund schief. »Ich kann es kaum erwarten«, antwortete er mit wenig Begeisterung.

Pia machte kehrt. »Dann bis heute Abend«, rief sie ihm zu.

* * *

Eine halbe Stunde später traf Eike in der Heinrich-Pieper-Straße in Goslar ein. Das Polizeigebäude, das aussah wie drei in sich verschachtelte Achtecke, mochte er nicht. Obwohl er öfters hier gewesen war, hatte er jedes Mal Probleme, sich zurechtzufinden. Die verzweigten Flure und Treppen erinnerten ihn an einen dreidimensionalen Irrgarten.

Ben Struwe, Chef der Bereitschaftspolizei, hatte sein Büro in der ersten Etage mit Fenster zum Innenhof. Eike klopfte flüchtig an und trat ein.

»Mensch, Wolf, kommen Sie her!«, herrschte er Eike an und deutete auf den Platz neben sich. Eike nahm den Besucherstuhl und bugsierte ihn um den Schreibtisch herum, rechts an die Seite seines Chefs. Er setzte sich.

»Schöne Scheiße, sehen Sie sich das an.«

Struwe entnahm eine CD aus einem braunen DIN-A-5-Kuvert, drückte sie in das Laufwerk seines Laptops und startete mit dem Windows Media Player das Video. Eike war gespannt, was Struwe ihm so dringend zeigen wollte. Der Bildschirm blieb schwarz. Dann plötzlich eine Straße, die bergauf führte und ein Stück weiter in einer Linkskurve hinter dem Abhang verschwand. Links der Straße fiel ein bewaldeter Berghang ab, rechts eine Leitplanke, hinter der sich der steile Hang abwärts fortsetzte. Auf der talseitigen Fahrspur lag ein Aststück, so dick, dass er mit dem Motorradfahrer einen Schlenker drumherum machen würde. *Für Pkws kein Problem,* überlegte er. Unten rechts im Bild waren Aufnahmedatum und -Uhrzeit eingeblendet. 02-04-2018, 10:24:15. Die Zeitanzeige lief in Echtzeit mit. Aus der Kurve heraus erschien ein Auto. Ein silbergrauer Opel Astra. Das Kennzeichen wurde mit einem Bildbearbeitungsprogramm unkenntlich gemacht. *Halbwegs amateurhaft,* fand Eike. Kurz darauf folgte ein Motorradfahrer, der ebenfalls talwärts fuhr.

»Gleich passiert es, aufgepasst!«, sagte Struwe.

Im linken Bildrand erschien der Biker, der Richtung Talsperre fuhr. Er trug einen roten Helm mit weißen Streifen und war recht zügig unterwegs. Nach überhöhter Geschwindigkeit sah das allerdings nicht aus. Wie Eike vermutete, machte der Fahrer einen kurz angerissenen Bogen um das Holzstück herum. Plötzlich brach das Hinterrad des Motorrades aus und brachte die Maschine in eine unkorrigierbare Schräglage. Er stürzte. Der Chopper krachte in die Leitplanke, hob ab und

279

schleuderte durch die Luft den Abhang hinunter. Der Fahrer rutschte fast zeitgleich unter der Schutzplanke hindurch und knallte mit dem Kopf gegen einen Pfosten. Blut spritzte herum. Der Helm kullerte zur Seite, während der Körper die Böschung hinunterstürzte und im Gestrüpp verschwand. 02-04-2018, 10:26:09.

Eike starrte geschockt auf den Bildschirm, der kurz darauf schwarz wurde. Dann löste sich ein Schriftzug aus der dunklen Fläche heraus:

Fortsetzung folgt!

Eike stierte fassungslos auf den Bildschirm. *Bei so einem harmlosen Ausweichmanöver stürzt man doch nicht. Was ist hier schiefgelaufen?*, schoss ihm durch den Kopf. Dann spürte er Struwes Blick, der auf eine Reaktion von ihm wartete.

»Schöne Scheiße«, mehr brachte Eike momentan nicht heraus.

»Das können Sie laut sagen«, kommentierte Struwe. »Sieht so aus, als hatten Sie recht behalten mit ihrer Vermutung«, gab Struwe zu.

»Wo haben Sie die DVD her?«

»Wurde gestern Nachmittag der Goslarschen Zeitung zugestellt.«

»Ist sie auf Fingerabdrücke und DNA-Spuren untersucht worden?«, fragte Eike.

»Was denken Sie denn, Wolf? Halten Sie uns für Amateure?«, entrüstete sich Struwe.

»Und?«

»Nichts«, sagte sein Chef.

»Kann ich die Stelle noch einmal sehen, wo er gestürzt ist?«, bat Eike.

»So oft Sie wollen«, sagte Struwe, öffnete das Laufwerk und entnahm die DVD. »Hier, können Sie mitnehmen. Ist eine Kopie.«

Eike packte sie in das Kuvert zurück und steckte beides in die Innentasche seiner Jacke.

»Haben Sie die Fahrbahn noch einmal untersuchen lassen?«, fragte er.

»Wir haben an der Stelle nur feinen Sand gefunden. Der bringt aber kein Motorrad zu Fall, oder?«, antwortete Struwe.

»Das war kein Sand«, entgegnete Eike, »das waren kleine Glaskugeln.«

Struwe sah Eike befremdet an. »Wolf, hören Sie auf mit Ihren merkwürdigen Theorien. Sie machen sich ja lächerlich. Glaskugeln!« Er tippte sich an die Schläfe.

»Moment«, sagte Eike und zog den Plastikbeutel mit dem Glaskugelgranulat hervor. »Hier, das ist eine Probe von dem, was Sie Sand nennen.«

Struwe griff hinein und holte eine Fingerspitze davon heraus. »Selbst wenn es Glaskügelchen wären. Na und? Die hat jemand dort verloren. Das kommt vor. Was haben wir nicht alles auf den Straßen gefunden, vom Kondom bis zum Kühlschrank«, bügelte er Eike ab.

»Lassen Sie das Granulat bitte untersuchen«, sagte Eike unbeeindruckt.

»Mensch Wolf, jetzt hören Sie auf mit Ihren Verschwörungstheorien«, leierte Struwe genervt. »Aber wenn es Sie beruhigt, ich werde es ins Labor geben.«

Eike übergab ihm den Beutel mit der Probe und fragte weiter: »Haben Sie die Position der Kamera ermittelt? Dort sind möglicherweise Spuren zu finden.«

»Wolf, zum letzten Mal, überlassen Sie uns die Ermittlungsarbeit und halten Sie sich da raus. Das ist eine Nummer zu groß für Sie. Haben wir uns verstanden?«, blaffte sein Vorgesetzter ihn an.

»Ich denke schon«, erwiderte Eike gelassen, »aber weshalb haben Sie mich extra hergerufen?«

»Weil ich wissen will, warum dieser Unfall gefilmt wurde, und was den Sturz letztendlich verursacht hat. Wolf, Sie sind doch auch Motorradfahrer. Wie man hört, kennt man sich in diesen Kreisen untereinander. Richten Sie ihre Lauscher auf. Vielleicht wird von Streitigkeiten oder Rivalitäten erzählt, die als mögliches Motiv taugen könnten. Hören Sie genau hin!« Er legte seine Hand auf Eikes Schulter. »Wissen Sie, was ich meine?«

»Wenn ich Sie recht verstehe, setzen Sie auf Kommissar Zufall«, antwortete Eike.

»Warum nicht?«, fragte er zurück.

»Ja, warum eigentlich nicht«, tat Eike, als wenn ihn dieser Vorschlag beeindrucken würde.

Struwe erhob sich aus seinem protzigen Schreibtischsessel und bewegte sich in Richtung Tür.

Eike verstand die Aufforderung und stand ebenfalls auf. »Übrigens«, sagte er, »da gibt es eine Aktivistengruppe, die sich gemäß ihrem Slogan *Raserfreier Harz* nennen. Denen sollte man mal auf den Zahn fühlen.«

»Sie nicht«, machte Struwe umgehend klar, »das übernehmen wir.« Er legte seine Hand auf die Türklinke. »Sie fahren jetzt zurück in Ihre Harzidylle und beschützen Altenau vor der bösen Welt.« Er grinste abfällig und öffnete die Tür.

Eike kochte innerlich angesichts der Arroganz seines Chefs. Äußerlich ließ er sich jedoch nichts anmerken, denn er wollte dem Dicken nicht auch noch Genugtuung verschaffen. Er verließ das Büro, ohne sich zu verabschieden.

* * *

Nachdem Thomas Eckert vorausgegangen war, schloss Eike gegen siebzehn Uhr die Tür zur Polizeistation Altenau ab und ging die paar Schritte zu Pias Bikerpension rüber.

Er klingelte. Pia öffnete und zerrte ihn förmlich in den Korridor hinein, schlug die Haustür zu und drückte Eike mit ihrem Körper gegen die Wand. Sie presste ihren Mund auf seinen und fuhr mit ihrer Zungenspitze über seine Lippen.

Eike erwiderte den Kuss. Nach einigen Sekunden beendete Pia die Liebkosung abrupt.

»Später«, sagte sie, »die Monteure für die Abzugshaube sind noch da.«

Eike umklammerte Pia. »Schick sie weg«, flüsterte er ihr ins Ohr.

»Beherrsch dich. Die sind gleich fertig. Komm, die neue Haube sieht super aus.« Pia zog ihn hinter sich her in die Küche. Die Handwerker packten gerade ihre Werkzeuge zusammen.

»Wow«, bestaunte Eike Pias neue Abzugshaube, die sich wie ein Kamin an die Wand schmiegte. »Edelstahl matt. Ich staune immer wieder darüber, wie man so etwas hinkriegt.«

»Was meinen Sie?«, fragte einer der Monteure.

»Diese wunderbare Oberfläche.« Eike strich mit den Fingern darüber.

»Och, das ist einfach. Das Blech wird gestrahlt.«

»Gestrahlt? Meinen Sie sandgesstrahlt?«, fragte Eike.

Der Mann schüttelte mit dem Kopf. »Nein, nein, kein Sand, Glaskugeln.« Er klappte den Werkzeugkoffer zu. Sein Kollege legte Pia ein Formular vor. »Sie müssen hier unterschreiben«, sagte er. Pia bekam eine Kopie des Lieferscheins, dann verabschiedeten sich die Männer.

»Moment bitte«, sagte Eike, »mit Glaskugeln gestrahlt sagten Sie. Wie muss ich mir das vorstellen?«

»Ganz einfach, anstatt Sand wird ein Granulat aus feinen Glaskügelchen verwendet. Das ist schonender und erzeugt diese samtige Oberfläche«, erklärte der Monteur.

Eike kamen dabei unweigerlich die Kügelchen in den Sinn, die er bei dem Unfall auf der Straße gefunden hatte.

»Haben Sie noch zwei Minuten Zeit?«, fragte er die Monteure. »Ich möchte Ihnen etwas zeigen. Es wäre wichtig für mich.« Die beiden Männer nickten wohlwollend. »Ich bin gleich zurück.«

Er eilte hinaus, rüber ins Büro der Polizeistation und holte die Asservatentüte mit dem Granulat aus seiner Schreibtischschublade.

»Hier«, sagte er, als er zurückgekehrt war und ließ etwas davon in seine Handfläche rieseln. Die Monteure nahmen jeder ein wenig davon zwischen Daumen und Zeigefinger. »Ja, das könnte so etwas sein«, mutmaßte einer von ihnen.

»Kennen Sie zufällig eine Firma, die damit arbeitet?«, fragte Eike.

Die Männer zuckten die Schultern. »Nein, tut mir leid«, sagte er.

»Kein Problem«, sagte Eike, »werde ich schon rauskriegen. Trotzdem danke!«

»Nicht dafür«, sagte der Mann und nahm den Werkzeugkoffer auf. Beide Monteure verabschiedeten sich. Pia begleitete sie nach draußen und kam kurz danach zurück.

Eike sagte: »Pia, googelst du mal bitte nach Glaskugelgranulat?«

Pia legte den Kopf schief. »Das ist jetzt nicht dein Ernst«, schmollte sie. »Ich hatte an etwas anderes gedacht.«

»Ich auch, Struppi, aber es ist wichtig.« Eike strich ihr mit dem Handrücken über die Wange. Sie wischte seine Hand beiseite.

»Nenn mich nicht Struppi! Nicht jetzt!«

»Pia, bitte, hör mir einen Augenblick zu.«

Eike erzählte ihr von dem Video und seiner Vermutung, dass der Biker genau durch dieses Granulat zu Fall gebracht wurde. Sie hörte zu und allmählich schien ihr Widerstand zu schwinden. Am Ende schaute sie Eike betroffen an, setzte sich an ihren Computer und suchte im Internet nach Angaben zum Stichwort Glaskugelgranulat.

»Hier, guck selber.« Sie ließ Eike an den Computer. Er scrollte die Seite runter, fand aber lediglich Firmen, die Glaskügelchen für dekorative Zwecke anboten. Das passte nicht zu seiner Probe.

»Mist! Damit kann ich kaum was anfangen«, sagte er enttäuscht. »Wäre ja auch zu einfach gewesen.«

Plötzlich spürte er Pias Hände auf seinem Rücken. »Bei mir kommst du rascher ans Ziel«, hauchte sie ihm ins Ohr, umschlang ihn und drückte ihn an sich. »Was machen wir jetzt?«, fragte sie in einem unmissverständlichen Tonfall.

Eike drehte sich zu ihr und küsste sie. »Ich hab Hunger«, sagte er lächelnd.

»Ich mach dir danach etwas zu essen«, flüsterte sie, nahm ihn an der Hand und zerrte ihn ins Schlafzimmer.

»Ich muss es tun, ich muss«, sage ich laut vor mich hin und krieche auf allen vieren weiter den Hang hinauf. An Grasbüscheln und Sträuchern halte ich mich fest und taste mit den Füßen nach Halt. Zum Glück hatte es seit Wochen nicht geregnet, sonst wäre mein Vorhaben undurchführbar. Ob ich es tue oder nicht, es ändert kaum etwas. Und trotzdem muss ich es tun. Ich muss! Ich muss! Was für Gedanken treiben sich in meinem Kopf herum? Ich kralle meine Finger in den Boden und ziehe mich auf dem Bauch liegend näher an die Abbruchkante heran, von der aus die felsige Böschung fast senkrecht abfällt. Mein Körper zittert vor Erregung. Mehrmals tief durchatmen, das hilft den inneren Kampf zwischen Vergeltungsdrang und Vernunft zu besänftigen. Am Ende jedoch siegt der zwanghafte Drang.

Einer muss es tun. Wenn nicht ich, wer dann?

Keuchend erreiche ich die flachere Stelle, von wo aus der Wald den Berg hinaufwächst. Ich kucke über die Kante hinweg. Etwa vier Meter unter mir sausen Autos vorbei und verschwinden rasch hinter der Kurve. Es kommt auf gezieltes Timing an.

Der Geröllbrocken, den ich mir ausgesucht habe, hatte weiter oben am Berg gelegen und wiegt mindestens zwei Zentner. Tage zuvor war ich bereits hier hinaufgekraxelt und habe den Felsbrocken stückweise heruntergerollt bis vor die Kante, von wo aus er auf die Fahrbahn krachen wird. Jetzt kommt es darauf an, das Gewicht nur so weit über die Abbruchkante zu schieben, dass er nicht vorher ungewollt abstürzt. Um das zu verhindern, habe ich als Gegengewicht den vermoosten Rest eines Baumes auf den Fels gehievt.

Ich werde mit einem Seil den Stamm herunterziehen, sodass der Stein aus dem Gleichgewicht gerät und unweigerlich in die Tiefe stürzt, um seinen Dienst zu verrichten. Es muss gelingen, ich habe nur einen Versuch. Es kribbelt schon im Bauch bei diesem Gedanken. Ich drehe mich auf den Rücken, meine Schulter an einen Baumstamm gedrückt, und stemmte meine Füße gegen die Gesteinsmasse. Stück für Stück rutscht der Felsbrocken weiter über die Absturzkante. Blätter und Waldboden rieseln hinab wie die Vorboten dessen, was kommen wird. Nur noch ein Stück, dann muss es genügen.

Würde jemand von unten hinaufschauen, sähe er den unheilvollen Gesteinsbrocken drohend über der Felskante hinausragen.

So ist es gut. Ich schlinge das Seil um den Baumstamm herum und knote die Enden an den Ginsterbusch ein Stück weiter oben. Bald werde ich mich dort auf die Lauer legen.

Wie eine düstere Filmszene läuft das Geschehen in meinem Kopf ab. Ich kann den Lustschrei nicht unterdrücken.

Was werdet ihr tun?

Eike hatte den Friedhof im Braunschweiger Stadtteil Stöckheim rasch gefunden. Beim Anblick der abgestellten Motorrad-Armada wusste er, dass er hier richtig war. Geschätzte vierzig bis fünfzig Maschinen aller Klassen belagerten großteils den Parkstreifen vor dem Friedhofsgelände am Rüninger Weg. Eike entdeckte am Ende der Parkbucht noch einen freien Platz und stellte seine BMW dort ab.

Er war gewollt spät dran. Auf dem Vorplatz der viel zu kleinen Kapelle hatten sich Männer und Frauen in Lederkluft aufgestellt, um ihren Kameraden zu verabschieden. Eike stellte sich in der zweiten Reihe dazu. Er wollte unerkannt bleiben, denn er kam nicht allein, um dem toten Maik Rusteberg das letzte Geleit zu geben, sondern sozusagen als Zaungast. Maik Rusteberg wurde mit Vorsatz zu Fall gebracht, aus welchem Grund auch immer. Eike wollte sich unter die Anwesenden mischen, um sich umzusehen. Vielleicht würde sich jemand auffällig oder zumindest unnormal verhalten. Es wäre nicht ungewöhnlich, dass Mörder der Bestattung ihrer Opfer beiwohnen, sei es aus später Reue oder Genugtuung. Das hatte er auf der Polizeischule in Hannoversch Münden beim Thema Profiling gelernt.

Während der Trauerrede sah er sich unauffällig um, schaute in die Gesichter der Trauernden und studierte ihre Mimik. Einige standen steif, wie im militärischen *Stillgestanden*. Manche schienen in Gedanken versunken, andere senkten den Kopf und schlossen die Augen. Einer drehte seinen Helm, als hätte er ein Lenkrad in Händen und weinte still vor sich hin. Die meisten Frauen unter den Bikern schnieften in Taschentücher und wischten sich die Tränen. Von den Lautsprechern, die man für die außenstehenden Trauergäste aufgestellt hatte, ertönte hin und wieder das Schluchzen der Angehörigen in der Kapelle.

Aus der Trauerrede des Pastors erfuhr Eike, dass der Verstorbene mit seiner jungen Familie plante, ein Eigenheim zu bauen. Beruflich war er als Bauleiter einer Stahlbaufirma oft unterwegs gewesen und mit großer Verantwortung belastet. Die Anspannung konnte er durch Motorradfahren am besten abbauen. Er liebte es, alleine durch den Harz zu fahren. Ohne Ziel, ohne Plan, ohne Vorgaben, einfach nur mit sich selbst. Eike verstand das nur zu gut, auch er liebte es, einfach mal drauflos zu fahren. Nein, dieser Mann war kein Raser gewesen, der den Kick suchte, er brauchte lediglich die Freiheit der Straße, die Natur ringsum und den Fahrtwind.

Als am Ende der Trauerfeier der Sarg herausgetragen wurde, bildeten die Biker ein Spalier, ihre Helme an die Brust gedrückt. Eike reihte sich mit ein. Er spürte einen Kloß im Hals, als die so jugendlich wirkende Witwe mit ihrem Jungen an der Hand an ihm vorüberging. Am liebsten hätte er ihr zugerufen: »Derjenige, der euch das angetan hat, der wird dafür büßen, das schwöre ich.«

Am Grab stellte sich Eike in respektvollem Abstand zu den Angehörigen und Freunden und schaute über den Friedhof. *Diese Orte haben etwas seltsam Erhabenes und Beruhigendes*, fand er. *Wahrscheinlich, weil jedes Grab ein Geheimnis bewahrt.*

Noch während der Pastor sprach, sah Eike plötzlich diese Person hinter der Eibenhecke stehen, nur ein paar Meter entfernt. Sie trug einen olivgrünen Parker, eine Sonnenbrille und hatte die Basecap tief ins Gesicht gezogen, sodass Eike nicht sicher erkennen konnte, ob es ein Mann oder eine Frau war. Die Gestalt stierte auf die schluchzenden und weinenden Menschen. Den Mund hatte sie absonderlich verzogen. *Grinste dieser Mensch etwa?*, fragte sich Eike verstört, und ihm wurde klar, dieser Typ kam nicht hierher, um Abschied zu nehmen, das sah man ihm an, obwohl er kaum zu erkennen war. *Dieses Subjekt werde ich mir mal vorknöpfen*, entschied Eike spontan, und er wollte eben zu ihm rübergehen, als der Pastor das

»Vater unser« anstimmte. Eike hielt inne. Als der Geistliche das Amen sprach, schaute Eike auf. Der grinsende Spanner war verschwunden. Eike entfernte sich von der Trauergesellschaft und suchte den Friedhof ab. Vergeblich.

Sonntag, 8. April 2018
Odertalsperre

Sie hatten sich für zehn Uhr auf dem Rewe-Parkplatz in Bad Lauterberg verabredet. Kalli lehnte sich seitlich an die Sitzbank seiner Suzuki und kaute auf einem Bissen Mettbrötchen, das er sich vom Schlachter im Rewe-Markt geholt hatte. Als von der Lutterstraße her ein Zweizylindertriebwerk aufheulte, stellte er sich aufrecht und sah Matthias Moltke auf seiner Honda anrollen. Er winkte ihm zu. Mit einer gekonnten Kurvenlage nahm Moltke die Zufahrt zum Parkplatz, beschleunigte, fuhr in engem Radius neben Kallis Maschine und bremste scharf. Die Honda neigte sich tief in die Federbeine, jaulte erneut kurz auf, bevor die Drehzahl absackte und die Kolben blubbernd ihre Arbeit einstellten. Matthias Moltke streifte seinen Helm ab. Beide begrüßten sich mit Handabklatschen, wobei Kalli den Kopf schüttelte.

»Was ist?«, fragte Moltke.

»Mensch, Matze, deine Pirouetten wirst du dir heute verkneifen. Wir fahren diszipliniert, hörst du?«, ermahnte ihn Kalli.

»Spielverderber, man wird ja noch etwas Spaß haben dürfen«, meckerte Matze.

»Ich habe keinen Bock darauf, deinen Speck vom Baum abzukratzen, also reiß dich zusammen«, sagte Kalli mit Nachdruck.

»Ja, ist ja schon gut«, beschwichtigte Matze und fing auf einmal an zu lachen. »Sieh mal, da kommt Molli mit ihrem rollenden Kotflügel.«

Er zeigte zur Straße, wo Marlis Stein mit ihrem Piaggio-Roller angefahren kam. Ihre langen Haare flatterten im Fahrtwind unter dem Helm heraus. Sie stellte ihren Roller neben den beiden Motorrädern auf den Ständer und klappte das Helmvisier hoch.

»Hi, Jungs. Wie geht's?« Sie umarmte ihre Kumpels flüchtig.

»Otto fehlt noch, dann können wir los«, bemerkte Kalli.

»Hast du jemals erlebt, dass der pünktlich ist?«, moserte Molli. »Hat die schnellste Maschine von uns und schafft es trotzdem nicht.«

»Wenn man vom Teufel spricht«, rief Matze. Ottos Yamaha hatte den Klang eines Formel-Eins-Rennwagens. Die wenigen Leute, die die sonntägliche Einkaufsmöglichkeit in dem Supermarkt nutzten, schauten wie aufgeschreckt zu dem Motorrad, das wie eine verstimmte Sirene den Parkplatz in Aufruhr versetzte.

»Hi, Leute! Seid ihr soweit?«, rief er durch das Visier hindurch und riss zweimal dicht hintereinander das Gas an, bevor er die Zündung abschaltete und den Helm absetzte.

»Hör dir den an«, keifte Molli.

»Guck mal auf die Uhr, du Spaßvogel, ehe du hier den Dicken machst«, wies ihn Kalli zurecht. Dann holte er eine Straßenkarte aus der Tanktasche und breitete sie darüber aus. »Ich erkläre euch eben die Route, die wir heute fahren werden.«

Die anderen stellten sich neben ihn und schauten auf den Streckenverlauf, den Kalli mit Filzschreiber auf der laminierten Karte nachgezeichnet hatte. Matze, Molli und Otto fotografierten den Kartenausschnitt mit dem Handy ab, während Kalli die Tücken der Strecke und die Geschwindigkeitsbeschränkungen erläuterte.

»Okay«, sagte Kalli, »ich übernehme die Führung, direkt hinter mir fährt Molli, dann Matze und Otto als Schlusslicht.«

»Immer ich«, murrte Otto gespielt.

Molli hatte es als Erste bemerkt, dass sich ein Mann dicht neben ihnen aufhielt und stetig herübersah. Anscheinend interessierte er sich für ihr Vorhaben. Ihre Blicke trafen sich. Weshalb belauschte er sie? Molli wartete, ob er etwas sagen oder fragen wollte, doch er blieb stumm. Seine Miene schien eingefroren zu sein. Er war vielleicht Mitte zwanzig und sah recht passabel aus, fand sie.

»Was ist denn? Können wir Ihnen helfen?«, fragte sie schließlich.

Er kam einen Schritt näher. »Die Strecke entlang der Odertalsperre ist nicht ohne. Enge Straße und unübersichtliche Kurven«, warnte er, aber seine Stimme klang gleichgültig.

»Das wissen wir. Trotzdem danke für den Hinweis«, antwortete Molli.

Seine starre Mine wandelte sich in ein sanftes Grinsen, dann entfernte er sich, stieg zwei Parkreihen weiter vorne in sein Auto und fuhr eilig davon.

»Was war denn das für ein Typ?«, fragte Otto und stülpte sich den Helm über.

»Keine Ahnung. Wollte sich wahrscheinlich nur wichtig tun«, meinte Molli.

Kalli steckte die Karte in die Sichthülle der Tanktasche und nahm die Sitzposition auf seiner Suzuki ein. »Alles klar, oder gibt's noch Fragen?«, rief er den anderen zu, die sich ebenfalls abfahrtbereit machten. Niemand meldete sich. »Also, dann los. Gute Fahrt!«

Nach dem eigentümlich quietschenden Geräusch der Anlasser brüllten die Motoren auf und überspannten den Platz mit einer dröhnenden Schallglocke. Kalli schaltete in den ersten Gang, ließ den Kupplungshebel langsam nach und drehte das Gas etwas auf. Im Schritttempo verließ die Motorrad-Rotte den Parkplatz und fuhr wenig später Richtung Braunlage. Der Anstieg zur Dammkrone der Odertalsperre war zweispurig ausgebaut, sodass man gefahrlos an Lkws oder Traktoren vorbeiziehen konnte. Die Uferstraße dagegen war schmal wie eine Nebenstraße, seeseitig mit einer Leitplanke gesichert und bergseitig durch Steilhänge gesäumt. Kaum Ausweichmöglichkeiten.

Im Rückspiegel sah Kalli, wie Otto enge Schlangenlinie fuhr, um aufs Tempo zu drücken. Kalli schüttelte den Kopf und deutete mit einer pumpenden Handbewegung an, angepasst zu fahren.

Dann geschah das, was jedem Biker den blanken Horror durch die Glieder jagen lässt. Direkt vor ihm. Eine Kollision schien unvermeidlich. Er musste ausweichen, aber wohin? »SCHEIßE!«, schrie er und zog die Bremse auf Anschlag, das Hinterrad brach aus. Ein dumpfer Schlag, quietschendes Gummi, Schreie. Die Suzuki touchierte mit dem Vorderrad die Leitplanke, stürzte und schlitterte mit dem Fahrer ein Stück weiter nach links in den Hang hinein. Wie der Schlag eines Dampfhammers traf es Kalli in den Rücken, als er gegen den Fels knallte und ein Höllenfeuer sich durch seinen Körper brannte. *Molli?* Das war sein letzter Gedanke.

Montag, 9. April 2018
Odertalsperre

Eike war wie gewöhnlich früh aufgestanden. Er liebte das zarte Licht der aufgehenden Sonne, das am Fenster emporkroch und ihn aus den Federn holte. Früher hatte Nadine das Frühstück immer fertig vorbereitet gehabt, wenn er aus dem Bad kam, und ihn oft mit kleinen Schlemmereien überrascht. Obstsalat, Joghurt oder frischen Säften. Seitdem er allein war, fiel das Morgenmahl spärlicher aus. Ein Kumpen Kaffee aus der Padmaschine, zwei Scheiben Toast mit Honig oder Konfitüre und ein Blick in die Zeitung. Jeden Tag dasselbe Ritual, außer Sonntag – da fehlte die Zeitung. Tagein, tagaus, und immer allein, es sei denn, er hatte bei Pia übernachtet. Wenn es nach ihr ginge, würde er längst in Altenau wohnen. Eike schaute auf das Bild an der Wand gegenüber seines Essplatzes. »Ja, du hast gut lachen«, redete er mit Pias Foto. »Aber diese Wohnung ist für mich wie ein Anker im Meer der Erinnerungen.« Eike schmunzelte über sich selbst, dass ihm diese poetische Metapher gelungen war. Er nahm einen Schluck Kaffee und schlug die Zeitung auf. Eine Schlagzeile sprang ihn aus dem Blatt heraus direkt an: *Schwerer Motorradunfall auf der B 27 an der Odertalsperre.* Eine Frau und ein Mann schwer verletzt. Eike schüttelte den Kopf. *Die Saison hat gerade erst begonnen, wie soll sie enden?*, fragte er sich.

Er trank den Rest Kaffee aus, der inzwischen lauwarm geworden war, stellte das Geschirr in den Spüler und putzte sich die Zähne. Bevor er die Wohnung verließ, schaute er auf die Tür zum Kinderzimmer, so wie jeden Morgen. »Hilf mir, davon loszukommen, Pia. Hilf mir, das alles zu vergessen«, flüsterte er flehentlich vor sich hin. Er warf sich die Jacke über und ging aus dem Haus.

Thomas Eckert kam etwa zehn Minuten später ins Büro. Er wedelte mit der Zeitung, als er den Raum betrat. »Schon gelesen?«, fragte er gespannt.

»Du meinst den Motorradunfall? Ja, hab ich. Schreckliche Sache«, antwortete Eike. »Steht im Harz Kurier Genaueres über die Ursache?«, fragte er seinen Kollegen.

»Die beiden Fahrer, die unverletzt blieben, sagten, es sei ein Steinschlag aus der angrenzenden Felswand gewesen, der die beiden vordersten Fahrer getroffen hätte«, zitierte Thomas aus dem Bericht.

»Ich guck mal ins Presseportal«, sagte Eike, rutschte mit der Computermaus über die Unterlage und klickte sich bis zum Menü *Blaulicht* des Presseportals der Polizei Braunschweig durch. »Da! *Motorradunfall an der Odertalsperre.*« Eike las laut vor: »Vier Motorradfahrer, darunter eine Frau, fuhren am Sonntag, den 8. April gegen 11:00 Uhr auf der B 27 an der Odertalsperre entlang, als kurz vor ihnen ein Steinschlag niederging. Der vordere Fahrer und die hinter ihm fahrende Frau verloren die Kontrolle über ihr Motorrad und stürzten, wobei sie sich schwer verletzten. Nach ersten Untersuchungen muss von unangepasster Geschwindigkeit der Motorradgruppe ausgegangen werden, die dazu führte, dass nicht rechtzeitig gebremst werden konnte. Die Hinweisschilder auf Steinschlaggefahr sowie die Geschwindigkeitsbeschränkung auf siebzig Stundenkilometer wurden offenbar missachtet.«

»Auf dem Foto ist von Steinschlag nichts zu sehen«, sagte Thomas und legte Eike die aufgeschlagene Zeitung mit dem Bild auf den Schreibtisch. Eike studierte die Aufnahme eine Weile. Sie zeigte das Motorrad, das links im Graben vor einem Steinbrocken lag, ein Stück davor der demolierte Motorroller, den die Frau gefahren hatte. Vor dem Felshang lagen mehrere Geröllbrocken aneinandergereiht, die höchstwahrscheinlich kleinere Gesteinsabgänge aufhalten sollten. Auf der Fahrbahn lagen weder Gesteinssplitter noch mitgerissene Zweige oder Blätter.

»Was meinst du?«, fragte Eike seinen Kollegen.

»Na ja, auf den ersten Blick sieht es tatsächlich nach überhöhter Geschwindigkeit aus. Vielleicht haben die den Steinschlag nur erfunden, um vom Eigenverschulden abzulenken. Versicherungstaktisch, verstehst du?«, meinte Thomas.

»Hmm«, überlegte Eike. »Vielleicht, vielleicht aber auch nicht. Ich werde mit den Bad Lauterberger Kollegen sprechen.«

Thomas Eckert verzog den Mund und schaukelte abwägend seinen Kopf. »Mensch, Eike, das ist nicht unser Revier, und außerdem, wenn der Dicke davon Wind bekommt, weht dir bald ein Hurrikan entgegen, dass dir die Ohren wackeln. Warum mischt du dich da ein?«

»Thomas«, sagte Eike betont, »weil ich selber Biker bin und verhindern möchte, dass wir pauschal von dienstbeflissenen Polizisten und Presseleuten allzu rasch in die *Selber-Schuld-Ecke* gestellt werden. Unangepasste Geschwindigkeit – das passt immer. Die Zeitungskunden fühlen sich bestätigt: *Siehste, die Raser, hab ich ja immer gesagt.* Und die Polizei hat lästige Ermittlungsarbeit vom Hals.« Eike nahm das Telefon und wählte.

»Polizeikommissariat Bad Lauterberg, Martina Simon«, meldete sich am anderen Ende eine sympathische Stimme.

»Eike Wolf, Polizeipension Altenau. Guten Morgen, Frau Kollegin«, scherzte Eike selbstironisch. Er hörte am Atemgeräusch, wie die Polizistin überlegte.

»Pension? Sie meinen Station«, stellte sie richtig.

»Kann man auch sagen«, antwortete Eike, »aber mir kommt es hier im beschaulichen Oberharz eher wie eine Dienststelle mit Erholungswert vor.«

Martina Simon kicherte amüsiert ins Telefon.

»Sehen Sie, selbst Sie können darüber lachen, Frau Simon. Aber Spaß beiseite. Ich rufe wegen des Motorradunfalles an der Odertalsperre an. Ich würde gerne wissen, wer von Ihnen den Unfall aufgenommen hat.«

»Ich war dabei. Warum?«, fragte sie.

»Ach, dann hab ich gleich die Richtige an der Strippe. Wenn das nicht mein Glückstag ist«, sagte Eike. »Heute Morgen stand ein Bericht darüber in der Zeitung. Ich würde gerne Ihre Meinung dazu hören. Sie wissen ja, Zeitungen dramatisieren gerne.«

»Also wenn Sie mich fragen?«, begann sie zu erklären, »die Fakten sprechen schon dafür, dass die ziemlich flott unterwegs waren. Dort gilt siebzig, und Steinschlag, wie die beiden Unverletzten behaupteten, konnten wir nicht erkennen. Andere Verkehrsteilnehmer waren nicht beteiligt.«

»Ist der Straßenverlauf kritisch, oder war die Fahrbahn verschmutzt?«, wollte Eike wissen.

»Nein, nichts von beidem. Die Unfallstelle liegt hinter einer harmlosen Kurve, und ...« Sie unterbrach den Nebensatz. Eike ließ ihr Zeit, weiter zu sprechen. »Und das macht mich stutzig«, fügte sie hinzu.

»Wie geht es den Verletzten?«, fragte Eike nach.

»Offene Brüche, hässliche Schürfwunden – schrecklich. Sie wurden nach Herzberg ins Krankenhaus gebracht.«

»Wären Sie so nett und schicken mir eine Kopie des Unfallberichtes?« Erneut glaubte Eike, als höre er die Kollegin nachdenken.

»Ich weiß nicht, ob ich den einfach so rausgeben darf«, erwiderte sie. Eike wusste, dass es unüblich war, die Berichte an andere Dienststellen weiterzugeben. Außer zur Staatsanwaltschaft.

»Sie geben ihn ja nicht raus«, argumentierte er, »er bleibt polizeiintern, bei mir persönlich unter Verschluss.«

»Trotzdem muss ich erst unseren Dienststellenleiter fragen«, sagte sie.

»Könnten wir der Sachlage halber auf diese Formalität verzichten, liebe Frau Simon? Es ist nämlich so: Ich fahre selbst Motorrad und möchte eine Aufklärungskampagne vorbereiten, deshalb bin an den Umständen der Unfälle sehr interessiert.«

Martina Simon ließ abermals mit der Antwort auf sich warten. Wurde sie wankelmütig?

Eike setzte nach. »Übrigens, essen Sie gerne echte Harzer Windbeutel, Martina?«, fragte er, um sie von ihren Bedenken abzulenken. Sie protestierte nicht, dass er sie beim Vornamen nannte.

»Ich liebe Windbeutel, am liebsten mit Eis und Heidelbeeren«, schwärmte sie. *Volltreffer*, dachte Eike.

»Echt?« Er legte helle Begeisterung in seine Stimme. »Dann haben wir ja etwas gemeinsam. Also wenn Sie demnächst in Altenau sein sollten, dann lade ich Sie zum Windbeutelkönig an der Okertalsperre ein. Quasi als Dankeschön für den Unfallbericht. Ich freue mich jetzt schon darauf.«

»Also gut, Herr Wolf«, flüsterte sie, »aber zu niemandem ein Wort. Ich verlasse mich darauf.«

»Ich schweige wie die Sahne in einem Windbeutel«, versicherte Eike.

Sie kicherte. »Okay, ich faxe Ihnen den Bericht gleich durch.«

»Vielen Dank, Martina, Sie sind sehr kooperativ. Eine Kollegin wie Sie hätte ich auch gerne«, schmeichelte Eike ihr und legte auf.

Thomas Eckert schlitzte die Augen und fixierte Eike einen Moment. »Ach nee, du Schleimer. Eine Kollegin wie Sie«, mimte er Eike nach. »Der Kollege, mit dem du seit einem halben Jahr hier als Dorfsherrif Dienst schiebst, ist dir wohl nicht mehr gut genug. Das merke ich mir.« Thomas tat beleidigt und lachte dabei.

»Schleim ist Schmierstoff für die Seele und öffnet die Herzen«, schmunzelte Eike. In dem Moment summte das Faxgerät und spuckte vier Blätter aus. Eike drehte sich mit dem Bürostuhl nach hinten und entnahm sie der Auffangschale. »Danke Martina, du bist echt spitze«, sagte er ins Leere und überflog die Seiten. »An ihr kannst du dir übrigens ein Beispiel nehmen«, fügte er, an Thomas gewandt, hinzu.

»Aber erst, wenn du mich ebenfalls zum Windbeutelessen einlädst«, entgegnete Thomas.

Eike antwortete nicht, er war bereits in den Bericht vertieft und sah sich die Bilder des Unfallortes an. Nichts deutete auf Steinschlag hin, kein einziger Krümel lag auf der Fahrbahn. Er versuchte, sich gegen diese unbestimmte Vorahnung zu wehren, es könnte wieder ein Verbrechen gewesen sein. *Fortsetzung folgt*, hatte der Attentäter vom Okertal angekündigt.

»Ich fahre zur Odertalsperre, das muss ich mir vor Ort ansehen«, entschied Eike unvermittelt.

* * *

Er hatte die genaue Unfallstelle über Google-Maps rasch lokalisiert und die Zielkoordinaten ins Navi eingegeben, so würde er punktgenau an die richtige Position geführt.

Im Vorbeifahren erkannte er die Steilwand vom Foto des Unfallberichtes wieder. Etwa fünfzig Meter weiter zweigte eine bogenförmige Parkspur ab, die auf die B 27 zurückmündete. Eike stellte den Dienstwagen dort ab und ging auf dem Seitenstreifen bis zu der Felswand, aus dem ein Stück herausgebrochen sein sollte. Am Fuß des Hanges hatte man größere Felsgesteine als Leitplankenersatz abgelegt. Einer der Brocken lag verkeilt zwischen den anderen und sah aus, als wenn er nicht dazugehörte. Eike betrachtete ihn genauer und fand deutliche Unterschiede. Er war mit Waldboden verschmutzt und zum Teil mit Moos bewachsen. Allerdings konnte er keine frische Bruchstelle an der Wand ausmachen, und überhaupt schien keiner der aufgereihten Steine in diese Felsformation zu passen. *Wenn eine derartige Klippe herunterdonnert, dann muss sie Spuren hinterlassen,* überlegte Eike und betrachtete die Steilwand noch einmal Zentimeter für Zentimeter bis nach oben zur Abrisskante. Dort wuchsen Gras, Moos und niedere Büsche. Der Bewuchs schien an einer Stelle durchbrochen worden zu sein. Zweige und Wurzeln hingen über der Kante hinweg. Hätte er ein Fernglas dabeigehabt, könnte er die Spur von unten genauer begutachten, aber so musste er wohl oder übel hinaufkraxeln. Vom Parkplatz aus stieg der bewaldete Hang weniger steil an. Von hier aus begann er den Aufstieg und stakste durch Laub, Moos und Farn den Wald aufwärts. Die fauligen Blätter an dem Steilhang machten seine Sohlen glatt, als trüge er Gleitschuhe. Immer wieder rutschte er aus und griff wahllos in irgendwelche Büsche, um nicht abzustürzen.

Nach unzähligen Stürzen und Schrammen an den Händen erreichte er oberhalb des Felsens die Stelle, von der aus eine tiefe Schleifspur circa dreißig Meter aufwärts in den Wald führte. Eike folgte der Fährte und gelangte an eine Fläche, wo ähnliche Gesteinsbrocken verstreut herumlagen. Hier endete die Spur, und so viel war klar: Jemand hatte den Brocken von hier bis zum Rand der Felswand geschleppt und dann heruntergestoßen. Zum Glück wurde er unten von der Barriere gestoppt. Nicht auszudenken, was sonst passiert wäre.

Eike war sich bewusst, dass das alles längst kein Beweis für einen gezielten Anschlag auf Motorradfahrer war. *Vielleicht sollte es eine Mutprobe unter Halbstarken sein, deren Gefahren unterschätzt wurden, und jetzt, wo die Bengel wissen, was sie angerichtet haben, sitzen sie wahrscheinlich zu Hause und haben die Hosen gestrichen voll*, ging Eike durch den Kopf. *Aber vielleicht war es ja doch ein weiterer Anschlag dieses Verrückten. Vielleicht, vielleicht, vielleicht.* In Eikes Kopf rührten sich Zweifel. Jagte er einem Phantom nach? Und war er selbst am Ende der Verrückte? Eike machte Fotos, trat noch einmal an den Felsvorsprung und sah unterhalb Autos vorüberfahren. Was muss in einem Irren vor sich gehen, der auf diese infame Weise Verkehrsunfälle provoziert und die Gesundheit oder den Tod von ahnungslosen Menschen in Kauf nimmt?

Er stieg nach unten. Vor dem Auto klopfte er sich die Waldreste von der Uniform und fuhr zurück.

Unterwegs erreichte ihn ein Anruf von Thomas Eckert. »Was gibt's Thomas?«, fragte Eike.

»Wo steckst du gerade?«, wollte sein Kollege wissen.

»Ich bin hinter Sonnenberg Richtung Clausthal. Warum?«

»Es gab einen tödlichen Motorradunfall auf der 241, Richtung Goslar. Die Meldung kam gerade rein«, berichtete Thomas.

Die Nachricht traf Eike wie ein Blitzschlag. »Scheiße!«, brüllte er ins Telefon.

»Die Goslarer Kollegen sind vor Ort«, sagte Thomas.

»Ich fahre hin«, antwortete er kurz angebunden.

»Moment, Eike. Da ist noch etwas.«

»Was denn noch, das reicht für heute«, murrte Eike.

»In Oker ist bei der Firma Röder Umformtechnik eingebrochen worden«, sagte Thomas.

»Warum?«, fragte Eike mürrisch.

»Weil man vielleicht was klauen wollte«, erläuterte Thomas genervt.

»Ja, äh... nein. Ich meine, warum soll ICH mich darum kümmern?«

»Weil die Goslarer Kollegen mit dem Motorradunfall zu tun haben«, antwortete Thomas.

»Was ist geklaut worden?«, fragte Eike nach.

»Wissen die selber bisher nicht. Die wollen auf jeden Fall wegen der Versicherung Anzeige erstatten«, antwortete Thomas.

»Okay, ich fahre anschließend dahin. War's das?«, maulte Eike.

»Vorerst ja«, sagte Thomas und trennte die Verbindung.

Eike schaltete das Blaulicht ein und trat aufs Gas.

Die B 241, die Clausthal-Zellerfeld mit Goslar verband, war ab der kleinen Siedlung Auerhahn voll gesperrt. Der junge Kollege an der Absperrbake ließ den Polizeiwagen passieren. Etwa einen Kilometer bergab sah Eike die Blaulichter von Polizei,

Rettungswagen und Feuerwehr wild durcheinanderblinken. Dieser apokalyptische Anblick, der mit zu seinem Beruf gehörte, ließ ihn jedes Mal erschaudern. Eike wusste um die Beliebtheit dieser kurvenreichen Strecke bei den Bikern. Fast alle schwärmten von den Kurven und Wendungen mit verschiedenen Schwierigkeitsgraden und sie vergaßen im Flow mit ihrer Maschine rasch die Fahrphysik. Dass sich der Bremsweg im Quadrat der Geschwindigkeit verlängert, wurde meist unterschätzt, von der Reaktionszeit ganz zu schweigen.

Er stoppte seinen Dienstpassat hinter dem Einsatzleitwagen der Feuerwehr und stieg aus. Wenige Meter entfernt blickte er auf das Bodenblech eines Pkws, der auf die rechte Seite gekippt war. Ein Stück weiter lag das Motorrad, eine Rennmaschine, mitten auf der Fahrbahn und nebenan das weiße Tuch, das den Leichnam des Fahrers bedeckte. Eike hielt einen Augenblick inne. *Warum nur?*, dachte er. Etwa einhundert Meter bergab stand ein Holztransporter quer auf der Straße, dessen Anhänger die Leitplanke durchbrochen hatte und mit der Hinterachse über der Böschung hing. Ein Teil der Ladung lag verstreut herum. Ein Kollege vermaß mit einem Messrad die Unfallstelle.

Vor einem der Polizeiautos standen Polizisten, Rettungssanitäter und Feuerwehrleute zusammen. Eike ging auf die Gruppe zu und erkannte Ben Struwe, der gestenreich das Wort führte. Als er Eike bemerkte, unterbrach er seine Rede und wandte sich ihm zu. Seine Brauen wippten nervös auf und ab.

»Wolf«, rief er ihm entgegen, »Sie haben hier gerade noch gefehlt. Wie sehen Sie überhaupt aus? Als wenn Sie jemand durch den Wald geschleift hätte«, empfing er ihn frostig.

»Ach, sieht man das«, erwiderte Eike abgebrüht.

»Sie sollen sich doch um den Einbruch kümmern. Hat Ihnen Herr Eckert das nicht gesagt?«, meckerte er.

»Bin auf dem Weg, wollte nur gucken, was passiert ist«, antwortete Eike mit ironischem Unterton, der Struwe nicht entging. Seine Brauen hüpften auf der Stirn auf und ab.

»So? Kommen Sie mir ja nicht wieder mit Ihren Verschwörungstheorien«, entgegnete er. »Sehen Sie sich um, dann wissen Sie, was passiert ist.«

»Riskantes Überholmanöver«, antwortete Eike.

»Das war selbstmörderisch«, kommentierte Struwe und machte eine Handbewegung, als wolle er ihn verscheuchen. »Sie können hier nichts mehr tun, Wolf. Fahren Sie zur Firma Röder!« Er wandte sich wieder der Mannschaft zu. Eike dachte gar nicht daran, sich wie ein Huhn verjagen zu lassen.

»Es könnte sein, dass Sie demnächst eine neue DVD zugeschickt bekommen«, sagte er mit erhobener Stimme. Struwe drehte sich zu ihm um und sah ihn abweisend an. »Würden Sie mir wieder eine Kopie zukommen lassen?«, setzte Eike nach.

Struwe bekam Wutflecken auf den Wangen und wedelte mit erhobenem Zeigefinger vor Eikes Gesicht herum. »Zum letzten Mal, Wolf. Konzentrieren Sie sich auf Ihre Aufgabe und mischen Sie sich nicht in Ermittlungen ein, zu denen Sie keinen Auftrag von mir bekommen haben«, fauchte er ihn an und ließ ihn wie einen Schuljungen stehen.

Eike ging zum Auto, fuhr im Schritttempo an der Unfallstelle vorbei und weiter in Richtung Goslar, um nach Oker zu der Fabrik zu gelangen.

Der Pförtner war bereits über den Polizeieinsatz instruiert. »Unser Meister, Herr Braun, wird Sie in Empfang nehmen«, sagte er, bevor Eike überhaupt etwas sagen konnte. »Nehmen Sie doch einen Augenblick Platz.« Er wies auf eine Sitzecke im Pförtnerhaus und telefonierte, um seinen Besuch anzukündigen. »Herr Braun kommt sofort«, sagte er.

»Danke«, antwortete Eike.

Ein Herr Anfang sechzig, mit Halbglatze und grauem Kittel, in dessen Brusttasche allerhand Stifte steckten, betrat wenig später die Pförtnerei.

»Guten Tag. Braun.« Er reichte Eike die Hand. »Ich bringe Sie am besten gleich vor Ort, damit Sie sich ein Bild machen können. Der Chef ist auf Geschäftsreise im Ausland.«

»Guten Tag«, erwiderte Eike den Gruß. »Mein Name ist Wolf. Wann wurde der Einbruch entdeckt?«

»Gleich nach Arbeitsbeginn gegen sieben Uhr«, sagte Braun und ging voraus. Aus der Produktionshalle wummerte und rumste es bis nach draußen. Als Braun das Tor öffnete, schwoll der Krach um ein Vielfaches an. Es roch nach Öl und Staub. Braun zog gelbe Ohrstöpsel aus einem Spender und reichte sie Eike. »Gehörschutz ist bei uns Pflicht«, rief er gegen den Lärm an. Eike steckte sie sich in die Ohren, und der Lärmpegel wurde erträglicher. Am Ende der Halle betraten sie einen abgeteilten Raum, in dem es angenehm ruhig war.

»Das ist unser Strahlraum«, sagte Braun und zeigte auf einen Blechkasten mit zwei Öffnungen, durch die man in lange Gummihandschuhe hineingreifen konnte. Bis auf die Rückwand war die Verkleidung mit Scheiben versehen. Auf dem Boden vor der Maschine lagen Metallroste. »Hier werden Teile gereinigt oder oberflächenbehandelt. Bleiben Sie besser auf den Rosten, das Granulat, das wir verwenden, ist wie Schmierseife«, erklärte Braun.

»Was verwenden Sie denn?«, fragte Eike nach.

»Feine Glaskugeln«, sagte er.

Eike stutzte. »Kann ich mal sehen?«, fragte er. Der Meister griff in einen Papiersack, der neben der Maschine stand, und zeigte Eike die offene Handfläche, aus der das glitzernde Material zwischen seinen Fingern zurück in den Sack rieselte. Eike dachte sofort an das Granulat, das ihm bei dem Bikerunfall im Okertal aufgefallen war. »Könnte ich davon eine Probe bekommen?«, fragte er.

»So viel Sie wollen«, bot der Meister an.

»Ist das Zeug wertvoll, dass sich ein Einbruch dafür lohnen könnte?«, fragte Eike.

»Keineswegs, es ist auch kaum für andere Zwecke nutzbar, aber schauen Sie mal nach oben«, sagte Braun und zeigte auf ein großes Dachfenster im Hallendach, was in diesem fensterlosen Raum für Tageslicht sorgte. Die Scheibe war eingeschlagen und durch eine Plastikplane provisorisch ersetzt worden.

»Von dort kann man leicht auf die Strahlanlage klettern und gelangt mühelos nach unten«, erklärte Herr Braun.

»Sie meinen, der Einbrecher hat den Raum lediglich als Zugang zur Halle benutzt«, spekulierte Eike.

»Ja, ich kann mir nicht vorstellen, dass er Glaskugelgranulat stehlen wollte«, meinte Braun.

»Sondern?«, fragte Eike nach.

»Keine Ahnung. Bisher haben wir keinen Verlust festgestellt. Das Ganze ist mir ein Rätsel«, sagte Herr Braun.

Eike sah ihn skeptisch an. »Also wenn nichts gestohlen wurde, ist es nur Sachbeschädigung. Sie können wegen des Fensters Anzeige gegen Unbekannt erstatten, alles Weitere müssen Sie mit Ihrer Versicherung klären«, antwortete Eike.

»Das Fenster wäre das Wenigste, aber die Steuerung der Maschine ist hin«, ergänzte Braun.

»Wie das?«, fragte Eike überrascht.

»Durch das kaputte Fenster hat es auf den Schaltschrank geregnet.«

»Geregnet? Moment, das verstehe ich jetzt nicht. Es hat doch letzte Nacht nicht geregnet«, wunderte sich Eike.

»Das stimmt, aber ich habe mich erkundigt, es hat am 3. April zuletzt geregnet«, antwortete Braun.

»Und dann haben Sie das eingeschlagene Fenster erst jetzt bemerkt?«, fragte Eike erstaunt.

»Wir betreiben die Strahlanlage nur nach Bedarf«, erklärte Braun.

»Warum haben Sie das nicht gleich gesagt«, echauffierte sich Eike. »Das heißt, seitdem hat niemand mehr diesen Raum betreten. Richtig?« Braun nickte.

»Wollen Sie nun Anzeige erstatten?«, fragte Eike.

»Natürlich, für die Versicherung«, antwortete Braun.

»Okay«, sagte Eike, »ich mache einige Fotos und Sie kommen die Tage in mein Büro, damit wir die Strafanzeige aufnehmen.«

»Kein Problem«, bestätigte der Meister.

Eike schoss einige Handyfotos und ein Verdacht setzte sich in seinem Kopf fest. *Hatte der Attentäter vom Okertal den Glaskugelsand von hier geholt? Dann wusste er von der Besonderheit des Strahlmittels, und dass das Zeug bei der Firma Röder verwendet wird. Er musste also Insiderwissen gehabt haben. Handelte es sich gar um einen Mitarbeiter oder ehemaligen Mitarbeiter?*

»Wer vom Personal hat Zugang zu diesem Raum?«, fragte Eike.

»Grundsätzlich jeder«, sagte Braun.

»Woher beziehen Sie das Strahlmittel?«, fragte Eike weiter.

»Von dem Maschinenhersteller in Dortmund«, antwortete Braun. »Die Adresse kann ich Ihnen geben.«

»Könnte jeder X-beliebige einen Sack davon bestellen?«, wollte Eike wissen.

»Soweit ich weiß, beliefern die nur Kunden, die ihre Maschinen betreiben«, antwortete Braun.

Eike holte einen Asservatenbeutel aus der Jackentasche und reichte ihn Braun. »Wenn Sie mir von dem Granulat etwas hineinfüllen würden«, bat Eike.

»Klar«, sagte Braun, öffnete einen Papiersack, der in einer Box stand und gab eine Handvoll hinein. »Brauchen Sie sonst noch etwas? Ich muss mich wieder um meine Arbeit kümmern«, drängte er, die Befragung zu beenden, und bewegte sich auf den Ausgang zu. »Eine Personalliste hätte ich gern«, sagte Eike. Braun blieb stehen. »Entschuldigung«, murrte er, »aber wozu brauchen Sie die denn?«

»Ich ermittle in einem Fall, wo genau so ein Granulat eine entscheidende Rolle spielt«, erklärte Eike.

Braun riss die Augen weit auf. »Sehen Sie einen Zusammenhang mit dem Einbruch bei uns?«, fragte er.

»Das will ich klären, deshalb brauche ich die Liste«, antwortete Eike.

»Haben Sie etwa einen unserer Leute im Verdacht?«, fragte Braun sichtlich nervös.

»Niemand Bestimmten, aber ausschließen kann ich es zur Zeit nicht«, sagte Eike.

»Also gut, ich bringe Ihnen die Liste mit nach Altenau«, sagte Braun und begleitete ihn zum Haupteingang.

Eike sah sich vor dem Firmengelände um und schritt den Zaun ein Stück ab bis zu der Stelle, wo sich das eingeschlagene Dachfenster befand. Auf der gegenüberliegenden Straßenseite stand ein Wohnblock mit vier Einheiten, wie Eike an den Balkonen abzählte. Von den oberen konnte man das Hallendach der Firma Röder sicher gut überblicken, schätzte Eike und entschloss sich, an den Wohnungen zu klingeln. Vielleicht hatte ja jemand etwas Ungewöhnliches bemerkt.

Ein Plattenweg führte um das Haus herum zum Eingang. Eike schaute auf das Klingelschild und drückte auf der oberen Reihe auf den Namen Weber. Es dauerte eine Weile, bis sich eine raue Frauenstimme über die Gegensprechanlage meldete. »Ja, bitte?«

»Wolf ist mein Name, ich bin von der Polizei und würde Sie gern sprechen.« Längeres Schweigen folgte. »Was habe ich mit der Polizei zu tun? Man hört in letzter Zeit oft vom Polizeitrick. Wie kann ich Ihnen trauen?«

»Indem Sie mich reinlassen und sich meinen Ausweis ansehen, Frau Weber«, schlug Eike vor.

Wieder dauerte es eine Ewigkeit, bis der Türöffner summte. Eike drückte die Tür auf und ging die Treppe hinauf. Die Wohnungstür auf der linken Seite, war ein Stück geöffnet und mit einer Kette gesichert.

»Frau Weber?«, machte sich Eike bemerkbar und hielt seinen Ausweis an den Spalt. Eine Frau mittleren Alters mit dunklen Haaren und Brille erschien dahinter und sah Eike skeptisch an, dann öffnete sie.

»Darf ich reinkommen?«, fragte er. Sie nickte ihm zu und gab den Eingang frei. Eike trat ein und sah eine Frau mit attraktiven Rundungen vor sich.

»Was kann ich für Sie tun?«, fragte sie.

»Bei der Firma Röder wurde vor etwa sechs Tagen eingebrochen. Höchstwahrscheinlich nachts. Haben Sie vielleicht etwas beobachtet oder gehört?«, fragte Eike.

Sie schüttelte den Kopf. »Nein, ich habe einen festen Schlaf.«

»Oder Ihr Mann?«, fragte Eike nach.

»Ich bin Witwe und lebe allein. Aber fragen Sie doch mal meinen Nachbarn, Herrn Hase, der poltert nachts oft durch die Wohnung. Kann schlecht schlafen, der geile Bock«, wetterte sie. Eike war verwundert über den obszönen Tonfall, der nicht zu ihr passte.

»Wie meinen Sie das?«, fragte Eike.

»Der stellt mir ständig nach und reißt mir mit seinen Blicken förmlich die Kleider vom Leib. Kann ich etwas dagegen tun?«

»Sie können ihn wegen sexueller Belästigung anzeigen«, antwortete Eike.

»Ach, lassen Sie mal, das führt sowieso zu nichts«, sagte sie.

Eike verabschiedete sich und klingelte an der Wohnungstür gegenüber. Eine ältere Dame öffnete und sah Eike erstaunt an. »Polizei? Ist etwas passiert?«, fragte sie ängstlich.

»Nichts, worüber Sie sich ängstigen müssten«, beruhigte Eike die Frau und präsentierte seinen Ausweis. »Mein Name ist Wolf. Ich würde gerne mit Ihnen und Ihrem Mann sprechen.«

»Hase. Kommen Sie herein«, sagte sie und führte Eike ins Wohnzimmer. In einem wuchtigen Fernsehsessel lag ein glatzköpfiger Mann und sah Eike über seine Lesebrille hinweg mit hintergründigem Blick an. Er legte die Illustrierte beiseite.

»Das ist Herr Wolf, er möchte mit uns sprechen«, sagte Frau Hase.

»Worüber?«, fragte er nach, ohne Anstalten zu machen, sich zu erheben.

»Bei der Firma Röder ist vor einigen Tagen übers Dach eingebrochen worden. Haben Sie eventuell etwas bemerkt?«, fragte Eike.

»Ja«, antwortete Herr Hase unumwunden. »Ich muss nachts oft raus, Prostata, verstehen Sie? Es war Karsamstag, das weiß ich genau, der einunddreißigste März. Da sah ich Taschenlampenlicht auf dem Dach und eine Gestalt, die offenbar das Fenster der Dachgaube einschlug.«

»Warum haben Sie nicht sofort die Polizei verständigt?«, fragte Eike.

»Weil der Mann gleich darauf abgehauen ist«, sagte Hase.

»Sie meinen, der ist gar nicht eingestiegen?«, wollte Eike wissen.

»Nee«, bestätigte Hase.

Eike war sprachlos. Was sollte er davon halten, und was machte das für einen Sinn?

»Können Sie den Mann beschreiben?«, fragte er weiter. »Kleidung, Figur, Alter, so was alles.«

»Herr Wachtmeister«, sagte Hase verständnislos, »es war zwei Uhr nachts.«

»Was für ein Auto fuhr er?«, versuchte Eike zu erfahren.

»Keine Ahnung, ich war müde und wollte nur noch ins Bett«, sagte er.

Eike wurde bewusst, dass er kaum mehr erfahren konnte.

»Danke, wenn Ihnen noch etwas einfällt, rufen Sie mich bitte an.« Er überreichte Herrn Hase seine Visitenkarte und verabschiedete sich.

Eike fuhr übers Okertal zurück nach Altenau. Nahe der Unfallstelle drängte sich unweigerlich das Bild des geköpften Motorradfahrers in sein Gedächtnis und er musste an die schluchzenden und weinenden Angehörigen während der Beerdigung denken. Eikes Betroffenheit wandelte sich in Wut über den hinterhältigen Attentäter. »Ich krieg dich, du Schwein!«, rief er laut und schlug mit der Hand auf das Lenkrad. Als er die Marienwand passierte und ein Stück voraus die Delle in der Leitplanke sah, traute er seinen Augen kaum. Dort stand eine Tafel am Straßenrand. Darauf waren ein schwarzes Kreuz und ein Schriftzug zu sehen. Eike bremste etwas ab und las:

Er war schnell! - – - tot
Wie schnell bist du? - – - ?

Vor dem Schild stand auch diesmal ein gelbes Dreibeingestell. Eike bog kurz entschlossen in die nächste Parkbucht ein und ging die paar Schritte zurück, um sich das genauer anzusehen. Die Tafel bestand wie die anderen aus Presspappe. Die Schrift ebenfalls aus selbstklebenden Folienbuchstaben, wie man sie in diversen Geschäften zu kaufen bekommt. Auf dem rückseitigen Lattenrahmen fand er gleichermaßen den Hinweis auf die Aktivistengruppe.

Was sollte er von dem Spruch halten? War das bloß geschmacklos oder ein wirkungsvoller Appell an Biker, die den Kick suchten? Egal wie, niemand darf ohne Genehmigung an der Straße solche Schilder aufstellen. Die Aktionshoheit in Sicherheitsfragen liegt beim deutschen Verkehrssicherheitsrat in Bonn. Wo kämen wir denn hin, wenn jeder meinte, er könne seinen Senf dazugeben. Er machte ein Foto davon und würde es der Straßenmeisterei Goslar melden.

»Wie siehst du denn aus? Hat man dich durch die Hecke gezogen?«, empfing ihn sein Kollege Thomas.

Eike verdrehte die Augen. »Fang du auch noch damit an«, maulte er und hielt ihm das Foto von der Tafel vor Augen. »Was hältst du davon?«, fragte er. Wo hast du das her?« Thomas kam um seinen Schreibtisch herum, um einen genaueren Blick darauf werfen zu können.

»Stand an der Unfallstelle im Okertal.«

»Anonym?«, fragte Thomas nach, als hätte er es geahnt.

Eike hob die Schultern. »Ich habe jedenfalls nichts gefunden«, sagte er.

Thomas betrachtete die Rückseite. »Sieh mal hier!« Er zeigte auf einen dünnen Schriftzug unterhalb des Rahmens. »Aktion *Raserfreier Harz*«, las er vor. Eike guckte jetzt ebenfalls. »Was sind das denn für Vögel?«, fragte Thomas.

»Wenn ich das wüsste«, sagte Eike und überlegte. Dann fiel es ihm ein. »Pia hatte neulich von einer neuen Aktivistengruppe gesprochen, die sich so nennt.«

»Glaubst du, DIE haben den Unfall provoziert?«, fragte Thomas.

Eike sah seinen Kollegen eine Weile nachdenklich an, dann sagte er entschlossen: »Das werde ich herausfinden.« Er griff zum Telefon und rief Pia an.

»Du störst«, sagte sie abweisend, um gleich im versöhnlichen Ton weiterzusprechen. »Was gibt's, Eike. Ich bin gerade bei der Buchführung und kann keine Unterbrechung gebrauchen.«

»Entschuldige, kannste mal kurz rüberkommen? Ich möchte dir etwas zeigen«, sagte er.

»Wehe dir, wenn es nichts Wichtiges ist«, meckerte sie unwillig. Drei Minuten später klingelte es an der Tür. Eike ließ sie herein.

»Du hattest neulich diese Aktivistengruppe erwähnt, die sich *Raserfreier Harz* nennen. Was sind das für Leute und woher kennst du die?« Eike zeigte Ihr Fotos von den Schildern und die Signatur auf der Rückseite.

»Die stellen nicht bloß Tafeln auf, sondern posten auch über Facebook ihre Parolen«, sagte Pia.

»Da müssen die sich doch mit Namen anmelden, oder?«, fragte Eike nach.

»Ja, aber niemand kontrolliert, ob die stimmen«, antwortete Pia.

Eike stutzte. »Dann kann sich jeder mit einem Fake-Namen anmelden!«

»Kein Problem«, meinte Pia.

»Das macht sie erst recht verdächtig.« Eike wandte sich seinem Kollegen zu und bat ihn, bei Facebook nach der Aktivistengruppe *Raserfreier Harz* zu suchen.

»Das musst du dir ansehen, das sind echt schräge Typen«, sagte Thomas nach einer Weile und rückte mit seinem Bürostuhl zur Seite, sodass Eike und Pia neben ihm Platz fanden. Beide starrten sprachlos auf den Bildschirm. Das Titelbild der Facebook-Gruppe zeigte eine Straße, die durch einen hohen Fichtenwald führte. Im Hintergrund, aus einer Kurve heraus, kam eine Rotte Motorräder in beachtlicher Schräglage auf den Betrachter zu und schien auf ein Holzkreuz zuzurasen, das im Vordergrund hinter einem abgelegten Blumenstrauß hervorragte. Unter dem Bild stand: *Wer schneller fährt, ist eher im Himmel!*

»Was soll man davon halten«, bemerkte Eike. »Schau mal in die Beschreibung der Gruppe.«

Thomas scrollte die Seite weiter, bis der Hinweis *Über diese Gruppe* erschien. Er las vor: *Dies ist eine öffentliche Gruppe. Wir sind Harzer, wir lieben die Berge, die Natur und unsere Tradition. Jeder, der hier Erholung und Entspannung sucht, ist willkommen, doch Biker, die den Harz als Rennpiste missbrauchen, sind es nicht. Wir werden mit scharfen Protestaktionen gegen sie vorgehen. Unser Ziel ist ein Raserfreier Harz.*

»Wow. Harter Tobak«, kommentierte Eike. »Aber dem kann man als vernünftiger Motorradfahrer nur zustimmen. Allerdings, wenn mit *scharfer Protest* Terror gemeint ist, dann hört der Spaß auf.«

Thomas blätterte weiter. »Hier, ist das nicht die Tafel aus dem Okertal?«, sagte er, als ein Foto auftauchte. In der Kommentarzeile stand: *Rasen findet schnell ein (schlimmes) Ende!*

»Klick mal auf das nächste Bild«, bat Eike seinen Kollegen. Als das Bild vergrößert erschien, schlug Eike reflexartig mit der Hand auf den Schreibtisch. »Das gibts doch nicht«, rief er entsetzt auf.

»Was denn?«, fragte Thomas verständnislos und sah auf das Bild, das einen mit Kränzen überladenen Grabhügel zeigte. Auf das Holzkreuz war der Name Maik Rusteberg geschrieben. *Das kann nur bedeuten, dass einer von denen auf der Beerdigung anwesend war,* dachte Eike, er hatte bereits einen Verdacht.

»Einer war in Braunschweig auf dem Friedhof dabei und hat dies Foto gemacht«, erklärte Eike. »Jetzt wird mir einiges klar.«

»Mann, lass mich nicht dumm sterben! Was wird dir klar?«, fragte Thomas sichtlich gespannt.

»Ich war dort, aus Anteilnahme, aber auch, um mich umzusehen. Und da war noch jemand, der offenbar nicht der Trauer wegen gekommen war. Eine Person, die unauffällig hinter einer Hecke die Zeremonie beobachtete. Als ich sie nach dem Vaterunser ansprechen wollte, war sie verschwunden«, berichtete Eike.

»Mann oder Frau?«, fragte Thomas nach.

»Konnte ich nicht eindeutig erkennen«, antwortete Eike.

»Du glaubst, das war einer von denen?« Thomas tippte auf den Bildschirm.

»Wir werden uns diese Typen vornehmen, einen nach dem anderen«, sagte Eike entschlossen.

Thomas knetete sein Kinn. »Du weißt, was der Dicke dir angedroht hat«, gab er zu bedenken.

»Der kann mich mal. Wenn du den Schmerz dieser Familie mitbekommen hättest, würde dich auch das Jagdfieber packen«, erwiderte Eike.

»Auf mich kannst du zählen«, sagte Thomas, »aber wie willst du an die richtigen Namen kommen? Uns kleinen Dorfpolizisten wird Mark Zuckerberg kaum Auskunft geben.«

Thomas hatte recht, und den Dicken konnten sie nicht um Unterstützung bitten. Eike kehrte zu seinem Schreibtisch zurück und überlegte.

»Wir müssen einen Maulwurf in die Gruppe schleusen«, schlug er vor.

Thomas blickte ihn skeptisch an. »Spinnst du, wer soll denn das machen?«, fragte er abweisend.

Eike sah seinen Kollegen eindringlich an, bis dieser den Blick verstand.

»Vergiss es. Ich bin doch nicht lebensmüde. Mach's doch selber«, lehnte er ab.

»Würde ich ja, aber wenn dieser Typ vom Friedhof zu der Gruppe gehört und mich wiedererkennt, wäre alles umsonst gewesen«, entgegnete Eike und ließ seinem Kollegen Zeit zum Nachdenken.

»Ich müsste verrückt sein«, sagte Thomas nach einer Weile, »wenn ich auffliege, machen die mich fertig. Ich hoffe, du kommst dann auch zu meiner Beerdigung.«

»Was hast du denn gedacht? Mit Kranz und Schleife.« Eike lachte.

»Und wenn sich eine Maulwürfin in die Gruppe einschleust?«, stellte Pia unvermittelt in den Raum. Eike und Thomas sahen sie mit aufgerissenen Augen an.

»Du?«, sagten beide wie aus einem Mund.

»Ich brauche kein Pseudonym und kann somit nicht auffliegen«, erklärte Pia einleuchtend.

»Da ist was dran«, musste Eike zugestehen. »Aber ...«

»Kein aber«, meinte Pia. »Bevor die Verdacht schöpfen, sind sie selbst aufgeflogen.«

»Trotzdem, ich habe ein ungutes Gefühl dabei«, sagte Eike.

»Das vergeht, sobald ich drin bin«, beruhigte ihn Pia.

»Sie hat recht«, meinte Thomas. »Pia kann unbefangen zu Felde ziehen.«

Eike strich sich durch die Haare. »Und wie willst du vorgehen?«, fragte er sie.

»Ganz einfach, ab und zu *Gefällt mir* drücken. Lobende Kommentare posten. Solange, bis die antworten. Dann habe ich sie am Arsch«, gab sie sich selbstbewusst. »Braucht ihr mich noch? Ich muss meine Buchführung zu Ende bringen.« Sie machte Anstalten zu gehen.

»Danke Pia, viel Spaß dabei«, wünschte Eike.

Pia stieß ein missfälliges »Pöh« aus und verließ das Büro.

Eike griff zum Telefon, drückte die Taste zur Inspektion Goslar und verlangte, Christian Voigt von der KTU zu sprechen.

»Hi, Eike, willst du mich auf das vereinbarte Bier einladen?«, meldete sich Christian.

»Erst musst du etwas für mich tun«, sagte Eike.

»Das hatten wir allerdings nicht vereinbart«, entgegnete Christian Voigt.

»Ich habe was gut bei dir. Hast du selber gesagt. Das möchte ich einfordern«, sagte Eike.

»Okay, was verlangst du?«

»Ich schicke dir eine Probe Glaskugelgranulat, vergleich das bitte mit der, die euch vorliegt. Ich will wissen, ob es aus der gleichen Charge stammt.«

»Meines Wissens liegt hier nichts dergleichen vor«, antwortete Christian.

Eike war einen Moment geplättet. *Hatte der Dicke die Probe etwa unterschlagen?*, überlegte er. *Würde er so weit gehen?*

»Das gibts doch nicht«, wetterte Eike verärgert, »ich habe sie Struwe persönlich übergeben. Er wollte sie untersuchen lassen.«

»Ich kann ihn ja fragen«, schlug Christian vor.

»Äh, warte mal«, druckste Eike, »da wäre noch eine Bitte. Er hat mir weitere Ermittlungen im Fall des getöteten Motorradfahrers im Okertal untersagt und muss von unserem Gespräch nichts wissen.«

»Mensch, Eike! Du riskierst die nächste Strafversetzung, und meine gleich mit«, gab Christian zu bedenken.

»Ja, wir beide zusammen, das wäre nicht das Schlechteste«, meinte Eike.

»Oh, Mann, du bist ein hoffnungsloser Fall«, gab Christian nach. »Ich will sehen, was ich tun kann.«

»Du bist ein echter Kumpel. Anstatt des Bieres lade ich dich zur Brauereibesichtigung ein, hier in Altenau«, versprach Eike.

»Wart's erst einmal ab, ob ich an die andere Probe komme.« Christian legte auf.

Eike steckte die Asservatentüte mit dem Granulat von Röder in einen Umschlag und adressierte ihn an die Polizeiinspektion Goslar zu Händen von Christian Voigt.

Dienstag, 10. April 2018
Polizeiinspektion Goslar

Polizeirat Roman Schlumschinski, Leiter der Abteilung Verkehrssicherheit in der Polizeidirektion Hannover, tobte am Telefon.

»Ein Ausreißer in der Statistik, sagen Sie? Erzählen Sie mir keine Märchen, Struwe. Die Saison ist gerade zwei Wochen alt und zwei Motorradfahrer hat's erwischt – auf Harzer Boden, in unserem Zuständigkeitsbereich. Laut Ihrer Statistik haben wir dann pro Woche einen toten Biker. Ich kriege schon Schweißausbrüche, wenn mein Telefon läutet. Der Minister hat mir deutlich zu verstehen gegeben, was passiert, wenn das so weitergeht. Noch ein Toter und wir beide haben ein dickes Problem. Haben Sie das verstanden, Struwe?«

Ben Struwe wechselte verlegen den Hörer ans andere Ohr. »Natürlich. Wir werden das Projekt *Sicher durch den Harz* erneut forcieren. Mit Kontrollen, Aufklärungsflyern und Gesprächen. Wir tun, was wir können, aber mit unserer dünnen Personaldecke sind wir nicht in der Lage, große Kampagnen zu fahren. Das wissen Sie selber«, verteidigte er sich.

»Kein Personal! Ich kann solche Ausreden nicht mehr hören. Greifen Sie sich alle Fachbereiche, von mir aus auch die Putzfrauen, und legen Sie los. Ich muss in Hannover Ergebnisse präsentieren«, dröhnte Schlumschinskis raue Stimme aus der Hörmuschel.

»Ich werde mich drum kümmern«, sagte Struwe kleinlaut.

»Und noch etwas«, fuhr Schlumschinski fort, »ich will wissen, welche Spinner sich mit Schildern und blöden Sprüchen als Aktionsbündnis gegen Motorradfahrer aufblasen. Wenn die Öffentlichkeit dadurch aufgewiegelt wird, und die Presse den Braten riecht, dann haben wir außer dem Minister auch den Tourismusverband im Nacken. Dann brennt hier die Hütte. Ist das klar, Struwe?«

»Völlig klar«, entgegnete Struwe, obwohl sein Vorgesetzter bereits aufgelegt hatte.

»Schröter!«, brüllte Ben Struwe, dass es durch die Wände schallte.

Aus dem angrenzenden Büro kam Ingo Schröter durch die Verbindungstür hereingestürmt. »Ist etwas passiert?«, fragte er perplex.

»Passiert? Wir stehen vor einem globalen Kollaps«, fauchte Struwe. »Ich möchte morgen früh das gesamte Dezernat 12 zum Briefing in der Aula sehen. Und finden Sie heraus, wer hinter diesen Schilderschreibern steckt.«

Mittwoch, 11. April 2018
Polizeiinspektion Goslar

Das Stimmengewirr im großen Besprechungsraum, der Aula genannt wurde, ebbte ab, als Ben Struwe und Ingo Schröter den Raum betraten.

»Was gibts denn so früh am Morgen?«, rief Hauptkommissar Steinbeck, Leiter der Abteilung für Verkehrssicherheitsarbeit.

Struwe knallte seine Schreibmappe auf den Tisch. »Dicke Luft aus Hannover«, knurrte er und setzte sich. Alle Augen fixierten ihn erwartungsvoll.

»Guten Morgen erst einmal«, grüßte er die Runde. »Obwohl ...«, er unterbrach einen Moment, »... obwohl es eher ein schlechter werden wird«. Gemurmel unter den Anwesenden wallte kurz auf, dann waren die Blicke nach wie vor auf ihn gerichtet.

»Ich erinnere an die Verkehrssicherheitsinitiative 2020, die eine Halbierung schwerer Unfälle zum Ziel hat«, begann er zu referieren. »Mit unserer Arbeit, Leute, sind wir auf dem richtigen Weg. Von Rückschlägen dürfen wir uns nicht entmutigen lassen und müssen konsequent die Initiative fortsetzen.« Seine Brauen zuckten nervös. Er sprang auf und schlug mit der Faust auf den Tisch. »Nur die Biker im Harz kriegen wir nicht in den Griff«, brüllte er. »Wir haben gerade April und schon drei schwere Unfälle, von denen zwei tödlich ausgingen. Dummerweise alle in unserer Zuständigkeit. Minister Böttcher und Schlumschinski haben uns im Blick wie die Schlange ihre Beute. Sie meinen, wir müssten mehr tun.« Er unterbrach seine cholerische Rede und schaute richtungslos in den Raum.

»Dann soll uns der Minister zusätzlich Personal beschaffen«, forderte eine Polizistin aus der Runde.

»Auf dem Ohr sind die taub«, entgegnete Struwe. »Ich erwarte von jedem von euch, sich schwerpunktmäßig um die Biker zu kümmern, besonders um die, die meinen, der Harz sei eine Rennbahn. Ich will umfassende Geschwindigkeitskontrollen an den Wochenenden, die wir in der Presse ankündigen. Weiterhin werden wir Kontrollfahrten zu den bekannten Bikertreffs unternehmen und unsere Flyer *Sicher durch den Harz* verteilen. Redet mit den Fahrern und macht die Situation deutlich, bevor Maßnahmen ergriffen werden müssen, die denen nicht schmecken werden. Noch Fragen?«

»Heißt das, unsere Wochenenden sind bis auf Weiteres gestrichen?«, fragte einer aus der Runde.

»Ich brauche alle verfügbaren Kräfte«, erwiderte Struwe. »Härtefälle ausgenommen.« Missfälliges Raunen erfüllte die Aula. »Mir gefällt das ebenso wenig«, übertönte Struwe die Unruhe. »Jeder weiß, was zu tun ist. Also, auf geht's!«

Die Mannschaft verließ gestikulierend und diskutierend den Besprechungsraum und verteilte sich über den Flur zurück in die Büros.

Struwe sackte wenig später in seinen Bürostuhl und sah Schröter an, der vor dem Schreibtisch stand.

»Was ist mit der Aktivistengruppe? Schon was rausgefunden?«, wollte er wissen.

Schröter nickte. »Ja, die sind auf Facebook aktiv und verbreiten dort stolz ihre zweifelhaften Plakataktionen«, berichtete er.

»Finden Sie die Adressen raus. Die werden wir uns nacheinander vorknöpfen. Ich bin sicher, dass die hinter dem Anschlag im Okertal stecken.«

»Aber was sollte deren Motiv sein?«, fragte Schröter.

»Mann, Schröter, das liegt doch klar auf der Hand. Die wollen mit mehr Unfällen ihrer Forderung Nachdruck verleihen«, erklärte Struwe überzeugt.

Schröter sah ihn mit einem Dackelblick an. »Und nehmen selbst den Tod ahnungsloser Biker in Kauf. Wie krank ist das denn?«

»Ziemlich krank. Hier treffen zwei fanatische Interessen aufeinander. Biker, die ihr Leben aufs Spiel setzen, um mehr

Spaß zu haben, und ihre Gegner, die ihnen helfen, das Spiel zu gewinnen«, antwortete Struwe.

»Das ist echt gruselig«, zischelte Schröter.

»Ja, und wenn Sie mir nicht umgehend die Anschriften von denen bringen, dann wirds noch gruseliger für Sie, dann schick ich Sie durch die Hölle«, maulte Struwe seinen Assistenten an.

Schröter verschränkte aufgeregt seine Finger. »Wie soll ich da rankommen ohne richterlichen Beschluss? Datenschutz, verstehen Sie?«, gab er zu bedenken.

»Da kann sich Schlumschinski drum kümmern, der sitzt am längeren Hebel«, sagte Struwe und wandte sich seinem Computer zu. Schröter verschwand durch die Tür, die ihre beiden Büros verband.

Kurz darauf läutete Struwes Telefon. Die Nummer von Lars Boger, dem Chefredakteur der GZ, wurde angezeigt.

»Ja, Struwe«, meldete er sich.

»Guten Morgen, Herr Struwe, Boger hier. Bei uns ist wieder eine Sendung ohne Adresse und Absender eingetroffen. Fühlt sich nach CD-Hülle an, sagte die Angestellte unserer Hauspost.«

»Was, schon wieder?«, rief Struwe verwundert. »Fassen Sie es nicht mehr an. Ich schicke jemand von der Spurensicherung zu Ihnen, die werden den Umschlag abholen. Unser Labor wird die CD genauer ansehen«, sagte er und legte auf. Gleich darauf telefonierte er mit der Abteilung KTU und fauchte Christian Voigt an, er solle die Sendung umgehend untersuchen.

Gegen Mittag klopfte jemand an Struwes Bürotür.

»Herein«, rief er herrisch.

Christian Voigt trat ein und zeigte ihm die DVD. »Wie bei der ersten, keinerlei Spuren«, berichtete er kurz.

»Was ist drauf?«, wollte Struwe wissen.

Christian Voigt schluckte. »Wieder ein Motorradunfall – schrecklich«, brachte er berührt hervor.

»Geben Sie mal her!«, herrschte Struwe ihn an, öffnete das CD-Laufwerk seines Laptops und legte die Scheibe ein. Der Windows Media Player startete, und auf dem Bildschirm erschien eine Landschaftsaufnahme – ohne Schwenk, ohne Zoom, ohne Bildwechsel. Sie zeigte eine von oben aufgenommene Felswand. Am Fuße der Steilwand verlief eine Straße, und im Hintergrund glitzerte die Wasserfläche eines Sees zwischen den Alleebäumen hindurch. Am unteren Bildrand leuchteten Datum und Uhrzeit in orangefarbenen Ziffern, 08-04-2018, 10:23:46. Voigt hatte sich hinter Struwe gestellt, der gespannt auf den Bildschirm starrte. Aus beiden Richtungen der Straße fuhren einige Autos vorbei, die aus dieser Perspektive kaum zu erkennen waren. Eine Weile passierte nichts. Die Zeitanzeige tickte wie ein umgekehrter Countdown und steigerte die Spannung von Sekunde zu Sekunde. 10:25:09, ein Radfahrer auf einem Rennrad fuhr vom rechten Bildrand vorüber und verschwand hinter der Kurve im oberen linken Bildausschnitt. 10:27:33, Struwe beugte sich näher an das Display, als drei Motorräder und ein Roller von rechts ins Bild kamen. Sie fuhren in versetzter Formation, an zweiter Stelle der Roller, der offenbar von einer Frau gefahren wurde. Unter dem Helm wehten lange Haare im Fahrtwind hervor. Plötzlich, ohne ersichtlichen Grund, brach das Hinterrad des vorausfahrenden Motorrades nach links aus. Das Vorderrad berührte die Leitplanke. Erst jetzt sah Struwe einen Gesteinsbrocken die Felswand hinunterstürzen. Das Bike fiel auf die Seite, drehte sich wie ein Kreisel auf dem Asphalt und schleuderte den Fahrer aus dem Sitz gegen einen Felsbrocken. Im selben Moment versuchte die Rollerfahrerin dem Motorrad auszuweichen. Sie riss den Lenker nach links, der Motorroller geriet in extreme Schräglage, rutschte in die gestürzte Maschine, überschlug sich zwei Mal und donnerte mit der Fahrerin gegen die Klippe. Die beiden anderen Motorräder konnten rechtzeitig bremsen. 10:27:42, das Bild wurde schwarz und sogleich tauchte der Schriftzug auf, den Struwe bereits kannte:

Fortsetzung folgt!

Ben Struwe lehnte sich zurück und strich mit beiden Händen über sein Gesicht. »Das ist der Unfall an der Odertalsperre am letzten Sonntag«, sagte er betroffen. »Schickt sofort die Spurensicherung dorthin und informiert die Bad Lauterberger Kollegen«, wies er Voigt an.

»Ist schon geschehen«, antwortete Christian Voigt.

»So? Na gut«, bemerkte er und holte tief Luft. »Schröter!«, schrie er im nächsten Moment. Sekunden danach kam Ingo Schröter in Struwes Büro gestürmt und baute sich wie ein Rekrut vor seinem Schreibtisch auf. »In zehn Minuten will ich die gesamte Abteilung in der Aula sehen!«, befahl Struwe.

»Leider muss ich erneut um Ihre Aufmerksamkeit bitten«, empfing er das Team.

»Was ist denn los?«, fragte Steinbeck aus der Runde heraus.

»Es hat sich eine neue Situation ergeben, über die ich Sie in Kenntnis setzen muss«, erklärte Struwe. »Schröter, sind Sie so weit?«

Ingo Schröter startete die DVD und projizierte das Video mittels Beamer an die Wand. Gespannte Stille beherrschte die Aula. Am Schluss schauten alle stumm auf den Abspann mit der Androhung eines erneuten Anschlages.

»Es darf keine Fortsetzung geben«, fauchte Struwe entschlossen und entnahm die DVD aus dem Fach. Am Tisch entbrannte eine heftige Diskussion über geeignete Maßnahmen zur Aufklärung und Vermeidung weiterer Anschläge. Letztendlich erklärte Struwe diesen Fall zur Chefsache.

Sonntagnacht, 13. Mai 2018
Am Hellertal-Viadukt

Hass – was für eine Regung, er reicht weiter als das Licht der Taschenlampe in dieser Nacht, viel weiter. Hass und Liebe – diese Gefühle beherrschen mich, machen mich wehrlos, abhängig und gefügig – unkontrollierbar, wie ein Rausch. Wirst du von beiden bestimmt, macht es dich rasend. Die Vernunft ist weit weg, unerreichbar weit.

Ich bleibe stehen, balle die Hände, dass sich die Taschenlampe knisternd verformt, und sich das Griffprofil schmerzhaft in die Haut drückt. Ein Wutschrei löst sich aus meinen zusammengekniffenen Lippen heraus und stört kurz die Nachtstille. Das lockert die innere Verkrampfung, die mich hindert, den Weg fortzusetzen. Ich kenne diesen Wanderweg, der früher einmal eine Bahntrasse gewesen war.

Mit dem Fahrrad war ich schon einige Male darauf entlanggefahren, von Clausthal nach Altenau und zurück. Im Frühjahr und Herbst ein unvergleichliches Naturerlebnis.

Gleich muss die Brücke auftauchen, die als Viadukt die K38 überspannt. Hier soll es passieren.

Mein Plan steht lange fest. Am Nachmittag habe ich mir aus einem Fichtenbestand einen abgebrochenen Zweig geholt, etwa so groß wie ein Tennisschläger, und damit das Sicherungsgeschirr abgedeckt, das ich unterhalb des Weges nahe am Viadukt versteckt habe.

Dort hinten ist die Brücke, ich kann das Geländer im Lichtschein der LED-Lampe erkennen. Konzentriert gehe ich weiter und lausche auf den Straßenverkehr. Nichts rührt sich. Obwohl Mitternacht längs vorüber ist, fährt doch hin und wieder ein Auto vorbei, und ich möchte keineswegs gesehen werden. Geduckt schleiche ich mich das letzte Stück bis an die Stelle, wo das Geländer beginnt. Bevor die Trasse als Wander- und Radweg freigegeben wurde, hatte man die Brüstung aus Sicherheitsgründen mit einem Gitter erhöht. Es ist unmöglich hinüberzusteigen, deshalb muss ich mich außen auf dem Mauerüberstand bis zur Brückenmitte entlanghangeln. Kein ungefährliches Unterfangen, wenn man überlegt, dass die Fahrbahn etwa sechs bis sieben Meter darunter liegt. Aber das habe ich bedacht und ein Geschirr, wie es Bauarbeiter auf hoch gelegenen Arbeitsplätzen benutzen, besorgt.

Beides, Sicherheitsgurt und Fichtenzweig hole ich aus dem Versteck, lege das Geschirr an und ziehe die Gurte straff. Aus der Tasche meines Parkas ziehe ich eine Schnur hervor, die den Zweig am Geländer halten wird, bis ich mit einer weiteren Leine die Halteschlaufe löse und der Ast hinunterfällt. *Der Biker wird sich zu Tode erschrecken, ruckartig ausweichen wollen und ...* Ich wage kaum, den Gedanken zu Ende zu bringen.

Zwei schreckliche Unfälle sind durch meine Hand geschehen, an ahnungslosen Menschen, die keine Schuld am Schicksal der anderen hatten, die nichts weiter als Spaß am Motorradfahren haben wollten. Nein, ich hatte kein Recht dazu – und doch – ohne sie wäre es nicht soweit gekommen. Warum müssen sie auch ständig in Horden die Straßen für sich beanspruchen? Wie viele Unfälle gehen Jahr für Jahr allein auf ihr Konto? Niemand kann oder will ihnen Einhalt gebieten, weder Polizei noch Politik. Denen geht es nur um das Geld, das die Biker in den Harz bringen, und wenn es die Bußgelder sind.

Nein! Jemand muss etwas unternehmen, und ich bin schließlich nicht allein mit meinem Widerstand. Sie haben unser Glück und unsere Zukunft zerstört. Ich habe das Recht, mich zu erheben, um denen Grenzen aufzuzeigen. Was ist das? Ein leichtes Zittern durchfließt meinen Körper. Unfähig, mich zu wehren, spüre ich, wie der Rest Vernunft von der keimenden Wut niedergekämpft wird.

Ich klinkte den Sicherungsschekel um den Handlauf des Geländers und tippele auf Fußspitzen an dem schmalen Mauerrand entlang, um zur Brückenmitte zu gelangen. Von weit her aus der Nacht heraus dringt ein leises Summen zu mir, das langsam zu einem Motorengeräusch anwächst. Ich klammere mich dicht an das Geländer und verharre bewegungslos, als sei ich ein Teil der Brücke. Niemand darf mich bei meinem Vorhaben beobachten. Das Geräusch wird lauter. Erst das Licht der Scheinwerfer und, als hätte es das Auto im Schlepp, huschen beide unter der Brücke hindurch. Ich drehe den Kopf und sehe dem Fahrzeug nach, wie es sich entfernt, ohne dass Bremslichter aufleuchteten. Erleichtert hangele ich mich Schritt für Schritt weiter bis zur Fahrspur, die talwärts führt, und befestige den Fichtenzweig an einer Geländersprosse. Abschließend schlinge ich die Zugleine zum Lösen des Knotens um die Schleife herum und mache mich auf den Rückweg, wobei ich die Leine sorgsam verlege. Das Endstück bedecke ich mit Zweigen und Laub. Morgen werde ich mich auf die Lauer legen, dann wird es geschehen.

Alles wird gut.

Montag, 14. Mai 2018
Polizeistation Altenau

Die Türklingel der Polizeistation Altenau, die ansonsten eher ein ruhiges Dasein fristete, mutierte zur Sturmglocke. Eike, der gerade an seinem Kaffee nippen wollte, sprang aus seinem Bürostuhl und öffnete.

»Habt ihr das gelesen?«, fragte Pia aufgeregt, lief an ihm vorbei, platzierte demonstrativ eine Zeitung auf den Besprechungstisch und strich sie glatt.

Eike drückte die Tür ins Schloss und drehte sich zu ihr.

»Guten Morgen, Frau Lohmeier«, sagte er akzentuiert.

»Guten Morgen, Frau Lohmeier«, wiederholte Thomas in gleichem Tonfall.

Pia lächelte verschämt. »Guten Morgen, ihr beiden«, erwiderte sie, ging auf Eike zu und gab ihm einen Kuss auf die Wange. »Tut mir leid, aber das hat mich auf die Palme gebracht«, sagte sie und erhob erneut die Stimme.

»Setz dich erst einmal.« Eike drückte sie sanft auf den Stuhl. »Ja, wir haben es gelesen und sprechen gerade darüber, aber was hat dich dabei so aufgebracht?«

Pia strich sich mit der Hand über ihre struppigen Haare. »Eine ganze Sonderseite über *ungeklärte Bikerunfälle*, die offensichtlich provoziert und gefilmt wurden. Ja geht's noch?«, ereiferte sie sich und tippte mit dem Finger auf den Artikel. »Da steckt garantiert deine Freundin, diese Melanie Moor, dahinter«, schimpfte sie.

Eike setzte sich neben sie und legte seine Hand auf ihre. Sie zog sie ruckartig darunter hinweg.

»Pia, sei bitte nicht unfair. Sie macht nur ihre Arbeit. Solche gravierenden Eingriffe in die Verkehrssicherheit dürfen der Öffentlichkeit doch nicht verschwiegen werden«, erklärte er.

»Ach, du stehst also auf ihrer Seite?« Ihre blaugrünen Augen leuchteten auf, als sprühten sie gleich Funken.

Eike versuchte sie in sanftem Ton zu beruhigen. »Struppi, sie ist quasi eine Kollegin. Polizei und Presse müssen manchmal zusammenarbeiten, verstehst du?«

»Nein, versteh ich nicht, und nenn mich nicht Struppi!«, entgegnete sie scharf.

Eike hielt es für besser, dem Gespräch eine Beruhigungspause einzuräumen, und antwortete nicht darauf.

»Eike hat Recht, Pia«, mischte sich Thomas jetzt ein.

Pia sprang auf und lief hin und her. »Bericht ja, aber doch keine protzige Sonderseite. Gerade eben, bevor ich rüberkam, wurden zwei Buchungen bei mir storniert« ereiferte sich Pia. »*Das ist ja lebensgefährlich bei euch im Harz*, meinte einer von denen zur Begründung« berichtete sie weiter.

Thomas kam nun ebenfalls an den Tisch, schob sich einen Stuhl zwischen die Beine und kreuzte seine Arme über der Lehne. »Jetzt wird mir klar, warum du sauer bist. Vielleicht ist das die Absicht dieses Bikerschrecks, die Motorräder aus dem Harz zu vertreiben.« Er beäugte Eike einen Moment, dann sagte er: »*Raserfreier Harz*. Na, klingelt's?«

Eike schüttelte den Kopf. »Du meinst, das wäre ein Motiv für solche feigen Anschläge, die selbst den Tod von zufällig vorbeifahrender Bikern in Kauf nehmen. Also das kann ich mir beim besten Willen nicht vorstellen«, entgegnete er.

Pia setzte sich wieder. »Warum nicht?«, wandte sie ein, »ihr habt es selbst gelesen.« Sie wendete die Zeitungsseite. »Hier steht's, der Harzer Tourismusverband befürchtet schweren Imageschaden und finanzielle Verluste, wenn die Motorradfahrer die Region meiden, und fordert rasche Aufklärung. Jeder weitere Anschlag setzt die Behörden und Verbände in Zugzwang.«

»Wir sind dran, Pia«, sagte Eike unaufgeregt. »Ich hoffe nur, der Dicke bewegt endlich seinen Arsch und setzt seine Leute darauf an«, fügte er hinzu.

»Entschuldigung«, erwiderte Pia, »ich will niemanden zu nahe treten, aber es gelingt euch nicht einmal, einen fahrerflüchtigen Drogenheini, selbst bei erdrückender Beweislage, hinter Gitter zu bringen.« Sie blätterte die Zeitung zurück und verwies auf einen weiteren Artikel. »Und dieser Speichellecker Koch gibt deiner Melanie kackfrech ein Interview und behauptet, die Regierung solle aus ihrer Frühjahrsmüdigkeit endlich erwachen und ihre Verantwortung wahrnehmen. Dieser Grünschnabel meint, wirtschaftliche Interessen dürften der Sicherheit nicht vorangestellt werden, und fordert eine Sondertaxe für Motorräder beziehungsweise eine Bikermaut.« Sie lachte gekünstelt. »Das ist echt der Hammer.«

Eike lächelte ihr mit verträumten Augen zu.

»Brauchst gar nicht so hintergründig zu grinsen«, sagte sie.

»Bist du etwa eifersüchtig?«, fragte Eike.

»Wie kommst du da drauf? Auf wen denn?«, wiegelte sie entrüstet ab.

»Auf MEINE Melanie«, sagte Eike betont.

»Bilde dir bloß keine Schwachheiten ein«, konterte sie und sah auf die Uhr. »Oh, ich muss weg. Hab in Clausthal einen Anwaltstermin wegen der Scheidung, weißt du.« Sie erhob sich.

Eike begleitete sie zur Tür. »Fahr vorsichtig.«

»Mit dem Motorrad immer«, sagte sie.

Eike stutzte. Der Zeitungsbericht hatte bei ihm alle Alarm-signale auf scharf geschaltet und er würde sich besser fühlen, wenn sie vorerst kein Motorrad führe, bis der Fall geklärt wäre.

»Fahr lieber mit dem Auto«, riet er ihr.

»Bei dem Sonnenschein?«, gab sie zu bedenken und drückte ihm einen flüchtigen Kuss auf die Wange. »Mach dir keine Sorgen, ist ja nur ein kurzes Stück. Die Maschine muss mal wieder bewegt werden.«

Sie ging hinaus und Eike sah ihr eine Weile hinterher. Er spürte eine seltsame Angst, wie damals, als er Nadine mit frühzeitigen Wehen ins Krankenhaus gebracht hatte.

»Martin Bödecker freut sich sicher über jeden Unfall, damit er ihm den Minister um die Ohren hauen kann. Der nutzt das schamlos für seine Zwecke«, meinte Thomas, als Eike zurückgekommen war.

»Der Mann verkauft sogar seine Mutter, wenn er einen Vorteil davon hätte«, stimmte Eike zu, »oder glaubst du, der würde eine Maut einführen, wenn er selbst in der Regierungsverantwortung wäre?«

»Nie im Leben«, antwortete Thomas, »das käme einem politischen Harakiri gleich.«

Eike schaute eine Weile nachdenklich aus dem Fenster. Bilder des sterbenden Felix Krüger, sowie die stürzenden Motorradfahrer auf der DVD tauchten in seinem Kopf auf und brachten seinen Puls aus dem Leerlauf. Unvermittelt drehte er sich zu Thomas zurück. »Das wäre doch auch ein Motiv, findest du nicht?«

»Was meinst du?«, fragte Thomas sichtlich irritiert.

»Motiv: Rechthaberei und politisches Kalkül. Jeder Motorradunfall untermauert Bödeckers Vorwurf an die Adresse des Ministers und gibt ihm recht. Warum nicht etwas nachhelfen?«

Thomas ließ sich in die Lehne zurückfallen. »Ist das nicht ein bisschen weit hergeholt?«, wandte er ein.

»Vielleicht«, gestand Eike zu, »aber diesem Bödecker ist einiges zuzutrauen. Wir sollten den Gedanken im Hinterkopf behalten.«

Sie vertieften sich in ihre Arbeit. Thomas rief die Facebook-Seite des Aktionsbündnisses *Raserfreier Harz* auf, um tiefer zu graben und herauszufinden, wer dahintersteckte und welche Motive die Leute antrieb.

Eike überlegte, auf welche Weise man Motorradfahrer zu Fall bringen könnte, dass es nach Unfall aussah. *Drei solcher Anschläge wurden bisher verübt. Beim ersten wurde die Fahrbahn mit Glaskugelgranulat und einem Ast präpariert, um auf gerader Strecke ein Ausweichmanöver zu erzwingen. Im zweiten*

Fall hatte ein Steinschlag die Bikergruppe überrascht und beim dritten Mal lag ein Ast hinter einer unübersichtlichen Kurve mitten auf der Fahrbahn.

Eike schluckte. *Außer bei dem Vorfall, bei dem er das Granulat sichergestellt hatte, waren die anderen Hinterhalte kaum als solche zu erkennen, denn Steinschlag und abgebrochene Äste sind im Harz schließlich nichts Außergewöhnliches. Nur Glaskugeln passen unmöglich in dieses Muster. Hat der Attentäter hier einen Fehler gemacht?* Er brütete weiter darüber nach. *Was für hinterlistige Fallen. Das kann doch nur das Werk eines ausgeflippten Psychopaten sein, der einen universellen Hass auf Biker hat. Aber woran entzündet sich ein solches Hassgefühl? Oder ist das krankhaft?* Eike hatte keine Erklärung dafür. *Vielleicht sollte er einen Fallanalytiker hinzuziehen, der sich besser in das Verhalten und die Motivation solcher Spinner hineinversetzen kann.*

»Kannst du in der jetzigen Lage noch entspannt Motorrad fahren?«, fragte Thomas unvermittelt und holte Eike damit aus seinen Gedanken heraus.

»Entspannt eher weniger«, sagte Eike. »Ich würde wachsamer auf die Straße und besonders die Kurven achten.« Plötzlich musste er an Pia denken. »Hoffentlich fährt Pia ebenso«, sagte er wie unbeabsichtigt.

»Ich denke schon«, beschwichtigte Thomas, »ihr beide seid euch doch im Motorradfahren ähnlich und nicht auf die ultimative Schräglage aus, sondern auf das geschmeidige Cruisen in der Natur.«

Eike rang sich ein Lächeln ab.

Thomas tippte weiter auf der Tastatur herum und kreiste mit der Maus über das Pad. »Mist, die Kerle haben ihr Profil gut getarnt«, rief er nach einer Weile aus. »Ich komme an die nicht ran. Auf jeden Fall haben die hervorragende Ortskenntnisse vom Harz, was den Täterkreis leider kaum verwertbar eingrenzt.«

Eike konnte nicht antworten, da das Telefon läutete. Dass es ein Notruf war, erkannte er sofort an der Anzeige auf dem Display.

»Polizeistation Altenau, Wolf«, meldete er sich.

»Ein schwerer Motorradunfall auf der Altenauer Straße in Richtung Clausthal-Zellerfeld, direkt hinter dem Hellertal-Viadukt. Rettungsdienst und Feuerwehr sind verständigt. Bitte übernehmen Sie die Koordination und Unfallaufnahme.«

»Verstanden«, antwortete Eike, »wir sind unterwegs.« Sein Puls raste, er sprang auf und griff seine Dienstmütze. »Komm, Unfall am Hellertal-Viadukt.«

* * *

Mit Blaulicht und Martinshorn unterquerte Eike den Rundbogen des Viadukts, der eine Rechtskurve überspannte. Hinter der Kurve stand ein roter Mini am Straßenrand und daneben der Rettungswagen mit Notarzt. Aus Richtung Clausthal-Zellerfeld traf soeben die Feuerwehr ein. Eike hatte per Funk darum gebeten, die Altenauer Straße zwischen Clausthal-Zellerfeld und Altenau komplett zu sperren, um ein Stauchaos zu vermeiden und den Weg für weitere Rettungskräfte freizuhalten.

Eike stoppte den Dienstwagen hinter dem Sanitätsvan. Thomas und er stiegen aus. Er verschaffte sich einen ersten Überblick und war zufrieden. Alles schien übungsmäßig abzulaufen. Selbst Pressevertreter schossen bereits eifrig Fotos. Eike erkannte Melanie Moor, die ihm zuwinkte, als sie ihn bemerkte. Der Unfallort war abgesichert, der Notarzt und zwei Sanitäter kümmerten sich um den verletzten Biker, der abseits der Straße im hohen Gestrüpp lag und nicht zu erkennen war. Er muss offenbar ein Ausweichmanöver vollführt haben, was ihn auf der rechten Seite, wo eine Stützmauer der ehemaligen Eisenbahnbrücke verlief, zu Fall brachte. Das Motorrad konnte Eike nicht entdecken. Die einzige erkennbare Bremsspur stammte von dem Mini, in dem eine Frau mit nach draußen gestellten Beinen auf dem Fahrersitz saß. Wie es schien, war sie die alleinige Unfallzeugin. Eike ging zu ihr, während Thomas die Vermessung und Fotodokumentation des Unfallortes übernahm.

»Ist alles in Ordnung mit Ihnen?«, fragte er die Frau.

Sie blickte auf. Ihre Augen wirkten verstört und ihr Gesicht war kalkweiß.

»Der Arzt wird sich um Sie kümmern, wenn der Verletzte geborgen ist?«, sagte Eike.

»Danke, aber es geht schon. War nur der Schreck«, sagte sie und ihre Gesichtsfarbe kehrte allmählich zurück.

»Sie haben sicher den Notruf abgesetzt, nicht wahr«, sagte Eike. Sie nickte.

»Danke, das haben Sie gut gemacht«, fügte er hinzu. »Wie ist Ihr Name?«, fragte er weiter.

»Marion Braun«, antwortete sie.

»Ich bin Eike Wolf.« Er gab ihr die Hand. »Was haben Sie von dem Unfall mitbekommen, Frau Braun?«

»Es ging alles so schnell«, wisperte sie.

»Lassen Sie sich Zeit, und versuchen Sie sich zu erinnern«, sagte Eike ruhig.

Frau Braun stieg aus dem Auto und schilderte, was sie gesehen hatte. »Der Motorradfahrer fuhr vor mir her, dann kam die Brücke.« Sie zeigte auf den Viadukt weiter hinten. »In der Kurve verlor ich das Motorrad aus den Augen, weil die Sicht durch den Brückenpfeiler verdeckt war. Als ich unter durch war, war es plötzlich verschwunden. Dann sah ich den Fahrer vor der Stützmauer liegen, hab eine Vollbremsung gemacht und sofort den Rettungsdienst angerufen. Danach bin ich ausgestiegen, um nach ihm zu sehen. Ich fand ihn dort regungslos im Gras, er war nicht ansprechbar.« Sie schaute zu der Stelle, wo der Verletzte gerade auf die Trage gelegt wurde. »Zum Glück kam der Notarzt sehr schnell.«

»Haben Sie irgendetwas beobachtet, was den Biker zum Stürzen gebracht haben könnte? War ein weiteres Fahrzeug beteiligt?«

Frau Braun konnte nicht mehr antworten, weil jemand dazukam. Eike drehte sich um und sah Thomas heraneilen. »Eike, kannst du mal kommen?«, sagte er aufgeregt.

»Muss das jetzt sein?«, wies Eike seinen Kollegen unsanft ab.

»Wir haben das Motorrad gefunden«, berichtete Thomas.

»Okay, gucke ich mir später an«, sagte Eike und wandte sich zurück an Frau Braun.

»Besser jetzt«, sagte Thomas. In seiner Stimme lag auf einmal ein dringlicher Unterton. Eike sah ihn an und erkannte an seinem Gesicht, dass er ihm etwas Schlimmes mitteilen wollte.

»Ich bin gleich zurück«, sagte er zu Marion Braun und ließ sich von Thomas zu der Unglücksmaschine bringen. Sie lag hinter einem Busch verborgen, ein Stück weiter von der Stelle, wo der Fahrer versorgt worden war. Eike erstarrte beim Anblick der Maschine und sein Blut sackte kurzzeitig aus seinem Kopf. Eine Kawasaki Vulcan mit rotem Tank. Das Kennzeichen gab ihm schließlich die befürchtete Gewissheit. »Oh, nein«, rief er und starrte wie hypnotisiert auf das deformierte Motorrad. Augenblicklich schien sich die Umgebung im Nebel aufzulösen. Als er sich gefasst hatte, rannte er zum Rettungswagen, in den gerade die Trage hineingeschoben und die hinteren Türen geschlossen wurden.

»Moment, Doktor«, rief er dem Notarzt entgegen, der noch die Hand an der Seitentür hatte und zusteigen wollte. »Ich kenne die Frau«, sagte Eike abgehetzt. »Wie geht es ihr?«

Der Notarzt hielt inne. »Nicht gut. Sie muss mit dem Hubschrauber nach Hannover in eine Spezialklinik.« Er sprang in den Van. »Wir müssen los, die Zeit läuft«, sagte er und schob die Tür mit einem Ruck zu. Der Wagen setzte sich sogleich mit Blaulicht und Martinshorn in Bewegung. Eike sah ihm nach, bis er hinter der nächsten Kurve verschwand. Der Helikopter würde in Clausthal landen, wahrscheinlich auf einem Feld beim unteren Pfauenteich.

Pia, halte durch, flehte Eike inniglich. Sein Puls raste davon und mit ihm rotierten brennende Gedanken ungeordnet durch sein Gehirn. Er schloss die Augen und versuchte das Gefühlschaos zu ordnen, um wieder klar denken zu können. *Was war passiert? Pia musste eilig aufbrechen, weil sie einen Anwaltstermin in Clausthal hatte. Drängte die Zeit so sehr, dass sie deshalb den Gasgriff zu weit aufgedreht hatte, und ihr die sichere Beherrschung der Maschine verlorenging?* Eike verwarf diese Überlegung. *Nein, sie ist eine Motorradfahrerin, die genau ihre Grenzen kennt, und außerdem wäre sie im Fall überhöhter Geschwindigkeit nach links in die Leitplanke gedriftet und nicht in die Kurve hineingezogen worden. Das passte alles nicht zusammen. Oder hatte am Ende der Bikerhasser erneut zugeschlagen?*

Eike zuckte zusammen, als er plötzlich eine Hand auf der Schulter spürte, und wirbelte herum. »Ach, Frau Moor«, sagte er überrascht. »Ja, Sie kommen auch zu Ihrem Recht.« Er berichtete ihr in Kurzfassung, was bisher herausgefunden wurde, und beantwortete ihre Fragen.

»Danke! Ich will Sie auch weiter nicht nerven. Sie sehen ziemlich mitgenommen aus«, sagte sie.

Thomas mischte sich nun ein und sagte: »Sie sollten uns jetzt unsere Arbeit machen lassen, Frau Moor.«

»Verstehe«, erwiderte sie und verschwand.

»Komm Eike, ich fahr dich nach Hause. Wir erledigen alles Weitere hier«, sagte er.

»Nicht nötig«, lehnte der ab, »ich muss ihre Eltern informieren, und dann will ich herausfinden, was hier passiert ist.«

Er zückte sein Smartphone und wählte mit bedrückendem Gefühl in der Brust die Nummer.

Pias Mutter heulte laut auf, als Eike ihr von dem Unfall berichtet hatte. Dann hörte er sie schluchzen und nach einem Moment polterte und knackte es im Lautsprecher. Durch den

Schock hatte sie vermutlich kurzzeitig die Kontrolle verloren und das Telefon war ihr scheinbar aus der Hand gefallen. Einige Sekunden später meldete sich Pias Vater am Apparat. Eike war erleichtert, dass er zu Hause und nicht auf der Schiene unterwegs war, denn zu zweit lässt sich eine solche Nachricht einfacher ertragen.

Er fragte in rascher Abfolge, was passiert sei, wie schwer sie verletzt wäre und in welches Krankenhaus man sie brächte. Eike erzählte ihm, was er vom Notarzt erfahren hatte, und das war mehr als dürftig. Die Klinik würde sich mit ihnen umgehend in Verbindung setzen, versicherte er Pias Vater und bat ihn darum, ihm ebenfalls Bescheid zu geben. Er hatte Pias Eltern nur ein Mal kurz kennengelernt, als sie ihre Tochter an einem Wochenende besucht hatten, nachdem Pia von ihrem Mann fies zugerichtet worden war.

Eike hörte, wie Pias Vater einige Male tief durchatmete, dann wurde seine Stimme brüchig und er brach das Gespräch ab. Eike steckte das Handy ein und suchte Thomas.

»Ihr Kollege ist zum Auto gegangen«, sagte Marion Braun, die jetzt bei ihm stand. »Brauchen sie mich noch?«, fragte sie.

»Ja, ich muss ihre Personalien aufnehmen und habe noch einige Fragen«, antwortete Eike.

Inzwischen kam Thomas zurück. »Sie wird zur Klinik für Unfallchirurgie der Medizinischen Hochschule Hannover gebracht«, sagte er. »Hat der Hubschrauberpilot per Funk eben durchgegeben.«

»Danke«, sagte Eike und rief sofort Pias Eltern an, um das an sie weiterzugeben. Dann wandte er sich an Frau Braun. »Frau Braun, waren weitere Verkehrsteilnehmer am Unfallgeschehen beteiligt?«

Sie schüttelte den Kopf. »Nein, auf dieser Strecke ist ja eh nicht viel Verkehr. Ich habe niemanden sonst gesehen.«

»Ist Ihnen irgendetwas Ungewöhnliches aufgefallen, was den Sturz der Motorradfahrerin verursacht haben könnte? Lassen Sie sich Zeit zum Nachdenken.«

»Ach, das ist eine Frau gewesen?«, zeigte sie sich überrascht und legte betroffen eine Hand auf den Mund. Kurz danach antwortete sie: »Nein, ich sagte ja bereits, ich konnte das Motorrad nicht mehr sehen, weil die Sicht durch den Brückenpfeiler verdeckt war. Ich fuhr ungefähr zwanzig Meter hinter ihr.«

»Wie schnell waren Sie, Frau Braun?«, wollte Eike wissen.

»Ich habe nicht auf den Tacho geschaut. Ich schätze so sechzig, siebzig, mehr nicht«, sagte sie.

Ihre Antworten machten Eike unzufrieden. Das alles erklärte keineswegs den Unfall. Da musste etwas anderes vorgefallen sein.

»Vielleicht ein Tier?«, versuchte Eike ihr Anregungen zu geben, intensiver in ihren Erinnerungen zu graben. »Es gibt wieder viele Füchse, die manchmal tagsüber auf die Jagd gehen, oder ein Greifvogel, der aufgeschreckt wurde und zu tief über die Straße flog. Bitte, denken Sie nach.«

Sie sah Eike groß an und schüttelte erneut den Kopf. »Nein, wirklich nicht. Nur oben auf der alten Bahntrasse fuhr jemand mit dem Fahrrad. Aber weit hinter der Brücke, der hat von dem Unfall sicher nichts mitgekriegt.«

Eike dachte im Moment, er höre nicht richtig. »Mensch, Frau Braun, warum haben Sie das nicht gleich gesagt?«, fuhr er sie an. »War es ein Mann oder eine Frau? In welche Richtung fuhr die Person?«

»Das konnte ich beim besten Willen nicht erkennen. Ich war furchtbar aufgeregt und sah gerade noch, wie der Radfahrer im Wald Richtung Altenau verschwand.«

»Das Fahrrad konnten Sie auch nicht erkennen, oder«, fragte Eike nach.

»Nein«, war die Antwort.

»Danke Frau Braun, falls Ihnen noch etwas einfallen sollte, hier ist meine Karte.« Er reichte sie ihr. »Ich brauche dann noch Ihre Personalien«, fuhr Eike fort. »Wenn Sie den Personalausweis dabeihaben, mache ich ein Foto davon. Dann können Sie weiterfahren.«

»Das hat ihr Kollege schon gemacht«, ließ sie ihn wissen und machte sich sogleich auf den Weg zu ihrem Auto.

»Gute Fahrt«, rief Eike ihr nach.

Inzwischen traf der Abschleppdienst eines Autohauses aus Clausthal-Zellerfeld ein, um das Motorrad abzuholen. Als es auf der Ladefläche verzurrt lag, warf Eike einen Blick darauf. Ein Schauer lief ihm über den Rücken und er spürte, wie sich bei diesem Anblick seine Armbehaarung aufrichtete. Die Vorderradgabel war in sich verwunden, das Rad deformiert. Im Rahmen, Motor und Hinterrad hingen Grasbüschel und Zweige. »Was ist geschehen, Pia?«, flüsterte Eike vor sich hin. *Wie es ihr wohl gerade geht,* dachte er und hoffte, dass alles gut werden würde. Wie gern wäre er jetzt bei ihr.

»Können wir dann fahren?«, fragte der Mann vom Abschleppdienst und brachte Eike damit aus seinen Gedanken.

»Ja, ja«, sagte er und sprang von der Plattform herunter. Der Wagen fuhr ab.

Der Einsatzleiter der Feuerwehr kam auf Eike zu. »Brauchen Sie uns noch?«, fragte er.

»Nein, vielen Dank. Sie können abrücken und die Sperrung aufheben«, sagte Eike.

Thomas und er blieben zurück. Die ersten Autos kamen vorbeigefahren.

»Sie wird wieder gesund«, sagte Thomas und fasste ihn kameradschaftlich am Arm.

»Sicher«, antwortete Eike und er musste den Kloß im Hals herunterschlucken, der ihm das Atmen erschwerte. In der wiedergekehrten Ruhe schaute Eike die Straße entlang, die er bestens kannte, sie war schließlich sein täglicher Arbeitsweg. Eine herrliche Strecke, die sich durch dieses idyllische Tal schlängelte. Auf der einen Seite der Hellertaler Graben, auf der anderen die ausgediente Bahntrasse mit ihren Bogenbrücken. Der Verkehr lief inzwischen wieder normal. Nichts erinnerte an einen schrecklichen Unfall.

Warum war Pia von der Fahrbahn abgekommen? Hing es mit ihrem Anwaltstermin zusammen? Gab es Schwierigkeiten mit dem Gerichtsverfahren, dass sie für einen Moment unkonzentriert fuhr? Aber wenn es etwas Ernstes gewesen wäre, hätte Sie bestimmt mit mir darüber gesprochen.

Er ging die Straße ab und suchte intensiv nach Hinweisen, die in der Hektik der Unfallabwicklung möglicherweise übersehen worden waren. Tatsächlich, im hohen Gras des Seitenstreifens entdeckte er etwas Silberglänzendes. Er stakste durch den Wildwuchs und fand eine Radkappe. Sie war vom Unkraut fast vollständig überwuchert und musste vor längerer Zeit verloren gegangen sein. Nein, sie hatte mit dem Unfall nichts zu tun. Er suchte weiter, aber außer einem Papiertaschentuch und einer zerknautschten Zigarettenschachtel, die ebenfalls als Verursacher ausschieden, war nichts Verdächtiges zu finden. Direkt vor dem Viadukt lag ein abgebrochener Fichtenzweig am Straßenrand. Eike nahm ihn auf. Er stammte wahrscheinlich von einem der vielen Holztransporter, die die Stämme umgestürzter Fichten abtransportierten, die das Sturmtief Xavier im letzten Herbst zurückgelassen hatte. Von diesen Fuhrwerken landeten oft Zweige und Rinde auf der Fahrbahn. Eike warf den Zweig weiter in die Böschung, was er augenblicklich bereute, denn das Harz an der Bruchstelle klebte wie Pattex an seiner Hand.

»Ich geh mal auf die Brücke«, entschloss er sich kurzerhand. »Vielleicht finde ich dort etwas.«

»Auf die Brücke?«, fragte Thomas mit erhobener Stimme, »und was soll das bringen?«

»Entweder allein die Gewissheit, dass ich alles Mögliche getan habe, oder doch ein Indiz auf einen weiteren Anschlag.«

Thomas' Gesichtsausdruck entnahm Eike, dass er wenig von seinem Vorhaben hielt. Dennoch fragte der: »Soll ich mitkommen?«

»Nein, bleib du unten.«, lehnte Eike ab. »Vielleicht findest du hier unten etwas, was ich übersehen habe.«

Eike stieg die steile Böschung hinauf und gelangte auf die ehemalige Schienentrasse, die zu einem Fahrrad- und Wanderweg ausgebaut war. Nach einigen Metern erreichte er die Brücke. Vor das Sprossengeländer hatte man beidseitig einen circa zwei Meter hohen Gitterzaun gesetzt, vermutlich, um leichtsinnige Leute daran zu hindern, sich gefährlich weit über die Brüstung zu lehnen. Auf dem Weg war außer Fahrradspuren nicht Außergewöhnliches zu sehen. Eike überquerte das Viadukt und inspizierte dabei die Geländer auf beiden Seiten. In einer Ecke der quadratischen Maschen des Gitters klemmte der frische Trieb eines Fichtenastes. Eike ging heran, betrachtete ihn von Nahem und wollte ihn herausfummeln, als er ein Stück Bindfaden sah, das direkt daneben an einem der Gitterstäbe geknotet war. Beide hätte er kaum als Indizien identifiziert, wenn sich ihre Position nicht genau über der Fahrspur befunden hätte, auf der Pia unterwegs gewesen war. Bei näherem Hinsehen entdeckte er nun auch Spuren von Baumharz an der Schnur. Er machte mit dem Handy ein Paar Fotos und zog den Fichtentrieb vorsichtig aus dem Gitter. Die Bruchstelle war frisch, harzte und etwas Borke hin daran, die vom Gegenstück abgerissen worden war. Auch den Bindfaden knotete er los und steckte beides in Asservatenbeutel.

»Na, bist du fündig geworden?«, fragte Thomas, als Eike zurück war.

»Ja, aber ob uns das weiterbringt, muss sich herausstellen«, antwortete Eike und holte als Nächstes den Fichtenast zurück, den er vorhin achtlos weggeworfen hatte. Diesmal achtete er auf das zähflüssige Harz, das aus der Bruchstelle austrat.

Sie gingen zum Auto. Eike legte den Ast und den kurzen Zweig auf die Ladefläche des Kombis und suchte die Stelle, wo der kleine Zweig abgerissen worden war. Sie war leicht zu finden. Beides passte exakt zusammen. Eike schaute Thomas stumm an.

»Was heißt das jetzt?«, fragte sein Kollege irritiert.

»Das heißt, dass der Ast am Brückengeländer angebunden war, bevor er auf die Straße fiel.«

»Was macht dich da so sicher?«, fragte Thomas nach.

»Überleg doch«, sagte Eike, »der Ast hier unten, der dazugehörige Zweig dort oben und ein Bindfaden mit Harzspuren. Welche Beweise brauchst du noch?«

»Willst du damit sagen, dass ...« Thomas konnte nicht zu Ende sprechen, weil Eike ihm ins Wort fiel und den Satz beendete: »... dass der Bikerschreck erneut zugeschlagen hat.«

Jetzt schaute Thomas seinen Kollegen einige Sekunden stumm an, dann sagte er betroffen: »Scheiße! Und diesmal hat es Pia erwischt.«

Eike nickte und erhob entschlossen den rechten Zeigefinger. »Ich sag dir was, Thomas. Das Maß ist endgültig voll. Diesen Verbrecher hole ich mir, und Gnade ihm Gott, wenn Pia nicht wieder vollständig gesund wird«, zischte er durch die Zähne.

»Sei vorsichtig, Eike«, ermahnte ihn Thomas zur Besonnenheit, »du weißt, was Struwe gesagt hat.«

»Der Dicke wird mich nicht mehr davon abhalten«, erwiderte Eike und knallte die Heckklappe zu. Sie stiegen in den Wagen und schnallten sich an.

»Wenn du mit deiner Vermutung Recht hast, wird der Presse sicher wieder eine DVD zugespielt«, meinte Thomas, »dann bekommst du Gewissheit.«

Beide sollten Recht behalten.

Als Eike und Thomas von dem Einsatz nach Altenau zurückgekehrt waren, sahen sie Gußchen auf der Eingangstreppe sitzen.

»Was war denn los, dass ihr in aller Herrgottsfrüh mit Rabatz und Trara losgeprescht seid. Ich dachte schon, in Altenau sei der Krieg ausgebrochen«, empfing sie die beiden Polizisten.

»Es ist schlimmer«, sagte Eike.

Gußchen erhob sich und ihre aufmerksamen Augen rollten zwischen Eike und Thomas hin und her. »Ich sehe es euch an. Ihr schaut aus, als hättet ihr am Abgrund der Hölle gestanden«, sagte sie. »Schwerer Unfall, oder?«

Eike musste schlucken und nickte stumm. Er spürte, wie seine Augen feucht wurden und kämpfte dagegen an, konnte es aber nicht verhindern.

Gußchens Gesicht verriet die Vorstufe von Panik. »Oh, mein Gott, rede«, forderte sie mit Nachdruck.

»Pia ist mit dem Motorrad verunglückt«, sagte Thomas tonlos.

Gußchen schlug die Hände vor den Mund. »Oh, nein«, schluchzte sie. »Wie schlimm ist es?«

Eike hatte die Fassung zurückerlangt und antwortete: »Sie wurde nach Hannover geflogen. Ich werde heute Nachmittag zu ihr fahren, dann wissen wir mehr.«

»Grüß sie von mir. Wenn ich irgendetwas tun kann?«, bot sie an und trat zur Seite, sodass die beiden Männer vorbeigehen konnten.

»Danke, das mach ich«, sagte Eike. Sie betraten das Gebäude.

Als Erstes rief er Ben Struwe an und berichtete ihm kurz, aber in bestimmten Ton über den Unfall und seinem erneuten Verdacht. »Diesmal hat es meine Freundin Pia Lohmeier

343

getroffen und deshalb werden Sie mich nicht mehr davon abbringen, gegen dieses Schwein zu ermitteln«, fauchte Eike wie ein bissiger Hund durchs Telefon.

»Beruhigen Sie sich, Wolf«, sagte Struwe. »Das mit Ihrer Freundin tut mir leid. Ist sie schwer verletzt?«

»Sie wurde in die Medizinische Hochschule nach Hannover gebracht. Mehr weiß ich bisher nicht«, antwortete Eike.

»Verstehe«, sagte Struwe, und zu Eikes Überraschung klang seine Stimme betroffen. »Dann fahren Sie zu ihr. Worauf warten Sie noch?«

Was ist denn in den Dicken gefahren, dachte Eike, *das sind ja ganz neue Töne.*

»Das ist zu früh«, antwortete er. »Jetzt wird sie sicher erst einmal gründlich untersucht und über die weitere Behandlung entschieden. Ich stehe mit ihren Eltern in Verbindung und wollte heute Nachmittag nach Hannover fahren. Bis dahin haben Sie dann auch den Unfallbericht vorliegen«, antwortete Eike.

»So? Das ist noch besser«, sagte er und legte auf.

»Ich erkenne den Dicken kaum wieder«, sagte Eike staunend zu Thomas. »Der zeigt auf einmal Verständnis und Anteilnahme.«

»Mach keine Witze«, meinte Thomas und schmunzelte. Dann sagte er weiter: »Vielleicht hat er endlich gemerkt, wer seiner Karriere wirklich förderlich ist, nämlich Mitarbeiter, auf die er sich verlassen kann und die professionell arbeiten, und keine Arschkriecher oder Politiker, die ihn nur eigennützig abmelken. Was zählt, ist das Team.«

Eike schaute seinen Kollegen bewundernd an. »Das hast du genau auf den Punkt gebracht, du kleiner Philosoph.« Seine Augen wurden abermals feucht und er musste schniefen.

»Pia wird wieder gesund. Du wirst sehen.«

Eike bemühte sich um ein Lächeln und begann mit dem Verfassen des Unfallberichts. Als er die Bilder zufügen wollte, die Thomas am Unfallort gemacht hatte, bekam er den

Gefühlscocktail aus Sorge um Pia, Ohnmacht und Wut erneut zu spüren. Er musste die Arbeit unterbrechen. »Ich kann mir die Fotos nicht ansehen«, sagte er.

»Lass gut sein«, beruhigte ihn Thomas. »Ich mach den Bericht fertig. Koch du derweil einen Kaffee.«

Wenig später schickte Eike den kompletten Unfallbericht an Ben Struwe.

»Du solltest Feierabend machen«, riet Thomas ihm.

»Ich mache Feierabend, wenn ich diesen Psychopaten hinter Schloss und Riegel habe«, erwiderte Eike.

Sein Handy klingelte. Die Nummer von Pias Vater wurde angezeigt. »Eike Wolf«, meldete er sich, noch bevor es zum zweiten Mal läutete.

»Gruner. Herr Wolf, ...« Er machte kurz Pause. »Ach, ich sag einfach Eike, und ich bin Richard. Das macht die Verständigung leichter. Ist das okay?«

»Sehr gern, Richard.«

»Pia liegt auf der Intensivstation der Unfallchirurgie. Sie hat ein Schädel-Hirn-Trauma, einen angebrochenen Halswirbel und liegt im Koma. Diverse Knochenbrüche sind das geringere Übel. Sie darf ihren Hals nicht bewegen, bis der Wirbel verheilt ist. Ob bleibende Hirnschäden zu erwarten sind, konnte der Arzt zur Zeit nicht beurteilen. Wenn du ...« Richards Stimme klang gebrochen. Er brauchte eine Weile, um weitersprechen zu können. »Wenn du möchtest, kannst du sie gerne besuchen kommen«, sagte er.

»Und ob ich möchte. Ich bin auf dem Weg«, antwortete er hektisch, sprang auf, rannte nach draußen und stieg in seinen Golf. Mit aufheulendem Motor startete er durch und befand sich bald darauf auf der A7 in Richtung Norden.

Sein Puls beschleunigte unversehens, als er auf dem Parkplatz vor dem Klinikgebäude aus dem Auto stieg. Krankenhäuser wirkten selbst von außen auf ihn bedrückend, und ein Gefühl, als erwarte ihn etwas Schmerzliches, beschlich ihn. Er wischte seine Hände an der Uniformhose trocken und betrat das Klinikum. An der Information erfuhr er den Weg zur Intensivstation, in der Pia untergebracht war. Eike musste mit dem Aufzug zwei Stockwerke höher fahren. Nachdem er an der Stationstür geklingelt hatte, wurde er nach kurzer Wartezeit von einer Schwester in Empfang genommen. Sie schaute etwas irritiert an Eikes Uniform herunter. »Ich bin nicht dienstlich hier«, versicherte er ihr. Sie reichte ihm einen grünen Kittel und bat ihn, sich die Hände zu desinfizieren. Dann führte sie ihn über einen langen Flur zu dem Abteil, in dem Pia lag. Sie öffnete die Tür und Eike trat ein. Es bildete sich sofort wieder dieser Kloß im Hals, der ihm den Atem und die Stimme nahm, als er sie so hilflos dort liegen sah. Schläuche und Kabel hingen scheinbar wirr an ihr herum und waren mit piepsenden und blinkenden Geräten verbunden. Durch ihre Nase führte ein dünner Schlauch, über den sie offenbar künstlich ernährt wurde. Das rhythmische Piepen und Surren der Maschinen machte ihm Angst.

Erst jetzt nahm Eike Pias Eltern wahr, die neben ihrem Bett saßen. Pias Mutter blickte mit geröteten und wässrigen Augen zu ihm auf. Ihr Vater machte den Stuhl frei und nickte Eike zu, er solle sich setzen. Eike setzte sich und suchte Pias Gesicht, das von dem Schlauch und einer dicken Halsmanschette fast verdeckt wurde. Sie hatte die Augen geschlossen, als würde sie nur schlafen. Ihre rechte Hand lag entspannt auf der Bettkante. Eike streichelte sie vorsichtig, so, als könne sie leicht zerbrechen, und glaubte, ihre Augenlider hätten sich dabei etwas bewegt. Er legte seine Hand auf ihre und spürte dieses großartige Gefühl, dass ihn mit dieser Frau verband. Stumm und reglos blieb er an ihrem Bett sitzen, sah sie an und Bilder ihrer gemeinsamen Zeit liefen in seinem Kopf an ihm vorüber.

Irgendwann kam ein Arzt herein, nickte ihnen freundlich zu und kontrollierte die Anzeigen der Geräte. »Sie braucht jetzt Ruhe«, sagte er.

Eike drückte noch einmal sanft Pias Hand und flüsterte ihr zu: »Wenn du gesund wirst, ziehe ich bei dir ein, so, wie du es dir gewünscht hast, und ich nenne dich nie wieder Struppi.« Er stand auf und wischte sich die Augen.

»Können Sie schon etwas sagen, Herr Doktor?«, fragte Pias Mutter mit weinerlicher Stimme.

»Sie ist noch nicht stabil. Wir müssen die nächsten Tage abwarten«, antwortete er. »Es tut mir leid, dass ich Ihnen zur Zeit keine Gewissheit geben kann.«

Sie verließen das Krankenhaus. Vor dem Eingang verabschiedeten sie sich voneinander. Pias Mutter umarmte Eike. »Nenn mich bitte Verena«, sagte sie. »Danke, dass du gekommen bist.«

»Meldet Euch bitte sofort, wenn sich an ihrem Zustand etwas ändert«, bat Eike.

»Kannst dich darauf verlassen«, versprach Richard.

Eike fuhr zurück in den Harz, langsam und vorsichtig, denn er hatte ständig Pia vor Augen. Dass es so ernst um sie stand, hatte er nicht erwartet. Er war geschockt und fühlte sich wie gelähmt.

Gegen zehn Uhr am Dienstagmorgen, Ben Struwe hatte soeben Eikes Unfallbericht gelesen, klingelte auf seinem Schreibtisch das Telefon. Er zog das Mobilteil aus der Station.

»Struwe, Polizeiinspektion Goslar.«

»Lars Boger, Goslarsche Zeitung. Morgen Herr Struwe. Raten Sie mal, was wir heute früh in der Post hatten.«

Kurzes Schweigen. »Bitte keine anonyme DVD«, erwiderte Struwe und befürchtete es bereits.

»Leider doch«, antwortete Boger.

»Okay, Herr Boger, Sie kennen mittlerweile das Prozedere. Die Spurensicherung ist gleich bei Ihnen.« Struwe drückte das Gespräch weg und wählte übergangslos die Nummer der KTU. Christian Voigt meldete sich.

»Herr Voigt, fahren Sie zu Boger rüber. Er hat wieder einmal eine anonyme DVD erhalten. Sie wissen, was zu tun ist, aber pronto, wenn ich bitten darf. Ich möchte umgehend das Ergebnis sehen.«

Zwei Stunden später betrat Christian Voigt Struwes Büro und legte ihm die DVD schweigend auf den Schreibtisch. »Keinerlei Spuren«, sagte er.

An Voigts Gesichtsausdruck fand Struwe seine Vorahnung bestätigt. »Schröter!«, rief er im selben Moment seinen Assistenten aus dem angrenzenden Büro herüber und legte die Scheibe in das Laufwerk des Computers. Die beiden Beamten stellten sich beidseitig neben Struwe und starrten auf den Bildschirm. Das Video startete und zeigte die Rechtskurve, die sich unter dem Brückenbogen hindurch schlängelte und weiter oben hinter dem Berghang in die Landschaft tauchte. Die Kamera war offenbar auf der Brücke postiert und genau auf die Stelle gerichtet, wo die Straße unter dem Bogen sichtbar wurde. Im Bildausschnitt unten rechts erschien die Zeitanzeige: 14-05-2018, 09:24:15. Zwei Pkws und ein Holztransporter mit Anhänger durchquerten das Bild, bevor es geschah. Als das Motorrad aus dem Schatten der Bogenbrücke auftauchte, fiel im selben Moment ein Fichtenast direkt vor den Helm der Fahrerin, die Struwe aus dem Unfallbericht bereits kannte. Sie versuchte nach rechts auszuweichen, kam auf den Seitenstreifen, überschlug sich und schleuderte gegen die Stützmauer, die sich um die hohe Böschung der Bahntrasse schmiegte. Regungslos blieb sie dort liegen. 14-05-2018, 09:31:10. Ein Mini mit Clausthaler Kennzeichen erschien unmittelbar im Bild, die Bremslichter glühten und er stoppte am Straßenrand. Das Warnblinklicht blitzte auf, dann wurde das Bild ausgeblendet, und aus der Tiefe der schwarzen Fläche tauchte der Schriftzug auf:

Das große Finale folgt!

Wie einen Schachtelteufel katapultierte es Struwe aus der Sitzposition. Sein Bürostuhl krachte hinter ihm an den Aktenschrank.

»Verfluchte Scheiße. Bringt mir diesen Psychopaten, ich will ihn in Handschellen vor mir sehen.« Er schlug mit der Faust auf den Tisch. »Schröter!« Er sah sich nach ihm um. »Wo sind Sie?«

»Ich bin hier«, meldete er sich zaghaft. Er hatte sich bei dem Wutausbruch seines Chefs in die Verbindungstür zu seinem Büro geflüchtet und traute sich nun wieder hervor.

»Ich möchte, dass die Unfallstelle ab sofort rund um die Uhr observiert wird. Organisieren Sie das, Schröter«, wies er ihn im Befehlston an.

»Okay, Chef. Und für wie lange?«, wollte Schröter wissen.

»Bis diese Schilderfutzies auftauchen, und das werden die. Nehmt sie fest und bringt mir diese Bande in den Verhörraum. Ich wette, die stecken dahinter«, fauchte er wie ein

Puma, der seinem Rivalen gegenübersteht. Schröter, scheinbar von dieser Anweisung irritiert, regte sich nicht.

»Worauf warten Sie«, brüllte Struwe. »Ich sagte sofort!« Schröter machte auf dem Hacken kehrt und verschwand in seinem Büro. »Und holen Sie mir Eike Wolf hierher«, rief er ihm nach.

Christian Voigt wandte sich ebenfalls zum Gehen.

»Warten Sie, Voigt«, sagte Struwe. »Ich möchte, dass Sie die Beweisstücke, die Wolf laut Unfallbericht sichergestellt hat, umgehend kriminaltechnisch untersuchen.«

Voigt nickte. »Geht klar«, sagte er und ging.

Er hatte die Tür soeben hinter sich geschlossen, da läutete Struwes Telefon erneut. Martin Bödecker wurde auf dem Display angezeigt. Struwe nahm ab.

»Ben, ich habe eben in eurem Presseportal von dem Unfall gestern gelesen«, ergriff Bödecker sofort das Wort. »Schlimme Sache. Das bestärkt wieder einmal meinen Appell, den Motorradverkehr im Harz einzuschränken. Das solltest du der Presse gegenüber erwähnen und die Forderung unterstützen.«

Ben Struwe räusperte sich, um sich Zeit für die Antwort zu verschaffen. Das Gespräch damals in der Butterhanne wiederholte sich mit Lichtgeschwindigkeit in seinem Kopf. Bödecker wollte ihn für seine Zwecke vereinnahmen und hatte ihm dafür eine Beförderung in Aussicht gestellt, wenn er erst in Regierungsverantwortung stünde. Ja, wenn. Und wenn nicht? Dann hatte er keinerlei Gegenleistung zu erwarten. Ja, er wollte Polizeirat werden, und er war auch der Meinung, dass er an der Reihe wäre. Aber sollte er sich deshalb auf ein schmutziges Intrigenspiel mit der Politik einlassen?

»Tut mir leid, Martin«, antwortete Struwe, »aber ich als Beamter darf nicht öffentlich für Politiker Partei ergreifen, wie du sicherlich weißt.«

»Du brauchst meinen Namen ja nicht zu nennen, aber du könntest die Idee aufgreifen und dafür eintreten«, schlug Martin Bödecker vor.

»Das kann ich nicht machen«, erwiderte Struwe.

Diesmal ließ sich Bödecker Zeit für die Antwort, und Struwe glaubte zu hören, wie er an der Weigerung zu schlucken hatte.

»Wie bitte?«, äußerte Bödecker sein Unverständnis. »Darf ich dich an unseren Deal erinnern!?«

»Außerdem war das kein Unfall« entgegnete Struwe, »sondern ein weiterer feiger Anschlag eines Irren, der sich gegen ahnungslose Biker richtet. Diesmal hat es die Freundin von Eike Wolf getroffen.«

»Ben«, sagte Bödecker in einem Tonfall, als wollte er ihn zur Vernunft bringen. »Es kann jeden treffen.«

»Eben«, erwiderte Struwe, »das nächste Mal vielleicht dich oder jemand anderen aus meinem Bekannten- und Freundeskreis. Nein, Martin, ich werde das nicht mehr decken.« Der Lautsprecher in dem Telefon blieb stumm. »Martin?«, bat Struwe ihn, sich zu melden. Bödecker hatte das Gespräch beendet.

Struwe wählte anschließend die Nummer der Polizeistation in Altenau. Eike Wolf nahm ab.

»Struwe hier. Wie geht es Ihrer Freundin?«, wollte er zuallererst wissen.

»Es steht nicht gut um sie. Ich hoffe, sie wird es schaffen«, antwortete Eike.

»Wird schon werden, Wolf. Kopf hoch. Wollen Sie ein paar Tage frei machen?«

»Auf keinen Fall, das würde mich nur tiefer runterziehen«, sagte Eike.

»Wie Sie wollen«, lenkte Struwe ein. Dann kam er zum eigentlichen Grund seines Anrufes: »Der GZ ist heute Morgen wieder eine anonyme DVD zugestellt worden. Sie zeigt den Unfallhergang.« Er hielt einen Augenblick inne. »Ich nehme an, Sie möchten sich das diesmal nicht ansehen.«

»Nein, ich verzichte«, sagte Eike. »Wie ist es passiert?«, wollte er dennoch wissen.

»Am Ausgang der Brücke ist ihr der Ast einer Fichte direkt vor den Helm gefallen. Sie wollte nach rechts ausweichen und ...« Er sprach nicht weiter. Auch Eike Wolf antwortete nicht.

»Wolf, sind Sie noch dran?«, fragte Struwe nach einer Weile des Schweigens.

»Also doch«, sagte Eike. »Wie lautete diesmal die Endbotschaft?«, fragte er nach.

»Das große Finale folgt«, antwortete Struwe.

»Das große Finale«, wiederholte Eike. »Was meint er damit?«

»Das sollten wir herausfinden, bevor es stattfindet«, machte Struwe deutlich.

»Übrigens, den Ast habe ich sichergestellt«, sagte Eike.

»Ich weiß, stand alles in Ihrem Bericht«, bestätigte Struwe. »Ich möchte, dass Sie alle Beweismittel, die Sie von den Unfällen verwahrt haben, an die KTU geben. Wir werden sie genauestens auf Spuren untersuchen.«

»Sehr gut«, sagte Eike, »bringe ich heute noch rüber.«

»Wir kriegen ihn«, sagte Struwe siegessicher.

Die Überschrift und Bilder auf der Titelseite brannten wie heiße Nadeln in Eikes Kopf, als er die Zeitung an diesem Morgen in der Hand hielt. Er brauchte einen Moment, um den herannahenden Gefühlssturm zu unterdrücken, und schluckte den Zorn gegen diesen hinterlistigen Täter herunter, der Pia in Lebensgefahr gebracht hatte. *Was ist das für ein Mensch, der ahnungslose Motorradfahrer attackiert und mit deren Gesundheit und Leben spielt? Was treibt einen Menschen in solch einen Abgrund?* Diese Fragen quälten Eike, seitdem er davon überzeugt war, dass einige Unfälle keine waren, sondern gezielte Angriffe gegen Biker.

* * *

Er hatte gestern mit Frau Dr. Almut Steiger, einer Fallanalytikerin beim LKA in Hannover, gesprochen, bevor er zu Pia ins Krankenhaus gefahren war. Ben Struwe hatte sie ihm empfohlen und sogar einen Termin bei ihr vereinbart. Sie sei eine erfahrene Psychologin und Kriminalbeamtin, zwar etwas schwierig im Umgang, aber scharfsinnig.

Eike hatte ihr ausführlich von den Unfällen, den betroffenen Fahrern und seinen Beobachtungen berichtet. Frau Steiger hatte ihm aufmerksam zugehört und schien mit ihren Augen jeder Bewegung seiner Lippen zu folgen. Fragen stellte sie keine.

So einen Fall hätte sie bisher nicht gehabt, er ließe keinerlei Muster erkennen, hatte sie abschließend gesagt. Eike hatte sich von dem Gespräch mehr erhofft und war enttäuscht gewesen.

»Wenn Sie in der Erwartung gekommen sind, ich könne Ihnen Namen und Wohnort des Täters nennen, dann sind Sie reichlich blauäugig. Fallanalytiker sind keine Hellseher«, hatte sie schroff gesagt, als Eike sich verabschieden wollte. Sie hielt ihn mit den Worten zurück: »Wollen Sie sich meine Analyse nicht trotzdem anhören?«

Er hatte sich wieder hingesetzt.

»Die Attacken richten sich gegen keinen spezifischen Biker, sondern gegen alle. Entweder möchte jemand diese Verkehrsteilnehmer denunzieren oder bestrafen.«

»Wofür bestrafen?«, hatte Eike nachgefragt.

»Für den schwerwiegenden Verlust, den ein psychisch labiler Mensch erlitten hat, und dessen Schuldzuweisung sich auf die Fraktion der Motorradfahrer fokussiert. Das kann sich bei manchen zu krankhaftem Hass entwickeln.«

Eike hatte sich bedankt und schon den Türgriff in der Hand, als sie ihm auf den Kopf zu sagte: »Da ist noch etwas anderes, was Sie bedrückt. Möchten Sie darüber sprechen?«

Eike hatte sie erstaunt angesehen, mit dem Kopf geschüttelt und das Büro verlassen.

Draußen musste er erst einmal tief durchatmen. Wegen so eines durchgeknallten Vollidioten waren Menschen gestorben, hatten sich schwer verletzt. Und lag Pia nun im Krankenhaus und kämpfte um ihr Leben.

Ihr Zustand habe sich ein wenig stabilisiert, sei aber nach wie vor kritisch, hatte der Arzt gesagt. Eike hatte an ihrem Bett gesessen, ihre Hand gehalten und erzählt, dass sie ihm seit ihrem ersten Zusammentreffen auf Torfhaus nicht mehr aus dem Kopf ginge und dass er sich eine gemeinsame Zukunft mit ihr wünsche. Deshalb müsse sie kämpfen und rasch wieder gesund werden.

Es war spät geworden, als Pias Mutter kam und ihn abgelöst hatte.

* * *

Die Einschätzung von Frau Dr. Steiger bestätigte Eikes Vermutung, die Aktionsgruppe *Raserfreier Harz* könne hinter den Anschlägen stecken. Sie wollten mit ihren Aktionen maximale

Aufmerksamkeit erreichen, um Biker abzuschrecken und drastische Maßnahmen zu erzwingen. *Aber würden die dafür auch über Leichen gehen? Aktivisten sind oft nicht zimperlich, das hört man immer wieder, jedoch, bis auf wenige Ausnahmen, friedlich. Vielleicht würden sie diese Leute durch Observation bald zu fassen kriegen, wie Struwe verfügt hatte.*

Wenn es andererseits ein psychisch angeschlagener Mensch sein sollte, dann fiel ihm spontan Maria Krüger, die Mutter von Felix, ein. Nach allem, was er von der Tochter und dem Notfallseelsorger erfahren hatte, war sie nervlich am Ende und sogar suizidgefährdet. Aber diese Frau war doch nie und nimmer in der Lage, solche feigen Anschläge zu planen und durchzuführen. Das würde Eikes Menschenkenntnis komplett auf den Kopf stellen. Nein, nie im Leben. Trotzdem musste er diesem Hinweis nachgehen und würde sie noch einmal befragen, und zwar gleich heute.

Er wandte sich wieder dem Zeitungsartikel zu. Melanie Moor hatte sich mächtig ins Zeug gelegt. Wer konnte an dieser Headline vorbeigehen, ohne neugierig zu werden?

Erneute Attacke gegen Biker - Fahrerin schwer verletzt
Wer ist dieser perfide Bikerschreck?

Eike las:
Er hat erneut zugeschlagen. Diesmal am Hellertal-Viadukt nahe Altenau. Eine dreiundvierzigjährige Frau, die am Montagmorgen mit Ihrem Motorrad auf der Altenauer Straße nach Clausthal-Zellerfeld unterwegs gewesen war, verlor hinter der alten Eisenbahnbrücke die Kontrolle über ihre Maschine. Sie stürzte und verletzte sich lebensgefährlich, sodass sie mit dem Hubschrauber in die Medizinische Hochschule nach Hannover geflogen werden musste. Die Altenauer Straße war für zwei Stunden voll gesperrt.

Wie die Polizei berichtete, gab es zunächst keine plausible Erklärung, warum die Motorradfahrerin zu Fall kam. Bis am Dienstag, den 15. Mai, der Redaktion der Goslarschen Zeitung abermals eine DVD zugespielt wurde, die belegte, dass der Bikerschreck aufs Neue ein Opfer gefunden hatte. Die Aufnahme zeigte, wie die Fahrerin von einem herabfallenden Fichtenzweig getroffen wurde, dem sie ausweichen wollte und dabei von der Fahrbahn abkam. Die Leitung der Polizeiinspektion Goslar ließ verlauten, dass mit Hochdruck an der Fahndung nach dem Täter gearbeitet wird. Aufgrund dessen bittet die Polizei alle Verkehrsteilnehmer um erhöhte Aufmerksamkeit und darum, außergewöhnliche Beobachtungen sofort einer Polizeidienststelle zu melden.

Der Harzer Tourismusverband beklagt zurückgegangene Buchungszahlen und erhebt weiterhin Vorwürfe gegen die zuständigen Behörden für Verkehrssicherheit und die politisch Verantwortlichen. Dies bekräftigt der Fraktionsführer der Oppositionspartei im Niedersächsischen Landtag, Martin Bödecker, und fordert wiederholt den Minister für Wirtschaft und Verkehr auf, endlich für mehr Sicherheit auf den Straßen zu sorgen. Er unterstütze ebenfalls die spektakulären Aktionen der Aktivistengruppe Raserfreier Harz.

Das Ministerium ließ mitteilen, dass es Sache der Polizei sei, Straftaten aufzuklären. Man wolle außerdem nicht in Aktionismus verfallen, sondern kontinuierlich an Verbesserungen arbeiten.

Eike bekam an diesem Morgen keinen Bissen herunter. Er trank einen Schluck Kaffee, räumte den Tisch ab und verließ das Haus. Vor dem Auto hielt er inne. Er hatte etwas vergessen – den kurzen Blick ins Kinderzimmer, wie jeden Morgen, bevor er aus dem Haus ging. Sollte er zurückgehen? Nein, er musste sich endlich davon lösen. Er stieg ein und fuhr zum Dienst.

Es hatte Eike Überwindung gekostet, die Krügers noch einmal zu besuchen. Maria Krüger als Tatverdächtige zu befragen widerstrebte ihm, da er nach wie vor tiefes Bedauern für den Schicksalsschlag der Familie empfand. Nie und nimmer war diese Frau in der Lage, solche Anschläge zu verüben oder überhaupt auf diese Idee zu kommen. Davon war Eike überzeugt, allerdings hatte die eigene Meinung im Ermittlungsdienst zurückzustehen. Verdachtsmomente mussten entweder bewiesen oder ausgeschlossen werden. Letzten Endes war er Profi.

Eike stoppte den Dienstwagen vor dem Eckhaus in der Danziger Straße. Er und Thomas stiegen aus und betrachteten einen Moment lang das Gebäude, das jetzt mit aufgezogenen Rollläden einladender anmutete. Nur der Vorgarten wirkte weniger gepflegt, als Eike ihn in Erinnerung hatte. Lag das am sprießenden Unkraut oder an den Holzstämmen, die gleich neben der Einfahrt auf den Rabatten lagen. Wahrscheinlich verdarb beides den Eindruck.

Als Frau Krüger öffnete, war Eike überrascht. Sie sah erholt und entspannt aus. Das Leben war augenscheinlich zu ihr zurückgekehrt.

»Herr Wolf, Sie? Ist noch irgendetwas?«, empfing sie die beiden Beamten.

»Guten Tag, Frau Krüger«, grüßte Eike und sah zu Thomas, der neben ihm stand. »Das ist mein Kollege, Herr Eckert.«

»Guten Tag«, grüßte Thomas ebenfalls. Sie nickte ihm stumm zu.

»Wie geht es Ihnen?«, fragte Eike, um mit ihr ins Gespräch zu kommen.

»Soweit ganz gut«, antwortete sie unverbindlich. »Aber kommen Sie erst einmal herein.« Sie führte die beiden Polizisten ins Wohnzimmer und bot ihnen Platz an. Es roch nicht mehr nach Weihrauch, stellte Eike erleichtert fest, obwohl in der Vase mit dem glitzernden Granulat noch angebrannte Räucherstäbchen steckten. »Was kann ich für Sie tun?«, fragte sie, nachdem sie zusammensaßen.

»Wie geht es Ihrem Mann und Fiona?«, lenkte Eike zunächst ab.

»Der Schmerz um unseren Sohn hat tiefe Wunden in uns allen hinterlassen«, sagte sie mit feuchten Augen. »Fiona bewältigt ihre Trauer am Klavier und spielt sich den Kummer von der Seele. Ich habe erneut Trost im Glauben an Gott gefunden und mich der Kirche zugewandt. Marcus sucht Ablenkung in seiner Arbeit und ist kaum noch zu Hause.«

»Ich habe das viele Holz vor dem Haus gesehen, was hat er damit vor?«, fragte Eike.

»Das gefällt mir gar nicht, aber was soll ich machen. Seine Leute liefern es an und er fährt es weg. Zum forstwirtschaftlichen Institut nach Göttingen, erzählte er mir, um es wegen der Borkenkäferplage untersuchen zu lassen«, antwortete sie und es hörte sich anklagend an.

»Warum fahren seine Mitarbeiter es nicht gleich dorthin?«, fragte Eike nach.

»Ich habe keine Ahnung. Er wird schon seine Gründe haben«, antwortete sie. »Aber Sie sind sicher nicht gekommen, um mit mir über Holz zu sprechen.«

»Nein, wir haben nur einige Routinefragen, die mit dem tragischen Unfall Ihres Sohnes möglicherweise nur mittelbar in Zusammenhang stehen«, erklärte Eike umständlich.

»Warum fragen Sie dann?«, erwiderte sie in einem belehrenden Ton.

»Verstehen Sie mich bitte nicht falsch, Frau Krüger«, warb Eike um Verständnis. »Sie haben sicher über die Anschläge gegen Motorradfahrer gelesen, nicht wahr.«

Sie wendete den Blick abwechselnd von Eike zu Thomas und zurück. »Ja, schreckliche Sache, aber was habe ich damit zu tun?«

»Ich bin überzeugt, dass Sie damit nichts zu tun haben«, antwortete Eike und fühlte sich beschämt, als wenn man ihn beim Lügen ertappt hätte.

»Warum sind Sie beide dann hier?«, wollte sie wissen.

»Schaun Sie«, begann Eike zaghaft zu erläutern, »bei der Polizei zählen nur Beweise, und ich will meine Überzeugung bestätigt wissen, dass Sie nichts mit den Anschlägen zu tun haben.«

»Das glaube ich jetzt nicht«, sagte sie entrüstet. »Sie ermitteln gegen mich? Das ist lächerlich.«

Eike räusperte sich verlegen. »Es tut mir leid, wenn der Eindruck entsteht, aber ich muss Sie fragen, ob Sie eine olivfarbene Fleecejacke besitzen?«

Frau Krüger setzte ein verächtliches Lächeln auf und schüttelte den Kopf. Sie erhob sich und verließ den Raum. Eike sah Thomas an, der verwundert mit den Schultern zuckte. Wenige Augenblicke später kehrte sie mit einer grauen Jacke zurück und reichte sie wortlos an Eike.

»Danke, das genügt«, sagte Eike. »Aber Ihr Mann als Forstwirt trägt doch sicher solche Jacken?«, fragte er weiter.

»Ach, ist mein Mann jetzt auch verdächtig?«, keifte sie.

»Frau Krüger, wir müssen jede Möglichkeit ausschließen«, rechtfertigte sich Eike. Maria Krüger verließ stapfend den Raum und kam mit zwei olivgrünen Fleecejacken zurück, an denen deutliche Gebrauchsspuren zu erkennen waren.

»Darf ich mir davon einige Fasern abzupfen?«, fragte Eike.

»Von mir aus, gerne. Es wir Ihnen nichts nützen«, antwortete sie schnippisch.

Eike entnahm einige Fasern von beiden Jacken und steckte sie in Asservatenbeutel.

»Danke für Ihre Kooperation«, sagte er.

Sie wies entschlossen zur Tür. »Bitte gehen Sie jetzt und kommen nur mit einem Haftbefehl wieder.«

Eike und Thomas folgten umgehend ihrer Aufforderung.

Die eingeteilten Beamten hatten sich unter dem schmalen Viaduktbogen an der westlichen Talseite mit Isomatten und Verpflegung zur Rund-um-die-Uhr-Beobachtung eingerichtet. Im Schutz der Pfeiler waren sie kaum zu entdecken und die Brücke spendete zudem tagsüber angenehmen Schatten. Ingo Schröter, der die Observation leitete, konnte sich nicht erinnern, jemals einen so sonnigen und heißen Mai erlebt zu haben. Der Einsatz wurde in Zivil durchgeführt, um unerkannt zu bleiben. Wie Sommerfrischler trugen sie am Tage Shorts und T-Shirts. Aber jetzt, in der Nacht, war es empfindlich kühl. Mit sechs Beamtinnen und Beamten wechselten sie sich im Schichtrythmus ab, um rund um die Uhr präsent zu sein, wie Ben Struwe es angeordnet hatte. Ihren zivilen Einsatzwagen hatten sie in einem Forstweg, der kurz vor der Überführung abzweigte, abgestellt, sodass er von der Straße nicht gesehen werden konnte.

Zwei Tage lauerten sie nun bereits der Aktivistengruppe *Raserfreier Harz* unter diesem Bauwerk auf.

»Allmählich komme ich mir vor wie ein Penner, der unter Brücken nächtigt«, sagte Schröter zu seinem jungen Kollegen Dietrich.

Dietrich lachte und meinte: »Als Polizist tauchst du ständig in menschliche Abgründe ab. Das ist es, was den Job abwechslungsreich und aufregend macht, findest du nicht?«

»Mag sein, aber nicht morgens ...« Er schaute auf die Armbanduhr. »... um halb drei. Außerdem ist mir kalt. Ich hol mir noch den Tod. Gehört das auch zu deinem aufregenden Job?«

Der junge Polizist schien amüsiert zu sein. »Polizist ist kein Spaßberuf, hat unser Lehrer auf der Polizeischule immer gesagt«, antwortete er.

»Womit er recht hatte«, stimmte Schröter zu. »Schön, dass du so motiviert dabei bist, aus dir wird noch was.«

Schröter klappte den Jackenkragen hoch und steckte die Hände in die Hosentaschen. Dietrich setzte sich auf die Isoliermatte und schlang die Arme um die Knie. Jeder für sich lauschten sie in die Stille der Nacht – eine dunkle Nacht, es war Neumond. Schröter bemühte sich, mit zusammengepressten Lippen den Drang zum Gähnen zu unterdrücken. Mit mäßigem Erfolg.

»Müde?«, fragte Dietrich.

»Ein wenig«, antwortete Schröter. Wieder Stille.

»Hörst du das?«, fragte Dietrich etwas später und erhob sich von der Matte.

»Ja, ein Auto«, sagte Schröter und plötzlich war die Müdigkeit verschwunden.

Das Geräusch kam aus Richtung Clausthal-Zellerfeld und wurde lauter. Dann leuchteten die Fahrbahnmarkierungen im Fernlicht auf, bevor die Scheinwerfer aus der langgestreckten Kurve sichtbar wurden. Die beiden Polizisten drückten sich gegen die Brückenmauer, um unentdeckt zu bleiben. Das Auto verlangsamte die Fahrt, fuhr unter der Brücke hindurch und bog in die Einfahrt des Forstweges ab. Es wendete und blieb stehen. Die Scheinwerfer erloschen, Türen klappten und zwei Taschenlampen bewegten sich ans Heck. Die Klappe wurde nach oben geschwenkt und etwas, was in der Dunkelheit nicht zu erkennen war, wurde ausgeladen. Die Handlampen überquerten die Straße, verschwanden unter dem Brückenbogen und tauchten auf der anderen Seite wieder auf. Sie waren jetzt ungefähr fünf Meter von den beiden Polizeibeamten entfernt.

»Hier muss es gewesen sein«, hörte Schröter eine Männerstimme. »Okay, lass uns beeilen, und dann nichts wie weg hier«, antwortete eine andere Männerstimme. Es polterte, als wenn etwas Hölzernes zu Boden fiel. Einer der Männer hielt nun beide Lampen, während der andere ein Schild mit zwei Pfosten in Position brachte und mit einem Fäustel in den Boden rammte. Danach prüfte er den festen Stand, gab noch zwei Schläge drauf und bückte sich. Ein Dreibein, ähnlich wie die, die Wildunfälle anzeigen, kam zum Vorschein. Der Mann stellte es am Straßenrand auf. Es leuchtete neongelb im Licht der Taschenlampen.

»Zugriff!«, sagte Schröter.

Im selben Augenblick blitzten ihre Stablampen auf und zielten auf die beiden Männer unten am Seitenstreifen der Straße. Schröter und Dietrich liefen die kurze Böschung hinunter und schnitten den Männern den Rückweg ab. Die schienen derart erschrocken zu sein, dass sie gar nicht erst versuchten zu entkommen.

»Polizei, bleiben Sie stehen!«, rief Schröter ihnen entgegen. Die Männer rührten sich nicht. »Was machen Sie hier?«, fragte er, als sie den beiden Männern gegenüberstanden.

»Wir leisten einen freiwilligen Beitrag zur Verkehrssicherheit«, sagte einer der Männer, die beide jugendlich wirkten.

»So, so, morgens um drei. Das ist eine ungewöhnliche Tageszeit für einen solchen Beitrag, finden Sie nicht?«, entgegnete Schröter.

»Ach ja, und welche Tageszeit würden Sie empfehlen?«, konterte der Mann, der offenbar der Wortführer war.

Schröter ging darauf nicht ein und fragte: »Haben Sie eine Genehmigung zum Aufstellen solcher Schilder?«

»Darauf haben wir verzichtet, um rasch aktiv werden zu können. Sie wissen doch, wie lange behördliche Genehmigungsverfahren dauern«, antwortete der Mann.

»Ich glaube eher, Sie haben etwas zu verbergen«, gab Schröter scharf zurück. »Ihre Ausweise bitte!«

Plötzlich stieß der Mann Schröter mit beiden Händen gegen die Brust, sodass er zurückstolperte, sich aber fangen konnte. Beide Männer drehten sich augenblicklich um und rannten davon.

»Bleiben Sie stehen!«, rief Dietrich ihnen nach und wollte hinterherrennen, wurde aber von Schröter daran gehindert, der ihn am Arm festhielt.

»Spar dir deine Kondition auf«, sagte er in gelassenem Ton. »Die kriegen wir bald. Unser Einsatz ist hier beendet.«

Schröter richtete seine Lampe auf das Schild. Es war von gleicher Größe und Aufmachung wie die anderen, die an den Unfallorten aufgestellt worden waren. Diesmal stand darauf:

Hier endete mehr als eine Motorradfahrt!

Dietrich schoss einige Fotos, dann rollten sie ihre Isomatten zusammen und gingen zurück in den Forstweg, wo sie ihr Dienstfahrzeug abgestellt hatten. Vorn in der Einfahrt stand der Wagen, mit dem die beiden Männer gekommen waren. Ein dunkelblauer VW Golf. Schröter bat seinen Kollegen, von dem Auto und dem Kennzeichen ebenfalls Fotos zu machen.

»Wir könnten hier auf sie warten. Die werden ja irgendwann ihr Auto abholen«, schlug Dietrich vor.

»Ich will aber nicht bis irgendwann warten«, erwiderte Schröter. »Wir machen später eine Halteranfrage und statten den beiden einen Besuch ab. Steig ein.«

Sie fuhren nach Goslar zurück.

Der Halter des dunkelblauen Golfs war mit einigen Mausklicks rasch ermittelt. Er gehörte Sven Kaiser, wohnhaft in Bad Lauterberg im Kranichweg. Struwe hatte sich vom Amtsrichter vorsorglich einen Eildurchsuchungsbeschluss ausstellen lassen, mit dem er und Eike Wolf am frühen Morgen dort aufkreuzten. Niemand öffnete. Nach mehrmaligem Klingeln lehnte eine Frau aus einem Fenster im oberen Stockwerk.

»Herr Kaiser ist nicht zu Hause«, gab sie den beiden Beamten Bescheid.

»Wer sind Sie bitte?«, fragte Struwe.

»Ich bin die Vermieterin. Schmidt ist mein Name.«

»Wo arbeitet Herr Kaiser?«, wollte Eike wissen.

»Bei Exide, aber er hat zur Zeit Urlaub«, wusste Frau Schmidt.

»Sie wissen nicht zufällig, wo Herr Kaiser hingefahren ist?«

»Nein, ich hab ihn heute noch nicht gesehen. Vielleicht zu seiner Freundin, Stella Reimers. Sie wohnt in Bad Lauterberg in der Wolfsgrube, Nummer weiß ich nicht. Hat er was ausgefressen?«

Eike ignorierte ihre Neugier und sagte bloß: »Vielen Dank, Frau Schmidt.«

Die beiden Polizisten verabschiedeten sich und fuhren in die Wolfsgrube, einer ruhigen Wohnstraße mit Einfamilienhäusern am Fuße des Heikenberges. Eine Anwohnerin gab bereitwillig Auskunft über die Hausnummer der Familie Reimers. Das Auto von Sven Kaiser war nirgends zu sehen. Sie klingelten. Eike war überrascht, als eine junge Frau im Rollstuhl die Tür öffnete.

»Sie sind Stella Reimers?«, fragte Eike verwundert. »Ich kenne Sie doch. Sie waren auf der Beerdigung von Felix Krüger, nicht wahr.«

»Ja, Felix ist ... war mein Cousin. Und wer sind Sie bitte?«, fragte sie selbstbewusst.

»Entschuldigung«, antwortete Eike und zeigte ihr den Dienstausweis, »ich bin Eike Wolf und das ist Hauptkommissar Struwe.«

»Guten Tag«, grüßte Struwe und zeigte ebenfalls seinen Ausweis.

»Dürfen wir kurz reinkommen?«, fragte Eike.

Sie zögerte einen Augenblick und sagte: »Ja, natürlich, aber ich bin allein. Mein Vater ist in der Kanzlei und meine Mutter besucht eine Freundin.«

Sie rangierte ihren Rollstuhl aus der Türöffnung und fuhr ins Wohnzimmer. Wolf und Struwe folgten ihr. Es war aufwendig aber behaglich eingerichtet. Die Möbel wirkten zum Teil luxuriös. Eine Glasvitrine mit bunten und bizarren Gesteinsstücken fiel Eike besonders auf.

»Nehmen Sie bitte Platz, dann muss ich nicht ständig zu Ihnen aufsehen«, bat sie mit einem Lächeln. Die beiden Beamten kamen ihrem Wunsch nach.

»Frau Reimers«, begann Struwe die Befragung, »kennen Sie Sven Kaiser?«

»Ja. Hat er was ausgefressen?«, fragte sie verwundert.

»Würden Sie ihm das zutrauen?«, bohrte Eike Wolf nach.

»Eigentlich nicht. Ich kenne ihn als liebenswürdigen Menschen.« Ihre Stimme klang wehmütig.

»Wir hatten gehofft, ihn hier zu finden. Haben Sie eine Ahnung, wo er sein könnte?«, fragte Struwe.

»Nein, wir haben kaum noch Kontakt.«

»Wie stehen Sie jetzt zu ihm?«, fragte Eike.

»Wir waren ein Paar, bis mir das hier passiert ist.« Sie zeigte auf den Rollstuhl. »Er konnte es nicht verkraften, mit einer Behinderten zusammenzusein, fluchte ständig über rücksichtslose Biker und hat sich immer mehr seinen Kumpels zugewandt und ...«

»Das muss eine große Enttäuschung für Sie gewesen sein«, sagte Eike.

»Ach, wissen Sie«, antwortete sie, und es klang beinahe verständnisvoll, »ich habe mich immer wieder gefragt, wie ich im umgekehrten Fall reagiert hätte.« Sie sah Eike eine Weile in die Augen. »Möchten Sie mit einer Behinderten zusammensein oder sie sogar heiraten?«

Die Frage traf Eike wie ein Pfeil. Er selbst stand unter Umständen vor einer solchen Situation, falls Pia einen Gehirnschaden zurückbehalten würde, was nach Aussage der Ärzte nicht ausgeschlossen war. Er mochte nicht darauf antworten und fragte stattdessen weiter: »Wie gehen Ihre Eltern damit um?«

Sie schmunzelte. »Unterschiedlich, meine Mutter umsorgt mich wie ihr Küken, und genauso fühle ich mich oft. Und mein Vater ...« Sie zögerte.

»Wie ein Gockel?«, ergänzte Eike.

Sie schien nachdenklich zu werden. »Nein, eher wie Charles Bronson in dem Film *Ein Mann sieht rot*«, sagte sie.

»So schlimm?«, fragte Eike daraufhin.

»Ich denke ja. Er redet wenig darüber, aber ich kenne ihn und spüre die stumme Wut in ihm.«

»Gegen wen?«, fragte Struwe jetzt nach.

»Gegen die heutige Spaßgesellschaft und ihre treibenden Blüten, die mich seiner Meinung nach in diesen Zustand gebracht haben«, antwortete sie. Dann zitterte plötzlich ihr Kinn und die Lippen bebten. »Die Ehe meiner Eltern ist daran zerbrochen. Sie wohnen zwar noch hier, aber sie gehen sich aus dem Weg.«

»Darf ich fragen, was passiert ist?«, erkundigte sich Eike.

»Ich musste einer Gruppe Motorradfahrer ausweichen, denen ich mit dem Fahrrad auf einem Zebrastreifen in die Quere kam. Ich stürzte, und da war es passiert.« Sie schaute zu Boden. »Zugegeben, ich war nicht ganz unschuldig daran, aber das hat mein Vater nicht akzeptiert.«

»Sind Sie berufstätig?«, fragte Eike.

»Nein, ich studiere Geologie an der TU Clausthal«, antwortete sie.

»Was macht Ihr Vater beruflich?«, fragte Struwe weiter.

»Er ist Rechtsanwalt und Politikwissenschaftler und hat daraus ein erfolgreiches Geschäftsmodell entwickelt. Er berät und vertritt Politiker in Rechtsfragen.«

»Interessant«, fand Struwe. »Auf welcher Ebene?«, wollte er weiter wissen.

»Vom Kommunalpolitiker bis zu prominenten Landtagsabgeordneten, wie Martin Bödecker zum Beispiel.«

Dieser Name traf Eike erneut wie ein Schlag. Auch Ben Struwe horchte auf, als Stella Reimers den Namen nannte.

»Aha, sogar Martin Bödecker«, gab er staunend von sich.

»Kennen Sie ihn«, fragte sie.

Struwe schien nachdenklich ins Leere zu blicken und sagte tonlos: »Wir waren Schulkameraden und Jugendfreunde.« Es wurde einen Moment still im Raum.

»Haben Sie noch Fragen?«, unterbrach Stella Reimers die Ruhe. »Ich müsste mich noch auf eine Prüfung vorbereiten.«

»Im Moment nicht«, sagte Struwe und sah Eike an. »Sie vielleicht, Wolf?«

»Ja, eins noch«, sagte Eike. »Wenn ich es recht verstanden habe, hat das Schicksal Ihre Familie hart getroffen. Sie im Rollstuhl und ihr Cousin tot. Soweit ich weiß, sind Felix' Eltern daran ebenfalls fast zerbrochen. Wie ist das Verwandtschaftsverhältnis von seinen Eltern zu Ihren?«

»Felix' und meine Mutter sind Schwestern, geborene Röder«, erklärte sie.

Jetzt hielt es Eike nicht mehr im Sessel. Er sprang auf.

»Moment, Moment«, sagte er irritiert. »Sind Sie etwa verwandt mit dem Unternehmer Rudolf Röder?«

»Das ist mein Onkel«, antwortete sie.

Eike konnte seine Gedanken gar nicht so schnell sortieren, wie sie ihm durch den Kopf jagten. Das warf ein völlig anderes

Bild auf den Fall Bödecker und auf die Anschläge auf Motorradfahrer. Weiterhin ergaben sich neue Verdachtsmomente, und der Täter gehörte womöglich zu dieser Familie. Eike ließ sich seine innere Anspannung nicht anmerken.

»Wo hat Ihr Vater seine Kanzlei?«, fragte er gelassen.

»Hier in Bad Lauterberg, am Postplatz. Das Messingschild können Sie nicht übersehen«, antwortete sie.

»Danke! Wir wollen Sie dann auch nicht länger aufhalten«, sagte Struwe und stand ebenfalls auf. Beide Beamten verabschiedeten sich.

»Eine beeindruckende junge Frau«, bemerkte Struwe, als sie auf der Straße zum Auto gingen. »Bewundernswert, wie sie ihr hartes Schicksal annimmt und nicht im Selbstmitleid versinkt.«

* * *

Eike steuerte den Wagen in Richtung Postplatz, während Struwe Ingo Schröter anrief und ihn anwies, eine Fahndung nach dem Auto von Sven Kaiser einzuleiten.

Auf einem Parkstreifen in der Wißmannstraße stellte Eike den Dienstwagen ab. Sie stiegen aus und brauchten nicht lange suchen. Die Messingtafel der Kanzlei Reimers spiegelte an dem großen Eckgebäude in der Sonne. Ben Struwe und Eike Wolf betraten das Haus, in dem es angenehm kühl war. Die Kanzleiräume fanden sie im ersten Stock.

»Haben Sie einen Termin?«, fragte die junge Sekretärin, die hinter dem Empfangstresen saß

»Sehen wir so aus, als bräuchten wir einen?«, fragte Eike provozierend zurück. Sie blickte auf und musterte die beiden Männer, die in Polizeiuniform vor ihrem Tresen standen und ihr die Ausweise entgegenhielten. Daraufhin lächelte sie verschämt.

»Herr Reimers ist aber nicht da«, sagte sie.

»Und wo ist er?«, fragte Eike.

»Das weiß ich nicht«, antwortete sie.

Eike stutzte. »Das finde ich aber ungewöhnlich. Meldet er sich bei seiner Sekretärin nicht ab?«

Sie verzog den Mund zu einem verunglückten Lächeln. »Normalerweise tut er das, aber in letzter Zeit ist er oft privat unterwegs und sagt mir nur, dass er nicht wisse, wann er zurück sei.«

»Was heißt in *letzter Zeit*?«, hakte Struwe nach.

Sie überlegte kurz. »Es fing an, nachdem das mit seiner Tochter passiert war. Sie hatte einen Unfall und ist querschnittsgelähmt, wissen Sie.«

»Ja, das wissen wir«, sagte Struwe. »Haben Sie eine Ahnung, was er vorhat?«

»Nein, aber es muss mit seiner Tochter zu tun haben«, mutmaßte sie.

»Das heißt, auch heute ist seine Rückkehr ungewiss?«, wollte Struwe bestätigt wissen.

Sie nickte. »Ich habe mich bei ihm darüber beklagt. Daraufhin versicherte er mir, dass das Ende des Monats endgültig vorbei sei.« Ihre Augen füllten sich unverhofft mit Tränen.

»Warum gerade Ende Mai?«, fragte Eike nach.

Ihre Augen liefen jetzt über und sie schluchzte: »Ich glaube, er will die Kanzlei hier aufgeben. Er hat mal so eine Andeutung gemacht. Ich arbeite seit fünf Jahren für ihn.« Sie weinte laut auf. Eike reichte ihr ein Papiertaschentuch, in das sie sogleich hineinschnäuzte.

Ben Struwe legte seine Visitenkarte auf den Tresen und schob sie ihr zu. »Sagen Sie ihm, er soll sich bitte bei mir melden.« Sie nahm die Karte an sich und nickte.

»Eine Frage noch«, hielt Eike inne, als sie gerade gehen wollten. »Kennen Sie Sven Kaiser?«

Sie schnäuzte erneut die Nase und antwortete: »Das ist ..., besser gesagt, war der Freund von Stella, der Tochter meines Chefs.«

»Wann haben Sie Herrn Kaiser zuletzt gesehen?«, fragte Eike weiter.

»Das ist Wochen her. Ich kann mich nicht genau erinnern«, sagte sie.

»Vielen Dank!«, sagte Eike.

Sie verabschiedeten sich und verließen das Büro.

Dilettantischer hätte Sven Kaiser seinen Golf schwerlich tarnen können. Über Motorhaube und Heckklappe hatte er zwei weiße Streifen geklebt. Diese optische Veränderung wäre ja unauffällig gewesen, aber das Auto und vor allem die Kennzeichen derart zu verschmutzen, dass sie kaum noch zu lesen waren, lenkte erst recht die Aufmerksamkeit der Polizeistreife auf den Wagen. Sie fanden ihn in der Bad Harzburger Bismarkstraße geparkt. Die beiden Polizisten hatten sich bei den Bewohnern der benachbarten Häuser durchgefragt, bis sie eine ältere Dame trafen, der das dreckige Fahrzeug aufgefallen war. Sie wohnte in der Villa schräg gegenüber und erzählte, dass sie vor Schmerzen schlecht schlafen könne und immer früh auf sei. Vom Küchenfenster aus hatte sie ihren Nachbarn, den Landtagsabgeordneten Pascal Koch, und einen weiteren jungen Mann aus dem Auto steigen gesehen, dem es offenbar gehörte.

Die beiden Männer waren bereit, mit zur Polizeiinspektion nach Goslar zu kommen, als sie hörten, dass man sie nicht festnehmen, sondern lediglich zu ihren Aktionen befragen wolle. Wenig später saßen sie in Struwes Büro ihm, Eike Wolf und Ingo Schröter am Besprechungstisch gegenüber.

Struwe eröffnete die Anhörung und sagte: »Danke, dass Sie bereitwillig mitgekommen sind. Ich betone noch einmal, dass dies kein Verhör, sondern eine Anhörung ist, obwohl Sie sich verdächtig verhalten haben und ...« Er konnte nicht zu Ende sprechen, weil Pascal Koch ihm ins Wort fiel.

»Wozu um alles in der Welt verdächtigen Sie uns?«, fragte Koch.

»Wie Sie wissen, gab es im Harz mehrere willkürliche Anschläge gegen Motorradfahrer. Einer ist dabei zu Tode gekommen, andere haben sich schwer verletzt, von der Sachbeschädigung will ich gar nicht sprechen. Und jedes Mal werden an den Unfallorten Schilder mit provozierenden Sprüchen aufgestellt. Wir wollten herausfinden, wer die Aktivisten *Raserfreier Harz* sind. Wer außer Ihnen gehört noch dazu?«

»Niemand sonst«, versicherte Koch.

»Und Sie verdächtigen uns, die Attentate begangen zu haben?«, platzte Sven Kaiser dazwischen und lachte herablassend.

»Wenn Sie damit nichts zu tun haben, warum sind Sie dann weggelaufen, als wir Sie am Hellertal-Viadukt erwischt und gestellt hatten?«, fragte Ingo Schröter.

»Wir wollten uns nicht zu erkennen geben. Ich als Landtagsabgeordneter muss sehr auf mein Image achten«, erklärte Koch und räusperte sich. »Zugegeben, es war ein Fehler zu türmen. Wenn Sie uns nicht zuvorgekommen wären, hätten wir uns gestellt.«

»So? Das sollen wir Ihnen glauben?«, zweifelte Struwe die Behauptung an.

»Mal eine andere Frage an Sie, Herr Kaiser«, mischte sich Eike Wolf nun ein. »Ihre Freundin Stella Reimers hat sich bei einem Unfall mit Motorradbeteiligung eine Querschnittslähmung zugezogen. Das hat Sie wohl ziemlich aus der Bahn geworfen und seitdem hegen Sie eine kollektive Schuldzuweisung gegen Motorradfahrer. Ist das nicht ein starkes Rachemotiv?«

Kaisers Stirn glänzte feucht. »Ja, verdammt, wenn diese Biker nicht gewesen wären. Motorräder sollte man verbieten, dann würde vielen Leid erspart«, wetterte er drauflos und wischte sich mit dem Ärmel den Schweiß ab.

»Nach Ihrer Theorie wären demnach alle Angehörigen oder Freunde von Leuten, die durch Biker zu Schaden gekommen sind, potenzielle Attentäter«, warf er Eike zu seiner Verteidigung vor.

Eike hakte nach, um ihn weiter unter Druck zu setzen: »Stella Reimers ist die Nichte von Rudolf Röder, in dessen Firma Glaskugelgranulat verwendet wird. Anfang April kam ein Motorradfahrer im Okertal ums Leben, als seine Maschine durch genau solch ein Granulat die Haftung verlor und er schwer stürzte. Sie hatten aufgrund Ihrer Beziehung die Möglichkeit an dieses Material zu gelangen.«

Kaiser rutschte auf dem Stuhl nach vorn. »Ich habe diese Firma nie betreten und weiß nichts von Glaskugelgranulat«, brüllte er und trocknete erneut seine Stirn.

»Wo sind Sie am 28. Oktober letzten Jahres, und in diesem Jahr am 2. und 8. April sowie am 14. Mai gewesen?«, fragte Eike unbeirrt weiter.

»Das weiß ich auf Anhieb nicht mehr«, antwortete Sven Kaiser. »Warten Sie. Am 14. Mai habe ich gearbeitet, das war ein Montag. Ein Kollege hatte mich in die Kantine zum Geburtstag eingeladen«, fiel ihm nachträglich ein.

Eike wandte sich an Pascal Koch. »Und Sie?«

»Ich habe meine Termine nicht im Kopf gespeichert. Was soll diese Fragerei. Sie sagten, das sei kein Verhör«, beschwerte er sich.

»Okay, dann fordere ich Sie beide auf, uns bis kommenden Montag eine lückenlose Aufstellung nachzureichen, was sie an den genannten Tagen gemacht haben. Möglichst mit Adressen derjenigen, die das bezeugen können. Wir werden alles akribisch überprüfen. Oder wollen Sie endlich die Wahrheit sagen und die Sache abkürzen? Mir reichts nämlich langsam!«, schimpfte Eike.

»Ich möchte meinen Anwalt sprechen«, verlangte Pascal Koch.

»Den werden Sie auch brauchen, denn mit Ihnen werden wir noch über ein ganz anderes Vergehen sprechen«, entgegnete Struwe.

»Ich darf Sie darauf aufmerksam machen, dass ich als Abgeordneter des Landtages Immunität genieße, und lasse mir von Ihnen nichts anhängen«, gab Koch scharf zurück und stand auf. »Wir möchten jetzt gehen«, verlangte er. Sven Kaiser erhob sich ebenfalls.

»Bitte, wir halten Sie nicht fest«, sagte Struwe lässig. »Aber wegen unerlaubten Aufstellens von Schildern und damit unbefugten Eingriffs in den Straßenverkehr werden Sie sich auf jeden Fall verantworten müssen«, schickte Struwe noch hinterher. Pascal Koch und Sven Kaiser verließen das Büro.

Nachdem die Tür geschlossen war, schaute Struwe Wolf und Schröter abwechselnd an. »Was halten Sie davon?«, fragte er.

»Man kann in Menschen schlecht hineinsehen«, sagte Schröter, »aber die machen auf mich nicht den Eindruck, als würden sie solche heimtückischen Anschläge verüben.«

»Eben weil wir keinen Einblick in ihr Inneres haben, müssen wir uns ihr Umfeld genauer anschauen. Zum Beispiel mit einem Durchsuchungsbeschluss, um nach der Fleecejacke zu suchen und eventuell Drogen bei Koch sicherzustellen. Er ist nämlich der Dealer von Bödecker«, warf Eike ein.

Struwe wirkte nachdenklich und seine aufgesetzte Aura der Unfehlbarkeit schien zu schwinden. »Ich möchte Sie unter vier Augen sprechen«, sagte er an Eike Wolf gerichtet und schaute anschließend Schröter auffordernd an, der daraufhin wortlos nach nebenan verschwand. Als er die Verbindungstür geschlossen hatte, baute sich Struwe vor Eike wie ein Feldherr auf und drohte mit dem Zeigefinger. »Wegen Ihrer Eigenmächtigkeiten habe ich mir vom Staatsanwalt einen fürchterlichen Anschiss eingefangen. Ich würde meine Leute zu wenig führen und unterstützen, hat er gesagt.« Struwe nahm den Zeigefinger herunter. »Das passiert mir kein zweites Mal. Was glauben Sie, wie ich Sie künftig führen werde, Wolf«, sagte er im zynischen Ton.

Also daher weht der Wind, der seinen Teamgeist aus der Flasche gelassen hat, dachte Eike.

»Ich hoffe kooperativ«, antwortete er, unbeeindruckt von der Vorankündigung seines Chefs. Struwe nickte vielsagend. »Warum läuft Martin Bödecker immer noch unbehelligt herum?«, fragte Eike geradeheraus.

Struwe mied den Augenkontakt, während er antwortete. »Ich habe die Berechnungen von Doktor Heise durch einen vereidigten Sachverständigen prüfen lassen. Er kam zum selben Ergebnis. Daraufhin habe ich Christian Voigt gebeten, einen inoffiziellen Bericht über die Beweismittel, die Sie bei Bödecker illegal sichergestellt hatten, anzufertigen.« Er legte eine Pause ein und sah Wolf jetzt streng an. »Was haben Sie sich nur dabei gedacht?« Er schlug mit der Hand auf die Tischplatte, dass Eike zusammenfuhr.

»Ob unrechtmäßig oder nicht, für mich sind sie überzeugend«, erwiderte er.

»Sicher, aber gegen prominente Politiker vorzugehen, ist ein Spiel mit dem Feuer. Man darf dabei keine Fehler machen und muss strategisch vorgehen«, machte Struwe klar.

»Eben«, stimmte Eike zu, »als Nächstes brauchen wir den Druck der Öffentlichkeit, den wir über die Medien schüren könnten. Und wenn die sich richtig ausgetobt haben und die öffentliche Empörung wütet, dann stellen wir einen Antrag auf Aufhebung der Immunität.«

Struwe nickte und schaute abermals nachdenklich ins Leere. »Bödecker und ich sind Schul- und Jugendfreunde, deshalb habe ich lange gezögert.« Er strich sich mit beiden Händen über Augen und Wangen. Eine Geste, mit der er offenbar sein neues Gesicht zeigen wollte. »Aber bei Drogen und Fahrerflucht hört die Freundschaft auf.«, sagte er und lehnte sich in seinen Bürostuhl zurück. »Aber Sie wissen, dass wir vorerst nur wegen der Fahrerflucht die Aufhebung seiner Immunität beantragen können. Wie ich den Richter von einer Hausdurchsuchung überzeugen kann, weiß ich allerdings noch nicht.« Es zog die Stirn kraus.

»Wie geht es Ihrer Bekannten?«, lenkte er vom dienstlichen Thema ab.

»Leider unverändert«, antwortete Eike.

»Sie sollten es etwas ruhiger angehen lassen und sich um sie kümmern«, schlug er vor.

»Danke, aber ich brauche die Arbeit zur Ablenkung«, sagte Eike und fixierte seinen Chef einen Augenblick. »Darf ich einen Vorschlag machen?«, fragte er.

»Nur zu«, sagte Struwe.

»Ich bin der Journalistin Melanie Moor noch einen Gefallen schuldig, und das können wir strategisch nutzen.«

Struwe zog die Augenbrauen hoch und hörte aufmerksam zu.

»Wenn ich ihr unter dem Vorbehalt der vertraulichen Quelle ein paar Fakten liefere, wird sie umgehend darauf anspringen und die ersten Schlagzeilen liefern.«

»Dann habe ich am selben Tag eine Anfrage aus dem Ministerium in der Leitung«, unterbrach ihn Struwe.

»Das wäre super. Dann bringen wir im Nu die Lawine ins Rollen, die niemand mehr aufhalten wird«, hielt Eike dagegen.

Struwe schloss die Augen und riss sie nach einigen Sekunden wieder auf, als hätte er eine Eingebung erfahren. »Einverstanden!«

Eike schmiss an diesem Morgen ein Bündel Zeitungen auf den Besprechungstisch in der Dienststelle. Regionale, überregionale und sogar einige große Tageszeitungen befanden sich darunter. Er hatte sie willkürlich nach den Stichworten ausgewählt, die ihm beim ersten Blick auf die Titelseiten ins Auge stachen, und das waren jede Menge an diesem Mittwochmorgen. »*Eklat im Landesparlament*«, »*Fahrerflucht: Verursachte Oppositionsführer Martin Bödecker Unfall mit Todesfolge?*«, »*Hausdurchsuchung beim Abgeordneten Koch*«, »*Sind Drogen im Spiel?*« An einer Schlagzeile blieb er hängen: »*Großer Schaden an der Vertrauenswürdigkeit der Politik.*«

Die Lawine rollt, ging ihm durch den Kopf, aber er empfand dabei weder Genugtuung noch Schadenfreude. Wer kann schon sagen, wen die Lawine alles mitreißt.

»Mensch Eike«, kommentierte Thomas, als er die Papierflut auf dem Tisch betrachtete, »da hast du ja einen Tsunami losgetreten. Ich bin auf die Fernsehnachrichten heute Abend gespannt.«

Eike schluckte und war nicht in der Lage, darauf zu antworten. So musste sich David gefühlt haben, als er Goliath gegenüberstand. Würde die Staatsanwaltschaft beim Landtagspräsidenten einen Antrag auf Aufhebung der Immunität stellen? Struwe hatte Eike versprochen, anzurufen, wenn der Staatsanwalt entschieden hat. Diesem Anruf fieberte er entgegen.

Falls der öffentliche Ankläger ebenfalls kneift, wäre Eike Goliath schutzlos ausgeliefert. Auf wen konnte er dann noch zählen? Wer würde weiterhin hinter ihm stehen? In diesem Moment fühlte er sich einsam, verlassen, ausgeliefert. Er dachte an Pia. Mit ihr kann er rechnen. Sie wird zu ihm halten. *Wie es ihr wohl heute geht?*

Es klingelte an der Tür. Eike öffnete. Gußchen riss ihm förmlich das Türblatt aus der Hand und stürmte herein. »Habt ihr die Zeitung gelesen?«, fragte sie kurzatmig.

»Guten MORGEN, Frau Heckedier«, begrüßte Eike sie demonstrativ freundlich. »Sieh mal dort.« Er zeige mit einer Kopfbewegung zum Tisch.

Gußchen klemmte sich ihre langen Haare hinter die Ohren und sah Eike bissig an. »Nenn mich nie wieder beim Nachnamen!«, keifte sie.

Thomas griente verstohlen. Gußchen wühlte in dem Stapel herum.

»Mannomann, Eike. Du bist wie ein Terrier. Wenn du zugebissen hast, lässt du nicht mehr los.« Sie baute sich vor ihm auf, stellte sich auf Zehenspitzen und umarmte ihn. »Ich bin stolz auf dich«, sagte sie.

»Möchtest du einen Kaffee?«, bot Thomas an.

»Nein danke. Kaffee ist was anderes als die Plörre, die ihr hier braut«, lehnte sie ab. »Ein Schnaps wäre mir lieber«, sagte sie und setzte sich. Ihre Augen suchten Eike, der am Fenster stand und in den Raum starrte. »Wie geht es Pia?«, fragte sie.

»Bisher unverändert. Ich werde heute Nachmittag zu ihr fahren.« Gußchen nickte betroffen und eine bedrückende Stille breitete sich im Raum aus.

Eikes Handyton unterbrach das Schweigen. Er schaute auf das Display. Pias Vater rief an. »Richard, ich hoffe, du hast gute Nachrichten«, sagte Eike.

»Leider nein«, antwortete Richard kaum hörbar. Eike hatte plötzlich das Gefühl, das Herz bliebe ihm stehen. *Bitte nicht*, flehte er im Gedanken. Richard brauchte einige Sekunden, bis er weitersprechen konnte. »Sie muss künstlich beatmet werden«, sagte er mit weinerlicher Stimme. »Du solltest kommen«, stammelte er und schluchzte. Dann war die Verbindung unterbrochen.

»Ich muss zu Pia«, gab Eike den anderen Bescheid und rannte zur Tür.

»Soll ich nicht besser fahren?«, bot Thomas an.

»Danke, ich krieg das hin«, rief Eike und saß wenig später im Auto.

* * *

Das rhythmische Schnaufen der Beatmungsmaschine beherrschte das Krankenzimmer. Pia wirkte so verloren und zerbrechlich wie eine Puppe. Eike brauchte ein Taschentuch, um sich die Augen zu wischen und die Nase zu schnäuzen. Er würde alles für diese Frau tun, aber mehr als ein hilfloses Händchenhalten blieb ihm nicht. Er fühlte sich klein und ohnmächtig.

Pias Eltern hatten die Nacht über an ihrem Bett ausgeharrt und sahen müde aus. Eike hatte ihnen vorgeschlagen, nach Hause zu fahren und sich auszuruhen. Er würde so lange bei Pia bleiben, bis sie zurückkämen. Die Stationsschwester hatte ihn darin bestärkt.

Eike rückte den Stuhl näher ans Bett und nahm vorsichtig ihre Hand. Sie fühlte sich kalt an. Er schob sie unter die Bettdecke und legte sie auf die seine. Ein warmer Schauer floss durch seinen Körper, als er ihre Finger spürte. Eike schloss die Augen und ließ seinen Daumen sanft über ihren Handrücken gleiten. Ungewollt folgte die Bewegung dem Takt der Beatmungsmaschine. Seine Gedanken schweiften ins Leere, es gab nur ihn und Pia. Sie war ganz nah bei ihm und er glaubte, ihren Herzschlag zu hören.

Dann geschah das Unverhoffte. Er schlug die Augen auf und konzentrierte sich auf Pias Hand unter der Decke. Hatten sich ihre Finger gerade bewegt? Da wieder. Die Schwester kam in dem Moment auf ihrem Kontrollgang herein.

»Sie hat sich bewegt«, sagte Eike und sah sie erwartungsvoll an. »Sie hat ihre Finger bewegt.« Die Krankenschwester zeigte sich jedoch unbeeindruckt. »Das hat in ihrem Zustand keine besondere Bedeutung«, antwortete sie nüchtern und machte Eikes Hoffnung auf eine Besserung damit zunichte.

Nachdem sie die Geräte und Anzeigen geprüft und einen neuen Infusionsbeutel aufgehängt hatte, verschwand sie wieder.

Am frühen Nachmittag kamen Pias Eltern zurück. Eike stand auf. Von der langen Sitzhaltung taten ihm die Glieder weh und er musste sich erst einmal die Verspannung aus der Muskulatur recken.

Pias Mutter reichte ihm eine Papiertüte. »Ich habe dir zwei belegte Brötchen mitgebracht. Du hast sicher Hunger«, sagte sie.

»Eigentlich nicht«, antwortete Eike, »aber ich esse sie später. Vielen Dank.« Er nahm die Tüte entgegen und legte sie auf die Fensterbank.

»Wir haben gerade mit dem Stationsarzt gesprochen«, sagte Pias Vater. »Er meint, die Beatmung haben sie zur Unterstützung angelegt, da sie selbstständig zu flach atme. Ihr Zustand hätte sich weiter stabilisiert, was jedoch keinen Anlass zu übertriebener Hoffnung gäbe. Sie sei noch nicht über den Berg, aber wenn keine Komplikationen aufträten, könnte sie es schaffen.«

Die übliche, unverbindliche Ausrede von Ärzten, die sich nicht festlegen konnten, dachte Eike, aber es tat trotzdem gut, etwas Positives zu hören.

»Ich werd dann mal wieder«, sagte Eike, um sich zu verabschieden.

»Danke, dass du für sie da bist«, sagte Verena und umarmte ihn freundschaftlich.

»Wir bleiben in engem Kontakt«, versicherte Richard und drückte ihn ebenfalls wie einen Freund.

Eike beugte sich über Pia und berührte ihre Stirn mit den Lippen. »Lauf nicht weg. Ich bin bald zurück«, flüsterte er und küsste sie.

Erst als er auf dem Parkplatz im Auto saß, spürte er seinen leeren Magen und machte sich sogleich über die Brötchen her.

Gußchen, die offenbar die ganze Zeit in der Polizeistation ausgeharrt hatte, und Thomas sahen Eike wortlos an, als er hereinkam.

»Sie muss es schaffen und sie wird es schaffen«, sagte Eike mit Überzeugung.

»Klar, was sonst?«, antwortete Gußchen.

»Daran würde ich nie zweifeln«, stimmte Thomas ein.

Eike ließ sich in den Bürostuhl fallen und atmete tief durch.

»Bevor ich's vergesse, der Dicke wollte dich sprechen. Du sollst zurückrufen«, sagte Thomas.

Eike griff zum Telefon. »Schlimmer kann es heute nicht mehr werden«, bemerkte er, als er den Hörer am Ohr hatte und wartete.

»Wolf, wie geht es Ihrer Bekannten?«, fragte er ohne Umschweife.

»Danke, ein erster Hoffnungsschimmer zeichnet sich ab«, antwortete Eike.

»Das freut mich. Ich habe auch etwas, was Sie sicherlich aufbauen wird. Die Staatsanwaltschaft hat im Landtag den Antrag zur Aufhebung der Immunität von Koch und Bödecker gestellt. Sie hatten Recht, durch die Medien ist ordentlich Druck im Kessel. Na, was sagen Sie?«

»Danke für die Info. Richtig freuen kann ich mich erst, wenn die beiden im Knast stecken. Und dann komme ich mit einer Flasche Schampus nach Goslar«, sagte Eike.

»Abgemacht«, stimmte Struwe zu. »Übrigens, die Hausdurchsuchungen bei Kaiser und Koch waren negativ. Keine passende Jacke, nur Latten und Pappe zum Schilderbauen, und bei Koch eine Portion Kokain, in einem Modellauto versteckt.«

»Ach«, staunte Eike, »hat der Herr Landtagsabgeordnete die Leute hereingelassen?«

»Ja, freiwillig. Höchstwahrscheinlich, um die Verdachtsmomente zu schwächen«, antwortete Struwe.

»Wäre ja auch zu schön gewesen«, meinte Eike. »Wir sollten alle Unfallberichte noch einmal durchgehen und die Videos ansehen. Vielleicht finden wir den entscheidenden Hinweis.«

»Ich habe eine Soko vorgeschlagen. Schröter, Voigt und Sie. Wenn Sie weitere Leute brauchen, sagen Sie Bescheid. Sie haben die Leitung«, sagte er und legte auf.

Eike lehnte sich zurück. »Ich glaube, der Dicke hat eine Metamorphose durchgemacht. Vom Stinkstiefel zum freundlichen Kollegen.«

Thomas lachte.

»Dann braucht ihr mich ja nicht mehr«, sagte Gußchen und machte Anstalten zu gehen. »Und wenn was mit Pia ist ...«

»... sagen wir dir sofort Bescheid«, fiel Eike ihr ins Wort. Sie hatte die Tür eben zugedrückt, als erneut das Telefon leierte.

»Polizeistation Altenau, Wolf.«

»Mario Heise hier«, meldete sich der Teilnehmer. *Doktor Heise*, erkannte Eike sofort, *der Physiker und Vulcan Recke, der ihm das Gutachten erstellt hatte.*

»Mario, wie geht es dir«, fragte Eike.

»Danke gut. Weshalb ich anrufe. Kommenden Sonntag ist wieder Human Biker Day. Kennst du doch sicher, die Benefizausfahrt von Bad Lauterberg aus. Letztes Jahr waren wir mit über dreihundert Maschinen unterwegs. Hat echt Laune gemacht. Hast du Lust mitzufahren?«

Eike überlegte: *Er hatte davon gehört und sich vor längerer Zeit schon vorgenommen, die Aktion zu unterstützen, aber bisher kam immer etwas dazwischen. So wie diesmal, Pia lag im Krankenhaus und wer weiß, ob sie ihn am Sonntag bräuchte. Eike wollte Mario nicht enttäuschen, weil er ihm mit dem Gutachten geholfen hatte, aber er musste eine Zusage von Pia abhängig machen.*

»Ich würde sehr gerne dabei sein«, antwortete Eike, »aber meine Freundin liegt im Krankenhaus und ich möchte abwarten, wie es ihr bis dahin geht. Falls es ihr besser geht, komme ich.«

»Dann wünsche ich ihr gute Besserung«, sagte Mario.

»Muss ich mich vorab anmelden«, wollte Eike noch wissen.

»Das wird von den Organisatoren gewünscht. Du kannst dir gegen eine Spende von zehn Euro auf *www.human-biker-day.de* ein Ticket bestellen. Kurzentschlossene können sich aber vor der Abfahrt problemlos nachmelden.«

»Wo ist der Treffpunkt?«

»Auf dem Parkplatz vom Rewe-Markt in Bad Lauterberg, ab 8:00 Uhr gibt's Frühstück, um 10:00 Uhr donnern wir los. Würd mich freuen, wenn du dabei bist.«

»Ich hoffe, es klappt dieses Mal«, sagte Eike.

Sonntag, 27. Mai 2018
Zwischen Jützenbach und Holungen

Genau hier wird der Human Biker Day ein tragisches Ende finden. Hier, an diesem gottverlassenen Ort, den jenseits eines Steinwurfes kaum jemand kennt. Nie zuvor habe ich etwas von Jützenbach oder Holungen gehört. Erst als ich die Strecke abgefahren bin, um einen geeigneten Platz für meinen Plan zu finden, sind mir diese Dörfer im tiefsten Eichsfeld erstmalig aufgefallen. Doch bald werden sie in aller Munde sein. Heute noch. Zeitungen, Radio und Fernsehen werden hierherkommen, um über das schreckliche Unglück zu berichten, und über die Hilflosigkeit der Polizei.

Ein guter Ort für eine böse Tat. Sie werden mich nicht sehen, nichts ahnen und vor Schreck kaum etwas spüren. Es wird rasch vorbei sein und kurze Zeit still sein, bis alle begriffen haben, was geschehen ist. Dann ist es hoffentlich auch für mich zu Ende. Ich habe Angst.

Sein erster Gedanke wurde auch an diesem Morgen von Angst getragen – Angst um Pia. Eike drehte seinen Kopf zur anderen Seite, um auf den Wecker zu sehen. Sieben Uhr. Mit einer ausladenden Armbewegung schlug er die Bettdecke auf, griff nach dem Handy, das seit Pias Unfall auf dem Nachttisch lag, und nahm es mit ins Badezimmer. Im Spiegel sah er einen Mann, der lange nicht mehr fröhlich gewesen war und gelacht hatte. Sollte er wirklich an der Ausfahrt des Vereins Human Biker Day teilnehmen? Er hatte Pias Vater und Mutter über seine Absicht informiert und sie hatten ihm zugesprochen. Wenn etwas sei, würden sie ihn sofort anrufen. Eike war wankelmütig. Sollte man bei dieser Anspannung überhaupt Motorrad fahren? Obwohl – die Abwechslung würde ihm gut tun, und zwischen Mario und ihm könnte sich eine echte Freundschaft entwickeln. Die Chemie zwischen ihnen stimmte. Aber was bedeutete das alles ohne Pia? Bei diesem Gedanken schreckte er auf. Nein, ohne sie wäre alles nichts.

Nach der Dusche streifte Eike seine Lederkombi über. Die Ausfahrt startete ja erst um zehn Uhr. Bis dahin würde er bei Pias Eltern angerufen haben und dann konnte er sich immer noch entscheiden. Und nach der Ankunft am Zielort Pöhlde, würde er sich rasch zu Hause umziehen und nach Hannover fahren.

Seine R 60 stand aufgetankt und herausgeputzt in der Garage. Im Internet hatte er sich die Fahrtroute angesehen. Es ging von Bad Lauterberg in den Harz, über St. Andreasberg und Sonnenberg nach Osterode und von dort durchs Eichsfeld bis zum Bürgerhaus in Pöhlde. Eine abwechslungsreiche Strecke, die jeden Biker in den Sattel locken musste. Frühstücken wollte er mit Mario zusammen am Rewe-Markt.

* * *

Der Parkplatz und die Lutterstraße in Bad Lauterberg waren an diesem sonnigen Morgen von Motorradlärm und Countrymusik aus Lautsprechern erfüllt. Vor dem Meldepoint hatte sich eine kurze Schlange gebildet. Eike zahlte die Spende und bekam sein Ticket, was ihn zusätzlich zum Mittagessen berechtigte. Männer in gelben Westen mit der Aufschrift »Ordnungsdienst«, wiesen die Ankömmlinge ein. Die Maschinen sollten sich in Zweierreihe entlang der Lutterstraße aufstellen. Eike fuhr bis ans Ende der Kette, klappte den Ständer seiner BMW aus, stieg ab und zog sein Smartphone aus der Beintasche, um es sofort zur Hand zu haben, falls ein Anruf aus Hannover käme. Sein Motorrad erntete die ersten staunenden Blicke.

»Tolle Maschine«, rief ihm jemand zu.

»Danke«, erwiderte Eike und machte sich auf den Weg zum Parkplatz vor dem Rewe-Markt, wo sich die Biker vor den Tischen sammelten, auf denen Kaffee, Brötchen, T-Shirts und Mützen angeboten wurden. Er sah sich um und fühlte sich unter seinesgleichen. Überall Männer und Frauen in Bikerkluft, die sich mit Umarmungen begrüßten oder zusammen standen und plauderten. Es wurde gelacht und gescherzt. Die Stimmung war mitreißend und der Strom an Motorrädern, Quads, Trikes und Rollern schien kein Ende zu nehmen. Es mussten inzwischen Hunderte sein.

»Eike!«, rief jemand aus der Menge. Eike reckte den Hals und und versuchte den Rufer zu entdecken.

»Eike, hier«, hörte er erneut. Eine Hand gestikulierte ausgestreckt aus dem Getümmel heraus.

»Hi, Mario«, rief Eike, winkte zurück und beide schlängelten sich durch das Gedränge aufeinander zu.

»Schön, dass es geklappt hat. Geht es deiner Freundin besser?«, sagte Mario und umarmte Eike freundschaftlich.

Eike erwiderte die Geste. »Meine Teilnahme ist noch wackelig. Ich warte auf einen Anruf von ihren Eltern, bevor ich mich endgültig entscheide«, antwortete er.

»Das verstehe ich und drücke die Daumen. Übrigens, was ich dich fragen wollte, was ist eigentlich aus meinem Gutachten geworden?«

»Entschuldige, ich hätte dir längst eine Rückmeldung geben müssen«, sagte Eike. »Mein Chef hat es nicht anerkannt, weil du kein vereidigter Sachverständiger bist, zumindest hat er es überprüfen lassen, was zum selben Ergebnis geführt hat. Die Ermittlungen wurden daraufhin wieder aufgenommen. Was mir jedoch Kopfzerbrechen macht, sind die Anschläge gegen Motorradfahrer, die wir bisher keinem Verdächtigen zuordnen konnten.«

»Ich habe darüber gelesen. Schreckliche Geschichte. Wer tut so etwas?«, zeigte sich Mario betroffen.

»Es scheint der Racheakt eines Psychopaten zu sein, der sich gegen alle Biker richtet. Solche Leute sind unauffällig und schwierig zu ermitteln«, antwortete Eike und machte eine ausladende Armbewegung. »Vielleicht ist dieser Mensch sogar hier unter uns. Wer weiß.«

»Eine grausliche Vorstellung«, bemerkte Mario. »Warum hast ...« Er wurde von Eikes Handyton unterbrochen. Eike riss es ans Ohr und schaute in der Bewegung auf das Display. Pias Vater rief an. Er drehte sich um und sein Herz setzte einige Schläge aus.

»Ja ... Richard«, stammelte er und seine Brust fühlte sich an, als würde sie von einer Python umschlungen.

»Morgen Eike. Pias Zustand hat sich weiter stabilisiert. Sie atmet wieder selbstständig, aber sie schläft weiterhin tief und fest.«

»Das hört sich hoffnungsvoll an. Danke, endlich mal ein Lichtblick. Ich werde sie heute gegen Abend besuchen. Bitte ruf mich trotzdem sofort an, wenn irgendetwas ist, ja.«

»Sei unbesorgt, kannst dich darauf verlassen. Gute Fahrt.« Er legte auf.

»Alles okay?«, fragte Mario, nachdem Eike das Handy heruntergenommen hatte.

»Ich klammere mich an jeden Strohhalm, der mir hingeworfen wird«, sagte Eike mit bebender Stimme. »Es ist ein Auf und Ab, aber ich glaube, sie schafft es.«

Mario schloss ihn in die Arme und Eike kämpfte die aufkommenden Tränen herunter, wie er es in letzter Zeit viel zu oft tun musste.

Die Lautsprechermusik verstummte, was ihre Aufmerksamkeit auf einen Mann lenkte, der mit einem Mikrofon in der Hand auf einem Stapel Paletten stand.

»Das ist Matthias, der Chef vom Rewe-Markt und Vorsitzender des Vereins«, erklärte Mario.

Die Leute wandten sich dem Redner zu und das Rumoren der Menge verstummte allmählich. Matthias wartete einen Augenblick und führte dann das Mikro vor den Mund.

»Liebe Biker, liebe Freundinnen und Freunde, liebe Mitarbeiterinnen und Mitarbeiter. Guten Morgen und danke, dass ihr da seid und viele Neue mitgebracht habt. Mit 478 Teilnehmern ist ein neuer Rekord aufgestellt und das zeigt die große Akzeptanz an dieser Benefizveranstaltung. Bisher konnten wir insgesamt rund 110.000 Euro an das Kinderhospiz übergeben. Ein toller Erfolg und Belohnung für die Arbeit aller Beteiligten, die sich ehrenamtlich einbringen.«

Beifall wallte auf. Matthias bedankte sich in seiner weiteren Ansprache bei denjenigen, die Sonderspenden geleistet hatten, außerdem beim Bürgermeister für seine Schirmherrschaft, der Presse für die verbreitete Aufmerksamkeit, und den Ordnungshelfern, der Polizei, der Feuerwehr sowie dem ASB, die für die Sicherheit sorgen wollten. Er endete mit den Worten. »... nach dem Biker Day ist vor dem Biker Day, und dazwischen liegen viele Stunden, Wochen und Monate der Vorbereitung. Dafür meinen Dank und Anerkennung an alle, die ehrenamtlich mitgeholfen haben. Die Ausfahrt heute ist das Ergebnis dieser gemeinsamen Arbeit, sozusagen das große Finale.« Er betonte die letzten beiden Worte mit gesteigerter Lautstärke.

Erneut brauste Beifall über den Platz, den Eike allerdings nur noch entfernt wahrnahm. Er zuckte ungewollt zusammen, denn in seinem Kopf explodierte die Antwort auf die Frage, die er seit dem letzten Video verzweifelt suchte. *Was meinte der Attentäter mit der Drohung: **Das große Finale folgt!***

Plante er am Ende einen Anschlag auf Hunderte von Motorrädern? War das sein großes Finale? Eikes Herz galoppierte los, er spürte, wie sein Rücken und seine Arme nass wurden, und das lag nicht allein an der ungewöhnlichen Hitze an diesem Maimorgen. Eike befürchtete das Schlimmste. Würde der wahnsinnige Bikerschreck diese Veranstaltung attackieren, könnte er sich maximaler Beachtung gewiss sein, denn es gäbe zahlreiche Opfer, höchstwahrscheinlich sogar Tote. Politik und Polizei würden von der Öffentlichkeit für ihr Versagen angeprangert werden. *War das etwa sein Ziel?* Eike musste diesem Monster endgültig die Tour vermasseln. Aber wie? Niemand wusste, wer dieser Unmensch war und was er sich diesmal ausgedacht hatte.

Eike spürte Marios Blicke. »Ist alles in Ordnung? Du wirkst abwesend. Denkst du an deine Freundin?«

»Ich denke jede Sekunde an sie«, sagte er, »aber ich befürchte, es kommt ein dickes Problem auf uns zu.«

»Ich versteh nicht. Welches Problem?«, fragte Mario und sah ihn ungläubig an.

»Ich habe dir von den Videos erzählt, auf denen der Scheißkerl seine Taten festgehalten hatte. Auf dem letzten schickte er die Drohung mit: Das große Finale folgt!«, antwortete Eike.

»Und du glaubst ...«, begann Mario und machte ein nachdenkliches Gesicht.

Eike nickte. »Genau das glaube ich. Eben schlug es mir wie ein Blitz in meinem Kopf ein.«

»Oh, Scheiße«, sagte Mario. »Was machen wir jetzt?«

Eike rieb sich die Augen und atmete einige Male tief durch. Mit bangem Blick schaute er auf die schier endlose Schlange

chromblitzender Maschinen, die entlang der Lutterstraße aufgereiht standen, und deren Ende vom Parkplatz aus nicht
mehr zu sehen war.

Dann sagte er zu Mario: »Sieh dir das an. Da stehen über
470 Motorräder und Biker und freuen sich auf die gemeinsame Tour. Weder der Veranstalter noch die Polizei werden
denen aufgrund meiner Vermutung sagen: Liebe Leute, wir
müssen die Ausfahrt absagen, weil da ein Verrückter frei
herumläuft, der euch nicht mag. Fahrt wieder nach Hause.«

Eike schlug sich einige Male mit dem Handballen gegen sie
Stirn. »Scheiße, Scheiße, Scheiße«, rief er und lief ein paar
Schritte hin und her. »Falls wir einen Anschlag damit verhindern können, feiert man uns als Helden, sollte es sich jedoch
als unbegründeter Verdacht herausstellen, nageln sie mich an
die Wand.« Er blieb stehen. »Was soll ich tun?«

»Auf jeden Fall deine mitfahrenden Kollegen informieren,
dass sie die Augen offenhalten. Die Anschläge sind sowieso in
aller Munde, seit die Zeitungen darüber berichtet hatten, und
sie werden dir deinen Rat nicht abschlagen. Mehr kannst du
nicht tun«, empfahl Mario.

»Ja, du hast recht, mehr kann ich momentan nicht tun,
außer hoffen, dass ich mich geirrt habe«, sagte er und lief
sogleich zu seinen Polizeikollegen hinüber, die bereits an ihren
Maschinen standen.

Sie zeigten sich für den Hinweis dankbar, waren jedoch
von ihren Dienststellen deswegen schon gebrieft worden, aufmerksam zu sein, und hatten das ebenfalls an die Ordnungs-
fahrer weitergegeben.

»Zum Glück stehen wir ziemlich vorne in der Schlange
und können reagieren, falls uns etwas Ungewöhnliches auf-
fällt«, sagte Eike zu Mario, als er zurück war.

»Worauf soll ich achten?«, fragte Mario nach.

»Das Gelände links und rechts der Landstraßen sowie Brücken. Einfach vorausschauend auf mögliche Hinterhalte und
Ungereimtheiten achtgeben. Alles klar?« Mario nickte.

»Gute Fahrt«, sagte Eike.

Es ging los. Der Chor von 470 Motoren dröhnte durch das untere Luttertal mit einem Sound, der die Luft zum Vibrieren brachte. Diese Schwingungen ließen jedes Bikerherz höherschlagen und einige drehten bereits ungeduldig am Gasgriff. Eike und Mario legten den ersten Gang ein, ließen sanft die Kupplungen greifen und drehten auf. In dem Augenblick, wenn Eike die Füße auf die Rasten stellte und die Beschleunigung einsetzte, empfand er normalerweise die Leichtigkeit, die ihn manches Mal eine Gänsehaut spüren ließ. Eike nannte dieses Gefühl *Bikerglück*. Doch heute blieb es aus, die Anspannung war einfach zu groß.

Eine schier endlose Kette von Motorrädern schlängelte sich aus Bad Lauterberg heraus in Richtung Süden. Scharzfeld, Rhumspringe, Gieboldehausen und weiter nach Seeburg. In den Ortschaften standen die Menschen am Straßenrand und winkten ihnen zu, und Eike winkte zurück.

Von Fahrspaß konnte trotzdem keine Rede sein, denn hinter jeder unübersichtlichen Kurve, unter jeder Brücke und an abzweigenden Waldwegen witterte er einen Hinterhalt. Die Beine und der Rücken schmerzten unter der Hochspannung. Außerdem war es wieder einmal ungewöhnlich heiß am heutigen Vormittag. Und nicht nur an diesem, der ganze Frühling fühlte sich in diesem Jahr wie Hochsommer an. Die Temperatur hatte die Dreißig-Grad-Marke bald erreicht, schätzte Eike. Von den Augenbrauen tropfte ihm Schweiß in die Augen. Er schob das Visier hoch und wischte sich mit dem Handschuh die brennende Feuchtigkeit heraus. Der Fahrtwind kühlte kaum unter der schweren Schutzkleidung und dem Helm.

Eike hatte sich die Route am Vorabend gut eingeprägt, aber seine Konzentration galt hauptsächlich der vermeintlichen Bedrohung, als der Orientierung. Irgendwo fuhr die Kolonne von der Landstraße ab, wurde langsamer und erreichte ein

Fabrikgelände, das genügend Platz für einen Zwischenstopp bot. Das begleitende Brummen der Fahrt verebbte. Die Fahrer entledigten sich ihrer Helme, unter denen die schweißnassen Haare an ihren Stirnen und Schläfen klebten. Einige zogen die Kombijacken aus, andere verschwanden hinter Bäumen und Büschen.

Eikes Handy läutete, was seinen Puls sofort hochtrieb. Der Blick auf das Display beruhigte den Pulsschlag, es war nicht Pias Vater, sondern Struwe. *Was will der jetzt von mir?*, fragte er sich. *Das bedeutet nichts Gutes.*

»Wolf«, meldete er sich verwundert. »Herr Struwe, Sie? Am Sonntag?« Eike haderte mit seinen Gefühlen. Sollte er sich über diesen Anruf eher wundern oder ängstigen?

»Wo sind Sie gerade?«, fragte Struwe schnörkellos.

»Irgendwo im Eichsfeld, ich bin mit dem Motorrad unterwegs.«

»Ich weiß, heute ist Human Biker Day«, gab er vor zu wissen. »Habe ich von Eckard erfahren«, verriet er. »Hören Sie Wolf, wir haben ein Problem. Ich rechne jederzeit mit einem erneuten Anschlag, wahrscheinlich auf der Tour, auf der Sie gerade mitfahren«, eröffnete er ihm.

»Ich auch«, sagte Eike.

»So? Und wie kommen Sie darauf?«

»Das große Finale folgt«, wiederholte Eike die Drohung. »Erinnern Sie sich? Der Biker Day ist eine große Veranstaltung und eine Art Finale«, erklärte er weiter. »Aber sagen Sie, was ist Ihr Verdacht?«, wollte Eike wissen.

»Es hat mir keine Ruhe gelassen, bis wir Reimers Haus durchsucht hatten, und raten Sie mal, was wir dort gefunden haben?«

»Nun sagen Sie schon, wir haben jetzt keine Zeit für Ratespielchen«, forderte Eike.

»Die Fleecejacke, die Sie suchen. Seine Computer haben wir daraufhin gleich mit konfisziert«, antwortete Struwe.

»Und Reimers?«, fragte Eike nach.

»Die Fahndung läuft. Ich schicke Ihnen gleich ein Foto von seinem Auto aufs Handy. Ein 911er Porsche mit Sonderlackierung. Seine Frau sagte, dass er damit unterwegs sei.«

»Danke, das hilft mir hoffentlich weiter«, sagte Eike.

Struwe hielt kurz inne, worauf er in einem demutsvollen Tonfall sagte: »Wolf ... Finden Sie das Auto!« Dann legte er auf.

»Schlechte Nachrichten?«, fragte Mario, nachdem das Gespräch beendet war.

»Wie man's nimmt«, meinte Eike und starrte weiter auf sein Handy. Ein Piepton kündigte den Eingang einer Mail an, die er eiligst öffnete. Das Foto des Porsche war als Anhang beigefügt. Eike hielt es Mario vor Augen. »Auf dieses Auto müssen wir achten.«, erklärte Eike, »es gehört dem mutmaßlichen Bikerschreck. Präg es dir ein.«

Mario sah sich das Bild an und sagte: »Zum Glück gibt nicht viele bonbonblaue Porsches. Ich denke, wenn der auftaucht, werden wir ihn kaum übersehen.«

Eike informierte die Begleitpolizisten über den Anruf von Struwe und zeigte ihnen das Bild von dem Auto, auf das sie achten sollten.

»Danke für die Info«, sagte der Einsatzleiter. »Leider sind wir zu wenig Leute, um ein Vorauskommando loszuschicken, aber wenn du ...«

»Alles klar. Das halte ich eh für geschickter, damit der Typ keinen Verdacht schöpft, wenn plötzlich Polizei auftaucht. Ich schlage vor, ich fahre sofort voraus, scanne die Strecke ab und melde mich, sobald ich etwas Verdächtiges bemerke. Ich hoffe, wir erwischen ihn rechtzeitig.«

»Ich komme mit«, sagte Mario, als Eike zurück war.

Eike wog den Kopf hin und her und gab zu bedenken: »Das kann gefährlich werden, du weißt, wozu der Kerl fähig ist.«

»In deiner Nähe wird mir doch nichts passieren«, flachste Mario.

Eike lächelte. »Dann lass uns fahren, damit wir vor dem Tross fünf bis zehn Minuten Vorsprung haben«, drängte er zum Aufbruch, streifte seinen Helm und die Handschuhe über und setzte sich auf seine BMW.

Mario stieg ebenfalls auf seine Maschine. »Ich habe die Strecke im Navi und kann dich führen«, sagte er.

Sie schlängelten sich an den abgestellten Bikes vorbei, um auf die Landstraße zu gelangen, und gaben Gas.

* * *

Gegen fünfzehn Uhr werden die ersten Motorräder hier vorüberfahren. Ich erwarte sie. Niemand ahnt etwas und dann ... bums ... wird es endlich passieren. Nein, diesmal lasse ich euch keine Chance, und mir selbst auch nicht. Ich habe nichts mehr zu verlieren. Was ist mein Leben noch wert? Bald ist es vorbei. Ich habe Angst.

* * *

Eike und Mario fuhren unter größter Anspannung die Strecke entlang und beobachteten die Umgebung nach beiden Seiten so gut es ging. Immer bremsbereit, falls etwas Verdächtiges auftauchte. Hinter Brücken stoppten sie und inspizierten das Bauwerk. Jedes außerhalb von Ortschaften geparkte Fahrzeug, jeder Holzstapel am Straßenrand, jede uneinsehbare Kurve und jede Person brachte Eikes ohnehin angespanntes Nervenkostüm zum Bersten. Die Hitze an diesem Tag trug dazu bei und führte ihn an den Rand der Erschöpfung. Eike schwitzte aus allen Poren. Sein Kopf fühlte sich unter dem Helm an wie ein Ei im kochenden Wasser. Er öffnete das Visier einen Spalt weit, um sich vom Fahrtwind etwas abkühlen zu lassen. Wie es Pia wohl ging? Am liebsten wäre er jetzt bei ihr.

Bisher war nichts Ungewöhnliches zu entdecken gewesen außer Kruzifixen und Marienstatuen an einigen Wegkreuzungen. Kaum vorstellbar, dass hier im beschaulichen Eichsfeld ein schrecklicher Anschlag stattfinden sollte.

Mario fuhr mit seiner KTM-Duke etwa zehn Meter vor ihm und gab das verabredete Handzeichen, wenn ihm etwas sonderbar vorkam. Doch alle scheinbaren Auffälligkeiten erwiesen sich als normal. War es die Nadel im Heuhaufen, oder jagten sie einem Phantom nach?

Sie waren jetzt kurz vor Leinefelde und Eike sah im Rückspiegel die Blaulichter des vorausfahrenden Polizeimotorrades. Der Pulk hatte aufgeholt. Auf dem Parkplatz einer Großbäckerei in dem Ort war die Mittagspause vorgesehen.

Nach und nach füllte sich der Platz mit Motorrädern. Die Biker entledigten sich ihrer Helme und Jacken und wischten sich mit Taschentüchern über ihre Gesichter, die erste Ermüdungserscheinungen zeigten. Auf ihren Shirts hatten sich riesige dunkle Schweißflecken abgebildet. Rasch wuchs vor der Getränkeausgabe eine Schlange durstiger Fahrer.

Eike staunte über die perfekte Organisation zur Beköstigung so vieler Menschen in kurzer Zeit. Er selbst verspürte keinen Appetit, setzte sich zu Mario auf eine der Biergartenbänke und trank eine Apfelschorle. In der Ruhephase kreisten seine Gedanken sofort um Pia. Er vergrub seinen Kopf in seine stützenden Hände und schloss einen Moment die Augen, um sich auf ihr Gesicht zu konzentrieren. Plötzlich war ihm, als blicke sie ihn an, und dabei wurde sein Körper von einem Gänsehautschauer überzogen. In diesem Augenblick wusste er, dass er diese Frau über alles liebte. Wenn sie aufwachte, würde er es ihr sofort sagen.

»Schlaf nicht ein«, sagte Mario und stupste ihn sanft in die Seite. Eike öffnete die Augen und landete in der Wirklichkeit. Er schaute auf die Uhr. Es war kurz nach eins. »Wir müssen weiter«, sagte er. Beide erhoben sich und machten sich fertig.

Sie hatte eine Sensation gewittert, als Wolf sie angerufen und über die Festnahme von Sven Kaiser und Pascal Koch informiert hatte. Als sie dabei erfuhr, dass Jörg Reimers der Anwalt von Bödecker sei und außerdem der Onkel von Felix Krüger, und seine einzige Tochter seit einem Unfall mit Motorradfahrern im Rollstuhl saß, brauchte sie nur eins und eins zusammenzählen. Welche Rolle spielte dieser Rechtsanwalt bei der Vertuschung von Bödeckers Straftaten, also der Fahrerflucht und dem Drogenbesitz? War er am Ende in ein Rachekomplott involviert? Sie würde nicht Melanie Moor heißen, wenn das nicht ihren Spürsinn weckte. Da lauerte eine politische Atombombe nur darauf, gezündet zu werden. Wer weiß, vielleicht würde sie doch bald für den Pulitzerpreis nominiert. Sie musste diesen Reimers beobachten, um ihm auf die Schliche kommen.

Gestern, am Sonnabend, hatte sie ihm tagsüber aufgelauert. Erst am späten Nachmittag verließ er das Büro und stieg in einen blauen Porsche, der auf dem Hinterhof des Gebäudes geparkt war. Sie startete ihren Audi A3 und folgte ihm. Er fuhr nach Bad Sachsa in die Blücherstraße und stellte sein Auto auf dem Parkstreifen vor einem mehrstöckigen Wohnblock ab. Sie hatte gewartet, bis er in dem linken Eingang verschwunden war. Hatte er etwa eine Geliebte oder eine Zweitwohnung in diesem Haus? Einige Minuten, nachdem er hineingegangen war, ging sie hinterher, um auf dem Klingelschild nachzusehen. Sie fand den Namen Reimers.

Im Auto hatte sie gewartet, bis es dunkel geworden war, und sie sicher sein konnte, dass er dort übernachten würde.

Heute Morgen war sie erneut nach Bad Sachsa gefahren. Der Porsche stand noch auf dem Parkplatz. Bis zwölf Uhr musste sie in ihrem Auto ausharren, dass sich in der Sonne rasch aufgeheizt hatte. Die geöffneten Seitenscheiben brachten kaum Erfrischung. Wie ein Detektiv beobachtete sie jede Bewegung im Umfeld des Anwesens. In weiser Vorahnung einer länger dauernden Observation hatte sie eine Flasche Wasser und belegte Brote mitgenommen.

Endlich tauchte Reimers auf, stieg in seinen Porsche und fuhr davon. Melanie Moor folgte ihm in unauffälligem Abstand. Er verließ Bad Sachsa Richtung Süden über Stöckey, Bischofferode und Holungen, weiter nach Jützenbach. Sein Fahrstil wirkte ruppig, fast anfängerhaft, oder war er alkoholisiert? *Was will der Kerl hier im Eichsfeld*, fragte sie sich. Scheinbar ziellos chauffierte er seinen 911er Porsche durch die Landschaft. Melanie Moor hatte inzwischen die Orientierung verloren. Irgendwo durchquerte die Landstraße ein Waldgebiet. Nach einer lang gezogenen Rechtskurve war der Wagen plötzlich verschwunden. *Er kann ja nur links oder rechts abgebogen sein*, dachte sie, drosselte das Tempo und schaute in jeden abzweigenden Weg hinein. Auf der rechten Seite, verdeckt durch einen aufragenden Felsen, führte ein Forstweg ab. Im Vorbeifahren sah sie dort gerade noch das blaue Auto. Um unauffällig zu bleiben, fuhr sie circa hundert Meter weiter und stellte ihren Audi auf dem Seitenstreifen ab. Sie stieg aus, hing sich die Kamera um den Hals und ging langsam zu dem Forstweg zurück. Sie schaute sich um. Links hatte man einen Stapel Spaltholz zum Abtransport aufgeschichtet, ein Stück weiter bergan stand der blaue Porsche. Reimers hatte den Wagen gewendet und mit laufendem Motor mitten auf dem Weg gestellt. *Was hatte er in diesem Waldstück vor? Musste er vielleicht pinkeln?* Schlendernd, als mache sie einen Spaziergang, näherte sie sich dem Auto. Durch die Windschutzscheibe sah sie jemand hinter dem Steuer sitzen. Sie blieb neben dem Fahrzeug stehen, beugte sich zum Seitenfenster hinunter und sah hinein. Er reagierte zunächst nicht, dann blickte er sie kurz an, wandte sich aber sogleich wieder ab. Melanie Moor klopfte sanft an die Scheibe. Er ließ sie herunter. Langsam drehte Reimers ihr den Kopf zu und sie erschrak bei dem Anblick. Sein Gesicht erschien ihr wie eine Maske, die Augen waren rot unterlaufen, die Lippen blutlos und sein Blick starr.

Seine Hände umklammerten das Lenkrad, als würde er jeden Augenblick auf das Startsignal einer Rallye warten und lospreschen. Hatte der Mann getrunken oder sich mit Drogen zugedröht? Er wirkte auf sie, als leide er unter erheblichem Stress.

»Entschuldigung, können Sie mir sagen, wo dieser Weg hinführt?«, fragte sie, weil ihr im Moment nichts Besseres einfiel.

Er antwortete nicht und sein Blick erweckte den Eindruck, als nehme er sie gar nicht wahr, so starr ging sein Blick scheinbar durch sie hindurch.

»Ist Ihnen nicht gut? Kann ich Ihnen helfen?«, fragte sie.

Wieder verlor er kein Wort, und dann passierte das unverhoffte. Er öffnete die Autotür und stieg aus. Sie trat zur Seite und wartete gespannt, was nun folgen würde. Doch bevor sie begriff, was urplötzlich mit ihr geschah, wurde sie bei den Haaren gepackt und ihr Kopf auf das Autodach gehämmert. Einmal ..., zweimal ... Dann spürte sie keinen Schmerz mehr. Alles versank im Nebel, bis auch der verschwand.

* * *

Mario folgte der Route über Worbis und Holungen, dann weiter auf der L 1012 in Richtung Sonnenstein, immer die nahe Umgebung im Auge. Eike folgte dicht hinter ihm. Als sie das Waldgebiet vor Jützenbach erreichten, sah Eike das Bremslicht an Marios Maschine aufleuchten. Er blinkte rechts, um auf ein geparktes Auto in dem abzweigenden Waldweg aufmerksam zu machen. Eike signalisierte Mario mit der Lichthupe, anzuhalten. Er stoppte am Straßenrand. Ein Stück voraus sah Eike einen roten Audi A3 und glaubte, den Wagen zu kennen.

»Eigenartig«, sagte Eike, als er das Nummernschild sah, »der Audi da vorne gehört der Journalistin Melanie Moor. Was die wohl hier zu suchen hat?«

»Offenbar will sie über den Human Biker Day berichten und ein paar schöne Fotos auf der Strecke schießen«, mutmaßte Mario. »Lass uns lieber noch einen Blick in das andere Auto da hinten im Forstweg werfen«, schlug er vor.

Sie beeilten sich, denn in der Ferne hörte Eike bereits das Summen der Motoren. Sie mussten gleich hier sein. Im gemäßigten Laufschritt eilten sie zu dem Waldweg. Ein blauer Porsche mit laufendem Motor stand dort. Offenbar saß jemand am Steuer. Sie gingen beide auf das Auto zu, um dem Fahrer Bescheid zu geben, dass er warten müsse, bis der Motorradpulk vorbeigefahren sei. Die Spitze des Motorradkonvois brummte gerade vorüber. Sie beeilten sich und hatten den Wagen fast erreicht, als der Motor plötzlich aufheulte und der Porsche auf sie zugeschossen kam. Reflexartig sprangen sie zur Seite, um eine Kollision zu verhindern. Wie ein Schlag traf Eike der linke Außenspiegel am Unterarm. Dann hörte er ein ohrenbetäubendes Krachen. Bevor er registrierte, was passiert war, fand er sich im Gestrüpp des Wegrandes wieder. Eike versuchte sich zu bewegen, und fühlte sich erleichtert, als er feststellte, dass er nicht verletzt wurde. Er hielt nach Mario Ausschau und entdeckte ihn ein Stück weiter oben.

»Mario, bist du okay?«, rief er ihm zu.

»Alles klar«, gab er Entwarnung. Beide erhoben sich mühsam und testeten zunächst die Beweglichkeit ihrer Gliedmaßen. Die Protektoren ihrer Schutzkombi hatten offensichtlich Schlimmeres verhindert.

Sie schauten sich zu dem Porsche um. »Scheiße!«, riefen sie wie aus einem Mund, als sie ihn sahen. Er steckte in dem Holzstapel. Die Frontpartie war völlig zertrümmert, einige Meterscheite lagen in der Windschutzscheibe, andere auf dem Dach. Beide rannten augenblicklich los, um nach dem Fahrer zu sehen. Zusammen rissen sie mit ganzer Kraft an der Fahrertür, bis sie sich endlich knarzend öffnen ließ. Der Kopf des Fahrers lag reglos in dem erschlafften Airbag und war blutüberströmt. Eike holte sein Taschenmesser heraus und schnitt den Gurt durch. Mario half ihm, den Mann aus dem Auto zu ziehen. Sie legten ihn auf den Weg in die Seitenlage. Er war nicht ansprechbar. Eike setzte über sein Handy einen Notruf ab und wollte gerade die Begleitpolizisten informieren, als auf der Landstraße schon die ersten Maschinen vorbeidonnerten. Die Motorradarmada schien kein Ende zu nehmen. Als die letzten durch waren und die ländliche Ruhe zurückgekehrt war, hörte Eike ein gedämpftes Rufen. »Hilfe, Hilfe!« Die Stimme kam aus dem Porsche. Sofort rannte Eike hin. Auf der Rückbank lag eine Frau.

»Mario, hier ist noch jemand drin. Komm, hilf mir mal!«

Die Frau konnte sich bewegen, was es enorm erleichterte, sie heraus zu bekommen.

»Frau Moor!«, rief Eike entsetzt, als er sie trotz des blutverschmierten Gesichtes erkannte. »Was hat Sie denn hierher verschlagen? Was ist passiert? Sind Sie noch anderweitig verletzt? Der Notarzt muss gleich hier sein«, bombardierte er sie.

»Später«, sagte sie stöhnend, »ich habe fürchterliche Kopfschmerzen.«

Eike nahm eines der Holzstücke, die jetzt überall verstreut lagen, und griff ihr unter die Arme. »Setzten Sie sich«, sagte er.

Entferntes Martinshorn kündigte den herbeieilenden Rettungswagen an.

Eike traf es wie ein Donnerschlag, als er die Papiere des Porschefahrers aus dem Auto geholt hatte und den Namen Jörg Reimers las. Er rief sofort Ben Struwe an und informierte ihn über diesen merkwürdigen Zwischenfall.

»Der geht vom Krankenhaus direkt in den Knast«, hatte Struwe gesagt und Eike hörte eine gewissen Genugtuung heraus.

Beide Verletzten wurden versorgt und Reimers anschließend auf der Trage in den Rettungswagen geschoben. Melanie Moor stieg auf dem Beifahrersitz. Nachdem sich der Wagen in Bewegung gesetzt hatte, jaulte das Martinshorn auf und verebbte hinter der nächsten Straßenbiegung, bis es schließlich verstummte.

Erst jetzt spürte Eike die aufkommende Müdigkeit nach der ununterbrochenen Anspannung der letzten Stunden und in der hochsommerlichen Hitze in diesem Frühjahr. Mario und er zogen die Kombijacken aus und ließen sich erschöpft auf dem Rest des Holzstapels nieder, um abzuspannen. Eike strich sich durch die nassen Haare.

»Was war das?«, fragte Mario. »Was hatte der vor?«

»Wir müssen es erst beweisen, aber ich glaube, wir haben gerade einen Anschlag auf die Teilnehmer des Human Biker Day verhindert«, sagte Eike.

»Du meinst, der wollte mit seinem Porsche in die Kolonne rasen?«

»Davon gehe ich aus«, sagte Eike.

»Wie verrückt ist das denn?«, echauffierte sich Mario.

Im Schatten der Bäume fanden sie etwas Abkühlung. Doch obwohl Eike die Ruhe guttat, bekam er den Kopf nicht frei, weil seine Gedanken unentwegt um Pia kreisten. Er musste so rasch wie möglich zu ihr, hier konnte er eh nichts mehr tun. »Wie siehts bei dir aus? Wollen wir weiter?«, fragte er Mario.

»Ja, lass uns zurückfahren«, sagte Mario. Sie gingen zurück zu ihren Motorrädern. Auf halbem Weg meldete sich Eikes Handy. Er schaute aufs Display und bekam abermals einen Stich ins Herz, als er die Nummer von Pias Vater erkannte.

»Ja, Eike hier«, sagte er mit rasendem Herzen.

»Hallo Eike, Richard. Du solltest ins Krankenhaus kommen, ich glaube, sie hat es überstanden.« Seine Stimme klang seltsam. Weinte er?

»Richard, was ist?«

Er bekam keine Antwort, das Gespräch war unterbrochen. Eikes Herz schien seinen Dienst zu verweigern.

»Was ist Eike, du siehst auf einmal so blass aus«, bemerkte Mario.

»Ich muss sofort ins Krankenhaus zu Pia.« Er rannte die letzten Meter zum Motorrad.

»Du fährst in dem Zustand nicht mehr, sonst liegst du auch bald dort. Ich fahre dich!«, sagte Mario bestimmend. Eike fügte sich und stieg auf Marios Soziussitz. Wegen der Sorge um Pia wurde es seine qualvollste Motorradfahrt, die scheinbar nicht enden wollte.

* * *

Knapp zwei Stunden später schwang sich Eike vom Sattel herunter und eilte zum Gebäudekomplex der medizinischen Hochschule. Sein Herzschlag ging förmlich durch die Decke, als er das Krankenhaus betrat. Im Laufschritt spurtete er über den langen Flur, um zur Treppe zu gelangen. »Sie hat es überstanden«, hatte ihr Vater gesagt. Was immer das zu bedeuten hatte, er war auf alles gefasst.

Bebend, als wäre ihm kalt, verharrte er einen Moment vor der Glastür zu ihrem Zimmer und atmete tief durch. Dann klopfte er zaghaft an und trat ein. Der Anblick, der sich ihm bot, traf ihn wie ein Stromschlag. Das Gefühl in seinen Beinen versagte kurzzeitig, sodass er sich am Bettrahmen festhalten musste. Seine Augen füllten sich mit Tränen und liefen über. Er kämpfte nicht dagegen an, denn es waren Glückstränen. Pia lehnte am aufgerichteten Kopfteil ihres Bettes und sah ihn an.

»Wo warst du so lange?«, empfing sie ihn mit einem Lächeln, dass Eike seltsam fremd vorkam. Die Wochen im Koma hatten sie gezeichnet. Er erkannte sie kaum wieder. Ihre Lippen waren fast weiß, ihr Gesicht eingefallen, die Augen lagen tief, und ihre Haut schien durchsichtig zu sein.

»Ich habe gewartet, dass du endlich wach wirst«, sagte Eike, stellte sich neben das Bett und nahm ihre Hand. Pia strahlte ihn an.

»Wir gehen mal eben einen Kaffee trinken«, sagte Pias Mutter und verließ mit Richard das Krankenzimmer. Erst jetzt bemerkte Eike ihre Eltern.

Als sie die Tür geschlossen hatten, zog Pia Eike zu sich. Er setzte sich auf die Bettkante.

»Ich habe geträumt, du würdest endlich bei mir einziehen und nie wieder Struppi zu mir sagen«, flüsterte sie.

Eike drückte ihre kalte Hand fester. »Manchmal werden Träume wahr«, sagte er und beugte sich näher zu ihr. »Könntest du dir vorstellen, dass ich bei dir wohne?«

Ihre Augen leuchteten. »Ich kann mir kaum etwas Schöneres vorstellen. Aber nur, wenn du mich ab und zu Struppi nennst. Aus deinem Munde klingt es wie eine Liebeserklärung.«

Eike rückte näher zu ihr, sodass sich ihre Nasenspitzen fast trafen, und sah ihr tief in die Augen. »Ich liebe dich, Struppi«, sagte er. Pia zog ihn dichter an sich heran und küsste ihn. Ihr Mund war kalt und schmeckte nach Krankenhaus, aber er weckte in Eike alle Lebensgeister aufs Neue.

Sein Chef hatte ihm auf Wunsch ein paar Tage freigegeben, damit er sich ausgiebig um Pia kümmern konnte. Eike wollte jeden Tag zu ihr zu fahren und bis abends bleiben. Sie war noch schwach und musste behutsam aufgepäppelt werden, was ihr offensichtlich gut gefiel. Sie konnte sogar wieder lachen. Auch die Ärzte begrüßten die familiäre Unterstützung und zeigten sich mit ihren Fortschritten zufrieden.

Endlich kam Eike nach langer Zeit wieder ausgeschlafen und entspannt aus dem Bett, und sein Tag begann mit der Vorfreude auf Pia. In den nächsten Tagen würde sie auf die normale Station verlegt werden und hoffentlich bald wieder zu Hause sein.

Wie jeden Morgen steckte er zwei Scheiben Brot in den Toaster und ging nach draußen, um die Zeitung zu holen. Die fette Überschrift der Titelseite entfachte seine Neugier. Er las den Artikel noch draußen vor der Haustür.

Eklat im Niedersächsischen Landtag
Immunität von Martin Bödecker und Pascal Koch aufgehoben

Die Staatsanwaltschaft Hannover erhebt Anklage gegen Bödecker wegen Fahrerflucht mit Todesfolge sowie Drogenbesitzes, weiterhin gegen Koch, ebenfalls wegen Drogenbesitzes und Drogenhandels. Der Geschäftsführer der Oppositionspartei, Rainer Johns, ließ verlauten, dass im Falle einer Verurteilung beiden ein Partei-Ausschlussverfahren drohe.

Eike las die Zeilen und ballte eine Hand zur Faust. »Hab ich dich«, sagte er mit inniger Befriedigung und fühlte sich in diesem Augenblick wie der Sieger einer großen Schlacht.

Er blätterte weiter. Auf der zweiten Seite krönte die Überschrift das Foto der abfahrenden Motorradkolonne:

6. Human Biker Day fährt mit
478 Motorrädern Rekordspendensumme ein

Er überflog den Bericht, während er zurück ins Haus ging. Die Ausfahrt sei ohne Zwischenfälle verlaufen und habe die Teilnehmer entspannt und gut gelaunt nach Pöhlde gebracht, wo die Tour mit Kaffee, Kuchen und Bratwurst zu Ende ging, hieß es in dem Bericht.

Der vereitelte Anschlag wurde mit keiner Zeile erwähnt. *Ein Zeichen dafür, dass niemand etwas davon mitgekriegt hatte,* stellte Eike erleichtert fest. Es hätte der Veranstaltung großen Schaden zugefügt und künftig Ausfahrten infrage gestellt. Selbst Melanie Moor, die sich normalerweise kaum eine Sensation entgehen ließ, hielt sich zurück. *Wie geht es ihr eigentlich?*, fragte sich Eike bei dem Gedanken an sie. In seiner Euphorie über Pias Genesung hatte er sie glatt vergessen. Noch heute, bevor er nach Hannover führe, würde er sie besuchen. Aber vorher wollte er mit dem Dicken sprechen und fragen, wie die Ermittlungen gegen Reimers vorangingen. Er griff sogleich zum Telefon und erfuhr, dass Reimers eine tödliche Dosis Kokain intus hatte. Die Ärzte konnten ihm nicht mehr helfen. Jetzt erst wurde Eike bewusst, was dieser Mensch vorgehabt hatte. Möglichst viele Biker mit in den Tod zu reißen – das war sein großes Finale.

»Seine Frau fand einen Abschiedsbrief, in dem er alles zugegeben hat. Den Einbruch bei seinem Schwager Röder hatte er als Ablenkungsmanöver selbst verübt. Er schrieb, dass er von dem Drogenkonsum Bödeckers wusste und ihn um Stoff gebeten habe. Damit wollte er wohl seinen Hass wegdröhnen, um weiteres Unheil zu verhindern. Tja, offensichtlich ging der Schuss nach hinten los, sodass er nur im Suizid einen Ausweg sah.«

»Oh mein Gott«, sagte Eike betroffen, »welch eine Tragödie, auch für seine Familie.«

»Allerdings«, bestätigte Struwe. »Es gibt trotzdem etwas Positives. Der Vulcan Recken Deutschland Motorradclub hat für Reimers Tochter Stella eine Sammlung initiiert. Mit dem zusätzlichen Geld kann sie sich ein behindertengerechtes Auto leisten und allein zur Uni fahren. Die Überbringer sagten, es sei eine unklare Verkehrssituation gewesen, die zu dem unglücklichen Sturz führte. Es täte ihnen trotzdem leid, dass sie, die Recken, gerade zur falschen Zeit an der Kreuzung abbogen.«

»Ich habe die Biker zufällig auf Torfhaus getroffen«, berichtete Eike. »Sie haben mir davon erzählt.« Er ging eine Sekunde in sich, dann sagte er: »Das mit der Geldspende finde ich anständig. Aber sagen Sie, wie ist Frau Moor auf Reimers gekommen?«

»Wir haben Frau Moor noch im Krankenhaus befragt. Sie hatte eine Schlagzeile gewittert und ist ihm nachgefahren. Damit hat sie ungewollt eine Katastrophe verhindert«, berichtete Struwe. »Sie wurde von ihm niedergeschlagen und ins Auto gezerrt. Zum Glück ist sie rechtzeitig zu sich gekommen und konnte ihm im letzten Moment ins Lenkrad greifen.«

Eike lachte. »Mit der Frau werde ich ein ernstes Wort reden.«

»Grüßen Sie Ihre Pia von mir – unbekannterweise. Ich wünsche ihr gute Besserung«, sagte Struwe.

»Danke, ich werd's ausrichten.« Eike schloss das Gespräch, frühstückte zu Ende und verließ die Wohnung. Er freute sich auf sein neues Leben mit Pia.

Ende

Nachwort

Es sind oft die kleinen Dinge, die Großes bewirken, wie zum Beispiel der Verein Human Biker Day e.V., dessen einziges Ziel die humanitäre Hilfe todkranker Kinder und Jugendlicher ist. Immer der letzte Sonntag im Mai ist Human Biker Day. Hunderte Motorradfahrer treffen sich in Bad Lauterberg zu einer großen Ausfahrt, zu der jeder Teilnehmer eine Spende leistet, die dem karitativen Zweck zugutekommt. Der Human Biker Day stand Pate für den Titel dieses Buches, das die großartige Initiative des Vereins würdigen soll.

Ich wollte außerdem in diesem Buch die Polizeibeamten, die in den Polizeistationen und –kommissariaten ihren Dienst verrichten, in den Vordergrund stellen. Sie finden in der Kriminalliteratur weniger Beachtung, obwohl sie in der Verbrechensbekämpfung einen wichtigen Beitrag leisten. In den meisten Kriminalgeschichten sind die Kriminalhauptkommissare die schillernden Helden. Das spiegelt jedoch die Wirklichkeit nur ungenau wider und deshalb wollte ich mit meiner »Schreibfeder« dieses Bild etwas korrigieren.

Damit das Projekt »Biker Day« gelingen konnte, war ich auf Hilfe und Beratung angewiesen, und möchte mich bei folgenden Personen herzlich dafür bedanken:

Bei **Matthias Weitzel**, Vorsitzender des Vereins »Human Biker Day e.V.«, dass er sich die Zeit genommen hat, mir über die Idee und Entwicklung des Vereins ausführlich zu erzählen. Seine Schilderungen und meine erste Teilnahme bei der Spendenübergabe an das Kinder- und Jugendhospiz in Tambach-Dietharz haben mich dazu bewogen, dem Verein beizutreten.

Mein Nachbar **Wolfgang Schönfelder**, selbst begeisterter Biker und Mitglied des Motorradklubs »Vulcanier Germany«, war für mich der naheliegendste Interview-Partner, um mir die Motivation und das Erlebnis des Motorradfahrens näher zu bringen. Ein Funke seiner Begeisterung muss wohl übergesprungen sein und hat bei mir den Wunsch entzündet, selbst Motorrad zu fahren.

Dass dieser Wunsch in Erfüllung ging, habe ich hauptsächlich **Knut Chlistalla** zu verdanken, der mir mit viel Geduld und methodischem Geschick das Motorradfahren beigebracht hat.

Als Ergebnis all dieser Gespräche ist dieses Buch entstanden. Und nicht nur das, sondern auch ein weiterer begeisterter Motorradfahrer.

Sie erreichen den Autor über:

E-Mail: HANSJOACHIMWILDNER@GMX.DE
Web: HARZKRIMIS.DE
Facebook: FACEBOOK.COM/HANSJOACHIMWILDNER.AUTOR

Über den Autor

Hans-Joachim Wildner wurde 1949 in Bad Lauterberg im Harz geboren, wo er heute noch mit seiner Frau lebt. Nach dem Ende seiner beruflichen Tätigkeit als Konstrukteur im Maschinenbau fand er die Muße, sich intensiv dem Schreiben zu widmen und hat darin eine neue Erfüllung gefunden.

Von seinen drei Enkelkindern wurde Wildner zunächst als Vorleser gebucht und begann später mit dem Schreiben von Kinderbüchern. Zusammen mit dem syrischen Künstler Ayman Aldarwich, der mit seiner Familie nach Deutschland geflohen war, entstand *Ali und die Schneeflocke* – ein sehr bewegendes Buch, das von der Flüchtlingshilfe Bad Lauterberg gefördert wurde.

Urwüchsige Natur, Bergbau und Mythen haben den Harz und seine Menschen geprägt und bieten eine ideale Kulisse für Fantasy, aber auch für Krimis und historische Romane. Vor diesem Hintergrund hat Hans-Joachim Wildner zwei Jugend-Fantasyromane geschrieben, die das Hexenwesen als einen mittelalterlichen Fluch entlarven, gegen den sich ein junges Mädchen wehren muss.

Mit *Endstation Brocken* gab er seinen Einstand im Krimigenre. Mit *Erzfeuer* hat sich Wildner einen Herzenswunsch erfüllt und einen historischen Roman geschrieben, der im Umfeld der Lauterberger Königshütte spielt. Dass sich historische Themen auch hervorragend mit aktuellen Ereignissen zu einem spannenden Krimi kombinieren lassen, dafür ist *Anlage Z* ein gutes Beispiel.

Hans-Joachim Wildner hat 2018 mit seinem Beitrag »*Wo ist Palmyra?*« in der Kategorie Prosa den 1. Platz belegt und den Literaturpreis Harz gewonnen.

Mehr von Hans-Joachim Wildner

Endstation Brocken

2. Auflage 2019, 288 Seiten, Taschenbuch, 12,5 x 19 cm
ISBN 978-3-947167-39-5, Euro 9,95 (inkl. 7% MwSt.)
auch als eBook erhältlich

Chris und Katja lernen sich bei einem aberwitzigen Banküberfall kennen. Auf Torfhaus treffen sie zufällig auf die Täter. Als Zeugen geraten sie in das Fadenkreuz der Bande und eine mörderische Hetzjagd quer über den Harz beginnt.

Erzfeuer

1. Auflage 2018, 360 Seiten, Taschenbuch, 12,5 x 19 cm
ISBN 978-3-947167-21-0, Euro 12,95 (inkl. 7% MwSt.)
auch als eBook erhältlich

In der Nacht des 18. Oktober 1833 verschwindet auf der Königshütte der Ofenmeister Hans Röger. Seine Leiche wird in einem Wasserradschacht gefunden. Er wurde grausam ermordet. Der geistig zurückgebliebene Otto Wiegand gerät in Verdacht und wird in eine Irrenanstalt eingewiesen. Die Familie steht vor dem Abgrund. Ottos Bruder Karl, Bergmann in der Knollengrube, verliebt sich ausgerechnet in Johanna, die Tochter des Ermordeten.

Anlage Z

1. Auflage 05/2019, 298 Seiten, Taschenbuch, 12,5 x 19 cm
ISBN 978-3-947167-56-2, Euro 12,95 (inkl. 7% MwSt.)
auch als eBook erhältlich

Schüler entdecken in den Stollen des ehemaligen Rüstungsbetriebes Schickert-Werke in Bad Lauterberg zwei Skelette. Hauptkommissar Brauer nimmt die Ermittlung auf und stößt auf ein Verbrechen, das über siebzig Jahre zurückliegt. Plötzlich überschlagen sich die Ereignisse. Eine Osteroder Unternehmerfamilie wird mit Anschlägen terrorisiert, wobei jedesmal der Begriff ›Anlage Z‹ auftaucht. Ungewöhnlich viele Wohnungseinbrüche im Südharz, Drogenfunde, und die Ermordung des Firmeninhabers scheinen mit den ehemaligen Schickert-Werken in Verbindung zu stehen.